SHARON BOLTON

Das Böse nebenan

GOLDMANN

Buch

Auf den ersten Blick ist St. Abel's Chapel eine verschlafene Kleinstadt in Cumbria. Der perfekte Ort für einen Neuanfang, findet die Bäckerin Anna Brown, die ihre Vergangenheit ein für alle Mal hinter sich lassen will. Doch schon bald erfährt sie, dass in den letzten Jahren mehrere 16-jährige Mädchen spurlos verschwunden sind. Alle scheinen davon zu wissen, doch man spricht nur hinter vorgehaltener Hand darüber.

Als die 16-jährige Constance in Annas Bäckerei auftaucht und sie um Hilfe bittet, beginnt diese, Nachforschungen anzustellen. Unterstützt von ihrem Nachbarn, will sie das Geheimnis von St. Abel's Chapel lüften. Doch offenbar hat in dieser Kleinstadt jeder etwas zu verbergen, und Anna fühlt sich auf Schritt und Tritt beobachtet …

Weitere Informationen zu Sharon Bolton sowie zu lieferbaren Titeln der Autorin finden Sie am Ende des Buches.

Sharon Bolton

Das Böse nebenan

Thriller

Aus dem Englischen
von Marie-Luise Bezzenberger

GOLDMANN

Die englische Originalausgabe erschien 2024 unter dem Titel
»The Neighbour's Secret« bei Orion Fiction, an imprint of
The Orion Publishing Group Ltd, London.

MIX
Papier | Fördert gute Waldnutzung
FSC® C014496

Penguin Random House Verlagsgruppe FSC® N001967

1. Auflage
Deutsche Erstveröffentlichung Dezember 2025

in der Penguin Random House Verlagsgruppe GmbH,
Neumarkter Straße 28, 81673 München
produktsicherheit@penguinrandomhouse.de
(Vorstehende Angaben sind zugleich
Pflichtinformationen nach GPSR.)

Umschlaggestaltung: UNO Werbeagentur, München
Umschlagmotive: © Miguel Sobreira/Trevillion Images Ltd.
Redaktion: Dr. Ulrike Brandt-Schwarze
LS · Herstellung: ik
Satz: GGP Media GmbH, Pößneck
Druck und Bindung: GGP Media GmbH, Pößneck
Printed in Germany
ISBN: 978-3-442-49670-9

www.goldmann-verlag.de

Für Lupe, den besten Hund der Welt

1

Wäre Anna Brown eine überzeugendere Lügnerin gewesen, so hätte ich vielleicht sofort das Interesse an ihr verloren. Aber Lügen sind ja so faszinierend, nicht wahr? Warum die Menschen lügen, wie wenig sie die Konsequenzen bedenken, wie verzweifelt sie sind, wenn sie Gefahr laufen, entlarvt zu werden. Für mich kommen Lügen gleich nach Geheimnissen, und Geheimnisse finde ich ungeheuer aufregend. Kurz nachdem ich herausfand, dass Anna Brown eine Lügnerin war, entdeckte ich, dass sie ein Geheimnis verbarg. Danach war es ausgeschlossen, dass ich sie in Ruhe lassen würde.

Man könnte sagen, Geheimnisse sind mein Ding.

Das erste Mal begegnete ich ihr Mitte Oktober, an einem Tag, der frisch und strahlend hell war. Eine weiche Nebeldecke lag über dem größten Teil des Erdbodens, als die Sonne aufging. Die Bäume standen noch im vollen Laub, und nicht alle Blätter hatten sich verfärbt. Doch sie waren spröde geworden, und wenn der Wind wehte, machten sie dieses Geräusch, das mich immer an das Knistern eines Feuers aus feuchtem Holz erinnert.

Ich war am Vorabend im Dunkeln nach Hause gekommen und wollte unbedingt sehen, wie der Garten meine zehntägige Abwesenheit verkraftet hatte. Was eigentlich ein kleiner chirurgischer Eingriff hätte sein sollen, war dank einer postoperativen Infektion kompliziert geworden, und ich war schwächer aus dem Krankenhaus gekommen, als ich hineingegangen war. Trotzdem war ich früh aufgewacht – ich betrachte mich gern als die erste Person im Dorf, die morgens auf den Beinen ist. Das fühlt sich ein bisschen so an, als schlüge man dem Feind ein Schnippchen.

Die meisten späten Rosen waren verblüht. Ich schnitt alle Blütenköpfe weg, die ich erreichen konnte, und befestigte eine lose Geißblattranke. Gerade war ich dabei, hier und da sprießendes Unkraut zu jäten, und trat auf eine Schnecke, als ich draußen auf der Straße Stimmen hörte.

»Ich hab wohl den Regen verpasst.«

Das war Gardner, mein Nachbar von nebenan. Ein großer, lauter Mann Anfang vierzig mit einer Frau, die ihn verlassen hat, und ein paar schlecht erzogenen Söhnen, die zu seinem Glück nicht bei ihm wohnen. Manchmal kommen sie zu Besuch – die Kinder, nicht die Frau –, und der Krach wird unerträglich. Ich habe sieben konfiszierte Fußbälle, die auf meiner Seite des Zauns gelandet sind. Natürlich bestreite ich jegliche Kenntnis davon. Gardner würde darauf bestehen, sie zurückzubekommen, trotz des Schadens, den sie an meinen Pflanzen angerichtet haben.

Er ist der Typ Mann, der nicht ein einziges Buch im Jahr liest, aber zu allem eine Meinung hat. Noch nie habe ich ihn spazieren gehen sehen, aber morgens steht er meistens früh auf, um ins Fitnessstudio zu gehen. Er bekommt auch regelmäßig Proteinpulver geliefert, etwas, das ich eher mit kränkelnden Kindern und alten Leuten assoziiere als mit einem Mann in der Blüte seiner Jahre.

Das weiß ich, weil ich oft seine Pakete annehme, wenn er bei der Arbeit ist.

Es war also definitiv Gardner da draußen auf der Straße. Natürlich hatte ich keine Ahnung, wovon er redete, es hatte seit Tagen nicht mehr geregnet. Ein rascher Blick auf den Erdboden hätte ihm das sagen können.

»Bitte?« Die Frau, die antwortete, war ebenso verblüfft wie ich, wenngleich höflicher, als ich es vielleicht gewesen wäre.

»Ihr Haar ist nass. Hat's geregnet?«

»Ich war schwimmen.«

Ich habe Gardners Umgang mit Frauen sehr oft miterlebt, und anscheinend wird er nicht besser. Gerade wollte ich wieder hineingehen, als die Frau noch etwas sagte.

»Im See. Die Straße rauf und durch den Wald.«

Gardner hatte sie offenbar gefragt, wo sie schwamm; ein klügerer Mann wäre selbst darauf gekommen. Hinter unserer kleinen Häuserreihe verläuft eine Straße, die nach einem guten halben Kilometer an einem Zauntritt endet. Von dort kommt man auf einem öffentlichen Fußweg in einer Viertelstunde zum See. Ich sage See, aber verglichen mit der Pracht von Bassenwaithe, Derwent Water und Thirlmere, unseren nächsten größeren Gewässern, ist er nicht viel mehr als ein großer Teich. Ich hatte noch nie gehört, dass jemand darin schwamm, aber jedem das seine.

»Ist das nicht gefährlich?«, wollte Gardner wissen.

»Wieso gefährlich?«

Allmählich erwärmte ich mich für die Frau. Sie schäkerte nicht, wie es so viele Frauen taten, wenn sie mit

Gardner redeten. Ihre Stimme klang sachlich und herausfordernd.

»Na ja, Sie wissen schon. Ist ganz schön tief.«

»Man kann in fünfzig Zentimeter tiefem Wasser ertrinken. Tiefe ist irrelevant.«

»Und sauber ist er auch nicht gerade.«

»Es ist ein See. Da ist kein Chlorwasser drin.«

Ich merkte, dass ich lächelte.

»Ist bestimmt kalt.«

»Na ja, da kann ich nicht widersprechen. Entschuldigen Sie mich, ich muss …«

»Ich bin Hugh. Hugh Gardner.«

Eine kurze Pause. »Anna Brown«, sagte sie, und da überlegte ich es mir anders und ging schnurstracks zum hinteren Gartentor. Vor einiger Zeit hatte ich den Kies auf dem Weg durch Steinplatten ersetzt und machte deshalb kein Geräusch, als ich mich den beiden bis auf einen guten Meter näherte. Im Holz des Tors ist ein Spalt, und durch den konnte ich Gardner von hinten sehen. Er trug Jeans und ein dunkles Jackett, die Sachen, die er immer anhat, wenn er zur Arbeit fährt. Seine Uniform zieht er erst dort an.

Die Frau konnte ich nicht sehen, doch irgendetwas daran, wie sie ihren Namen genannt hatte, hatte mich neugierig gemacht. Wie eine Bekanntmachung, eine Herausforderung. Fast so, als rechne sie nicht damit, dass man ihr glaubte.

Ihr Akzent war eine Überraschung, obwohl er mir natürlich gleich aufgefallen war. Sie stammte aus dem Süden, aus einer der Grafschaften, die an London grenzten, hätte ich getippt.

»Die neue Bäckerin?« Gardner ist nicht der Mann für dezente Hinweise. »Ich wollte ja schon vorbeikommen, aber ich hatte Nachtdienst. Schon eingelebt? Wir sind übrigens Nachbarn, ich wohne im übernächsten Haus. Auf der anderen Seite von …«

»Freut mich, Mr Gardner. Einen schönen Tag noch.«

Ich erhaschte einen kurzen Blick auf eine zierliche Gestalt mit feuchtem dunklem Haar, die rasch aus meinem Gesichtsfeld verschwand. Gardner sah ihr nach und stieg erst in seinen Wagen, einen lachhaft übermotorisierten pseudo-amerikanischen Truck, als sie um die Ecke gebogen war. Er fuhr davon, und ich ging wieder ins Haus.

Ich hatte keine Ahnung, wie mir all die Zeichen hatten entgehen können, dass in dem Haus links von mir jemand wohnte. Es war spät gewesen, als ich nach Hause gekommen war, und ich war müde gewesen, nachdem ich stundenlang darauf gewartet hatte, dass Rezepte ausgestellt wurden und Ärzte die Entlassungspapiere unterschrieben. Unsere kleine Drei-Häuser-Zeile war früher ein einziges viel größeres Gebäude gewesen, und die Trennwände sind aus Rigips. Gardner könnte sie mit einem Schlag seiner Feuerwehraxt zertrümmern, wenn ihm der Sinn danach stünde. Das Resultat ist, dass ich so gut wie alles hören kann, was in beiden Häusern vorgeht. Ich weiß, was Gardner sich im Fernsehen ansieht, was für Videospiele er spielt und was für Musik er hört. Ich weiß, dass er mehrmals einen fahren lässt, bevor er morgens aufsteht, und dass er unter der Dusche singt, aber nur dort. Beim Geschlechtsverkehr kann er die Erektion zwischen fünfzehn und siebenundzwanzig Minuten lang halten, und obgleich er seinen Kumpels gegenüber behauptet, er wähle die Labour Party, stimmt das nicht.

Das Haus auf der anderen Seite von mir jedoch, die Bäckerei, hatte ein Jahr lang leer gestanden. Ich hatte mich an die Stille gewöhnt, und mir war gestern Abend nichts Ungewöhnliches aufgefallen, jetzt jedoch, da ich wusste, dass das Haus bewohnt war, schien es vor Lärm aus allen Nähten zu platzen. Ich hörte Klappern in der Küche, und wie ein Ofen eingeschaltet wurde. Ein Wasserhahn wurde aufgedreht. Sie ließ etwas fallen und knurrte halblaut: »Verdammt!« Sie arbeitete und hatte es eilig. Dann ging sie mit schnellen, leichten Schritten nach oben, und die Dusche war zu hören. Da ich wusste, dass sie anderweitig beschäftigt war, trat ich aus der Haustür und betrachtete im frühen Morgenlicht die Verwandlungen nebenan.

Die stumpfbraune Täfelung, die unechten Koppelfenster, die verstaubten Brotlaibe und Kuchen aus Plastik und die rot gewürfelten Tücher waren verschwunden, und an ihrer Stelle war ein riesiges, aber schlichtes taubengraues Schild mit der Aufschrift *The Bread Basket* angebracht worden. Das neu verglaste Schaufenster war mit weißen Wimpeln geschmückt, und ein fast unsichtbares Regalsystem aus Kunststoff stand für die heutige Ware bereit.

Ich quetschte mich an einem gusseisernen Tisch mit dazugehörigen Stühlen vorbei, sah durchs Schaufenster Regale aus Eichenholz, die bis zur Decke reichten. Vitrinen aus Plexiglas, noch mehr Tische und Stühle, Kommoden, Steinplatten auf dem Boden. Eine Kaffeemaschine, aufgestapeltes flaschengrün glasiertes Geschirr und schimmerndes Besteck.

Was ich sehen konnte, war jedoch nichts im Vergleich dazu, was ich riechen konnte. Eine absolute Sinfonie aus Gerüchen. Die zugrunde liegenden Töne war die Hefe von den Brotlaiben, die noch dabei waren, aufzugehen, doch darüber, wie das An- und Abschwellen von Instrumenten, wenn die Musik sich entfaltet, schwebte die gehaltvolle Schwere von warmem Rosinenbrot, ein bittersüßer Hauch von schmelzender Schokolade und der Kümmelduft von Roggenbrot. Auch Zucker lag in der Luft, so fein wie Babypuder, wie der Hauch eines Schneesturms, und juckte mir in den Nasenlöchern.

So viele verschiedene Gerüche, bei denen mir warm und behaglich zumute wurde, als sei ich wieder ein Kind und lebte in der Welt von Enid Blyton, nicht in der Realität. Gleichzeitig überkam mich eine unerklärliche Traurigkeit, als wäre der Duft der Bäckerei dazu da, mich zu quälen, Genüsse anzudeuten, die mir nie zuteilwerden konnten.

»Guten Morgen.«

Ich fuhr zusammen. Sie hatte mich überrascht. Ich, stolz darauf, zu wissen, wann meine Nachbarn nachts auf die Toilette gehen, hatte ganz einfach nicht gehört, wie Anna Brown die Vordertür der Bäckerei geöffnet und zu mir herausgetreten war. Ich merkte, dass ich die Augen geschlossen hatte.

»Tut mir leid, wir haben noch nicht geöffnet«, fuhr sie fort. »Erst um halb acht.«

»Macht nichts.« Ich konnte ihr nicht in die Augen sehen. Mir war, als hätte sie mich dabei erwischt, wie ich die Croissants stibitzte, die sie ins Fenster gestellt hatte. Sie hatte sie auf einem rechteckigen Teller perfekt ausgerichtet, und sie lagen mit militärischer Präzision da, so golden wie Sonnenlicht und gekrümmt wie geschälte Krabben.

»Ich bin Anna«, sagte sie. »Sie wohnen wohl nebenan?«

Ich riss meinen Blick von den Croissants los und musterte sie eingehend. Ihre Hände waren voller Mehl, daher gab sie mir nicht die Hand, und ich tat das natürlich auch nicht. Ich fasse nicht gern die Hände anderer Leute an, nicht einmal, wenn sie anscheinend sauber sind. Auch ihre Schürze war schmutzig, mit Mehl und Fett und etwas beschmiert, das nach Aprikosenmarmelade aussah. Ihre Augen waren ein ganz klein wenig blutunterlaufen, und ich überlegte, ob das vom Seewasser kam.

Diesmal, das gebe ich zu, hätte ich die Lüge nicht bemerkt. Diesmal war sie vorbereitet. Ihre Stimme war leise und ruhig, und sie hatte kein Problem damit, Blickkontakt aufzunehmen. Ich hätte ihr Alter auf Ende dreißig geschätzt. Ihr schulterlanges Haar war von allerdunkelstem Braun, das nur möglich ist, bevor es zu Schwarz wird. Ihre Haut war rein, doch um die Augen und auf der Stirn zeigten sich erste Falten. Sie war weniger attraktiv, als ich nach Gardners albernem Gehabe erwartet hatte. Tatsächlich fand ich sie ziemlich reizlos, die Augen ein wenig zu klein und zu dunkel, das Gesicht ziemlich lang. Doch dann dachte ich an den Strom der Besucherinnen, den ich im Laufe der Jahre hatte ertragen müssen, und mir fiel wieder ein, dass Gardner leicht zufriedenzustellen ist.

Ich stellte mich vor und machte ein paar Bemerkungen über die Veränderungen, die sie an der Bäckerei vorgenommen hatte. Es war ganz höflich gemeint, doch sie wirkte ein bisschen pikiert.

»Die Leute finden die Tische draußen anscheinend gut«, sagte sie.

»Warten wir's ab, wie beliebt die nächsten Monat noch sind«, erwiderte ich. »Wenn der Wind kommt.«

Ich versuchte, hilfsbereit zu sein. Da sie aus dem Süden stammte, wusste sie bestimmt nicht, wie schlimm die Winter hier in Cumbria sein können. Im Januar gibt es Tage, an denen der Schneefall wie eine Lawine vom nahe gelegenen Tamland Fell herabzuströmen scheint, das Dorf stundenlang einhüllt und alle außer die Allerhärtesten ins Haus verbannt. Die Novemberstürme können Schwache und Gebrechliche glatt umpusten. Der Gedanke, hier ein Kaffeekränzchen abzuhalten, war fast schon komisch.

»Drinnen sind auch Tische«, sagte sie. »Und hinten im Innenhof. Da ist es geschützter.«

Innenhof? Ich wollte ja wirklich nicht spotten, aber war das ihr Ernst? Sie hatte einen Hinterhof, wir hatten alle drei einen. Ich hatte meinen durch harte Arbeit und nicht unerhebliche Investitionen in einen bescheidenen, aber gut gedeihenden Garten verwandelt. Als ich das letzte Mal in den Hinterhof der Bäckerei geschaut hatte, hatte dort ein Durcheinander aus Mülltonnen und Gerümpel geherrscht, das die letzte Bewohnerin zurückgelassen hatte. Mit fiel ein, dass ich heute Morgen gar nicht aus dem hinteren Fenster gesehen hatte. Der Krankenhausaufenthalt hatte mich mehr mitgenommen, als mir klar gewesen war.

»Um halb acht mache ich auf«, sagte sie, obwohl sie mir das bereits mitgeteilt hatte. »Kommen Sie zum Frühstück. Geht aufs Haus.«

»Ich habe Diabetes«, ließ ich sie wissen, und nachdem ich ihr einen guten Morgen gewünscht hatte – ich bin nie unhöflich –, ging ich hinein.

Doch ich kam nicht zur Ruhe. Die Milch, die ich gestern Abend auf dem Nachhauseweg gekauft hatte, schien mir an der Zunge zu kleben, und das Weetabix lag mir so schwer im Magen, als hätte ich es trocken hinuntergewürgt. Vielleicht bildete ich es mir ja bloß ein – ich hatte sämtliche Fenster geschlossen –, doch die Backdüfte stahlen sich allmählich in mein Haus. Die Sendung *Today* auf BBC 4 – ich höre immer mit Kopfhörern Radio, aus Rücksicht auf meine Nachbarn – war langweilig und uninteressant. Mir ist es ziemlich egal, ob die Polizisten in den Innenstädten mit Tasern ausgerüstet sind, und der Aufstieg und Fall des britischen Pfundes betrifft mich nicht.

Ich war mir sicher, dass Anna Brown irgendetwas verbarg. Als sie mit mir geredet hatte, hatte sie sich schon wieder gefasst, doch Gardner hatte sie kalt erwischt. Ich wollte dasselbe tun. Also machte ich das Radio aus, als die Nachrichten um halb acht angekündigt wurden, und griff nach meiner Jacke. Selbstverständlich schloss ich meine Haustür ab. Es wird jede Menge Unsinn erzählt, dass man auf dem Land sicher ist. Doch auch wenn es schwerfällt, sich eine noch ländlichere Gegend vorzustellen, ich hatte an den Menschen, unter denen ich lebte, nichts übermäßig Vertrauenswürdiges gefunden.

Fremde und Besucher sehen die hübschen Häuser, die Erhabenheit der umliegenden Hügel, und glauben, sie seien in eine Art bukolisches Idyll hineingeraten, ein Idyll mit starkem Gemeinschaftssinn, in dem alle aufeinander aufpassen. Sie könnten nicht falscher liegen.

Manchmal habe ich mich gefragt, ob es die Kombination aus Isolation, schlechtem Wetter und relativer Armut ist, die in der hiesigen Bevölkerung einen Hang zur Gemeinheit erzeugt. Kleinkriminalität und hohe Arbeitslosigkeit gehen anscheinend Hand in Hand, und wenn der Alltag nur mit Mühe zu stemmen ist, ist es schwer, viel Interesse für das Wohlergehen der Nachbarn aufzubringen.

Oder vielleicht mögen sie mich auch einfach nicht.

An der Tür der Bäckerei hing noch immer das *Geschlossen*-Schild. Doch Ms Brown musste mich durch die Glasscheibe in der Tür gesehen haben, denn sie öffnete schon nach ein paar Sekunden. Sie hatte die Schürze gewechselt und sich die Hände gewaschen.

»Hallo noch mal«, sagte sie. »Willkommen. Kommen Sie rein.«

Ich folgte ihr, wappnete mich innerlich gegen den Geruch und sagte mir, dass es doch bloß Chemie sei. Ein zweites Mal würde ich mich nicht so leicht verführen lassen.

»Ich habe Ihren Namen vergessen«, sagte ich. Natürlich wusste ich noch genau, wie sie hieß, aber ich wollte sie ihn noch einmal sagen hören.

»Anna Brown«, antwortete sie halblaut, und ich empfand ein warmes Gefühl des Triumphs. Sie hatte die Augen niedergeschlagen, und ihre Wangen liefen rot an. Es behagte ihr nicht, ihre Lüge zu wiederholen, aber es war eine Lüge. Sie hieß nicht Anna Brown.

»Wo sind Sie her, Anna?« Ich benutzte absichtlich ihren Vornamen, um unseren unterschiedlichen sozialen Status klarzustellen. Vorhin hatte ich ihr nur meinen Nachnamen genannt und damit angedeutet, dass sie mich förmlich anzusprechen hätte.

»Aus dem Süden.« Sie zog sich hinter den Tresen zurück, wo, wie ich sah, Brotlaibe bereits säuberlich aufgereiht waren. Jeder war mit einer kleinen schwarzen Karte mit goldener Schrift versehen: *Sauerteigbrot, Schrotbrot, Bauernbrot, Ciabatta mit Spinat & Käse, Focaccia mit Süßkartoffel & rote Bete.* Von den meisten Brotsorten, die ich vor mir sah, hatte ich noch nie gehört.

»Setzen Sie sich doch«, forderte sie mich auf. »Im Innenhof ist es noch ein bisschen frisch, da kommt die Sonne erst am Vormittag hin.«

In einer Ecke der Bäckerei standen zwei Tische. Das musste ich ihr lassen – sie hatte sich den Platz sehr gut eingeteilt.

»Von wo denn im Süden?« Ich zog einen Stuhl hervor – aus Holz, türkisblau gestrichen und mit einem Kissen auf der Sitzfläche – und nahm Platz.

Ihr Kopf zuckte nach rechts. »Entschuldigen Sie mich«, sagte sie. »Das ist der Ofen-Timer. Bin gleich wieder da.«

Ich hatte keinen Timer gehört, und ich habe Ohren wie eine Fledermaus. Im Stillen nahm ich mir vor, einen Blick auf ihre linke Hand zu werfen, wenn sie zurückkam. Die Delle eines vor Kurzem abgelegten Eherings könnte darauf hindeuten, dass sie auf der Flucht aus einer gescheiterten Beziehung war.

Ein paar Sekunden später kam sie mit leeren Händen zurück.

»Haben Sie dort ein ähnliches Geschäft geführt?« Ich machte eine kurze Pause, um den Effekt zu verstärken. »Im Süden?«

»Nein.« Sie täuschte Geschäftigkeit vor, indem sie eine Reihe bereits perfekt aufgestapelter Brotlaibe neu anordnete. »Das hier ist etwas ganz Neues.«

»Und was bringt Sie nach St. Abel's Chapel?«

Sie blickte auf, ein ganz klein wenig zu schnell. »Ein leer stehendes Geschäft. Also, was kann ich Ihnen bringen? Tee, Kaffee, heiße Schokolade? Vielleicht keine Schokolade, wenn Sie Diabetes haben. Wie wär's mit Kaffee und einem Teekuchen mit Butter? Da ist nur ein bisschen Zucker obendrauf, und ein Teelöffel Rosinen ist auch drin. Das sollte doch okay sein, oder?«

»Ich habe schon gefrühstückt. Nur Tee, bitte. Indischen. Lose. Und die Milch würde ich gern selbst dazutun.«

Den Bruchteil einer Sekunde lang gefror ihr Lächeln. »Kommt sofort.«

Beim Arbeiten kehrte sie mir den Rücken zu, wodurch ich Zeit hatte, die Anrichte mit den Reihen selbst gemachter Marmeladen, Chutneys und eingelegtem Gemüse und die beiden Riesenteller Scones zu betrachten, die dort standen: einer mit süßen, einer mit herzhaften. In einem Kühlschrank wurden Räucherlachs, roher Schinken und Streichrahm angeboten. Direkt vor mir auf dem Tresen stand fast wie eine Herausforderung ein Teller mit Schweinepasteten. Ihre gewellten Ränder glänzten vor Fett.

Allmählich fühlte ich mich wieder unbehaglich. Irgendetwas an dem schieren Überfluss im Laden schien mich kleiner zu machen. Es war, als hätten sich die Sauerteigbrotlaibe, die Croissants, die Schweinepasteten und die Teekuchen mit der Bäckerin gegen mich verbündet. Alles an der Bäckerei kündete lauthals von Professionalität, und doch war hier ein Makel. Eine Illusion. Nicht alles war, wie es schien.

»Sie müssen bestimmt viel von alldem hier kaufen«, meinte ich. »Das können Sie doch nicht alles selber herstellen.« Beinahe hätte ich hinzugefügt: »Schon gar nicht, wenn Sie schwimmen waren«, doch das verkniff ich mir. Gardner hatte mich mehr als einmal beschuldigt, ihn zu bespitzeln. Es war nur eine Frage der Zeit, bis er mich bei unserer neuen Nachbarin schlechtmachte, und es wäre ja idiotisch von mir, ihm noch in die Hände zu spielen.

»Ich stehe um vier auf«, erwiderte sie, ohne sich umzudrehen. »Und am Abend bereite ich alles vor, sodass es gleich aufgehen oder backen kann. Und manche Sachen, die Pasteten und die größeren Torten, halten auch ein paar Tage.«

Ich hatte bereits eine große verzierte Torte auf dem Tresen stehen sehen, geschützt von einer großen Plexiglaskuppel. Sie war knallbunt, mit schwarzem Zuckerguss und mit orangefarbenen Kürbissen und Cartoon-Gespenstern obendrauf. *Happy Halloween* stand unten rund um den Tortenboden, und eine kleine handschriftliche Karte ließ die Kunden wissen, dass Bestellungen für Halloween entgegengenommen wurden.

»Liegt das jetzt an mir, oder scheint heute im Dorf eine Menge los zu sein?«, fragte sie, während sie den Tee mit kochendem Wasser aufgoss. »Ich habe bestimmt schon an die zwanzig Wagen hier durchfahren sehen.«

Ich sah auf das Datum an meiner Armbanduhr. »Kommt ungefähr hin«, antwortete ich. »Spätestens heute Mittag kommt man kaum noch über die Hauptstraße.«

Da drehte sie sich um. Ihre dunklen Brauen berührten sich fast. »Wo wollen die alle denn hin? Da oben ist doch nichts. Also, nicht dass ich wüsste.«

»Aber Sie wohnen ja auch noch nicht lange hier.«

Sie sagte nichts mehr, doch ihr Mund hatte sich verhärtet, als sie wieder an den Tisch kam. Diesmal mit einem Tablett, das in Anbetracht der Tatsache, dass ich nur Tee erwartete, geradezu lachhaft überladen aussah. Sie stellte es ein bisschen heftiger ab als nötig, doch dann gewann ihre Neugier die Oberhand.

»Gibt es da oben ein Hotel? Ein Konferenzzentrum? Viele von den Autos sind anscheinend Lieferwagen.«

Sie nahm Teekanne, Teetasse mit Untertasse, Löffel, Milchkännchen Zuckerschale und einen kleinen Teller vom Tablett. Ich blickte rasch auf und sah die Herausforderung in ihren Augen.

»Das ist ein Wurstbrötchen.« Sie schenkte mir ein verkniffenes Lächeln. »Mein eigenes Rezept. Nur zum Probieren.«

Das Gebäckstück war klein und vollendet geformt, golden wie eine Honigwabe. Teigblättchen schienen jeden Augenblick davonfliegen zu wollen wie Distelflaum. Die glänzende Wurst ragte an beiden Enden daraus hervor, rosa und ein wenig obszön. Ich spürte, wie sich mir der Magen umdrehte.

»Stören Sie sich nicht an meiner Neugier«, sagte sie. »Ich bin Geschäftsfrau. Wenn es da oben ein großes Hotel gibt, könnte das sehr gut für mich sein.«

»Da ist eine Kirche«, entgegnete ich. »Vielleicht brauchen die ja Brot für die Kommunion.«

Ich machte nur Spaß. Mir war klar, dass sie mit Kirchenbestellungen überhäuft werden würde, noch ehe der Tag zu Ende war. Die Leute, die im Laufe der nächsten paar Wochen im Dorf eintreffen würden, waren nicht dafür bekannt, sich zu kasteien. Praktisch wie aufs Stichwort ertönte die Glocke an der Tür, und Anna schaffte es nicht, ihre Erleichterung zu verbergen. Ich nutzte die Gelegenheit, als sie mir den Rücken zuwandte, um in das Wurstbrötchen zu beißen. Mit einem Bissen hatte ich ungefähr die Hälfte davon im Mund. Der Teig zerbarst auf meiner Zunge. Die Wurst war warm und pfeffrig, mit einem Hauch von etwas, dass ich nicht recht einordnen konnte. Pflanzlich, aber mit Hitze drin. Der Geschmack war verflogen, ehe ich es mich versah, und ich merkte, dass ich zitterte. Das glitschige, salzige Wurstfett überzog noch immer das Innere meines Mundes, und ich trank hastig kochend heißen Tee, um es loszuwerden.

Die Neuankömmlinge waren Kirchenanhänger. Die kann man leicht von den gelegentlichen Touristen unterscheiden, die von Zeit zu Zeit durchs Dorf wandern. Die Touristen tragen für gewöhnlich Wander- oder Fahrradmontur. Den Kirchenleuten ist ihre alljährliche Versammlung sehr wichtig, und sie sind gekleidet wie für eine Landpartie.

Diese drei, alles Frauen, waren keine Ausnahme. Zwei waren für diese frühe Tageszeit sehr schick angezogen.

Hochhackige Schuhe, durchsichtige Strumpfhosen, taillierte Jacken und dezentes Make-up. Perfekte Frisuren. Die Sorte Frau, die sich an Coco Chanels Modetrick halten, ihren Schmuck anzulegen und dann ein Schmuckstück wieder abzunehmen. Die Jüngste der drei trug weite Jeans und ein College-Sweatshirt. Sie hatte die Hände tief in die Hosentaschen geschoben.

»Du meine Güte«, sagte die Älteste. »Ist das nicht himmlisch?«

»Sehr hübsch«, pflichtete die vom Alter her Nächste ihr bei. Die Jüngste, sah ich, war fast noch ein Kind. »Viel, viel schöner als früher. Oh, schau mal, Mum, glutenfrei. Großartig. Guten Morgen, Sie sind bestimmt Anna.«

»Oh, riecht das gut«, meinte die Älteste, bevor Anna etwas sagen konnte.

»Das haben Sie ja alles ganz wunderbar zurechtgemacht«, verkündete die Jüngere, obgleich sie dasselbe eben schon gesagt hatte.

So machten sie eine Weile weiter und beachteten mich nicht, also stand ich auf und stellte den Teller mit dem halb verzehrten Wurstbrötchen auf den Tresen. Ich war mir nicht sicher, dass ich es nicht aufessen würde, wenn es auf dem Tisch blieb. Momentan von dem Trio abgelenkt, das ihre Inneneinrichtung bewunderte, zog Anna die Brauen hoch.

»Zu fett«, sagte ich.

Ihr Gesicht zuckte, dann wandte sie mir den Rücken zu.

»Wir haben gehört, Sie sind genau die Richtige für uns«, sagte die Jüngere. »Wir brauchen eine Torte.«

»Da bin ich die Richtige für Sie.« Anna nickte, und in einem Spiegel an der Wand gegenüber vom Tresen konnte ich sehen, dass sie lächelte, ein sehr viel breiteres, strahlenderes Lächeln, als alles, womit sie mich bisher bedacht hatte. Es veränderte ihr Gesicht vollkommen. »Was denn für eine Torte?«

»Eine Torte und noch so dies und das«, fiel ihr die Ältere ins Wort. »Aber mit der Torte fangen wir an. Es muss aber eine richtig schöne Torte sein.«

Das hier wurde allmählich langweilig. Ich war zuerst hier gewesen und wohnte auch noch direkt neben Anna, und doch beachtete sie mich praktisch gar nicht. Die Neuankömmlinge hatten meine Existenz nicht einmal zur Kenntnis genommen, ich hätte genauso gut gar nicht im Laden sein können.

»Hochzeit? Taufe?«, wollte Anna wissen.

Das Kind wurde nach vorn geschoben. Anscheinend war das Mädchen nicht imstande, irgendetwas anderes anzuschauen als den Boden, und ich hatte ihr Gesicht noch gar nicht richtig gesehen. Außerdem schien sie zu zittern, als hielte sie irgendwelche starken Gefühle zurück.

»Eine Geburtstagstorte für unsere süße Constance. Meine Güte, ich weiß gar nicht, wo die Zeit geblieben ist.«

Ich war zu dem Schluss gekommen, dass dies drei Generationen derselben Familie waren. Tochter, Mutter und Großmutter. Jetzt konnte ich auch die Familienähnlichkeit erkennen. Alle waren mehr oder weniger gleich groß und von gleicher Statur, allerdings schien das Mädchen ein bisschen größer und ein bisschen dünner zu sein. Alle hatten helles Haar und helle Haut. Die beiden Älteren hatten ganz leichte Hakennasen und jede Menge sehr weiße Zähne.

Noch ehe sie den Mund aufgemacht hatte, wusste ich, dass das junge Mädchen eine Spange trug. Das hier war die Sorte Familie, die viel Wert auf perfekte Zähne legte.

»Zum sechzehnten Geburtstag«, ergänzte die Mutter. »Wir brauchen sie in neun Tagen. Lässt Ihnen das genug Zeit?«

»Natürlich«, versicherte Anna. »Schauen wir uns doch mal ein paar Muster an, ja? Constance, richtig? Freut mich sehr, dich kennenzulernen.«

Eigentlich hatte ich eine Bemerkung darüber machen wollen, dass der Tee kalt sei, obwohl das gar nicht stimmte. Es war sogar sehr guter Tee. Und dann ließ mich irgendetwas jäh innehalten. Das Mädchen Constance, das demnächst sechzehn werden würde, hatte endlich doch aufgeblickt.

Sie war im wahrsten Sinne versteinert, stand wie angewurzelt da. Ihre Augen waren starr, und sie blinzelte nicht. Und zu beiden Seiten ihrer Füße tropfte Blut auf den Boden.

Die Ärmelmanschetten ihres Sweatshirts waren nass – es war dunkelbraun, fast schwarz, sonst wäre mir das schon früher aufgefallen –, und ihre Jeans hatte auf beiden Seiten in Hüfthöhe nasse Flecken.

Dieses junge Mädchen hatte sich die Pulsadern aufgeschnitten und war möglicherweise im Begriff, in der neuen Bäckerei zu verbluten.

Ich setzte mich wieder hin und schenkte mir noch eine Tasse Tee ein.

2

April, ein Jahr zuvor

Also, war er verrückt? Oder böse?

Möglicherweise die Frage, die Psychiatern und Psychologen am häufigsten gestellt wird. Gleichzeitig war es unmöglich, sie auch nur halbwegs integer zu beantworten. Die Gründe für mentale Störungen waren ebenso vielfältig und verschieden wie deren Krankheitsbilder. Traurigerweise hatte das Strafrecht mit Nuancen nicht viel am Hut.

»Wir haben acht Termine«, erklärte sie dem Jungen, nachdem sie sich vorgestellt hatte. »Zweimal die Woche, den ganzen nächsten Monat.«

»Ich verstehe.« Sein Lächeln wurde noch ein wenig breiter. »Es tut mir leid, dass ich so viel Mühe mache.«

Jago Moore, siebzehn Jahre alt, weiß und hochintelligent, war vor sechs Tagen in der Cafeteria seiner teuren Privatschule durchgedreht (so hatte der Direktor es ausgedrückt). Er hatte Geschirr zerbrochen und Stühle gegen die Fenster geschleudert, dann war er über die langen Esstische gerannt und hatte seinen verblüfften (und, seien wir ehrlich, wahrscheinlich ein bisschen schadenfrohen) Mitschülern Teller, Essen und Besteck auf den Schoß gekickt. Als großes Finale hatte er einer Physiklehrerin ein Tafelmesser in den Bauch gerammt, und da hatte sich jegliche Schadenfreude seitens der Jungen in nacktes Entsetzen verwandelt. Wie eine Gnuherde beim Anblick eines Löwen waren sie aus dem Speisesaal gestürmt.

Wäre das Messer ein wenig länger gewesen, ein wenig schärfer, hätte die junge Lehrerin das Klingeln zum Ende der Mittagspause vielleicht nicht mehr erlebt. So hatte sie schwere Blutergüsse und leichte innere Blutungen davongetragen. Man erwartete sie in absehbarer Zeit wieder in der Schule. Ob das auch für den Angreifer galt, blieb abzuwarten.

»Meinen Sie, wir könnten die Rollos hochziehen?«, fragte er. Seine Augen wurden schmal, als er zu den verhängten Fenstern hinüberschaute. An seinem Lächeln jedoch änderte sich nichts.

Sie saßen an einem Ende eines langen, schmalen Raumes, wo sie ein Sofa für ihre Patienten und einen Sessel für sich selbst hingestellt hatte. Auf einem niedrigen Couchtisch langen nicht bedrohliche Zeitschriften. Auf die Bezeichnung *nicht bedrohliche Zeitschriften* war sie in einem Praxis-Handbuch gestoßen, und sie zerbrach sich noch immer den Kopf, was eine bedrohliche Zeitschrift sein könnte. Das Waffenjournal *Guns and Ammo* vielleicht?

»Ich kriege Klaustrophobie, wenn die zu sind.« Noch immer dieses unerschütterliche Lächeln.

»Die Rollos schützen deine Privatsphäre«, erklärte sie ihm. »Da draußen sind eine Straße und eine Bushaltestelle. Die Leute, die da vorbeikommen, könnten hier reinschauen.«

»Das stört mich nicht. Mir wär's lieber, wenn sie offen

sind.« Er sah aus, als wäre er drauf und dran aufzustehen. »Ich zieh sie jetzt hoch.«

»Ich mach das schon.« Sie hob die Hand, um ihn zurückzuhalten, und ihr war bewusst, dass er hier bereits die Bedingungen festlegte und dass sie es zuließ. »Aber wenn es zu hell wird, müssen wir uns das vielleicht noch mal überlegen.«

»Wird es nicht. Das Fenster geht nach Westen. Da scheint die Sonne den ganzen Nachmittag nicht rein.«

Sie zog die Rollos hoch. Was die Himmelsrichtung anging, hatte er recht gehabt, allerdings hatte sie bisher noch nie darüber nachgedacht. Und mit der Bushaltestelle hatte *sie* recht gehabt. Drei Personen standen keine fünf Meter entfernt, und da im Zimmer Licht brannte, würden sie hereinschauen können.

Als sie sich wieder umdrehte, sah sie ein Leuchten der Befriedigung in den Augen des Jungen.

»Es tut mir leid, dass ich so viel Mühe mache«, wiederholte er. »Ich weiß, Sie haben bestimmt viel zu tun. Und die Polizei auch. Das hätte ich gern im Protokoll stehen, bitte. Dass ich mich entschuldigt habe.«

Noch immer lächelte er, obwohl ihm inzwischen die Kiefermuskeln wehtun mussten. Ihr wurde klar, wie sehr er sich anstrengte, normal zu wirken.

Jago Moore war eigentlich ein gut aussehender Junge: groß und schlank, mit dem allmählichen Muskelaufbau in Schultern und Oberschenkeln, der sich bei Jungen zum Ende der Adoleszenz einstellt. Sein Haar war dunkelbraun und ziemlich lang. Es fiel ihm in die Stirn und verbarg halb seine Augen, die von einem verblüffend hellen Blau waren. Sein Gesicht war lang und schmal, sein Mund breit und die Zähne darin das Resultat von hervorragenden Genen oder Tausenden von Pfund für den Kieferorthopäden. Die Sorte Junge, von der hormongebeutelte halbwüchsige Mädchen träumten.

Sie hatte keine Ahnung, warum sich ihr Magen verkrampfte, wenn sie ihm so nahe war. Das konnte nur an dem großen Unterschied liegen, an der Disparität zwischen der bemerkenswerten Selbstbeherrschung, die sie jetzt vor sich sah, und dem, was sie erwartet hatte, nachdem sie über den Vorfall in der Cafeteria gelesen hatte.

Zeugen, darunter auch die Polizisten, die als Erste am Tatort gewesen waren, hatten berichtet, dass Jago nach seiner Attacke in einen fast katatonischen Zustand verfallen war. Er hatte sich zuckend in Embryonalstellung auf dem Boden zusammengekrümmt und auf keine Fragen geantwortet, hatte jedoch auf eine Art und Weise, die als »voll gruselig« beschrieben worden war, das meiste wiederholt, was zu ihm gesagt worden war. So war er während der folgenden vier Stunden geblieben.

Am nächsten Tag war er vom Schulbesuch ausgeschlossen worden, bis ein psychiatrisches Gutachten vorlag. Auch die Polizei wartete darauf, von ihr zu hören, bevor man entschied, ob Anklage erhoben werden sollte oder nicht. Nur drei Monate vor dem Abitur war das kein guter Zeitpunkt für einen hochintelligenten Jungen, von der Schule verwiesen zu werden.

»Ich werde dir viele Fragen stellen, Jago«, sagte sie, »über dein Leben als solches, nicht nur über den Vorfall letzte Woche. Und ich werde auch mit deinen Angehörigen reden. Ich möchte dich gut kennenlernen. Ich werde mir

Notizen machen, und der Bericht, den ich schreibe, wird es der Polizei und deiner Schule ermöglichen, zu entscheiden, wie es weitergehen soll.«

Abgesehen von dem einen Versuch, aufzustehen und die Rollos hochzuziehen, hatte Jago sehr still dagesessen. Er zappelte nicht herum oder ließ den Blick schweifen, wie es die meisten ihrer jungen Patienten taten, er pulte nicht an seinen Nägeln herum oder baumelte mit den Beinen. Er wirkte völlig entspannt, und er hatte sich die Zeit genommen, sich ordentlich anzuziehen – dunkelblaue Chinos und ein cremefarbenes Hemd. Seine Halbschuhe waren teuer und blank geputzt, und sein Haar war heute Morgen gewaschen worden. Er roch sauber. Von Kopf bis Fuß ein mustergültiger Siebzehnjähriger, bis auf diese unnatürliche Reglosigkeit.

»Bekomme ich den Bericht zu sehen?«, wollte er wissen.

Jagos Eltern waren wohlhabend und sehr darauf aus, ihren Sohn zu schützen. Vor allem sein Vater hatte kein Geheimnis daraus gemacht, dass er großen Wert auf eine psychiatrische Diagnose und eine medikamentöse Behandlung legte, mit der Jago seine Abiturvorbereitung schnell aufnehmen und sein Leben wieder auf die Reihe bekommen konnte. Der für den Fall zuständige Ermittlungsleiter jedoch, ein Sergeant ein Jahr vor der Pensionierung, hatte das anders gesehen. »Der läuft nicht rund«, hatte er zu ihr gesagt. »Den würde ich nicht in der Nähe meiner Kinder haben wollen.«

»Ich fürchte, nein«, antwortete sie Jago. »Der Bericht ist von der Polizei und vom Sozialdienst in Auftrag gegeben worden, und er ist vertraulich. Vielleicht beschließen sie, ihn dir irgendwann zu zeigen, aber das ist ihre Entscheidung. Um ehrlich zu sein, ich würde nicht damit rechnen.«

Am besten setzte man gleich zu Beginn klare Parameter. Doch sie registrierte das winzige Gefühl der Befriedigung, dass sie dabei hatte, Nein zu ihm zu sagen, und ärgerte sich darüber.

Seine Brauen zogen sich jäh zusammen. »Aber das ist doch *mein* Bericht. Da geht's doch um mich.«

»Fangen wir an.« Sie schlug ihren Notizblock auf. »Erzähl mir vom Dienstagmorgen letzte Woche. Von Anfang an. Als du aufgewacht bist.«

Als Antwort bog und streckte er die Finger beider Hände, ein bisschen wie ein Pianist, der sich anschickt, etwas Gewichtiges, Schwieriges zu spielen, und begann dann, seine Fingergelenke knacken zu lassen, eins nach dem anderen. Die ganze Zeit über hielt er Blickkontakt, ohne zu blinzeln. Sie gab sich alle Mühe, nicht zusammenzuzucken, obwohl sie sowohl das Geräusch als auch die Vorstellung von knackenden Gelenken nicht ausstehen konnte.

Ihrer Erfahrung nach war die Polizei oft sehr schnell mit einem Urteil bei der Hand, doch ausnahmsweise war sie ganz einer Meinung mit dem Detective Sergeant. Ihr graute vor Jago Moore.

3

Angst ist unverwechselbar, nicht wahr? Constance blickte auf. Ich sah, wie sich ihre Lippen öffneten, als sie sich anschickte, etwas zu sagen – mit der Spange hatte ich recht gehabt –, und dann gefroren ihre Züge. Ihr Mund war in einer verzerrten Grimasse erstarrt, und an ihren Schläfen traten die Adern hervor. Ich wappnete mich für einen Schrei, doch sie beherrschte sich. Gerade eben noch.

Faszinierend.

Ich wartete darauf, dass jemand von den anderen reagierte, und merkte dann, dass nur ich den stummen Gefühlsausbruch des Mädchens mitbekommen hatte. Anna hatte sich zur Anrichte umgedreht und griff nach einer weißen Plastikmappe, und die beiden älteren Frauen konzentrierten sich auf sie. Niemand sah Constance an, und ich glaube, mich hatte sie noch gar nicht richtig bemerkt. Sie dachte, sie wäre unbeobachtet, und hatte zugelassen, dass ihre Maske verrutschte.

War ihr bewusst, dass sie den Boden der Bäckerei voll blutete? Auf den Fliesen neben ihrem rechten Fuß zählte ich vier Blutspritzer, auf der linken Seite ein paar mehr. Ich konnte mich wirklich nicht entscheiden, worauf ich meine Aufmerksamkeit richten sollte: auf das Gesicht des Mädchens oder auf die wachsende Menge roter Tropfen zu ihren Füßen. Als sie mit den Schultern zuckte, sah ich ganz kurz einen blutbefleckten Verband, der nachlässig um ihr rechtes Handgelenk gewickelt war.

»Die erste Entscheidung ist, Obstkuchen oder Biskuit-Teig«, erklärte Anna, während sie die Mappe aufschlug und die beiden anderen Frauen näher traten. »Obst ist teurer, aber die Torte hält über die Geburtstagswoche hinaus.«

»Biskuit«, sagte die Mutter. »Sie braucht nicht lange zu halten.«

Ein erschrockenes Keuchen entfloh Constances Mund, und sie stürzte zur Tür. Sie riss sie auf, wobei sie einen Blutstreifen hinterließ, und rannte die Straße hinunter davon.

Eine und dann noch eine Sekunde lang sagte niemand im Laden etwas. Als die Mutter einen Schritt auf die Tür zu machte, schoss die Hand der Großmutter vor wie die Zunge eines Chamäleons.

»*Ich* gehe.« Ihre Fingerknöchel auf der Schulter ihrer Tochter waren weiß, und ihre Stimme war leise und warnend. »Du regelst das mit der Torte.«

Na, viel Glück. Eine Oma in hochhackigen Schuhen versuchte, eine Sechzehnjährige einzuholen, die Turnschuhe anhatte.

»Ist sie verletzt?« Endlich hatte jemand – Anna – das Blut auf der Türklinke bemerkt.

Die beiden Frauen wechselten einen Blick. »Vielleicht sollte ich ...«, setzte die Mutter an.

»Unsinn«, wehrte die Großmutter ab und griff nach der Tür, wobei sie es sorgfältig vermied, in das Blut zu fassen. »Sie wird sich beim Frühstückmachen in den Finger geschnitten haben – ich habe dir doch gesagt, das Brotmesser ist zu scharf – und hat sich nicht die Mühe gemacht, ein Pflaster draufzukleben. Du weißt doch, wie sie ist.«

Wieder ertönte die Türglocke, und mir wurde klar, dass ich sie den ganzen Tag zu hören bekommen würde. Als wolle sie noch darauf herumreiten, blieb die Großmutter auf der Türschwelle stehen und ließ die Glocke weiterläuten. Sie sah erst mich und dann Anna an und zuckte ganz leicht die knochigen Schultern.

»Teenager«, sagte sie.

Die Tür fiel zu, die Glocke verstummte, und ich sah zu, wie die alte Frau die Straße hinunterstöckelte.

»Möchten Sie vielleicht später wiederkommen?«, fragte Anna die Mutter. »Ich habe bis vier geöffnet.«

»Nein.« Die Mutter stieß einen tiefen, schweren Seufzer aus. »Bringen wir's hinter uns. Wenn sie keine Lust hat, sich damit zu befassen, muss sie halt mit dem zufrieden sein, was ich aussuche.«

Anna blickte kurz zu mir herüber, fast als wäre ich jemand, dem sie Mitgefühl entlocken könnte. Ich starrte zurück, und sie schaute weg.

Während der nächsten paar Minuten wurde das Gespräch zu langweilig, um es sich zu merken, und ich hörte nicht mehr richtig zu. Ich beobachtete die Straße, wartete darauf, dass Constance oder ihre Großmutter wieder auftauchte, und lauschte dem Gerede von Schokolade-, Vanille- oder Holundergeschmack, von traditioneller Zuckerblumenverzierung oder vielleicht etwas, das eher auf Constance selbst zugeschnitten war, nur halb. Sie kamen zu einem Entschluss – die Details interessierten mich nicht –, und Geld wechselte den Besitzer.

Die ganze Zeit über schien es Anna nicht zu behagen, ohne Constance endgültige Entscheidungen zu treffen. Mehr als einmal wiederholte sie ihr Angebot, das alles später zu besprechen, doch als die beiden fertig waren, füllte sich der Laden allmählich, und sie wollte sich den anderen Kunden widmen. Ganz zu schweigen davon, das Blut wegzuputzen. Blutspritzer sind ja wohl kaum das, was man in einem Café sehen möchte.

Ich stand auf und ging. Dabei bot ich nicht an, zu bezahlen. Anna, oder wie auch immer sie hieß, hatte mir ein Frühstück aufs Haus angeboten, und ich hatte nicht um das Wurstbrötchen gebeten. Rasch holte ich mein Taschentuch hervor, um mich vor einem möglichen Kontakt mit Constances Blut zu schützen. Ich würde es sofort wegwerfen müssen, aber die Alternative – mit den Körperflüssigkeiten eines anderen Menschen besudelt zu werden – war undenkbar.

Auf der Schwelle drehte ich mich um, um mich von Anna zu verabschieden, doch sie kehrte mir den Rücken zu und schaute nicht zu mir herüber. Unhöflich, fand ich.

Von dem flüchtigen jungen Mädchen oder von der Oma im Verfolgungsmodus war auf der Straße nichts zu sehen, doch als ich meine Haustür aufschloss, dachte ich, dass der Morgen bereits sehr viel interessanter gewesen war, als ich es hätte erwarten können.

Immer mehr Fahrzeuge trafen ein, als ich kurz darauf zum Postamt ging. Die Lieferwagen von heute früh waren von

Wohnmobilen und Autos mit Wohnanhängern verdrängt worden, und es herrschte reges Treiben, weil die Besucher sich mit Lebensmitteln eindeckten. Sicher wäre es einfacher für sie gewesen, unterwegs bei einem der Riesensupermärkte haltzumachen, doch sie werden alle aufgefordert, im Dorf einzukaufen. Das ist einer der Gründe dafür, dass die alljährliche Veranstaltung toleriert wird. Natürlich gibt es noch andere.

St. Abel's Chapel, das Dorf, das ich in den letzten Jahren zu meinem Zuhause erkoren habe, besteht aus nicht viel mehr als aus einer langen, ziemlich tristen Hauptstraße mit Häusern aus Schiefer und Granit. Die Bauvorschriften des Lake District verlangen bei sämtlichen Gebäuden eine traditionelle und ziemliche öde Einförmigkeit. Häuser und Geschäfte sind hoch und schmal und die Fenster eher dafür gedacht, die Kälte draußen zu halten, als Licht hereinzulassen. Vorgärten gibt es nicht, aber hartnäckiger Efeu und wilder Wein wachsen üppig. Wenn die Sonne nicht scheint – was im Nordwesten meistens der Fall ist –, wird das Dorf zu einem Ort voller Schatten und verwinkelter Ecken.

Über der Hauptstraße, ein bisschen wie eine böse Macht, die über ihr Reich wacht, ragt der Tamland Fell auf, einer der höheren Berge in diesem Teil des Nationalparks. Er liegt genau westlich vom Dorf und stiehlt ihm jeden Abend das Licht, außer an den ganz langen Tagen im Mittsommer.

Ich musste im Postamt anstehen, und als ich meine Päckchen schließlich gewogen, frankiert und draußen in den Briefkasten geworfen hatte (ich gebe sie nie am Tresen ab), waren alle Ausgaben des *Telegraph* verkauft. Egal. *The Times* tat es fast ebenso gut. Ich bezahlte sie und meinen üblichen *Daily Mirror*, holte die Päckchen ab, die für mich eingetroffen waren (drei Stück) und verließ das Postamt, wobei ich auf dem Gehsteig beinahe mit Anna Brown zusammenstieß. Sie entschuldigte sich.

Ich nicht, ich hatte nichts falsch gemacht. Sie auch nicht, um fair zu sein, wir waren nur beide zur selben Zeit am selben Ort gewesen. Entschuldigungen bedeuten mehr, finde ich, wenn man nicht mit ihnen um sich wirft wie mit Konfetti.

Wir machten uns auf den Rückweg, und uns blieb nicht viel anderes übrig, als zusammen zu gehen. Normalerweise finde ich das lästig, doch die sogenannte Anna Brown faszinierte mich noch immer.

»Ich war beim Metzger«, berichtete sie, obgleich ich nicht gefragt hatte. »Mittags biete ich Sandwiches an. Bloß Käse, Schinken und Gürkchen, aber die gehen gut. Ich habe überlegt, ob ich es nächste Woche mal mit Suppe probieren soll. Was meinen Sie?«

Ich tat so, als würde ich kurz darüber nachdenken.

»Eine Dose Tomatensuppe bekommen die meisten Leute schon auf«, antwortete ich. »Ich würde Ihre Zeit nicht mit so was verschwenden.«

Sie schniefte und verstummte. Wir blieben stehen, um die Straße zu überqueren, und mussten etliche Sekunden lang warten.

»Ist das hier eine Art Oktoberfest?«, erkundigte sie sich, als ein großer grüner Van mit der Aufschrift *Pandora Productions* vorüberrollte. »Viele von den Wagen, die ich heute früh gesehen habe, scheinen etwas mit dem Showbusiness zu tun zu haben. Und im Ort sind Leute unterwegs, die aussehen wie Rockmusiker.«

»Ich denke, Sie werden feststellen, dass das Oktoberfest in München stattfindet«, entgegnete ich. »Und dass es am ersten Sonntag im Oktober vorbei ist.«

»Überall auf der Welt gibt es jetzt ähnliche Veranstaltungen«, erwiderte sie schroff. »Ich dachte, das hier wäre auch eine.«

»Ist es aber nicht.«

»Beim Metzger hat gerade jemand von ›der Einsammlung‹ gesprochen. Es heißt also Einsammlung?«

»Ja«, sagte ich.

»Klingt das für Sie nicht ein bisschen gruselig?«

»So habe ich nie darüber gedacht.«

»Und was ist das nun?« Wir hatten die andere Straßenseite erreicht, und sie hatte tatsächlich angehalten und verstellte mir den Weg. »Sie sind die fünfte Person, die ich heute Vormittag gefragt habe, und keiner hat mir eine klare Antwort gegeben.«

»Die Leute von hier sagen Ihnen, dass sie nur sehr wenig darüber wissen, dass es eine Privatveranstaltung ist, an der niemand teilnimmt, der hier wohnt. Dass sie keinen Schaden anrichtet und jedes Jahr eine Menge Einnahmen bringt«, erwiderte ich. »Wenn Sie weiterfragen, wird man Ihnen sagen, dass Sie in den nächsten paar Wochen mehr Umsatz machen werden als im ganzen restlichen Jahr, und dass Sie gut beraten sind, das auszunutzen und sich nicht zu viele Gedanken darüber zu machen, was da passiert oder nicht passiert.«

Sie antwortete nicht, starrte mich aber weiter an.

»Die Besucher wiederum zucken mit den Schultern und sagen: *Ach, das machen wir jedes Jahr. Einfach nur ein Treffen von ein paar Freunden.*« Sie senkte den Blick.

»Habe ich recht?«, hakte ich nach.

»Ja«, antwortete sie. »Also, was passiert denn nun da?«

Ich lächelte. »Ich war noch nie dort. Ich weiß nichts darüber, nur dass die Leute so gegen Mitte Oktober hier aufkreuzen und dass dann im Dorf eine Menge los ist, aber am ersten Wochenende im November sind sie alle wieder weg.«

»Mir ist noch etwas anderes aufgefallen«, meinte sie. »Viele verlassen das Dorf. Von denen, die hier wohnen, meine ich. Ich habe allein heute Morgen bestimmt ein halbes Dutzend Leute ihre Autos vollpacken sehen.«

»Ich denke, Sie werden feststellen, dass nächste Woche Herbstferien sind. Dann sind viele Familien weg. Die meisten fahren am Freitagabend los.«

Sie nickte. »Daran habe ich nicht gedacht. Kommt mir aber komisch vor. Neue Leute strömen hier rein, und die, die hier wohnen, fliehen vor den Horden.«

»So, wie Sie das sagen, hört es sich an wie eine Invasion«, bemerkte ich.

Das sollte ein Witz sein, doch Anna lächelte nicht einmal, als ich zu ihr hinüberschaute.

»Was halten Sie von dieser Familie heute Morgen?«, wechselte sie das Thema. »Um ehrlich zu sein, ich hatte ein ziemlich schlechtes Gewissen, denen so viel Geld abzunehmen. So große Torten sind nicht billig, und sie haben auch noch jede Menge anderes Party-Essen bestellt.«

»Ihr neues Unternehmen wird vielleicht nicht sehr erfolgreich, wenn Sie sich beim Verkaufen unwohl fühlen.«

Das hatte nicht witzig sein sollen, aber sie lachte. Allmählich revidierte ich meine Ansicht, dass sie reizlos war.

»Stimmt auch wieder. Aber ich habe mir Sorgen um Constance gemacht. Sie schien sich nicht gerade auf ihre Party zu freuen, nicht wahr? Sie und die Großmutter sind nicht zurückgekommen. Und für einen Schnitt mit einem Brotmesser hat sie ganz schön heftig geblutet.«

Ich erwog, ihr zu sagen, was ich gesehen hatte, doch alte Gewohnheit hielt mich davon ab. Wissen ist etwas, was man schätzen und bewahren sollte, denke ich immer.

»Ich hoffe, sie ist okay«, beendete Anna ihren Gedankengang.

»Können Sie irgendetwas unternehmen, wenn sie nicht okay ist?«

Sie antwortete nicht, aber ich merkte, wie sie sich neben mir im Gehen versteifte. Ungewöhnlich emphatisch, dachte ich bei mir, und nervös, das merkt man an ihrer plappernden Art zu reden. Fühlt sich mit ihrem neuen Namen nicht wohl und weicht Fragen nach ihrer Vergangenheit aus. Ich hatte bereits nach Spuren eines Eherings an ihrer linken Hand gesucht. Nichts Eindeutiges, hatte ich entschieden.

In diesem Moment hielt ein Lastwagen mitten auf der Straße.

»Entschuldigung«, rief die Fahrerin, eine Frau in den Fünfzigern mit starkem ausländischem Akzent. »Können Sie mir bitte sagen, wie ich nach Gathering Hall komme?«

»Geradeaus die Straße rauf«, erklärte ich ihr. »Nach dem Dorf die Erste rechts und weiter bis zum Ende. Etwas über drei Kilometer. Die machen die Tore auf, wenn Sie kommen.«

Die Frau nickte zum Dank und fuhr weiter.

»Theaterkostümverleih?«, bemerkte Anna. »Und der Wagen hat ein holländisches Kennzeichen. Was läuft da oben?«

»Sind Sie ein neugieriger Mensch, Anna?«, erkundigte ich mich, als wir die Vordertür der Bäckerei erreichten.

»Ist nicht jeder neugierig?«, fragte sie ein wenig abwehrend zurück.

Das war eine durchaus vertretbare Herausforderung. Ich bin selber neugierig, und Anna Brown machte mich allmählich *sehr* neugierig. Der Unterschied zwischen uns war, dass ich inzwischen sehr geübt darin war, meine Neugier zu verbergen.

Aber ich wohnte ja auch schon länger hier.

4

April, ein Jahr zuvor

»Ich werde verrückt, stimmt's?«, fragte Jago.

Die Psychiaterin zwang sich zu lächeln. »Diese Worte habe ich noch nie in einem Bericht verwendet, und ich habe nicht vor, bei deinem damit anzufangen.«

Drei Tage nach ihrer ersten Begegnung war Jago ähnlich sauber und gut gekleidet. Das seltsame, starre Grinsen hatte er abgelegt, wofür sie dankbar war, doch beim Hinsetzen hatte er seinen Nacken knacken lassen, erst in die eine und dann in die andere Richtung, und sie dabei genau beobachtet. Als wüsste er, dass sie das nicht ausstehen konnte.

Sie hatte die Rollos hochgezogen, bevor er gekommen war, und war sich des gedämpften Verkehrslärms und des Stimmengewirrs an der Bushaltestelle sehr bewusst.

»Kannst du dich jetzt an mehr von dem Vorfall in der Cafeteria erinnern?«

Bei ihrem ersten Gespräch hatte Jago behauptet, keinerlei Erinnerung an seinen Anfall zu haben, abgesehen von einem merkwürdigen, traumartigen Szenario aus Lärm, Chaos und einer enormen, verinnerlichten Wut. *Es war, als würde ich innerlich verbrennen*, hatte er gesagt. *Und dann ist alles dunkel geworden.*

Er schüttelte den Kopf. »Es verschwindet immer mehr. So wie Träume. Beim Aufwachen hat man sie noch vor Augen, aber sie verschwinden.«

»Als die Polizei das erste Mal mit dir gesprochen hat, hast du gesagt, du hättest Stimmen gehört.«

Er machte ein verblüfftes Gesicht. »Echt? Ganz ehrlich, das ist alles total verschwommen.«

»Stimmen in deinem Kopf, um genau zu sein, die dich angetrieben hätten. Erinnerst du dich daran?«

Seine Lippen zuckten, als sei er gelinde erheitert. »Daran, die Stimmen zu hören, oder daran, dass ich's der Polizei erzählt habe?«

Niemand, der so tief im Dreck saß wie dieser Junge, konnte es sich leisten, Sprüche zu klopfen. »Fangen wir mit den Stimmen an. Was haben sie zu dir gesagt?«

Langsam und bedächtig schüttelte er den Kopf. »Da war unheimlich viel Krach im Saal. Die Jungs haben mich angefeuert. Zumindest am Anfang. Vielleicht habe ich ja das gemeint.«

Er stellte die Idee in den Raum wie eine Herausforderung, als wolle er sagen: *Beweisen Sie mir, dass es nicht so war.*

»Und du sagst, so was ist dir noch nie passiert? Hast du jemals etwas Ähnliches erlebt? Jemals gesehen, wie jemand in deinem Beisein die Beherrschung verloren hat? Vielleicht als Kind?«

Eine ihrer Aufgaben bestand darin, während der Sitzungen mit Jago das Risiko und die Wahrscheinlichkeit einzuschätzen, dass er wieder gewalttätig werden würde. Zu dem Verfahren, das sie angewendet hatte, gehörte eine Liste von zwanzig Faktoren, darunter die Berücksichtigung relevanter Ereignisse in der Vergangenheit. Einfach gesagt, bei einem Patienten mit einer Gewaltanamnese, selbst wenn er nur selbst Gewalt erfahren hatte, war es wahrscheinlicher, dass er solches Verhalten wiederholte. Erste Anfragen in seiner Schule und bei seinen Eltern hatten nichts erbracht.

Bis auf die Aussage seiner Klassenlehrerin, einer dunkelhaarigen jungen Frau, die gesagt hatte, Jago würde sie »verunsichern«. Auch wenn der Junge nie etwas getan hatte, das eine förmliche Beschwerde ausgelöst hätte, war sie nie gern allein mit ihm im Klassenraum gewesen.

Während Jago auf ihre Fragen antwortete und erklärte, dass seine Eltern ihn nie geschlagen hätten und dass es ihm gelungen sei, den meisten Spielplatzraufereien aus dem Weg zu gehen, machte sich die Psychiaterin Notizen. Eine jähe Bewegung ließ sie aufblicken. Jago hatte abrupt den Kopf gesenkt, sodass seine Schläfen auf seinen Fingerspitzen ruhten. Seine Augen waren fest zugekniffen.

»Jago, ist alles in Ordnung?«

Er blickte auf. »Das Licht stört mich. Ich kriege Kopfschmerzen davon. Können Sie bitte das Rollo runterlassen?«

»Am Montag wolltest du, dass es oben ist. Du hast gesagt, du bekommst sonst Klaustrophobie.«

»Heute muss es zu sein. Und kann ich ein bisschen Wasser haben?«

Sie legte ihre Notizen weg, stand auf, zog das Rollo herunter und goss ihm Wasser aus der Kanne auf dem Beistelltisch ein.

»Sie sind ein Engel«, sagte er, als sie es ihm reichte. Sein Gesicht war wieder glatt, und er lächelte. Er sah nicht aus, als hätte er Kopfschmerzen. »Wo waren wir?«

Verdammt, dieser Bengel ließ sie hier nach seiner Pfeife tanzen.

5

Ich wartete, bis es im Laden ruhig geworden war, bevor ich wieder hinüberging. Es war fast vier, und drüben hatte ein steter Besucherstrom geherrscht. Anna hatte recht gehabt, als sie gesagt hatte, die Stühle draußen wären beliebt. Sie waren den Großteil des Tages besetzt gewesen, genau wie die hinten im Hof.

Fairerweise muss gesagt werden, dass der hintere Teil ihres Grundstücks sehr viel besser aussah als vorher – ich hatte vom Fenster meines Arbeitszimmers einen recht guten Blick darauf –, doch fürs Erste würde ich das nicht als Innenhof bezeichnen.

Schließlich hörte ich, wie sie um vier die Riegel an der Vordertür vorschob. Ich klopfte, während sie noch im Laden war. Sie runzelte die Stirn, kam jedoch zur Tür und lächelte mich müde an.

»Ich habe geschlossen«, sagte sie, als wäre das Schild an der Tür nicht deutlich zu sehen.

»Ich bin nicht wegen Backwaren hier«, erklärte ich. »Ich wollte wissen, ob Sie heute irgendwelche Probleme mit Ihrem Telefon hatten.«

Sie furchte die Stirn. »Nein …« Dann hielt sie inne. »Na ja, nicht direkt Probleme, aber …«

»Das Telefon klingelt, aber dann wird aufgelegt, sobald Sie rangehen?«

Mit nachdenklichem Gesicht ging Anna zurück hinter den Tresen, wo sie gerade unverkaufte Ware von den Tellern auf ein größeres Tablett geschoben hatte. »Woher wissen Sie … Ist Ihnen das auch passiert?«

»Dreimal.« Ich folgte ihr in den Laden. »Unterdrückte Rufnummer, also konnte ich nicht zurückrufen.«

Einen Teller mit Scones auf halber Höhe in der Hand, hielt sie jäh inne. »Ich frage mich, ob das Constance war«, sagte sie, fast als spräche sie mit sich selbst.

»Wer?«, fragte ich, obwohl ich sehr gut wusste, wen sie meinte.

»Das Mädchen von heute Morgen. Die, die demnächst sechzehn wird.« Anna sah mich an. »Aber woher sollte die Ihre Nummer haben? Meine Telefonnummern stehen beide auf der Karte, die ich ihrer Mutter gegeben habe, aber Ihre würde sie doch nicht kennen.«

Nun, das ließ sich leicht erklären. »Meine Festnetznummer ist fast identisch mit Ihrer«, erwiderte ich. »Nur mit einer Zwei am Schluss statt mit einer Eins. Die von Hugh Gardner ist dieselbe, sie endet nur mit einer Drei. Alle drei Anschlüsse sind gleichzeitig gelegt worden, mit fortlaufenden Nummern. Constance könnte sich verwählt haben.«

Anna nickte.

»Das erklärt aber trotzdem nicht, warum Sie denken, dass sie das war«, bohrte ich nach.

»Ich hatte eine Nachricht auf meinem Handy.« Sie griff in ihre Schürzentasche und holte ein Mobiltelefon hervor. Dann drückte sie auf ein paar Knöpfe und hielt es mir hin, sodass ich die SMS lesen konnte:

Tut mir leid wegen heute Morgen. Sie scheinen echt nett zu sein. Ich wünschte, ich hätte jemanden wie Sie zum Reden.

»Und Sie glauben, die ist von Constance?«, fragte ich.

»Von wem denn sonst? Ich weiß nicht, was ich machen soll. Antworte ich darauf oder nicht?«

Ich schüttelte den Kopf. »Ich würde mich da nicht einmischen. Aber gut zu wissen, dass nichts mit meiner Telefonleitung ist. Danke, dass Sie sich die Zeit genommen haben.«

Auf dem Weg hinaus drehte ich mich nicht um, doch in der Spiegelung der Glasscheibe konnte ich sehen, dass Anna mir nachblickte. Ein beklommener Ausdruck lag auf ihrem Gesicht.

Mitte Oktober ist mir die liebste Jahreszeit, vor allem wegen der Art, wie die Nacht alle überrascht. Am späten Nachmittag zieht sich Finsternis um uns zusammen wie ein Hinterhalt, stürzt sich auf das, was vom Tag übrig ist, und verschlingt das Licht. Bis November haben wir uns daran gewöhnt, aber im Oktober verdrängen wir es noch. Wir machen Licht an – wir müssen, sonst könnten wir uns nicht gefahrfrei fortbewegen –, doch an unsere Rollos und Vorhänge denken wir nicht. Töricht klammern wir uns an die Erinnerung an lange Sommerabende und denken überhaupt nicht daran, wie wir uns eine Stunde oder länger am Ende des Tages selbst zur Schau stellen. Ich sage »wir«, schließe mich dabei jedoch natürlich nicht selbst mit ein. Meine Vorhänge sind vor fünf Uhr zu, meine Türen sind abgeschlossen, und ich bin draußen, warm angezogen wegen der Kälte, und wandere durch die immer dunkler werdenden Straßen. Und erfahre mehr über meine Nachbarn, als ich es in einem ganzen Jahr des Beobachtens bei Tageslicht täte.

Und so sehe ich, wie Sie, Marinekommandant im Ruhestand, hinter den Seiten der *Financial Times* in der Nase bohren. Ich sehe Sie, alte Dame, täglich die Rahmen Ihrer Familienfotos polieren und dafür sorgen, dass man sie von der Straße aus sehen kann. Wie sie der Welt vorgaukeln, dass Ihr Mann Sie nicht wegen einer Jüngeren verlassen hat und dass Ihre Kinder nicht schon vor Jahren aufgehört haben, anzurufen oder zu Besuch zu kommen. Ich sehe Sie, die Frau, die mit so viel Energie und solcher Effizienz den Lehrer-Eltern-Ausschuss der Schule leitet; ich sehe, wie Sie Ihrem Kleinkind einen heftigen Klaps auf sein pummeliges Beinchen geben, als es seinen vollen Löffel auf den Boden schmeißt. Ich sehe den erschrockenen Schmerz des Kleinen und das Leuchten der Macht in Ihren Augen.

Und ich sehe dich, junges Mädchen, wie du Essen aus dem Kühlschrank klaust, wenn deine Mutter nicht in der Küche ist, und ich sehe, wie dein Vater dich anschaut, wenn er glaubt, dass es niemand mitbekommt. Ich bezweifele, dass er seine Fantasie ausleben wird. Er ist ein Mann, den ich stets für feige gehalten habe, aber er hat diese Gedanken trotzdem, und sie halten ihn nachts wach.

An diesem Abend sollte ich enttäuscht werden. Noch immer trafen die Besucher ein, ein gleichmäßiger Strom aus Autos und Wohnmobilen auf der Hauptstraße. Aber weniger als sonst, dachte ich. Das chinesische Restaurant in der Hauptstraße war nicht nur voll, sondern machte auch regen Umsatz mit Essen zum Mitnehmen. Der Pub *The Gray Mare* war eine pulsierende Lärm- und Lichtblase, fast schien er vor Parfüm-, Hopfen- und Schweißgeruch zu bersten. Mehrere Gäste, die alle rauchten, standen draußen auf dem Gehsteig.

Der Zustrom hatte die Dorfbewohner wie immer nervös gemacht. Vorhänge waren früh zugezogen worden, und ich vermisste die Lichtrechtecke, die auf die Gehsteige fielen. Eigentlich hätte ich damit rechnen müssen, doch ich lag zehn Tage hinter meinem üblichen Zeitplan zurück. Das Leben hatte sich weitergedreht, während ich im Krankenhaus gewesen war.

Unser Dorf hat nur wenige Straßenlaternen, und normalerweise sind etwa die Hälfte davon wegen Vandalismus oder Nachlässigkeit außer Betrieb. Dieser Abend jedoch war wolkenlos, auch wenn der Mond gerade abnahm. Ich rechnete rasch im Kopf, und mir wurde klar, dass es in neun Tagen nachts in der Tat sehr finster sein würde, wenn der Mond sich nicht am Himmel zeigte. Der Höhepunkt der Einsammlung würde in dieser dunkelsten aller Nächte stattfinden.

Um den Pub machte ich einen großen Bogen. Ich war noch nie da drin gewesen, doch selbst, wenn ich daran vorbeiging, fühlte ich mich unwohl. Irgendwie war ich aufgewühlt und gereizt. Meine Abendspaziergänge sollen mich eigentlich beruhigen, und dieser tat nichts dergleichen. Gewiss, der Tag war interessanter gewesen, als ich erwartet hatte – die rätselhafte Angst und die mysteriösen Blutungen der kleine Constance, ganz zu schweigen von Anna Browns wundervollem Potenzial –, doch wenn überhaupt, so hatte ich das Gefühl, dass sich um mich herum die Dinge ein wenig zu schnell entwickelten. Kontrolle und Wissen sind mir mehr wert als alles andere, und als ich an diesem Abend durch die düsteren Straßen ging, fühlte ich, wie mir beides mehr und mehr entglitt.

Die Einsammlung bringt die Einheimischen immer aus dem Gleichgewicht, mich jedoch für gewöhnlich nicht. Mein Abendspaziergang führt mich zur Kirche und zurück. Von meinem Haus aus gesehen liegt sie am anderen Ende des Dorfes, in einer ähnlich ruhigen Straße, die sie sich nur mit einem anderen Gebäude teilt: der Pfarrei. Der Vikar, ein Waliser Ende vierzig, der für einen Mann Gottes erstaunlich sportlich ist, war gerade von seinem Abendlauf zurückgekehrt. Er lehnte an der Mauer, die sein Grundstück umgibt, und dehnte irgendetwas: die Achillessehne, vielleicht auch den Oberschenkel – die menschliche Anatomie ist nicht so mein Ding. Er glaubt gern, mich ziemlich gut zu kennen, also tauschten wir ein paar Nettigkeiten über das Wetter und meine Gesundheit aus, bevor er Gute Nacht sagte. Wie die meisten intelligenten Menschen halte ich religiösen Glauben für absurd, doch im Laufe der Jahre war mir klar geworden, dass Kirchen oft das Zentrum einer Gemeinschaft sind. Durch regelmäßigen Kirchenbesuch kann man eine Menge in Erfahrung bringen.

Der Vikar, um ihn als Beispiel zu nennen, ist seit drei Jahren Witwer und hat seit zweien davon eine Affäre mit der verheirateten Direktorin der hiesigen Grundschule.

Am Mittwoch- und Freitagabend, wenn ihr Mann im nahen Penrith Badminton spielt, schleicht sie dunkel gekleidet die Straße hinunter und betritt die Pfarrei, ohne anzuklopfen, durch die Hintertür. Ein paar Minuten später geht oben in einem der Schlafzimmer das Licht an; eigenartigerweise nicht in dem, das er mit seiner verstorbenen Frau geteilt hat. Das finde ich faszinierender als seinen Fehltritt, wenn auch nicht annähernd so nützlich.

Am nächsten Abend würde es kein verbotenes Stelldichein geben, das wusste ich, denn der Vikar ist während der Einsammlung nie im Dorf. Er nimmt jedes Jahr Urlaub, macht irgendwo eine Pilgerwanderung und kommt erst zurück, wenn die Besucher fort sind. Das Timing sei reiner Zufall, behauptet er steif und fest.

Als ich den Kirchhof betrat, sah ich die glutroten Punkte ein Stück über dem Boden schweben und roch jenes penetrante Aroma, das mir verriet, dass sich eine Gruppe Dorfbengel hier versammelt hatte. Das taten sie oft, rauchten das Zeug, das sie Gras nannten, und tranken Carlsberg Bier oder billigen Wodka. Am nächsten Tag pflegte ich wiederzukommen, die weggeworfenen Dosen und Zigarettenpapiere aufzusammeln und alles ordnungsgemäß zu entsorgen. Seit dem Großteil meiner fünf Jahre hier halte ich den Kirchhof sauber, und mein Aufräumfimmel ist allgemein bekannt. Kostet ein bisschen Zeit, aber dadurch wirke ich vertrauenswürdig.

»Guten Abend, Jungs«, rief ich, als ich näher kam.

Ein paar grunzten. Drei der fünf starrten zu Boden, aber an diese Reaktion bin ich gewöhnt.

Ich blieb ein kleines Stück entfernt stehen und schaute auf die Uhr. »Habt ihr von der Ausgangssperre gehört?«

»Hä?« Der De-facto-Anführer der Gruppe schnitt mir eine Grimasse. Er war fünfzehn und hieß Skin oder so, obgleich ich zugebe, dass das nicht sehr wahrscheinlich ist.

Ich winkte ab. »Hab's wahrscheinlich falsch verstanden, nur etwas, das ich im Dorf aufgeschnappt habt. Hört nicht auf mich.« Damit wandte ich mich zum Gehen.

»Was'n 'ne Ausgangssperre?«, wollte Skin wissen.

Ich blieb stehen. »Na ja, das heißt, ab einer bestimmten Uhrzeit müssen alle zu Hause sein. Niemand darf sich auf der Straße oder – also, ich weiß nicht – auf dem Kirchhof rumtreiben. Wie gesagt, ich hab's wahrscheinlich falsch verstanden. Und das gilt ja auch nur, solange die Einsammlung stattfindet. Schönen Abend noch, Jungs.«

Wieder wandte ich mich ab.

»Das könn' die doch nich' machen«, erboste sich Skin.

Ich tat so, als würde ich kurz darüber nachdenken. »Nun ja, sollte man nicht glauben, oder? Wahrscheinlich ist es gar nicht offiziell, nur dass die Kirche – nicht die Kirche hier, die oben in Gathering Hall – es lieber hätte, wenn die Leute nicht nach Einbruch der Dunkelheit draußen rumhängen. Und die Polizei hat sich bereit erklärt, die nächsten paar Wochen dafür zu sorgen, dass die Straßen leer sind. Wenn man's recht bedenkt, gibt es Gesetze, die der Polizei das gestatten.«

Die Jungen starrten mich alle an. Stellen Sie sich übellaunige Schafe vor, dann haben Sie eine Vorstellung von den Mienen, die ich vor mir sah.

»Zum Beispiel könnte das Grundstück hier als Privateigentum gelten, sie hätten also das Recht, euch aufzufordern, zu verschwinden. Und gegen Herumlungern gibt es bereits ein Gesetz. Zumindest glaube ich das.«

»Wieso denn?«, fragte einer. Nicht Skin. Es war mir nie gelungen, alle ihre Namen in Erfahrung zu bringen.

»Gute Frage. Da fragt man sich doch, was die vorhaben, oder? Meine Güte, ist es wirklich schon so spät? War nett, euch zu treffen.«

Damit ging ich, war mir des Gemurmels bewusst, das ich zurückließ, und konnte mir ein Lächeln nicht verkneifen.

Von einer Ausgangssperre war natürlich keine Rede gewesen. Was für ein absurder Gedanke. Aber die Jungs, die sich abends im Dorf herumtreiben, haben oft viel leeren Raum in den Köpfen, und nichts ist der Natur so verhasst wie ein Vakuum. Ein schwacher Intellekt saugt neue Informationen auf, ohne sie zu hinterfragen, und lässt sie schwären und reifen, bis fünf junge, stramme Burschen zu Pulverfässern schwelenden Grolls werden, die nur auf den Funken warten, der die Explosion auslöst. Selbstverständlich hatte ich keine Ahnung, welche Form diese Explosion annehmen könnte. Ich verstreute einfach nur Samen und wartete ab, was sprießen würde.

Erschöpfung folgte mir dicht auf den Fersen wie ein anhänglicher Hund, als ich auf mein Haus zustrebte. Ich suchte in meiner Tasche nach dem Schlüssel und sah daher Hugh Gardner und Anna Brown nicht zusammen auf der Schwelle der Bäckerei, bis ich praktisch vor ihnen stand.

»Na ja, wenn Sie meinen …«, sagte Gardner gerade, der meiner Meinung nach ein bisschen zu dicht neben der Frau in der Tür stand.

»Vielen Dank, aber ich muss sehr früh ins Bett«, erwiderte sie. Ich machte mich auf eine von Gardners Anzüglichkeiten gefasst, doch er trat zurück und ließ ihr damit etwas dringend benötigten Raum.

»Kein Ursache«, sagte er. »Schlafen Sie gut.«

Meine zehntägige Abwesenheit hatte mich ein wenig langsam gemacht, begriff ich. Anna Brown war Bäckerin und stand morgens um vier auf, um mit der Arbeit anzufangen. Natürlich würde sie früh ins Bett gehen; deswegen hatte ich gestern Abend nichts in ihrem Haus gehört.

Gardner machte auf dem Absatz kehrt. Mit zusammengekniffenen Augen nickte er mir kurz zu und drängte sich quasi an mir vorbei. Als ich mich wieder gefangen hatte, nachdem ich fast zu Boden gestoßen worden war, war Anna Brown wieder in ihrem Laden und drauf und dran, die Tür zu schließen. Sie sah mich an, und ihre Augen wurden riesengroß. Ich merkte, wie sich ein Lächeln auf meinem Gesicht breitmachte, eine Sekunde, bevor mir klar wurde, dass sie gar nicht mich ansah, sondern über meine Schulter hinwegblickte. Schaute sie Gardner an?

Nein, nicht Gardner. Das junge Mädchen Constance stand keine zehn Meter entfernt unter einer Straßenlaterne. Ihr Blick huschte nervös zu Gardner hinüber, doch der ging mit einem simplen Kopfnicken an ihr vorbei.

Als ich mich wieder umdrehte, sah ich, dass Anna noch immer an der Ladentür stand. Sie beobachtete Constance, und ihre Miene, wenngleich nicht direkt unfreundlich, wirkte nicht gerade einladend. Musik, eine populäre Ballade, die ich zu kennen glaubte, aber deren Titel mir nicht einfallen wollte, lief ziemlich laut im Innern des Ladens.

Während ich über das potenzielle Ärgernis nachsann, eine Nachbarin zu haben, die ständig Musik laufen ließ, kam Constance näher wie ein streunendes Tier, das Angst vor Fremden hat.

»Ah, das Geburtstagskind«, bemerkte ich, als sie nahe genug war. »Du willst wohl die letzten Details der Torte klären?«

Ich glaubte, ein scharfes Einatmen von Anna zu hören.

»Ich wollte fragen …«, begann Constance. Sie sah mich finster an, doch der verdrossene Ausdruck verschwand aus ihrem Gesicht, als sie sich an Anna wandte. »Habe ich heute Morgen mein Handy in Ihrem Laden liegen lassen?«

Sie war gar nicht lange genug im Laden gewesen, um irgendetwas liegen zu lassen. Darauf wollte ich gerade hinweisen, als Anna mir zuvorkam.

»Ich hab's nicht gesehen, aber schauen wir doch mal nach.« Sie warf mir einen raschen, abweisenden Blick zu. »Gute Nacht. Bleiben Sie nicht zu lange draußen in der Kälte.« Dann kehrte sie mir den Rücken zu und bat Constance herein. Rasch folgte ich ihrem Beispiel und trat in mein eigenes Haus.

Ärgerlicherweise machte Anna die Musik nicht leiser, sodass es mir unmöglich war, zu hören, was sie und Constance zueinander sagten. Ich konnte ihre Stimmen hören, konnte eine von der anderen unterscheiden, die Worte jedoch konnte ich nicht verstehen. Sie sprachen etwa fünf Minuten lang, und als ich die Türglocke wieder hörte, trat ich an meine eigene Haustür und drückte sie einen Spalt weit auf.

»Ich hoffe, es taucht bald wieder auf«, sagte Anna.

»Danke. Und vielen Dank fürs Suchen. Ich wette, meine Mum hat es versteckt, das macht sie manchmal.«

»Constance, ich habe heute eine SMS bekommen. Und ein paar Anrufe. Ich dachte, die kämen vielleicht von dir?«

»Wie denn? Ich hab doch mein Handy nicht.«

»Nein, natürlich nicht. Bist du sicher, dass ich dich nicht zurückfahren soll?«

Constance lehnte das Angebot ab, joggte zum Ende der Straße und bog um die Ecke.

Ich machte mir einen Kakao – ohne Zucker – und nahm ihn mit nach oben. Gerade war ich bettfertig und wollte schon die Decke zurückschlagen, als ich eine Stimme hörte, so laut und deutlich, dass ich dachte, jemand wäre bei mir im Zimmer.

»Rachel? Ich bin's.«

Es war Anna. Ihr Schlafzimmer lag neben meinem, und dazwischen war lediglich eine dünne Wand. Wir waren nur ein kleines Stück voneinander entfernt. Ich setzte mich hin und hörte sie abermals.

»Ich weiß. Ich weiß, du willst nichts mehr von mir hören, und ich weiß, es ist spät, aber ich muss dich etwas fragen.«

Josie Hinton, die vorige Bewohnerin des Hauses nebenan, hatte kein Telefon im Schlafzimmer gehabt, und Besuch hatte sie dort ganz sicher nie empfangen. Mir war gar nicht klar gewesen, wie hellhörig es oben war; ich konnte sogar das Murmeln der Person am anderen Ende der Leitung hören. Wer immer es war, sprach nicht lange, sondern antwortete Anna in kurzen, knappen Sätzen. Man konnte wohl behaupten, dass Rachel – wer auch immer sie war – und Anna nicht gerade beste Freundinnen waren.

»Das verstehe ich ja«, sagte Anna. »Aber ich habe so komische Anrufe gekriegt.«

Eine Pause.

»Ich weiß nicht, ich habe keine Ahnung, wer das war. Ich habe mich gefragt, ob …«

Wieder knappes Gemurmel.

»Nein, natürlich behaupte ich nicht, dass du … Sei doch nicht so verdammt empfindlich. Ich frage nur, ist es möglich? Dass er das war? Dass er irgendwie …«

Wieder eine Pause, noch mehr Gebrabbel am anderen Ende der Leitung.

»Okay, ich verstehe.« Annas Tonfall hatte sich verändert, war härter geworden, kälter. »Entschuldige die Störung.«

Stille. Ich wartete auf das Geräusch des Auflegens. Es schien länger zu dauern, als es sollte, aber endlich hörte ich das Klicken doch.

Faszinierend.

6

April, ein Jahr zuvor

»Nur mit einer«, antwortete er. »Mit meiner Freundin Lauren.«

Die Psychiaterin blickte kurz auf. Sie war eine attraktive Frau, hatte Jago beschlossen, seiner Stiefmutter nicht unähnlich. Vielleicht ein oder zwei Jahre älter, aber mit dem gleichen dunklen Haaren und der gleichen hellen Haut. So, wie sie immer wieder auf ihre Notizen hinabschaute, anstatt ihm in die Augen zu sehen, vermutete er, dass sie sich nicht wohl dabei fühlte, über seine sexuellen Erfahrungen zu sprechen.

Oder vielleicht stand sie ja auf ihn.

»Du hast eine Freundin?«, fragte sie.

»Jetzt nicht mehr«, antwortete er wahrheitsgemäß und empfand den vertrauten Stich des … was genau eigentlich? Des Zorns, des Verdrusses, der Wut?

»Wir haben uns vor drei Monaten getrennt«, fuhr er fort, »aber sie ist das einzige Mädchen, mit dem ich Sex hatte. Heutzutage muss man sich doch vorsehen, oder? Ich meine, mit dieser ganzen Me-too-Nummer. Schließlich will ja niemand wegen Date Rape angeklagt werden.«

Er sah, wie der Blick der Psychiaterin härter wurde, und hätte sich im Stillen ohrfeigen können.

»Und ich möchte das nicht mit jemandem machen, an dem mir nichts liegt«, fuhr er hastig fort. »Sex sollte doch etwas bedeuten.«

Er wartete darauf, dass ihre Körpersprache Entspannung andeutete, und ärgerte sich, als er sah, dass das nicht sofort und nicht offenkundig geschah. Er war ein Idiot gewesen, sie misstrauisch zu machen. Einen Moment lang überlegte er, wie groß die Chance war, dass sie seine Lüge erkannte. Er hatte mit sieben Mädchen Sex gehabt (möglicherweise auch mit acht, er wusste nicht mehr ganz genau, was letztes Jahr beim Truck Festival abgegangen war). So oder so, sein Body Count war der höchste unter den Jungen in seinem Jahrgang. Manchmal, fand er, waren Mädchen in seinem Alter einfach zu leicht zu haben.

»Warum habt ihr euch getrennt?«, wollte die Psychiaterin wissen.

»Das war Laurens Entscheidung«, antwortete er, wieder wahrheitsgetreu. »Sie hat gesagt, es fühlt sich nicht richtig an.«

»Hat sie erklärt, was sie damit gemeint hat?«

Er schüttelte den Kopf. »Eigentlich nicht. Und ich wollte sie auch nicht drängen. Wenn ein Mädchen Nein sagt, meint es Nein.«

Er wartete auf das beifällige Nicken. Es kam nicht.

»Wann hast du das letzte Mal wegen etwas ein schlechtes Gewissen gehabt?«, fragte sie.

Jago unterdrückte den Drang zu feixen. Jetzt mal im Ernst, fiel wirklich irgendwer auf diesen Scheiß rein? Sie arbeitete hier die Hare-Psychopathy-Checklist durch, den Standart-Screeningtest für potenzielle Psychopathen. Wahrscheinlich die Jugendversion für Patienten zwischen zwölf und achtzehn. Er hatte gewusst, dass das kommen würde, und hatte im Internet alles darüber gelesen, was er finden konnte.

Anhand der Hare-Checkliste lotsten die Ärzte ihre Patienten – potenzielle Psychos – durch eine Serie von Fragen, um festzustellen, wie gut bestimmte Kriterien auf sie zutrafen. Kriterien wie eine Neigung zur Langeweile, zum Lügen, dazu, andere zu manipulieren. Jeder der zwanzig Faktoren wurde mit einem Wert zwischen null und zwei benotet, wobei null »trifft nicht zu«, eins »trifft teilweise zu« und zwei »trifft definitiv zu« bedeutete. In UK war ein

Gesamtwert von fünfundzwanzig der Richtwert für jemanden mit psychopathischen Tendenzen. Ganz ehrlich, das war so einfallslos wie Hundescheiße durch den Briefschlitz, und er glaubte nicht, dass er Probleme haben würde, dergleichen auszutricksen.

»Am Dienstag vor einer Woche«, antwortete er rasch. »Ich habe Miss Chang verletzt. Ich weiß, sie ist okay, aber ich werde deswegen immer ein schlechtes Gewissen haben. Ich wünschte, ich könnte das irgendwie wiedergutmachen.«

Wenn er die Nerven behielt, konnte er seinen Wert heute wahrscheinlich bis in den einstelligen Bereich drücken. Sehr viel weniger könnte sie misstrauisch machen.

Eigentlich war er ziemlich stolz auf seinen wirklichen Wert bei dem Selbsttest, den er gestern Abend gemacht hatte. Fünfunddreißig. Wie der Serienmörder Ted Bundy, Adolf Hitler und Donald Trump.

Er merkte, dass er lächelte, und setzte rasch eine ernste Miene auf – sie durfte keinen Verdacht schöpfen, dass er sie durchschaut hatte.

7

Am nächsten Morgen stand ich auf, noch bevor es hell wurde, obgleich die Restschmerzen der noch nicht lange zurückliegenden Operation das Herumlaufen unangenehm machten. Ich hörte, wie Anna das Haus verließ, und sah vom Fenster meines Arbeitszimmers aus, wie sie mit einer kleinen Taschenlampe in der Hand die Straße in Richtung See hinaufjoggte.

Ich wartete, bis sie außer Sicht war, bevor ich mein eigenes Haus verließ und durch die Hintertür in den Garten schlüpfte. Wenn sie schwimmen ging, würde sie mindestens eine halbe Stunde lang weg sein, vielleicht auch länger.

Erleichtert, dass sie noch nicht dazu gekommen war, eine Außenbeleuchtung mit Bewegungssensoren installieren zu lassen, versuchte ich mich an Annas Hintertür. Ich schnüffele sonst nicht herum, und ich hätte auch ganz sicher nichts angefasst, doch den hinteren Teil ihres Hauses zu sehen, und vielleicht sogar die oberen Räume, das hätte mich schon interessiert. Normalerweise mache ich es mir nicht zur Gewohnheit, anderer Leute Haus und Grund ohne ihr Wissen zu betreten, doch ich war überzeugter denn je, dass Anna Brown irgendetwas verbarg.

Die Tür war abgeschlossen, daher erübrigten sich irgendwelche ethische Fragen.

Ich war wieder in meinem Garten, als ich sah, dass oben in Gardners Haus das Licht angegangen war und dass sein Rollo hochgezogen war. Das war nicht ideal. Dass Gardner mir nachspionierte, behagte mir gar nicht.

Während ich noch darüber nachdachte, hörte ich ein Geräusch von der Straße her: ein Scharren und dann einen gedämpften Fluch. Sofort erkannte ich Annas Stimme. Aus irgendeinem Grund war sie umgekehrt, und um Haaresbreite hätte sie mich in ihrem Hinterhof erwischt.

Ich blieb still stehen, bis ich ihre Schritte direkt draußen vor dem Tor hören konnte. Halb rechnete ich wohl damit, dass sie an meinen Zaun hämmerte und zu wissen verlangte, was ich hier mache. Es war lächerlich, wie schuldig ich mich fühlte, und ich war dankbar, dass bei mir im Haus nirgends Licht brannte. Ich konnte so tun, als läge ich noch im Bett.

Ein kratzendes Geräusch und dann ein leises Rumpeln. Dann sagte sie direkt vor meiner Gartentür halblaut: »Verdammt!«

Ich fasste Mut und trat wieder zum Zaun.

»Anna?«, fragte ich. »Stimmt irgendetwas nicht?«

Ein scharfes Atemholen war zu hören, dann murmelte sie meinen Namen vor sich hin. »Entschuldigung«, fuhr sie fort. »Ich hoffe, ich habe Sie nicht geweckt.«

Ich öffnete das Gartentor. Sie trug noch immer ihren hellgrauen Trainingsanzug und hatte die Sporttasche dabei, mit der sie losgezogen war, doch ich glaubte nicht, dass sie da schon von oben bis unten voller Schlamm gewesen war. Oder dass sie eine hässliche Schramme auf der linken Wange gehabt hatte.

»Hatten Sie einen Unfall? Kann ich etwas tun?«

»Nein, es geht schon. Bin hingefallen. Ich bin so wütend. Und meine verdammten Schlüssel kann ich auch nicht finden. Ich schwör's bei Gott, wenn ich die wegen denen verloren habe …«

Das war ja ungeheuer interessant. Mir wurde klar, dass sie ihre Taschenlampe nicht mehr in der Hand hielt.

»Ich bin mir nicht sicher, ob es eine gute Idee ist, nachts ohne Licht herumzulaufen«, bemerkte ich. »Möchten Sie reinkommen und sich ein bisschen hinsetzen?«

Damit überraschte ich mich selbst ganz gehörig: Ich lade nie andere Leute zu mir nach Hause ein.

»Ich hatte eine verdammte Taschenlampe dabei«, antwortete sie. »Das verdammte Ding ist mir runtergefallen.«

Also wirklich, es war ja nun nicht nötig, mich mit Schimpfworten zu bombardieren.

»Was ist denn los?«, ließ sich eine neue Stimme vernehmen, und zu meinem Verdruss sah ich, dass Gardner auf der Bildfläche erschienen war. »Meine Fresse, was haben Sie denn gemacht?«

Anna blickte von Gardner zu mir. »Weiß einer von Ihnen beiden irgendetwas über den See?«, fragte sie.

Ich war etwas perplex angesichts dieser Frage, und Gardner ging es seinem Gesichtsausdruck nach ebenso. Allerdings ist er auch nicht die hellste Kerze auf der Torte.

»Ich bin weggeschickt worden«, fuhr Anna fort. »Da waren vier Männer. Um diese Zeit. Die wollten mich nicht zum See lassen und haben mir tatsächlich gedroht, als ich widersprochen habe. Einer hat mich am Arm gepackt, und ich habe die Taschenlampe fallen gelassen. Auf dem Rückweg bin ich hingefallen.«

»Vier Männer?«, fragte Gardner, als wäre das, was sie gerade gesagt hatte, nicht vollkommen verständlich gewesen.

»Wir haben freien Zugang zum See und zum Wald.« Wenn überhaupt, so wurde Anna immer wütender, als wären Gardner und ich für ihren gegenwärtigen Zustand verantwortlich. »Das steht bei uns allen im Kaufvertrag, das hat mein Anwalt mir explizit gesagt, als ich das Haus gekauft habe.«

»Da haben Sie nicht unrecht«, meinte Gardner. »Ich gehe manchmal mit den Jungs da rauf. Wer waren denn diese Typen?«

Sie machte eine gereizte Geste. »Sie haben mir keine Visitenkarten gegeben. Vier Schlägertypen. Haben getan, als ob das alles ihnen gehört. Die haben kein Recht, mich wegzuschicken.«

Ich genoss das Ganze ungemein, vor allem, da ich jetzt relativ sicher war, dass keiner der beiden mein unerlaubtes frühmorgendliches Betreten ihres Grundstücks mitangesehen hatte. »Ich glaube, Sie müssen sich beruhigen«, sagte ich zu Anna. Mir ist nämlich aufgefallen, dass nichts eine bestimmte Art junger Frauen so sehr in Rage bringt, als wenn man ihnen sagt, sie sollen sich beruhigen. Tatsächlich fuhr sie zu mir herum, und ihre dunklen Augen blitzten. Gardner streckte beschwichtigend die Hand aus.

»Das ist nichts, was Sie hier und jetzt regeln werden«, sagte er. »Und ich muss zur Arbeit. Warum fahren Sie nicht kurz runter zum Polizeirevier, wenn Sie einen Moment Zeit haben? Hat wahrscheinlich was mit dieser Kirchentruppe zu tun. Ein Missverständnis. Das kann man ganz schnell klären.«

Interessant. Gardner hatte im Großen und Ganzen dasselbe gesagt wie ich: Er hatte ihr geraten, sich zu beruhigen und dabei nur mehr Worte benutzt, doch anstatt auszusehen, als wolle sie ihm am liebsten den Kopf abreißen, schien Anna nahe daran, in dankbare Tränen auszubrechen.

»Ich habe meine Schlüssel verloren«, stammelte sie. »Bestimmt, als ich hingefallen bin.«

Gardner lachte auf. »Also, das Problem kann ich lösen. Ich habe einen Ersatzschlüssel für Ihr Haus. Mrs Hinton hat mir vor einem Jahr einen gegeben. Das wollte ich schon die ganze Zeit erwähnen, aber ich habe Sie ja kaum zu Gesicht bekommen, seit Sie eingezogen sind. Sie haben doch nicht etwa die Schlösser auswechseln lassen, oder?«

Sie schniefte. »Nein, oh, Gott sei Dank. Ich bin Ihnen ja so dankbar.«

»Kommen Sie kurz mit rein.« Er legte ihr den Arm um die Schultern und lotste sie auf sein Gartentor zu.

»Meinetwegen kommen Sie noch zu spät zur Arbeit.«

»Geht ganz schnell.«

Sie verschwanden in seinem Garten, ohne dass einer von ihnen mich noch eines Blickes gewürdigt hätte. Zutiefst verärgert ging ich wieder hinein. Bestimmt war ich doch die Person, bei der irgendwelche Ersatzschlüssel der Nachbarn am besten aufgehoben wären? Ich war den ganzen Tag zu Hause, und viel verantwortungsbewusster. Ich konnte einfach nicht verstehen, warum diese alte Zicke Josie Hinton ihren Schlüssel Gardner gegeben hatte. Annas Geschichte, dass sie vom See vertrieben worden war, interessierte mich nicht besonders, und sie überraschte mich auch nicht. Die Kirche heuert jedes Jahr eine ganze Anzahl Wachleute an. Meistens stören die uns nicht, aber von Zeit zu Zeit hört man, dass sie sich im Dorf wichtigmachen. Die meisten Einheimischen grinsen sich eins und nehmen es hin.

Anna Browns verhindertes Schwimmengehen und ihre prompte Anzeige bei der örtlichen Polizei waren das einzige Thema im Postamt, als ich eintrat.

»Sie hat aber doch recht, nicht wahr?«, sagte ein alter Mann mit einem Jack Russell Terrier. »Wir dürfen da hin, wenn wir wollen.«

»Recht hat sie ja vielleicht, aber würden Sie sich mit denen anlegen?«

»Und wieso will sie denn unbedingt im See schwimmen? Was die sich da im Wasser alles einfangen kann!«

»Sie geht schwimmen, nicht angeln.« Der Alte mit dem Jack Russell hielt sich für witzig.

»Ich meine Bazillen und all so was. In Penrith gibt's doch ein schönes Schwimmbad.«

»Tolle Brötchen macht sie ja, das muss man dem Mädchen lassen. Mein Stan hat gestern drei Stück davon verdrückt.«

In dieser Manier ging es noch eine Weile weiter. Ich versuchte nicht, das Gespräch zu unterbrechen, obwohl ich fast acht Minuten lang warten musste, doch ich bekam ansonsten nichts Interessantes mehr zu hören. Anna Brown sorgte für einen ziemlichen Wirbel. Falls sie sich bemühte, nicht aufzufallen, schien das nicht wirklich klug zu sein.

Ich ließ mein Päckchen wiegen – heute nur eines –, klebte die Marken darauf und nahm es mit nach draußen, um es einzuwerfen.

Es war noch früh, aber bei meiner Rückkehr war in der Bäckerei bereits eine Menge los. Vier Leute standen vor dem Tresen an, und beide Tische waren besetzt. Anna war nirgends zu sehen. Wenn das so weiterging, würden sie jemanden einstellen müssen. Normalerweise hätte mich die Vorstellung von noch mehr Krach und Unruhe verdrossen, an diesem Tag jedoch wusste ich, dass die Ablenkungen sehr dienlich sein würden. Ich brachte meine Zeitung ins Haus, hob die Post vom Boden auf und stellte meine Milchflasche in den Kühlschrank. Einer der hiesigen Bauern liefert den Leuten täglich Milch bis an die Tür, doch das habe ich immer als aufdringlich empfunden. Ich hole mir meine Milch lieber selbst. Nachdem das erledigt war, schlüpfte ich durchs Gartentor hinaus und bemerkte dabei, dass auf dem sogenannten Innenhof nebenan Leute waren.

Die Straße hinter unseren Häusern wird schnell immer schmaler. Ein paar Meter hinter Gardners Grundstück ist sie kaum noch einen knappen Meter breit. Die Hecken sind im Laufe der Jahre gewachsen und in die Breite gegangen, und Bäume haben einen Baldachin über der Straße gebildet. Das Resultat ist ein Hohlweg, der selbst mittags in einer Art schattigem Zwielicht liegt und oft feucht ist, weil die Sonne den Boden nicht erreichen und trocknen kann. Unzählige Schritte haben Schlamm an die Wegränder geschoben, sodass dort Unterholz gewachsen ist, was noch zu der Illusion beiträgt, dass man in einen langen, dunklen Tunnel tritt. Es gibt Hundebesitzer im Dorf, die behaupten, ihre Hunde gehen dort nicht freiwillig hinein. Aber Hundehalter sind meiner Erfahrung nach auch Idioten.

Der Weg windet sich einen knappen halben Kilometer weit eine sanfte Steigung hinauf, dorthin, wo ein Zauntritt auf ein bewaldetes Stück Land führt. Von dort aus kann man den See riechen, vor allem im Sommer, wenn der Wasserstand niedrig ist und die Schlammbänke freiliegen. Im Oktober gewinnt dann der Geruch nach Pilzen und verfaulendem Holz die Oberhand. Nach fünfzehn Minuten kommt der See in Sicht.

Vorhin habe ich vielleicht den Eindruck erweckt, dass unser See ein dürftiger Abklatsch der großen Seen unseres Nationalparks ist. Damit habe ich ihm wahrscheinlich einen schlechten Dienst erwiesen. Denn wenn ein paar Stunden lang kein Wind geht und der Himmel wolkenlos ist, senkt sich eine fast unnatürliche Stille über den See, und er wird zu einem perfekten Spiegel. Große Lärchen-, Linden- und Kiefernwipfel, die sich über den rundlichen fast plumpen Gestalten der Hainbuchen- und Stechpalmenbüsche himmelwärts recken, umgeben das Wasser. Schlanke Wacholder, Pappeln und Rotfichten stechen hervor wie Ausrufungszeichen, während ausländische Spezies wie Ahorn und Eberesche, bekannt für ihre Herbstfarben, eine Palette schaffen, die von tiefstem Bronzebraun über leuchtendes Kupferrot bis zu blassem Lachsrosa reicht. Uralte Eiben verleihen der Vegetation etwas Solides, während eine Andentanne nicht mehr zu sein scheint als eine Laune der Natur.

Und all das sehen wir zweimal, wenn die Wetterbedingungen stimmen: einmal in der wirklichen Welt und einmal als Spiegelbild im Wasser.

Große Felsblöcke säumen den See, ohne Zweifel von den gewaltigen Gletschern der Eiszeit hierhergeschafft. Sie sind so glatt und vollendet geformt wie Seifenblasen und von schimmerndem, smaragdgrünem Moos bedeckt. An diesem Morgen lagen leuchtend orangefarbene Blätter überall auf dem Boden, wie verstreute Blüten.

Ich bin beileibe kein übermäßig fantasiereicher Mensch, doch selbst ich fand, dass der See von Gathering Hall etwas fast schon Verzaubertes hatte. Zugleich sprach er irgendetwas in mir an, das ich nicht kannte. Ich spürte eine Anziehungskraft aus den Tiefen des Wassers, beinahe wie der Lockruf einer Sirene, eins mit ihm zu werden, während ganz hinten in meinem Kopf eine Alarmglocke schrillte.

Vorsichtig ging ich näher ans Ufer heran und sah, dass das Wasser von der Morgenbrise ein wenig gekräuselt wurde und so trübe war wie der bedeckte Himmel. Ab hier musste ich aufpassen. Es war unwahrscheinlich, dass die Schlägertypen, denen Anna vorhin begegnet war, wieder abgezogen waren. Ich hielt mich dicht am Seeufer, aber immer noch zwischen den Bäumen und bewegte mich langsam, vor allem, um leise zu sein, aber auch, weil mein Blick fest auf den Boden gerichtet war. Nach einem Dutzend Schritten hörte ich Stimmen und blieb regungslos stehen. Eine Sekunde später hörte ich sie wieder, ein ganzes Stück entfernt, möglicherweise am anderen Ufer. Kühner geworden, ging ich weiter und scheuchte ein paar ruhende Gänse auf. Sie hasteten davon und paddelten mit diesem grässlichen Quaken aufs Wasser hinaus wie eine Flotte schmuddeliger Boote. Natürlich erregten sie die Aufmerksamkeit der vier Männer am gegenüberliegenden Ufer. Inzwischen konnte ich sie recht gut sehen. Anders als ich hatten sie nicht darauf geachtet, sich Sachen anzuziehen, die sich nicht von ihrer Umgebung abhoben. Wieder blieb ich ganz still stehen. Nach einer oder zwei Minuten gingen sie weiter, und ich schätzte, dass sie weit genug weg waren, um mir wegen ihnen keine Sorgen machen zu müssen. Also trat ich aus meinem Versteck und ging zum Strand hinunter.

Ich sage »Strand«, dabei ist es eigentlich nur ein Stück flaches Gelände, feucht vom Seewasser und voller Vogelkot. Ich würde mir eher den Fuß abhacken, als da barfuß drüber zu laufen, Anna jedoch war offenbar weniger zimperlich gewesen. Ich konnte sowohl Spuren ihrer Turnschuhe sehen als auch Abdrücke ihrer nackten Füße. Größere Fußspuren kündeten von der Ankunft der Männer, und einen Augenblick lang tat sie mir fast leid. Ein schönes Erlebnis kann das nicht gewesen sein. Ich fand den platt gedrückten Schlamm dort, wo sie hingefallen war, und – da waren sie ja – ihre Schlüssel, die an einer Brombeerranke hängen geblieben waren. Ich schnappte sie mir und empfand ein gewisses Gefühl des Triumphes. Josie Hinton war in ihrer Kleingeistigkeit endlich ein Strich durch die Rechnung gemacht worden. Jetzt hatte ich einen Schlüssel zum Haus nebenan.

Ein Ruf von der anderen Seite des Sees schreckte mich auf, ich hatte die vier Männer am anderen Ufer fast vergessen. Sie schauten zu mir herüber, und einer gestikulierte wild. Die Botschaft war eindeutig: Ich sollte verschwinden. Doch auch wenn der Hauptzweck meines Herkommens erfüllt war, war ich hier noch nicht fertig.

Rasch verließ ich den Weg und wandte mich nach links, mied den weichen Morast, wo ich konnte, und hielt mich dicht am Ufer. Ich wusste, dass ich an eine Stelle kommen würde, wo sich der Waldsaum am gegenüberliegenden Ufer öffnete und man freie Sicht hatte. Es dauerte mehrere Minuten, und die Männer hielten mit mir Schritt.

Schließlich kletterte ich über ein paar Wurzeln und erreichte mein Ziel, die Stelle, von der aus ich Gathering Hall sehen konnte. Die Leute im Dorf sprechen genau wie unsere Saisongäste von der »Kirche«. Sogar ich selbst tue das, und dabei gibt es dort gar kein Kirchengebäude. Gathering Hall ist ein altes Herrenhaus und gehört, glaube ich – darüber waren wir uns nie ganz im Klaren gewesen –, der evangelischen Kirche, die die Einsammlung organisiert.

Das Haus, ein altes Gemäuer möglicherweise aus der Zeit von Queen Victoria – Architektur interessiert mich nicht besonders –, steht auf einer Landspitze am gegenüberliegenden Ufer, ein kleines Stück landeinwärts versetzt. Die Bäume sind gerodet worden, oder es durften dort nie welche wachsen, damit man vom Haus freie Sicht auf das Wasser hat.

Dort war mehr angeliefert worden, als mir bewusst gewesen war, und das flache Gelände vor und neben dem

Gebäude ähnelte bereits einem dieser riesigen Musikfestivals, die man gelegentlich im Fernsehen sieht. Eine kleine Stadt aus Großzelten war errichtet worden, und gerade wurden noch weitere aufgebaut. Vor allem eins, im Zentrum des Ganzen, war riesig.

Lastwagen wurden entladen, und große tragbare Scheinwerfer waren aufgestellt worden. Ein dröhnendes Krachen ertönte aus gewaltigen Lautsprechern und ließ selbst mich zusammenfahren, und dabei stand ich auf der anderen Seite des Sees.

Eine Wiese auf der einen Seite des Hauses füllte sich bereits mit Wohnwagen und Campingmobilen, darunter einige von gewaltiger Größe. Bestimmt wohnten viele Besucher im Haus, doch nicht einmal Gathering Hall konnte die Hunderten beherbergen, die im Laufe der kommenden Tage eintreffen würden.

Noch etwas fiel mir auf. Eine riesige Kastanie, die einst stolz am anderen Seeufer gestanden hatte, war umgestürzt, vielleicht während der Herbststürme, die übers Land gefegt waren, als ich im Krankenhaus gewesen war. Ihre Wurzeln bildeten einen mächtigen senkrechten Kreis, der zwölf Meter oder mehr in die Luft ragte. Der Stamm und die Äste waren zum größten Teil im Wasser gelandet.

»Hey! Das ist Privatbesitz! Verschwinden Sie!«

Schön, ich konnte nicht genau verstehen, was mir da über den See hinweg zugebrüllt wurde, aber wahrscheinlich kam es dem sehr nahe. Die vier Männer – ich schätzte sie auf Ende zwanzig, Anfang dreißig, allerdings waren sie ein ganzes Stück entfernt – waren an den äußersten Rand ihres Ufers getreten, als seien sie drauf und dran, ins Wasser zu waten. Es hätte mir großen Spaß gemacht, zuzusehen, wie sie das versuchten, doch ich verließ mich darauf, dass die Entfernung – man braucht gute vierzig Minuten, um einmal um den See herumzumarschieren – groß genug war, um ein bisschen Spielerei zu riskieren. Also legte ich die rechte Hand ans Ohr und beugte mich in ihrer Richtung.

Sie berieten sich untereinander und versuchten es dann mit noch mehr Gestikulieren. Einer von ihnen hob ein Fernglas an die Augen und richtete es auf mich. Ich erwog, zu lächeln, sogar zu winken, begnügte mich dann jedoch mit hochgezogenen Augenbrauen. Wohl wissend, dass dies ihre einzige Option war, machten sich zwei von ihnen mit zügigen Schritten auf den Weg um den See, was mir zweierlei verriet: erstens, dass sie die Gegend nicht so gut kannten wie ich, weil sie nämlich die längere Strecke gewählt hatten. Und zweitens, dass es ihnen sehr ernst damit war, die Einsammlung vor Fremden abzuschirmen. Ich wartete so lange, bis sie außer Sicht und außer Hörweite der beiden anderen waren und wandte mich dann zum Gehen.

Wäre ich ein paar Sekunden früher dran gewesen, hätte ich die Person zur Rede stellen können, die sich hinter unserer kleinen Häuserzeile herumtrieb. So erhaschte ich nur einen kurzen Blick auf langes blondes Haar, als sie um die Ecke verschwand, doch ich hatte keinerlei Zweifel, wer es war. Schon wieder Constance.

Ich hätte mich ausruhen sollen. Nach dem Marsch zum See war mir heiß, und ich fühlte mich ein bisschen zittrig, als wäre die Infektion, die ich mir dank der laxen Krankenhaushygiene eingefangen hatte, nicht ganz weg. Mir fiel ein, dass ich heute Morgen weder Antibiotika noch Schmerzmittel genommen hatte. Trotzdem war Constances merkwürdiges neuerliches Auftauchen etwas, das ich nicht ignorieren konnte. Ich atmete tief durch, weil ich inzwischen ziemlich starke Schmerzen hatte, und ging dann geradewegs durch mein Haus, zur Haustür hinaus und hinüber in die Bäckerei.

Anna stand mit dem Rücken zu mir hinter dem Tresen und legte irgendwelche Küchlein auf Teller. Die Dinger waren riesig, sie quollen wie Pilze aus ihren Papierförmchen, waren oben mit Puderzucker bestreut und von irgendwelchen hineingebackenen Früchten lila gefleckt. Jeder sah groß genug aus, um vier Leute mit einer anständigen Portion auszustatten, und doch waren sie anscheinend für eine einzige Person gedacht.

Sie blickte sich flüchtig um, und ihre Augen wurden groß. Ihr Lächeln war höflich, mehr jedoch nicht.

»Was darf's denn sein?«, erkundigte sie sich, nachdem sie die Teller dorthin gebracht hatte, wo ein Besucherinnentrio an gewaltigen Bechern nippte, die dem Aussehen nach aufgeschäumte Milch enthielten. »Zum Mitnehmen oder zum Hieressen? Im Innenhof ist ein Tisch frei.«

Die Haut um ihre Augen herum sah in Anbetracht ihres blassen Teints röter aus, als es hätte sein sollen. Fast hatte es den Anschein, als hätte sie vor etwa einer Stunde geweint.

»Die Bäckerei zieht anscheinend unerwünschte Besucher an«, ließ ich sie wissen. »Gerade habe ich jemanden hinten auf der Straße herumlungern sehen. In meinen Garten kommen die nicht rein, das Tor ist immer abgeschlossen, aber wenn Sie da draußen irgendetwas Wertvolles stehen haben, dann rate ich Ihnen aufzupassen.«

Annas Gesichtszüge verspannten sich ganz kurz, ehe ihre Neugier die Oberhand gewann. »Jemand in einem blauen Sweatshirt?« Sie senkte die Stimme. »Mit roter Schrift drauf?«

Sie hatte Constance also auch bemerkt. »Könnte sein«, antwortete ich, genau wie Anna mit leiser Stimme. »Eine junge Frau, glaube ich. Ich könnte auf dem Polizeirevier anrufen und es melden, wenn das hilft. Ich sehe ja, dass Sie wieder viel zu tun haben.«

»Nein, nein, tun Sie das nicht. Ich bin mir so gut wie sicher, dass das Constance war. Sie wissen schon, das Mädchen von gestern Morgen.«

Ich täuschte einen Moment der Erkenntnis vor. »Ah, die junge Lady mit Problemen.«

Annas Miene verhärtete sich.

»Aber warum fokussiert sie sich denn so auf Sie?«, fuhr ich fort. »Ich meine, die Anrufe, die SMS, am Laden herumhängen, mit irgendwelchen durchsichtigen Ausreden ankommen, um mit Ihnen zu reden. Da wird doch ziemlich viel Aktivität auf jemanden gerichtet, den sie kaum kennt.«

Anna antwortete nicht, doch ich sah, dass sie beunruhigt war.

»Das deutet doch auf eine gewisse Verzweiflung hin, finden Sie nicht? Darauf, dass sich da jemand an irgendwelche Strohhalme klammert.«

In diesem Moment schellte die Ladenglocke, und Annas Blick löste sich von meinem.

»Guten Morgen!«

Ich glaube, jeder im Laden fuhr bei der Lautstärke dieses Grußes zusammen. Dies war eindeutig jemand, der sofortige Aufmerksamkeit erwartete.

»Guten Morgen«, sagte Anna, und ich drehte mich um und erblickte einen hochgewachsenen, ziemlich schlanken Mann mit silbernem Haar und leuchtend blauen Augen, dessen Alter überall zwischen fünfundvierzig und fünfundsechzig hätte liegen können. Seine Sonnenbräune deutete darauf hin, dass er einen großen Teil des Jahres in einem wärmeren Klima verbrachte als in dem von Cumbria, und er trug Kleider von der Sorte, wie Leute vom Land sie in Hollywoodfilmen anhaben: Cordhosen, ein kariertes Flanellhemd mit diskreter Krawatte, ein Tweedjackett. Jeder im Dorf wusste, wer er war.

Er gab Anna nicht die Hand. »Ich bin Aaron North«, verkündete er, und sein Blick glitt zu dem Tisch neben der Anrichte hinüber. »Ladys.« Er neigte grüßend den Kopf. »Schöner Tag heute.«

Die Frauen waren überrumpelt worden. Eine hatte den Mund voll Kuchen und konnte nicht sprechen, die andere tupfte sich mit einer Serviette die Lippen ab. »Pastor«, antwortete sie.

»Ich habe gehört, Sie hatten heute Morgen am See eine Begegnung«, sagte North zu Anna. Mich hatte er wie üblich vollkommen ignoriert. »Ich dachte, ich sollte diese Angelegenheit lieber klären.« Er sah sich um, als hätte er gerade erst gemerkt, dass er ein Geschäft betreten hatte. »Reizender Laden. Was für ein Gewinn für das Dorf. Können wir uns irgendwo unterhalten, Miss Brown?«

»Nehmen Sie unseren Tisch, Pastor«, sagte eine der anderen Frauen. »Wir wollten gerade gehen.«

Sie hatten ihr Essen und ihre Heißgetränke kaum angerührt.

»Draußen ist ein Tisch frei«, sagte Anna. »Würden Sie mich einen Moment entschuldigen, Ladys?«

Ohne eine Antwort abzuwarten, ging sie durch die Küche und zur Hintertür voraus. Ein Schwall kalter Luft fuhr mir ins Gesicht, als sie hinaustraten. Ich machte einen Schritt hinterher, und dann noch einen. Die Tür, die ins Freie führte, war immer noch offen.

»Können wir Ihnen irgendwie helfen?«, erkundigte sich die Frau, die sich eben noch mit Kuchen vollgestopft hatte, und mir wurde klar, dass die drei mich alle beobachteten. Fast so, als rechneten sie damit, dass ich über den Tresen sprang und mir den Inhalt der Ladenkasse aneignete. Eine von ihnen, die Dickste, erhob sich.

»Bisschen kalt hier drin.« Sie marschierte an mir vorbei und schubste mich dabei praktisch aus dem Weg, bevor sie die Hintertür packte und sie zuzog.

8

April, ein Jahr zuvor

Das Haus der Moores lag anderthalb Kilometer außerhalb des kleinen Marktfleckens in Dorset am Ende einer ruhigen Straße. Es war einmal ein bescheidenes viktorianisches Bauernhaus gewesen, und die Fassade aus rotem Backstein war noch erhalten, mitten in der weiten, hügeligen grünen Landschaft. Das Haus jedoch hatte seine Größe dank eines gewaltigen, mit Zedernholz verkleideten Anbaus verdreifacht, und durch riesige, vom Boden bis zur Decke reichende Fenster konnte man die fantastische Aussicht bewundern. Im Innern gab es eine Küche, einen Essbereich, Arbeitstische und Sitzecken, alles in einem riesengroßen offenen Raum. Türen deuteten auf weitere Zimmer dahinter hin. Ein Landschaftsgarten umgab das Haus, und sie konnte die Plastikabdeckung eines Swimmingpools sehen. Was immer Jago Moore auch für Probleme haben mochte, oberflächlich gesehen rührten sie nicht von seinem Zuhause her.

Wenn man jedoch an der Oberfläche kratzte …

Morgan Moore war Management Consultant. Er arbeitete meistens bis spät abends in der Stadt und überließ es seiner zweiten, erheblich jüngeren Frau, den Haushalt und ihren Beruf als Krankenschwester unter einen Hut zu bringen. Bella Moore, Jagos Stiefmutter, war Mitte dreißig, schlank und hellhäutig, mit glänzendem dunklem Haar und braungrünen Augen. Außerdem war sie ungefähr im fünften Monat schwanger.

Der erste Hausbesuch fand am frühen Abend statt, nachdem Morgan erklärt hatte, er könne unmöglich früher von der Arbeit weg. Irgendetwas köchelte, als sie ankam. Etwas, das fantastisch roch.

»Also, wo stehen wir?«, wollte Morgan wissen, als erwarte er hier und jetzt einen Arbeitsbericht.

Sie hatte Jago nicht gesehen, als sie gekommen war, doch von irgendwo nicht weit entfernt war das Geräusch eines prellenden Balls zu hören.

»Ich wollte mich nach Jagos Mutter erkundigen«, antwortete sie. »Er hat mir erzählt, sie sei gestorben, als er noch ganz klein war. Ich habe ihn noch nicht darauf angesprochen, aber ich weiß, dass das nicht stimmt.«

Morgans erste Frau hatte die Familie verlassen, als Jago drei Jahre alt gewesen war. Seitdem hatte er keinen Kontakt mehr mit ihr gehabt.

»Das erzählt er den Leuten schon seit Jahren«, sagte Morgan. »Als er jünger war, war das seine Methode, damit umzugehen. Tod war für ein sehr kleines Kind anscheinend besser als Verlassenwerden. Um ehrlich zu sein, ich konnte ihn verstehen.«

»Wir denken, er glaubt das inzwischen vielleicht selbst«, fügte die Stiefmutter Bella hinzu. Sie hatte in einem kleinen Topf eine Soße angerührt, doch beim Sprechen schaute sie unwillkürlich zur Hintertür des Hauses hinüber.

»Dürfte ich fragen, warum sie weggegangen ist?«

Morgan runzelte die Stirn. »Ist das relevant? Das ist doch Jahre her.«

Draußen war das Geräusch des Balls verstummt. Wieder blickte Jagos Stiefmutter sich um.

»Ja, ich glaube, es könnte relevant sein. Es ist ungewöhnlich, dass Kinder nach einer Scheidung beim Vater bleiben, und noch ungewöhnlicher, dass danach keinerlei Kontakt mehr mit der Mutter besteht.«

Morgan schien sich für einen Schlag zu wappnen. »Ich habe Sophie dabei erwischt, wie sie Jago misshandelt hat«, presste er zwischen verkniffenen Lippen hervor. »Ich habe ihr gesagt, wenn sie weggeht und nie wieder versucht, Kontakt zu einem von uns beiden aufzunehmen, behalte ich es für mich.« Auch er sah sich rasch um. »Und das hier ist nicht der richtige Ort für dieses Gespräch.«

»Und sie hat eingewilligt?«

Er senkte die Stimme und beugte sich ein wenig weiter zu ihr vor. »Sie fand, dass das besser war als Gefängnis.«

Die Stiefmutter schaltete die Herdplatte aus und trat vom Herd weg.

»Von was für Misshandlungen reden wir hier?«

Morgan trat zurück und hob beide Hände. »Nein, damit fange ich jetzt nicht wieder an. Sophie war psychisch krank. Ich musste mich entscheiden. Entweder ihr zu helfen oder meinen Sohn zu schützen.«

Ohne ein weiteres Wort verließ er den Raum.

Bella war blass geworden. »Sie hat ihn sexuell missbraucht«, sagte sie zum Küchentresen gewandt. »Morgan hat geweint, als er es mir endlich erzählt hat. Er hat gesagt, ihm sei noch ein ganzes Jahr danach schlecht gewesen.«

Die Psychiaterin ließ sich einen Moment Zeit, um das zu verarbeiten. »Es tut mir leid, Sie zu drängen«, sagte sie dann. »Aber was genau ist damals passiert?«

Die Stiefmutter schüttelte den Kopf. »Ich weiß keine Details. Und ich würde Ihnen nicht raten, das Thema Morgan gegenüber anzusprechen. Ich bezweifele, dass er jemals freiwillig darüber reden wird.«

»Glauben Sie, Jago erinnert sich daran?«

Einen Moment lang sah die Frau richtig verängstigt aus. »Wie könnte er? Er war doch noch ein Baby.«

Ein Dreijähriger war ja wohl kaum ein Baby, doch sie ließ es dabei bewenden. Innerlich seufzte sie. Dies war nichts, was sie in acht Sitzungen abarbeiten konnte.

»Wie verstehen Sie sich mit Jago?«

Bella überlegte kurz. »Schwer zu sagen. Ich habe lange gedacht, wir stünden uns sehr nahe. Wir sind oft zwangsläufig zusammen, wenn sein Dad nicht da ist. Aber als Mensch ist er schwer zu lesen. Ich weiß nicht, ob ich je wirklich weiß, was in ihm vorgeht.«

Mit voller Absicht senkte die Psychiaterin den Blick auf den Bauch der anderen Frau. »Und wie denkt er über ein neues Geschwisterchen?«

Die Frau wandte sich ab und begann, Tassen abzuspülen. »Er sagt, er freut sich darauf.«

»Glauben Sie ihm? Viele Stiefkinder würden sich durch einen Neuankömmling in der Familie bedroht fühlen.«

Bella kehrte ihr weiter den Rücken zu. »Oh, ich würde sagen, es gibt nicht viel, was Jago bedroht.«

Das hörte sich verkehrt an – diese Frau verschwieg ihr auch etwas. »Hat er Ihnen jemals Grund gegeben, Angst vor ihm zu haben?«

Die Stiefmutter schüttelte den Kopf. »Nein, dazu ist er viel zu clever.«

9

Ich war außer Atem, als ich in meinem Garten ankam, und meine Narbe pochte schmerzhaft. Mir blieb nichts anderes übrig, als mich hinzusetzen. Einen Moment lang hörte ich nichts außer dem Gurren der Tauben und dem fernen Verkehr und war mir schon sicher, dass ich das Gespräch nebenan verpasst hatte. Dann war Norths Stimme zu vernehmen.

»Ich verstehe«, sagte er. »Nun, ich muss mich entschuldigen. Es war falsch von unseren Mitarbeitern, Ihnen Angst zu machen.«

»Sie haben mich wütend gemacht.«

Annas Ton zeigte klar und deutlich, dass Norths Entschuldigung nicht den gewünschten Effekt gehabt hatte.

»Aber sie haben sich an ganz spezifische Anweisungen gehalten. Unsere Kirche ist nur sehr kurz hier, und wir legen großen Wert auf unsere Privatsphäre.«

»Sie haben gegen geltendes Recht verstoßen. Jeder hier im Dorf hat freien Zugang zu dem Gebiet auf dieser Seite des Sees.«

Allmählich erwärmte ich mich für Anna Brown, das gebe ich gern zu. Ich hatte im Laufe der Jahre nur sehr wenige Menschen Aaron North Kontra geben hören.

»Und doch missbraucht niemand sonst im Dorf dieses Recht, während unsere Kirche hier ist«, wandte er ein.

»Wie kann es Missbrauch sein, sein Recht wahrzunehmen?«

Jäh stellte sich mir die Frage, was Anna wirklich von Beruf war. Dass sie keine Bäckerin war, hatte ich für mich bereits beschlossen. Oh, sie konnte backen, natürlich, der Duft, der wie eine Sommerwolke über unserer Häuserzeile hing, war der Beweis dafür. Doch sie benutzte ihr Können als Blendzauber, als eine Art Tarnkappe, um die Frau dahinter zu verbergen. Ich wurde immer neugieriger darauf, diese Frau zu Gesicht zu bekommen. Anwältin vielleicht?, überlegte ich.

North antwortete nicht sofort, aber das überraschte mich nicht. Widerspruch war etwas recht Neues für ihn.

»Außerdem ist da das Problem mit dem umgestürzten Baum. Eine sehr alte, große Kastanie ist vor Kurzem ins Wasser gekippt. Dadurch ist es wirklich ziemlich gefährlich, dort zu schwimmen, bis wir den Baum beseitigen lassen können. Was wir bis Ende des Jahres auch tun werden.«

»Freiwasserschwimmer lernen, auf natürliche Gefahren zu achten«, erwiderte Anna. »Außerdem ist der See groß genug. Ich kann mich ohne Weiteres von dem Baum fernhalten.«

Wieder etliche Sekunden des Schweigens.

»Wir wären Ihnen wirklich sehr dankbar, wenn Sie sich gedulden würden«, meinte North schließlich. »Wir halten im See Taufen ab. Das ist eine sehr vulnerable Zeit für die Berufenen, und Privatsphäre ist ungemein wichtig.«

Taufen? Von einer Taufe hatte ich noch nie gehört; ich fragte mich, ob das stimmte.

»Es gibt da noch etwas, worüber ich sprechen wollte«, fuhr North fort, als wäre die Frage des Zugangs zum See damit geklärt. »Ich veranstalte morgen Abend einen Empfang für fünfzig Personen, und mir sind im letzten Moment die Caterer abgesprungen. Ich wäre sehr dankbar, wenn Sie einspringen und das Büfett liefern könnten. Sagen wir, zwanzig Pfund pro Kopf?«

Schweigen.

»Es ist immer schwierig, hier Caterer zu finden, wenn wir in den nächsten zwei Wochen so viele Hungrige zu speisen haben«, ergänzte North. »Und die Leute sprechen in den höchsten Tönen über Ihr Geschäft.«

So machte man das. Er hatte ihr tausend Pfund angeboten, abzüglich Materialkosten, und die Aussicht auf weitere Aufträge. Alles, was Anna als Gegenleistung tun musste, war, ein paar Wochen auf ihr morgendliches Schwimmen zu verzichten.

Ich hörte das Scharren eines Stuhles.

»Möchten Sie ein paar Menüvorschläge sehen?«, bot Anna an. Natürlich hatte sie nachgegeben; daran hatte es ja eigentlich nie Zweifel gegeben.

Norths Stimme dröhnte über meinem Kopf, als er antwortete. Er war aufgestanden. »Nein, nein, ich bin sicher, ich kann das alles in Ihre tüchtigen Hände legen. Ich gebe Ihnen meine Karte. Dann können Sie anrufen, wenn Sie anliefern wollen, und wir sorgen dafür, dass das Tor offen ist.«

Sie gingen wieder in den Laden und waren außer Hörweite. Es tat mir nicht leid – ich brauchte jetzt wirklich dringend etwas gegen die Schmerzen.

Als ich oben ankam, fiel mir ein, dass die Medikamente, die ich aus dem Krankenhaus mitgebracht hatte, nur drei Tage abdeckten und dass ich mir in der Apotheke im Dorf neue holen musste. Nachdem ich mich eine Zeit lang ausgeruht hatte, stand ich auf und verließ das Haus. Ich wollte rasch zurück sein, denn ich fühlte mich ganz und gar nicht gut, doch als ich Constance, wieder ganz allein, vor mir in die Apotheke huschen sah, erwachte mein Interesse. Nicht nur das, sie blickte auch hastig die Straße hinauf und hinunter, als hätte sie Angst, gesehen zu werden.

Ich hatte Glück. Jemand kam gerade heraus, als ich die Tür erreichte, und die Glocke klingelte nur einmal, sodass ich unbemerkt eintreten konnte. Vorsichtig schlich ich um die Regale herum und wurde durch den Anblick von Constance belohnt, die auf eine ganz spezielle Auslage hinabstarrte. Sie erblickte mich und lief rot an. Ich schnalzte mitbilligend mit der Zunge und machte eine ungehaltene Geste, als wäre ich im falschen Gang der Apotheke, bevor ich davonging. Im nächsten Gang inspizierte ich Halspastillen, als könne ich mich nicht zwischen Honig-Limone und Schwarzer Johannisbeere entscheiden, und behielt dabei den Spiegel über dem Verkaufstresen im Auge, durch den der Apotheker etwaigen Ladendiebstahl beobachten kann. Darin konnte ich sehen, was Constance kaufte.

Der Kauf wurde stillschweigend abgewickelt. Constance starrte auf den Tresen hinunter, der Apotheker, ein diskreter Mann, gab keinerlei Kommentar ab, und sie verließ das Geschäft, ohne zu wissen, dass sie von jemandem durchschaut worden war, der nicht der Schweigepflicht unterlag.

Constance, fast sechzehn und aus einer frommen, kirchentreuen Familie, hatte einen Schwangerschaftstest gekauft. Ich konnte es kaum erwarten, Anna Brown davon zu erzählen.

10

April, ein Jahr zuvor

Oben in Jagos Zimmer nahm sich die Psychiaterin einen Moment Zeit, um sich umzusehen.

»Ich glaube, das ist das ordentlichste Teenagerzimmer, in dem ich je war«, bemerkte sie.

Derjenige, der das Zimmer eingerichtet hatte – die Stiefmutter, vermutete sie –, hatte dabei an Industrie-Chic gedacht, mit viel galvanisiertem Metall und Draht. Neutrale Töne beherrschten das Farbschema. An einer Wand war das Sonnensystem; jeder Stern war ein winziges Licht. An der gegenüberliegenden Wand hing eine Collage aus alten Fahrradfelgen. Es war ein interessantes Zimmer voller interessanter Dinge, ein cooles Zimmer. Andererseits war der Papierkorb leer, das Bett ordentlich gemacht, der Schreibtisch aufgeräumt. Keine herumliegenden Chipstüten, Coladosen oder Bonbonpapiere. Keine schmutzigen Klamotten auf dem Boden.

»In wie vielen waren Sie denn?« Jago lehnte sich an die Tür. Sie hatte sie absichtlich offen gelassen, als sie ihm ins Zimmer gefolgt war, doch er war hinter sie getreten und hatte sie zugemacht. Das etwas unverschämte Leuchten in seinen Augen gefiel ihr gar nicht.

»Ich arbeite mit Kindern und Jugendlichen«, antwortete sie. »Und ich bemühe mich, alle meine Patienten zu Hause zu besuchen.«

»Und, was lernen Sie alles über mich?«

Und da war wieder dieses sonderbare starre Lächeln. Trotzdem war er anders, sicherer in seinem heimischen Umfeld. Sie dagegen stand unbeholfen mitten im Zimmer und wusste nicht, ob sie stehen bleiben, sich setzen oder vorschlagen sollte, einen anderen Teil des Hauses aufzusuchen.

Sie rang sich ein Lächeln ab, das wahrscheinlich genauso seltsam aussah wie seins. »Abgesehen davon, wie ordentlich du bist? Da wirst du mir schon ein bisschen Zeit lassen müssen.«

»Zweimal die Woche kommt eine Putzfrau, und Bella kommt jeden Tag hier rein, wenn ich in der Schule bin. Privatsphäre gibt's in diesem Haus nicht.«

»Stört dich das? Die fehlende Privatsphäre, meine ich.«

Er zuckte mit den Schultern. »Ich hab nichts zu verbergen.« Dann lächelte er erneut. »Manchmal guck ich Pornos auf meinem Handy, manchmal auf meinem Laptop. Die sind beide passwortgeschützt.«

Er versuchte, sie zu schockieren. Sie legte das Gespräch über Pornos für eine andere Sitzung auf Halde und ging zu einem Bücherregal hinüber, wo ihr ein gerahmtes Foto von einer jungen Frau mit einem Kleinkind auf dem Schoß aufgefallen war.

»Du und deine Mum?«, erkundigte sie sich.

Jago machte einen Schritt vorwärts, als zöge das Bild seiner Mutter ihn an. »Nicht lange, bevor ich sie verloren habe«, antwortete er, und sie registrierte seine sorgfältige Wortwahl.

»Wie viel weißt du noch von ihr?«

Er schüttelte den Kopf. »Nichts. Manchmal träume ich von ihr, aber dann sehe ich immer Bellas Gesicht. Komisch.«

Jagos Mutter und seine Stiefmutter, dachte sie bei sich, sahen sich sehr ähnlich, doch das war nicht weiter überraschend. Männer neigten dazu, ihrem Typ treu zu bleiben. Für Jago jedoch könnte das ein Problem gewesen sein.

»Du nennst sie Bella? Nicht Mum?«

»Sie ist nicht meine Mum. Dafür ist sie nicht alt genug. Wie alt sind Sie?«

Sie ignorierte das und trat von ihm weg, ließ den Blick über die Bücher wandern. Die Leistungskurs-Literatur auf dem obersten Bord war ihr bekannt, und auch die Klassiker auf dem darunter: *Dracula, Herr der Fliegen, Die Schatzinsel, Die Abenteuer des Tom Sawyer.* Alles gebundene Ausgaben, irgendjemand hatte sich große Mühe gegeben, Jagos Liebe zur Literatur zu fördern. Im untersten Fach standen allem Anschein nach sämtliche Werke von Thomas Hardy.

»Ich fand Hardy immer ein bisschen düster«, bemerkte

sie. »Zum Scheitern verurteilte Liebesgeschichten, Paare, die zueinanderfinden, nur damit jeder sich auf die eine oder andere Art und Weise als der Untergang des jeweils anderen erweist.«

Hinter sich konnte sie Jago atmen hören. Er war näher gekommen.

»Wissen Sie, dass er ohne sein Herz beerdigt worden ist?«, fragte er.

11

Man hat mich als stolz bezeichnet, doch das ist eine Beschreibung, die ich ablehne. Ich bin durchaus bereit, von meinen Prinzipien abzuweichen, wenn etwas Größeres auf dem Spiel steht. Die Bäckerei war mir von Herzen zuwider. Der Lärm störte mich, und die vielen Menschen, die Leute, die mir ins Fenster glotzten, während sie vor dem Geschäft herumlungerten. Und mehr als alles andere lehnte ich die Ware ab, die dort verkauft wurde. Ich lege großen Wert auf einfaches, gesundes Essen, und in der Bäckerei hatte ich nichts gesehen, was dem auch nur nahekam. Trotzdem, damit mein Plan aufging, musste ich zum dankbaren Kunden werden, zumindest für kurze Zeit. Und so trat ich auf dem Rückweg von der öffentlichen Bibliothek um Viertel nach eins in den Laden.

»Suppe, bitte«, sagte ich, als ich an der Reihe war. »Und ein Brötchen. Vollkorn. Zum Mitnehmen.«

Das Essen mitzunehmen, war die einzig mögliche Option. Der Laden war rappelvoll, und nach dem Krach zu urteilen, den ich hören konnte, war draußen genauso viel los.

»Lassen Sie's sich schmecken«, sagte Anna, als sie mir mein Wechselgeld reichte. »Schön, Sie zu sehen.«

»Hören Sie.« Ich senkte die Stimme. »Kann ich nachher noch mal vorbeikommen? Da gibt's etwas, das Sie vielleicht wissen möchten.«

Sie sah aus, als wäre sie sich nicht sicher, und mir wurde klar, dass mehr nötig war als eine gekaufte Suppe, um sie zu überzeugen.

»Es geht um eine bestimmte ...« Rasch sah ich mich um. Die Kunden waren größtenteils Fremde, will sagen, Kirchenleute. »Um eine ganz bestimmte junge Lady«, beendete ich den Satz.

Einen Moment lang hielt Anna Blickkontakt. Ihre Augen, stellte ich dabei fest, waren gar nicht dunkel, sondern von einem ziemlich hellen Braungrün. Ihre Pupillen waren unnatürlich geweitet, was den Eindruck dunkler Augen erweckte.

»Selbstverständlich«, sagte sie. »Kommen Sie um vier, dann habe ich geschlossen.«

Als ich die Bäckerei verließ, lächelte ich. Ich hatte es ja gewusst, sie würde nicht widerstehen können.

»Wie war die Suppe?«, erkundigte sie sich um kurz nach vier. Sie hatte mich in die Küche geführt, und ich konnte sehen, wie viel sie noch zu tun hatte, bevor sie Feierabend machte. Ein Haufen schmutziges Geschirr und Besteck wartete darauf, in die Spülmaschine geräumt zu werden, die gerade lief, und als wir durch den Laden gegangen waren, hatte ich gesehen, dass sie nur noch sehr wenig Ware hatte. Großpackungen mit Mehl und Zucker standen auf dem Tisch in der Mitte der Küche, und daneben Eierpaletten, etliche Liter Milch, ein Beutel mit Zitronen und ein riesiger Block dunkle Schokolade.

Die Suppe war köstlich gewesen. Ein Medley aus Pilzen, viele davon Waldpilze, mit Sahne, frischer Petersilie und einem Schuss Sherry. Es war die beste Pilzsuppe gewesen, die ich je gegessen hatte.

»Ein bisschen salzig«, antwortete ich, bevor ich mich bremsen konnte. »Aber sehr gut. Und das Brötchen war exzellent.«

Sie bedachte mich mit einem halben Lächeln, wohl als Gegenleistung für mein halbes Kompliment, und ich setzte mich auf einen der hohen Küchenhocker. Eigentlich hatte ich erwartet, dass sie sich ebenfalls setzte, doch stattdessen begann sie, Eier in eine große Rührschüssel zu schlagen.

»Waren Sie schon immer Bäckerin?«, erkundigte ich mich.

»Sie haben gesagt, Sie wollen mit mir reden«, erwiderte sie. »Ich bin davon ausgegangen, dass es um Constance geht, das Mädchen von der Kirche.«

»Ja, ich weiß, dass Sie sich ihretwegen Sorgen gemacht haben. Und ich weiß, dass sie sich in den letzten Tagen hier herumgetrieben hat.«

Anna hörte auf zu arbeiten; ihre Hand schwebte über der Schüssel.

»Fast so, als ob sie mit Ihnen sprechen wollte«, fügte ich hinzu.

Sie nickte kaum wahrnehmbar.

»Also, ich habe vielleicht herausgefunden, warum sie immer so ein besorgtes Gesicht macht.«

Während ich Anna von dem Schwangerschaftstest erzählte, arbeitete sie weiter. Ich zählte ein Dutzend Eier, die in der Schüssel landeten, bevor sie sich umdrehte und Zucker auf eine Waage kippte.

»Wieso erzählen Sie mir das?«, fragte sie mit dem Rücken zu mir.

»Weil ich glaube, dass Sie nicht immer Bäckerin waren. Ich glaube, früher haben Sie anderen Menschen geholfen.«

Es war ein Schuss ins Blaue gewesen, die Artikulation eines ganz vagen Gefühls, doch es traf ins Schwarze. Eine Aura der Selbstachtung und des Respekts umgab Anna Brown. Die Art und Weise, wie die Kirchenschläger mit ihr umgesprungen waren, war eine ganz neue Erfahrung für sie gewesen, und sie hatte sich dagegen aufgelehnt. Für mich deutete das auf jemanden in einer leitenden Position hin, und Anwältin hatte ich ja bereits in Erwägung gezogen. Zugleich hatte sie das potenzielle Problem mit Constance erkannt und dort eine Verantwortung gesehen. Das deutete eher auf Ärztin hin. Ihre Maskerade als Bäckerin fern der Heimat suggerierte, dass in ihrer Vergangenheit irgendetwas sehr schlimm schiefgegangen war.

Sie drehte sich zu mir um. »Wie kommen Sie denn darauf?« Ihr Gesicht war erstarrt und noch blasser als sonst.

Ich erhob mich. »Ist nur so ein Gefühl. Nichts für ungut.« Damit strebte ich auf die Tür zu. »Ich dachte nur, Sie wollten Bescheid über Constance wissen.«

»Aber Sie haben doch selbst gesagt, ich kann da gar nichts tun.«

Ich schaute mich etwas abrupter um, als klug war, und fühlte ein schmerzhaftes Zerren an meiner Narbe.

»Vielleicht habe ich mich ja geirrt«, meinte ich. »Was für eine Suppe haben Sie denn für morgen geplant?«

Sie machte ein verwirrtes Gesicht. »Tomatensuppe.«

»Ich freue mich drauf.«

An ein paar Vormittagen und einem Abend in der Woche arbeite ich ehrenamtlich in unserer Gemeindebibliothek. Das mache ich schon seit einer ganzen Weile. Beliebt bin ich nicht gerade, tatsächlich hat es mehr Beschwerden über mich gegeben als über jeden anderen Ehrenamtler, aber nur ich verstehe das Dewey-System vollständig, und ohne mich hätten die anderen keine Ahnung, wie sie den Bestand kontrollieren oder mit den antiquierten Computern zurechtkommen sollen. Das Komitee, das die Bibliothek führt, seit die Gemeinde sich zurückgezogen hat, weiß, dass es ohne mich nicht geht, und so haben wir einen unbehaglichen Kompromiss geschlossen. Ich beschränke meine Interaktionen mit der Öffentlichkeit auf ein Minimum und kann dafür hinten im Büro nach Belieben schalten und walten.

Die ersten zwei Stunden lang verlief der Abend ziemlich normal. Die Direktorin der weiterführenden Schule hier in der Nähe kam, um ihre Nachschlagewerke zu holen. Ich bin die einzige Person, die weiß, wie man direkt bei der

British Library bestellt, darum kommt sie immer nur, wenn ich Dienst habe. Ein paar Leute, die Vollzeit arbeiteten, kamen, um sich mit ihrer üblichen leichten Lektüre einzudecken. Mrs Watkins kam wegen ihrer zwei historischen Liebesromane und ihrem einen ernsthaften literarischen Werk. Letzteres liest sie nie, sie bestellt es nur in der vergeblichen Hoffnung, mich oder irgendjemand anderen, der gerade in der Nähe sein könnte, zu beeindrucken. Das weiß ich, weil ich mal einen getippten Zettel zwischen Seite 100 und Seite 101 geschoben habe – *Brenda Watkins ist eine Ladendiebin* – und sie kein Wort gesagt hat, als sie es zurückbrachte. Als sie weg war, sah ich nach, und der Zettel war noch da, unberührt und ungelesen. Um bei der Wahrheit zu bleiben, Brenda Watkins ist *wirklich* eine Ladendiebin, ich habe sie mehr als einmal im Postamt kleinere Artikel in ihre Handtasche schieben sehen. Ich sage nie etwas; mich juckt das nicht, und die Information könnte eines Tages nützlich sein.

Des Weiteren rollten ein paar junge Mütter ihren Nachwuchs – bereits im Schlafanzug – herein und verbrachten die nächste halbe Stunde damit, lustlos die schmuddelige Kinderbuchabteilung nach etwas zu durchforsten, das sie nicht schon dutzendmal vorgelesen hatten. Die Kinder rannten krakeelend umher. So weit alles normal.

Um sieben Uhr jedoch, eine halbe Stunde, bevor wir schließen, geschah etwas sehr Unnormales. Anna Brown kam herein.

»Oh.« Sie war überrascht, mich zu sehen. Ich weiß nicht, warum – ich hatte nie behauptet, ich würde *nicht* ehrenamtlich in der Bibliothek arbeiten.

»Kann ich Ihnen mit irgendetwas helfen?«, erkundigte ich mich. »Die neuen Empfehlungen vom Richard-and-Judy-Buchclub sind gerade gekommen, und Elly Griffiths letzter Roman hat sehr gute Rezensionen.« Ich äffte ihre eigene Art nach, mit Kunden zu sprechen, doch ich glaube, sie merkte es gar nicht.

»Ich wollte fragen, ob Sie ein Zeitungsarchiv haben«, sagte sie.

»Bis ins Jahr 1856«, antwortete ich. »Aber nur den *North Lakes Chronicle*. Und das meiste davon ist oben auf dem Boden, und wir brauchen zwei Wochen Vorlauf, um etwas herauszusuchen. Überregionale Zeitungen heben wir eine Woche auf, und vom *Chronicle* haben wir die Ausgaben der letzten zehn Jahre.«

»Den *Chronicle*«, sagte sie. »Die letzten zehn Jahre sollten reichen.«

Inzwischen leerte sich die Bibliothek langsam, also konnte ich ohne Weiteres vom Tresen weg. Ich führte sie dorthin, wo wir die älteren Ausgaben unserer Wochenzeitung in einer Reihe breiter, flacher Schubladen aufbewahren, und zeigte ihr, wie sie anhand des Datums die Richtigen finden konnte.

»Vielen Dank«, sagte sie und wartete offenkundig darauf, dass ich mich verdrückte.

»Suchen Sie etwas Bestimmtes?«, fragte ich.

Sie zuckte mit den Schultern. »Will mich nur mit der Gegend vertraut machen.«

Ich ließ sie allein und kam erst fünf Minuten vor Bibliotheksschluss zurück.

»Haben Sie gefunden, wonach Sie gesucht habe?« Über

ihre Schulter hinweg sah ich, dass sie eine Ausgabe von Ende Oktober vor drei Jahren las. Ich hatte sie vom Tresen aus unauffällig beobachtet, hatte gesehen, wie sie die meisten Ausgaben links liegen ließ, einige ganz bestimmte andere jedoch gründlich durchkämmte.

Sie sah auf die Uhr. »Ich hätte früher kommen sollen«, sagte sie. »Mir war nicht klar, wie lange das dauern würde.«

Als sie die Zeitung zusammenfaltete und die Schublade schloss, sah ich, dass sie sich auf einem kleinen Block Notizen gemacht hatte.

»Finden Sie es nicht merkwürdig, dass das alljährliche Kirchenfestival in der Lokalzeitung überhaupt nicht erwähnt wird?«, fragte sie mich. »Ich bin zehn Jahre zurückgegangen. Nichts. Ich kann nicht glauben, dass eine so große Veranstaltung nicht im Laufe der Jahre ein paar Storys geliefert hat.«

»Die legen eben Wert auf ihre Privatsphäre«, meinte ich.

»Das ist eine Lokalzeitung, kein Kirchenmagazin. Die sollten sich um die Storys kümmern, nicht darum, was die Kirche will.«

»Mag sein, aber wir sind hier in St. Abel's Chapel, nicht auf der Fleet Street.«

Sie stand auf. »Ich will Sie nicht aufhalten«, sagte sie. Gleich darauf verschwand ihre finstere Miene wieder. »Aber ich sage Ihnen, was ich gefunden habe: Mrs Hinton, die Dame, die vor mir die Bäckerei hatte – die ist in dem Haus gestorben.«

»Ja, sehr tragisch«, bestätigte ich. »Hat man Ihnen das nicht gesagt?«

»Ich wusste, dass sie gestorben war, natürlich, ich habe das Grundstück und das Haus ja aus ihrem Nachlass gekauft. Mir war nicht klar, dass sie dort ums Leben gekommen ist. Eine Kohlenmonoxidvergiftung.«

»Wäre wahrscheinlich eine gute Idee, Ihre Küchengeräte mal überprüfen zu lassen«, bemerkte ich. »Vor allem, wenn Sie noch irgendwelche alten von ihr benutzen.«

»Die sind alle gecheckt worden«, erwiderte sie. »Um mich mache ich mir keine Sorgen. Aber ich habe den Bericht über die rechtsmedizinische Anhörung gefunden, und die konnten nicht genau sagen, was das Problem verursacht hat. Alles schien bestens zu funktionieren, als es getestet worden ist.«

Ich deutete an, dass sie zur Tür vorausgehen sollte; wir schließen gern pünktlich. »Wir tippen auf einen verstopften Abzug«, meinte ich. »Sodass sich das Gas im Haus angesammelt hat.«

»Und, haben sie einen gefunden?«

»Nein, ich glaube nicht. Eine traurige Geschichte. Wenn Sie mir einen Moment Zeit zum Abschließen geben, gehe ich gern mit Ihnen zurück. Es ist schon sehr dunkel.«

»Ich glaube, ich muss mich bei Ihnen entschuldigen«, sagte Anna, als wir in die Nacht hinaustraten.

»Wieso denn?«, fragte ich aufrichtig verblüfft. Sie hatte nichts getan, wofür ich eine Entschuldigung erwartet hätte.

»Weil ich nicht gefragt habe, wie es Ihnen geht. Die Leute sagen, Sie waren ziemlich krank und bis vor Kurzem im Krankenhaus. Es tut mir leid, aber es war so viel los …«

»Das ist doch völlig verständlich«, wehrte ich ab. »Und es wird langsam wieder, vielen Dank.«

»Ich habe gehört, Sie arbeiten zu Hause«, fuhr sie nach einem Moment des Schweigens fort. »Irgendwas im Verlagswesen. Klingt ziemlich aufregend.«

»Mir war gar nicht klar, dass ich so ein Gesprächsthema bin«, sagte ich. »Und es ist wirklich nicht aufregend. Ich lese Korrektur. Seit ein paar Jahren nur noch in Teilzeit. Aus gesundheitlichen Gründen.«

»Ah«, meinte sie, »das erklärt auch all die Päckchen, die Sie bekommen. Ich hatte angeboten, sie anzunehmen, als Sie nicht da waren, aber es hieß, sie hätten eine Absprache mit dem Postamt.«

»Das stimmt. Aber es war nett von Ihnen, dass Sie es angeboten haben.«

»Ich würde ja denken, so was geht heute alles online«, fuhr sie fort. »Können die Ihnen die Fahnen nicht per E-Mail schicken?«

»Ich lehne es ab, online zu sein. Ich traue dem Internet nicht, ich will das in meinem Haus nicht haben. Wenn ich eine E-Mail verschicken muss, was nur selten vorkommt, gehe ich in die Bibliothek.« Aus dem Augenwinkel sah ich, wie sie mir einen sonderbaren Seitenblick zuwarf.

»Sie sehen das nicht so?«, fragte ich herausfordernd. »Sie halten mich für einen Dinosaurier?« Es wäre bestimmt nicht das erste Mal, dass man mich so nannte.

»Ich halte Sie für ziemlich altmodisch«, antwortete sie.

Ich wusste nicht recht, wie ich darauf reagieren sollte, und so schritten wir eine oder zwei Minuten lang schweigend dahin. Erst als unsere Häuser in Sicht kamen, sagte sie wieder etwas, diesmal sehr zögerlich, als spräche sie ein etwas heikles Thema an.

»In der Zeitung stand, Sie haben Mrs Hinton gefunden.«

Ich war mehr als verärgert gewesen, dass mein Name in dem hiesigen Käseblatt genannt worden war. Es erscheint mir absurd, dass wir keinerlei Kontrolle darüber haben, wo und wann unserer Namen in der Öffentlichkeit auftauchen.

»Ich habe die Behörden verständigt«, antwortete ich. »Als sie ihr Geschäft am Montag nicht aufgemacht hat, war klar, dass etwas passiert war.«

Es war die lärmende Menschenmenge vor meinem Haus gewesen, die mich aufmerksam gemacht hatte, doch das sagte ich Anna nicht.

»Und Hugh Gardner hat die Leiche gefunden«, fuhr ich fort. »Er war eindeutig der Richtige dafür, ein Gebäude zu betreten, in dem möglicherweise Gefahr droht.«

»Kennen Sie Hugh gut?«, fragte sie ein paar Sekunden später.

»Oh, der hat viel zu viel mit seinen diversen Freundinnen zu tun, um sich mit mir abzugeben.«

Sie schwieg eine Weile. »Sie sind wahrscheinlich nicht auf X, stimmt's?«

»Ich habe keine Ahnung, was Sie mich gerade gefragt haben.«

Anna lächelte schwach. »Dachte ich mir. Das ist eine Social-Media-Plattform. Hieß früher mal Twitter, viele Leute nennen sie immer noch so. Da kann man nach bestimmten Begriffen suchen.«

Ich sah zu, wie sie ihr Telefon aus der Tasche zog und den Home-Button antippte, um es aufzuwecken. »Ich habe nach dem Hashtag *Einsammlung* gesucht«, erklärte sie mir. »Ich hab's sogar gegoogelt. Auf den Mainstream-Sites war nichts, aber ich habe einen X-Account gefunden.«

Sie hielt das Telefon hoch. In dem dürftigen Licht betrachtete ich ein Foto, das anscheinend hier in der Nähe gemacht worden war – Berge, Wälder, das Schimmern eines der großen Seen –, sowie ein kleineres, kreisrundes Bild von Party-Luftballons – alle schwarz – mit dem silbernen Aufdruck *16* und über dem Ganzen die fette Überschrift *Sweet Sixteen*. Das Display wurde dunkel, bevor ich den ganzen Text darunter lesen konnte, doch ich erhaschte die Worte *alljährlich*, *Festival* und *unheilvoll*.

»Ein Post, also ist es ein ganz neuer Account«, sagte Anna. »›In St. Abel's Chapel werden Zelte aufgestellt. Höre ich da eine Glocke schlagen? Hashtag Einsammlung, Hashtag Sweet Sixteen.‹«

Ich blinzelte ein paarmal. »Und was sagt Ihnen das?«, fragte ich sie.

»Ich frage mich, ob das ein bisschen so ist wie diese abgefahrenen amerikanischen Kult-Kirchen.«

»Interessant«, stellte ich fest. »Ich habe den Verdacht, dass eine Menge Leute im Dorf da ganz Ihrer Meinung wären.«

Sie überlegte kurz. »Und Sie?«

»Oh, ich mische mich da nicht ein«, log ich.

Am nächsten Tag wurde ich zur Mittagszeit durch den Anblick von Constance belohnt, die allein an einem der Tische in der Bäckerei saß. Anna und ich wechselten einen Blick, ein gemeinsames Hochziehen der Brauen, eine stumme Frage. Sie gab mir mit einem Kopfschütteln zu verstehen, dass sie keine Gelegenheit gehabt hatte, mit ihr zu sprechen, und dass sie außerdem nicht wusste, was sie tun sollte.

»Ich esse heute hier«, verkündete ich. »Falls die junge Dame nichts dagegen hat, dass ich mich dazusetze?«

Constance brauchte einen Moment, um zu begreifen, dass ich sie meinte. Sie zuckte die Schultern.

»Ich bring's Ihnen.« Wieder wechselten wir einen verschwörerischen Blick.

Ich setzte mich neben Constance, die wie gebannt auf ihr Handy starrte – offenkundig war es wieder aufgetaucht – und mich nicht weiter zur Kenntnis nahm. Sie trug wieder ein Sweatshirt mit sehr langen Ärmeln, doch ich konnte erkennen, dass die Verbände an ihren Handgelenken durch große Pflaster ersetzt worden waren. Die waren sehr viel diskreter und deuteten darauf hin, dass die Verletzungen nicht sehr schwer gewesen waren. Ein echter Selbstmordversuch oder ein Hilfeschrei?

»Du bist die junge Lady, die demnächst Geburtstag hat, nicht wahr?«, fragte ich freundlich.

»Nächste Woche.« Sie schielte zu Anna hinüber, die gerade meine Suppe in eine Schale füllte.

Danach wusste ich ebenfalls nicht mehr weiter, ich bin es nicht gewohnt, mit jungen Leuten zu reden. Doch Anna kam mit einem Tablett auf unseren Tisch zu.

»Ich habe überlegt, ob du vielleicht auf Jobsuche bist, Constance«, sagte sie, während sie meinen Lunch auf den Tisch stellte. »Ich muss heute Abend eine Menge Essen fertigmachen und zu euch aufs Gelände bringen. Allein wird das ganz schön schwer. Bist du vielleicht die nächsten paar Stunden noch hier?«

Verblüfft schaute Constance auf. »Ich muss zurück«, sagte sie. »Sie fragen sich bestimmt, wo ich bin.«

»Trotzdem, ich bin froh, dass du da bist«, sagte Anna. »Warte mal kurz.« Sie verschwand in der Küche und kam gleich darauf mit einer Pappschachtel und einem Skizzenbuch zurück.

»Deine Mum und deine Grandma haben alles entschieden«, sagte sie, während sie die Schachtel auf den Tisch stellte und sich einen freien Stuhl heranzog. »Aber ich möchte, dass du auch einverstanden bist.« Sie schlug das Skizzenbuch auf und zeigte eine bunte Zeichnung von einer Torte. Sogar ich musste zugeben, dass der Kuchen sehr hübsch aussah. Zwei Etagen und mehrere Schichten, von Buttercreme zusammengehalten. Eine schlichte Torte, aber dank der leuchtend bunten Zuckerblumenkaskade oben drauf wunderschön.

»Ich habe Ringelblumen – deine Geburtsblume – als Hauptthema genommen«, erklärte Anna. »Und Karottenkuchenteig, und die Buttercreme ist mit Orangengeschmack. Aber ich habe sie sehr hell gemacht, damit die Blumen richtig zur Geltung kommen.« Sie öffnete die Schachtel, und ich schaute hinein – ich konnte einfach nicht anders. Constance konnte ebenfalls nicht widerstehen, und unsere Köpfe berührten sich beinahe.

»Sie sind noch nicht ganz fest«, warnte Anna. »Ich habe sie erst gestern Abend gemacht.«

Die Zuckerblumen in der Schachtel – vornehmlich gelb, orangefarben und rot – waren exquisit und so lebensecht, dass ich mich unwillkürlich zurückhalten musste, um nicht ein Blütenblatt zu reiben, um zu sehen, ob es auch wirklich starr war und nicht weich.

»Die fließen dann an der Seite der Torte herunter«, erklärte Anna. »Sie halten jahrelang, wenn du sie behalten möchtest, aber die meisten Leute tun das nicht. Die weißen Freesien sind als Kontrast gedacht. Ein guter Trick ist, ein paar echte ganz in die Nähe zu stellen, damit alle denken, der Duft kommt von der Torte.«

Constance schniefte, und ich blickte auf. Sie hatte Tränen in den Augen.

»Die Torte wird wunderschön«, sagte ich. »Du bist ein richtiger Glückspilz. Aber das siehst du nicht so, stimmt's?«

Anna sah sich rasch um, als wolle sie sich vergewissern, dass der Laden immer noch leer war. »Constance, du bist bei Freunden.«

Nun, so weit würde ich nicht gehen, aber ich hatte das Gefühl, dass es funktionieren würde. Constance schniefte abermals, blickte auf – dabei sah sie Anna an, nicht mich – und öffnete den Mund. Und dann ertönte die Türglocke.

»Herrgott noch mal, Constance!«

Eine Frau, die ich als Constances Mutter wiedererkannte, stand in der Tür, und hinter ihr ein Mann im annähernd selben Alter, der Constance ein wenig ähnlich sah.

»Wir haben dich überall gesucht.«

»Wir haben über Constances Geburtstagstorte gesprochen«, sagte ich, als würde ich ebenfalls in der Bäckerei arbeiten. »Sie müssen sich unbedingt die Blumen ansehen, ich finde, die sind richtig gut geworden.«

Beide Eltern beachteten mich nicht.

»Constance«, sagte der Vater und trat zurück, um ihr zu bedeuten, dass sie den Laden vor ihm verlassen solle.

Constance stand auf. »Vielen Dank«, sagte sie zu Anna, und dann gingen die drei. Die Glocke verstummte.

»Sie haben recht«, sagte ich. »Da stimmt etwas nicht.«

»Abgesehen von einer Teenagerschwangerschaft und einem Suizidversuch«, fauchte Anna.

Ich wartete.

»Sie haben auch recht«, fuhr sie fort. »Wir können nichts tun.«

»Es würde nicht schaden, sich mal bei denen auf dem Campingplatz umzuschauen, oder?«

»Und wie stellen wir das an? Die Wachleute passen auf wie die Schießhunde. Nicht mal zum See wollten sie mich lassen.«

»Aber Sie müssen doch heute Abend hin, um ihnen irgendwelches Partyessen zu liefern«, erinnerte ich sie. »Und Sie werden Hilfe brauchen. Warum komme ich also nicht mit?«

»Ich weiß nicht recht«, sagte sie. »Wenn sie nicht mit uns reden will …«

Ich beugte mich über den Tisch. Von dort, wo ich saß, konnte ich sehen, was Anna verborgen war. Constance hatte ihr Handy auf dem Stuhl zurückgelassen.

»Ich habe gehört, Sechzehnjährige sind nie ohne ihr Handy unterwegs«, bemerkte ich, während ich das Telefon aufhob. »Sieht aus, als hätte sie es liegen gelassen, damit Sie einen Grund haben, Sie zu suchen.«

Einen Moment sah Anna aus, als hätte sie Zweifel, dann lächelte sie mich an.

Und so wurden wir ein Team, Anna und ich: Sherlock Holmes und Dr. Watson. Oder jedenfalls dachte sie das.

12

April, im vorigen Jahr

»Hardys Asche ist in der Poet's Corner in der Westminster Abbey beerdigt worden, weil er der führende Romanautor und Dichter seiner Zeit war«, erklärte Jago ihr, als er sie unaufgefordert zu ihrem Auto brachte. »Aber sein Herz liegt im Grab seiner Eltern in der Familienkirche, gar nicht weit von hier. Ich finde das schön. Sie nicht?«

Hinter ihnen schaute Morgan Moore aus einem der Fenster im Erdgeschoss.

Jagos Stimmung war ein klein wenig überspannt, seit sie das Haus verlassen hatten. Er blieb die ganze Zeit dicht bei ihr, hielt Blickkontakt. Am liebsten hätte sie ihren Wagen mit der Fernbedienung entriegelt, doch gleichzeitig sollte es nicht so aussehen, als wolle sie dringend weg. Erst recht nicht, wenn er gerade im Begriff war, sich zu öffnen. Hoffentlich würde er sich nicht umdrehen und bemerken, dass sein Vater sie beide beobachtete.

»Es ist sehr schön, dass er seine Eltern so sehr geliebt hat.« Sie überlegte, ob Jago dabei an seine Mutter dachte und ob sie ihn fragen könnte, wo sein Herz begraben werden solle. Das wäre eine sehr ungewöhnliche Frage, und möglicherweise auch unethisch.

Aber Jago war auch ein ungewöhnlicher Patient. Einer, der immer noch zu dicht vor ihr stand. Doch sie konnte nicht zurückweichen, das Auto war direkt hinter ihr.

»Glück ist nur eine gelegentliche Episode im allgemeinen Drama des Schmerzes«, verkündete er.

»Wieder Hardy?«

»Der Bürgermeister von Casterbridge.«

Am Fenster hatte Morgan sich nicht von der Stelle gerührt. Als wäre sie eine unwillkommene Besucherin und er könne es kaum erwarten, dass sie sein Grundstück verließ.

»Empfindest du das so? Dass das Leben vornehmlich Schmerz ist?«

»Natürlich.« Er sah aus, als wäre er überrascht, dass sie das fragte. »Man wäre doch ein Idiot, nicht so zu empfinden. Hardy hat das verstanden. Die Leute sagen, er wäre düster, depressiv, sogar morbide. Dabei war er einfach ein Realist.«

Das hier war wirklich ein Thema für einen anderen Zeitpunkt. Möglicherweise ein wichtiges Thema.

»Nicht jeder würde das so sehen«, entgegnete sie. »Viele Menschen führen ein größtenteils glückliches Leben.«

»Das könnte man auch über Schafe sagen. Die sind glücklich. Oder das, was in ihren winzigen Gehirnen als glücklich gilt.«

»Glückliche Menschen sind wie Schafe?«

»Männer wie Hardy sind diejenigen mit Weitblick, mit Klarheit. Sie sind es, die in die menschliche Seele blicken und die Dunkelheit sehen können. Sie verstehen es.«

Sie hatte das Gefühl, ganz nahe an irgendetwas dran zu sein.

»Und du, verstehst du es?«

»O Gott, ja. Ich sehe es doch überall um mich herum.«

»Was siehst du?«

»Verzweiflung.«

13

Meine Genesung machte gute Fortschritte, und darüber war ich froh, als wir anfingen, Annas Auto zu beladen, denn wir schleppten einen Karton nach dem anderen aus der Bäckerei. Keiner davon war übermäßig schwer, bis auf die Kisten mit den Tellern, und bei denen bestand sie darauf, sie selbst zu tragen. Doch als wir fertig waren, tat die OP-Wunde wieder weh, und ich war ein bisschen außer Atem.

»Jetzt schaffe ich es allein.« Sie stand neben der Fahrertür. »Sie sehen nicht besonders gut aus.«

Also, ich hatte mir nicht all die Mühe gemacht, um an der letzten Hürde zu scheitern.

»Oh, mir fehlt nichts.« Ich ging zur Beifahrerseite. »Und Sie werden da oben auch Hilfe brauchen.«

»Sie haben doch Constances Handy dabei?«, vergewisserte sie sich, als wir losfuhren.

»Ja.« Es war ein anderes Modell als das von Anna, und sie hatte kein passendes Ladekabel. Mit Hinweis darauf, wie wichtig es sei, dass das Handy aufgeladen war – vielleicht war es Constances einzige Möglichkeit, uns zu kontaktieren –, hatte ich mich bereit erklärt, in dem Karton mit alten Kabeln bei mir zu Hause nach etwas Passendem zu suchen. »Vollständig geladen«, verkündete ich. »Ich hab's ja gewusst, dass all der alte Schrott eines Tages zu etwas gut sein würde.«

»Das ist wirklich sehr nett von Ihnen«, sagte Anna.

Eigentlich fand ich das auch ein bisschen nett und dachte im Stillen, dass es eigentlich gar nicht zu mir passte, mich mit anderen Menschen einzulassen.

Die Hauptstraße führt in Richtung Norden aus dem Dorf hinaus nach Wigton und schließlich zum Solway Firth an die Küste, aber so weit fuhren wir nicht. Etwas mehr als drei Kilometer, nachdem wir das letzte Haus hinter uns gelassen hatten, bogen wir auf die einspurige Straße ab, die nur nach Gathering Hall führt.

Ich hatte Anna während der Fahrt genau beobachtet. Natürlich, ohne dass man es mir anmerkte, ich bin ja kein völliger Amateur. Doch ich konnte in der Spiegelung der Windschutzscheibe ihre Augen – ein bisschen weiter aufgerissen, als dass es natürlich gewirkt hätte – und eine steile Furche zwischen ihren Brauen sehen, während ihre Hände das Lenkrad umklammerten.

Ich summte eine kleine Melodie, um ganz gelassen zu wirken, hörte aber auf, als Annas verspannte Schulter mir verrieten, dass es ihr auf die Nerven ging. Heute Abend waren wir Verbündete, und ich würde gut daran tun, das nicht zu vergessen. Aber alte Gewohnheiten wird man nicht so schnell los.

»Wow.« Sie sagte zum ersten Mal etwas, als wir auf den Haupteingang von Gathering zuhielten. »Ist ja schon ein bisschen übertrieben.«

Da hatte sie nicht unrecht. Die Zufahrtstore sind hoch und schwer. Sie sind aus Holz, aber sehr stabil gebaut, und man kann nicht hindurchsehen, und das Öffnen und Schließen wird elektronisch gesteuert. Vor dem Torwächterhäuschen – jawohl, so etwas gibt es dort auch – stand ein gut gebauter junger Mann, der etwas Militärisches hatte. Ich meine natürlich nicht, dass er Flecktarn getragen hätte, das wäre selbst nach Kirchenmaßstäben absurd gewesen, aber seine Hose und sein Pullover waren kakifarben, und er stand praktisch stramm, als wir vor ihm anhielten.

»Das Catering-Zelt ist am See«, erklärte er Anna, nachdem sie ihm den Grund unseres Besuchs genannt hatte. »An der ersten Gabelung rechts und dann hundert Meter geradeaus. Dann sehen Sie die blauen und gelben Wimpel.«

Die Torflügel glitten auseinander, und wir fuhren auf einer behelfsmäßigen Straße, deren Oberfläche wegen des Schlamms mit Matten bedeckt worden war, auf das Gelände.

Im Park sah es noch immer aus wie auf einem Festival, obwohl man so etwas ja mit Sommer und langen Abenden assoziiert, während der Himmel um uns herum bereits dunkel wurde. Riesige Scheinwerfer waren aufgestellt worden, Flutlichter, wie in einem Leichtathletik- oder einem Fußballstadion, aber noch war keines eingeschaltet. Vor uns stand ein großes, zentrales Festzelt. Jetzt, wo ich näher dran war als neulich am See, konnte ich sehen, dass noch etliche andere Zelte daran angrenzten und eine Art Pavillonstadt bildeten. Ein paar Lieferwagen standen noch immer da, und ein Gefühl der Dringlichkeit hing über dem Gelände, als liefe den Menschen um uns herum die Zeit davon.

Vor uns gabelte sich die Straße.

»Da ist das Cateringzelt.« Anna blickte hügelabwärts auf ein weiteres Großzelt hinab. Es stand ein Stück von den Hauptzelten entfernt und war farbenfroher dekoriert, mit Wimpeln und Luftballons.

»Wenn Sie's so machen wollen«, sagte ich.

Sie nahm den Fuß vom Gaspedal. »Wie meinen Sie das?«

»Wir sind hier, um uns umzuschauen«, entgegnete ich. »Also könnten wir uns doch vielleicht ein bisschen verfahren?«

Ein winziges Lächeln brach durch Annas ernste Miene. Sie bog nach links ab und fuhr auf den Eingang des Hauptzeltes zu. Ohne ein weiteres Wort hielten wir an und stiegen aus.

Rund um uns herum waren Männer zugange und errichteten über dem Eingang eine Art Gerüst, an dem wohl irgendwann ein Schild hängen würde. Ein Elektriker und sein Kumpel bemühten sich, ein Kabelgewirr zu bändigen, über das wir hinwegsteigen mussten. Irgendwann würde der Eingang in diese Zeltstadt riesengroß und beeindruckend sein, jetzt jedoch hingen die Plastikplanen schlaff herab.

»Kann ich helfen, Schätzchen?«, rief jemand zu uns herab.

»Caterer«, antwortete ich, bevor Anna etwas sagen konnte. »Der Bursche am Tor hat uns hergeschickt.« Ohne auf eine Antwort zu warten, hob ich eine der Zeltklappen an und bedeutete Anna einzutreten. Sie ging voran und blieb wie angewurzelt stehen. Ein Mann, schlank, dunkelhaarig und in schwarze Jeans und schwarzen Pullover gekleidet, verstellte uns den Weg.

»Kein Zutritt für Unbefugte.« Seine Augen wurden schmal, als sein Blick von Anna zu mir wanderte. »Dürfen Sie sich überhaupt auf dem Gelände aufhalten?«

Ich ließ Anna antworten. Viel konnte ich über die Schulter des Mannes hinweg nicht erkennen – das Innere des Zeltes war nur spärlich erleuchtet –, doch anscheinend bewachte er den Eingang eines englischen Pubs. Ich sah klassisches Kneipenmobiliar: eine Bar mit Zapfanlage, Flaschen und Gläser in Regalen, eine Jukebox, sogar Schilder, die den Weg zu den Toiletten, dem Raucherbereich und dem Biergarten wiesen.

Der Türsteher zeigte stumm in Richtung des Cateringzeltes, und uns blieb nichts anderes übrig, als den Rückzug anzutreten. Erst als wir etliche Schritte entfernt waren, zog er sich wieder ins Zelt zurück.

»Einen Versuch war's wert«, sagte ich zu Anna, deren Miene sich verdüstert hatte.

Zu meiner Überraschung sagte sie: »Drehen wir doch mal eine Runde zu Fuß.«

Damit hatte ich kein Problem, also machten wir uns auf den Weg um das Zelt herum. Bald kamen wir an einem weiteren möglichen Zugang vorbei. Plastikplanen waren locker hochgebunden worden, um eine Tür zu schaffen, doch keiner von uns beiden brachte den Mut auf, es noch einmal zu versuchen.

Als wir um die erste Ecke bogen, ließ uns jäh losdröhnende Rockmusik zusammenfahren. Ich kannte sie nicht – nun, wie denn auch, ich höre niemals Unterhaltungsmusik –, doch angesichts der Lautstärke, des unverständlichen Texts und des dumpf dröhnenden Schlagzeugs vermutete ich, dass es das war, was auf den Veranstaltungen gespielt wurde, die die jungen Leute Raves nennen.

Zwischen dem Zelt und dem See lag ein schmaler, unbeleuchteter Landstreifen, hier sollte sich nach Einbruch der Dunkelheit eindeutig niemand mehr aufhalten. Zögernd gingen wir weiter, während der Boden vor unseren Füßen allmählich immer schwerer zu erkennen war und vor uns ein Anbau aufragte, ein kompakter Klotz, der im rechten Winkel zum Hauptzelt stand. Ein weißer Kastenwagen war direkt davor geparkt, und mehrere Stromleitungen verliefen von dem Wagen zum Zelt. Als wir näher kamen, konnten wir Stimmen und das gedämpfte Summen eines Generators hören.

Ich ging vor Anna um den Wagen herum und gab dabei auf den feuchten Boden Acht, denn wir waren jetzt sehr nahe am See. Als wir um den Kühler des Vans herumkamen, erhaschten wir einen kurzen Blick in den Anbau. Schreibtische waren an den Wänden eines kleinen Raumes aufgereiht, und auf jedem standen Computerbildschirme. Davor saßen noch mehr Männer in Schwarz. Die meisten hatten Kopfhörer auf.

»Leitstelle«, flüsterte ich Anna zu. Ein paar Meter weiter war das Zelt zu Ende.

»Was in aller Welt läuft hier?«, fragte Anna leise zurück.

Ich hob den Finger an die Lippen. Auf der anderen Seite der Zeltwand hatte ich etwas gehört. Rasch winkte ich Anna näher heran und drückte das Ohr gegen die Plane.

»Was wollt ihr?« Es war eine Frauenstimme. Eine sehr junge Frau. Vielleicht noch ein Mädchen.

»Bloß 'n bisschen Gesellschaft, Hayley«, antwortete ein Junge, doch sein arroganter Tonfall strafte seine bescheidenen Worte Lügen. »Sollte doch kein Problem für dich sein.«

»Ich muss nach Hause. Lasst mich bitte vorbei.«

»Sei doch nicht so, Hayley.« Eine andere Männerstimme.

»Is' ja nicht so, als ob wir was wollen, was du noch nie gemacht hast.« Ein dritter Junge.

»Fasst mich nicht an!«

»Was zum Teufel ist denn da los?«, stieß Anna hervor und machte sich nicht länger die Mühe, leise zu sprechen.

»Die denkt, sie kann sich's aussuchen.« Das war wieder der erste Junge, glaubte ich, aber genau ließ sich das schwer sagen. Alle drei Stimmen hatten einen hungrigen, drohenden Tonfall angenommen.

»Wir tun dir auch nicht weh, Hayley.«

»Es sei denn, du willst, dass wir dir wehtun.«

»Hört auf. Lasst mich.«

»Hey! Die hat ja richtig Pep!«

Anna klatschte mit der Hand gegen die Zeltwand. »Was ist da drinnen los? Ich rufe die Polizei!«

»Hier entlang.« Ich packte ihre Hand und zog sie mit, dorthin, wo ich einen weiteren Eingang erspäht hatte.

Während ich mich abmühte, die Zeltschnüre aufzubekommen, brüllte Anna weiter. »Hayley, wir kommen! Wehe, ihr tut ihr was!«

»Kann ich Ihnen beiden helfen?«

Ich erkannte die Stimme und kam mir vor, als wäre ich wieder ein Kind, und der Schuldirektor hätte mich bei einer Missetat ertappt. Anna und ich fuhren herum und sahen Aaron North auf uns zukommen.

»Anna«, sage er. »Wie nett. Ich fürchte, man hat Sie falsch informiert – das Cateringzelt ist am See.«

»Wir haben Schreie gehört«, erwiderte Anna. »Hat sich angehört, als ob da drinnen ein junges Mädchen überfallen wird.«

»Sie haben Schauspieler gehört«, sagte North. »Die Generalprobe. Absolut kein Grund zur Sorge.«

»Das ist ein Theaterstück?« Anna machte ein ungläubiges Gesicht.

»Und sogar die Premiere«, fuhr North fort und wies uns mit einer Geste an, kehrtzumachen. »Deswegen ist es hier auch ein bisschen hektisch, und man hat sich nicht angemessen um Sie gekümmert. Ich lasse Sie von jemandem zum richtigen Zelt bringen.«

»Was ist das denn für ein Stück?«, wollte Anna wissen, während wir am See entlang zurückgingen.

»Eine Kirchenaufführung«, antwortete er vage. »Beeilung, Paige, du solltest schon in der Maske sein.«

Ein junges Mädchen kam auf uns zugerannt. Ihre Kleider waren zerrissen, sodass man viel von ihrem BH und von ihrem Oberkörper sehen konnte. Abgesehen davon, dass sie ein wenig verlegen war – vermutlich wegen ihres Zuspätkommens –, schien sie das nicht weiter zu stören.

»Vielleicht können wir ja Eintrittskarten kaufen?«, meinte ich, obwohl ich sehr gut wusste, dass niemand von außerhalb der Kirche jemals bei einer Einsammlungsaufführung dabei gewesen war.

»Ist schon seit Monaten ausverkauft, fürchte ich«, erwiderte North, ohne mich anzusehen. Dann rief er ein junges Mädchen herbei, das gerade vorbeikam. »Sandy, bitte bring Miss Brown und ihre Aushilfskraft zum Cateringzelt. Und bleib bei Ihnen, bis sie wieder wegfahren.«

Nachdem er sich unserer entledigt hatte, trat er rückwärts von uns weg. »Entschuldigen Sie mich, ich werde im Haus verlangt. Vielen Dank. Anna, hinterlegen Sie bitte Ihre Rechnung, bevor Sie gehen. Wir regeln so etwas gern gleich.«

»Hier entlang«, sagte unsere neue Aufpasserin Sandy, während North davonschritt.

»Theaterstück?«, raunte Anna mir zu, während wir Sandy zurück zum Auto folgten. »Bisschen dunkel, meinen Sie nicht? Und wieso brauchen die so viel Platz dafür?«

»Ich glaube, die Zuschauer ziehen immer von einer Szene zur nächsten«, antwortete ich. »Oder zumindest behauptet das der Dorfklatsch. Aber ich bin ganz Ihrer Meinung. Eine Weihnachtspantomime scheint das nicht gerade zu sein.«

Als wir am Auto ankamen, streckte Sandy die Hand nach dem Griff der hinteren Tür aus. Offenbar beabsichtigte sie, mitzufahren.

»Der Rücksitz ist vollgestellt«, log ich. »Können wir Ihnen nicht bis da runter hinterherfahren? Es ist doch nicht weit.«

Sandy zuckte die Schultern und machte sich auf den Weg. Nach mehreren Schritten schaute sie zurück, um sich zu vergewissern, dass wir ihr folgten.

»Das mit der Hilfskraft tut mir leid«, sagte Anna, als wir beide wieder im Auto saßen. »Der weiß genau, dass Sie nicht meine Aushilfe sind.«

»Oh, ich amüsiere mich blendend«, versicherte ich ihr und stellte zu meiner gelinden Verblüffung fest, dass das stimmte. »Machen Sie sich wegen mir keine Gedanken.«

»Kein Lebenszeichen von Constance.« Anna schaute auf das Handy des Mädchens hinunter, und wie aufs Stichwort begann es zu klingeln. Ich griff danach und hielt jäh inne.

»Mit mir wird sie nicht reden wollen«, sagte ich.

Sandy war am Cateringzelt angekommen und zeigte uns, dass wir neben dem Eingang halten sollten. Anna tat wie geheißen und machte den Motor aus. Ich achtete darauf, dass die Wagentüren verriegelt waren. Tatsächlich ging Sandy zur Heckklappe und versuchte, sie zu öffnen.

»Hallo?«, sagte Anna in das Telefon. »Constance?«

Sie hielt das Handy so, dass ich auch mithören konnte.

Sandy klopfte gegen die Heckklappe. Wir beachteten sie nicht.

»Ich telefoniere mit dem Handy von meiner Mum«, sagte Constance. »Ich habe nicht viel Zeit. Wo sind Sie?«

»Auf dem Gelände. Beim Cateringzelt.«

Eine Pause entstand, in der Sandy abermals klopfte. Dann sagte Constance: »Zu viele Leute. Kann ich morgen zu Ihnen kommen?«

Anna und ich wechselten einen Blick. Ich nickte ihr zu.

»Natürlich«, sagte Anna. »Ab vier habe ich Zeit, falls du richtig reden möchtest.«

Die Leitung war tot. Constance war weg.

Es dauerte eine Stunde, das Büfett aufzubauen, und meine erste Lektion als Caterer-Hilfskraft war, dass ich das Resultat unter keinen Umständen als Büfett bezeichnen durfte. Naiverweise hatte ich mir Tabletts mit Sandwiches und Wurstbrötchen vorgestellt, vielleicht ein paar Pastetchen für die Gourmets und Pommes für die Kinder. Doch der Tisch, den wir in diesem großen, kalten Zelt bestückten, war nichts Geringeres als ein Kunstwerk.

Das Erste, was Anna tat, war, das glänzende Papier wegzuwerfen, das die Leute von der Kirche auf die aus Böcken und Platten errichteten Tische gelegt hatten, und sie stattdessen mit ihren eigenen rot gewürfelten Baumwolltischtüchern einzudecken. Und dann begann sie ihr Bildhauerwerk.

Ein großer runder Parmesanlaib bildete das Herzstück des Ganzen, umgeben von Türmen aus Bäckerbrot, Käsestangen und deftigen Biskuits, die Anna alle selbst gemacht hatte. Danach wurden kleine Rosmarinpflanzen in Steinguttöpfchen auf den Tischen verteilt. Ein ganzer Brie wurde mit einer triefenden goldenen Honigwabe bedeckt, ein zweiter mit Kompott aus Waldfrüchten. Insgesamt zählte ich über ein Dutzend verschiedene Käsesorten, mache bröckelig und geädert wie Marmor, andere so weich, dass sie über die Ränder der Holzbrettchen quollen. Winzige Schweinepasteten und Annas Wurstbrötchen lagen wie wundervolle Überraschungen zwischen Stapeln aus glänzendem, mundgerecht zugeschnittenem Gemüse. In kleinen Terrakottatöpfchen waren diverse Buttersorten, Öle und Dips. Weintrauben, so voll und prall, dass sie aussahen, als würden die Beeren gleich aus ihrer Schale herausplatzen, rekelten sich auf Platten mit Aufschnitt und Räucherfisch. Oliven aller Art glitzerten wie Juwelen in Glasschälchen, während getrocknete Beeren und Nüsse verstreut umherlagen wie Kiesel an einem Strand. Als wir fertig waren, waren die rot karierten Tischdecken unter der Masse der Köstlichkeiten verschwunden, und im ganzen Zelt roch es nach Kräutergärten und nach Sommer, nach altem Wein und frischem Brot. Während sich eine Schar Bewunderer um uns versammelte, erklärte Anna mir lächelnd, dass man so etwas als Naschfest bezeichnete.

»Geselliger als ein Büfett«, sagte sie, als wir einen Moment Zeit fanden, um wieder zu Atem zu kommen. »Am Büfett packen die Leute sich die Teller voll und gehen wieder. Bei so etwas müssen sie immer wieder zurückkommen und sich mit anderen unterhalten.«

Teller oder Gabeln waren nicht vorhanden: Hier gab es nur Fingerfood, primitiv und absolut unhygienisch. Ich verspürte nicht das leiseste Verlangen danach, an etwas so Ungesundem teilzunehmen, und doch wollte ich den Blick nie wieder davon abwenden.

»Haben Sie das mit Aaron North abgesprochen?« Ich hatte den Verdacht, dass Anna sich mit ihrem unorthodoxen Catering-Ansatz möglicherweise Riesenärger eingehandelt haben könnte, und war mir nicht sicher, wie ich das fand. In der Regel freue ich mich über Ärger, vor allem, wenn ich nicht direkt betroffen bin, aber Anna hatte sich viel Arbeit gemacht. Und der Tisch war wirklich so wunder-wunderschön.

Sie schien sich keine Sorgen zu machen. »Ja, habe ich. Er dachte auch, das könnte lustig werden.«

Jemand von der Kirche kam auf uns zu, eine ältere Frau, die wir noch nie gesehen hatten und die uns mitteilte, dass sie die Schatzmeisterin der Kirche sei.

»Ihr Geld.« Sie reichte Anna einen dicken Umschlag. »Möchten Sie es nachzählen?«

Anna nahm den Umschlag. »Nein, es ist bestimmt alles in Ordnung.«

»Das sieht ja wunderbar aus«, meinte die Schatzmeisterin, ohne auch nur ein Blick auf das Essen zu werfen. »Wir müssen jetzt das Gelände räumen. Darf ich Sie zu Ihrem Wagen bringen?«

Wir hatten unseren Marschbefehl erhalten und ließen uns von ihr aus dem Zelt führen, nur um im Eingang ausgerechnet Hugh Gardner in die Arme zu laufen, und zwar in voller Feuerwehrmontur. Für mich sah die immer aus wie eine Verkleidung, aber sie verlieh ihm eine oberflächliche Autorität, die hin und wieder bestimmt ganz nützlich war.

»Sie haben mir gesagt, dass ich Sie hier finde.« Er nickte mir flüchtig zu und lächelte Anna an. Dann blickte er über ihren Kopf hinweg – er war ziemlich groß – und betrachtete das Essen.

»Meine Fresse«, bemerkte er. »Sieht ja toll aus.«

»Sie wissen, wie Sie zum Ausgang kommen?« Die Kirchenschatzmeisterin stand mittlerweile neben Annas Auto und klammerte sich quasi am Türgriff fest.

»Sie sind wohl beruflich hier«, sagte Anna zu Gardner. Eigentlich war es keine Frage – warum sollte er sonst Uniform tragen?

Er deutete mit dem Kopf auf das Großzelt, und ich sah, dass sich dort eine Schlange gebildet hatte. »Nicht mal die von der Kirche dürfen ohne Brandschutzzertifikat aufmachen. Sind erst vor ein paar Minuten mit Aufbauen fertig geworden. Ganz schön aufwendig dieses Jahr.«

»Wir müssen jetzt das Gelände räumen«, rief die Schatzmeisterin. Sie war nicht mehr als drei Meter entfernt, hielt es aber trotzdem für nötig, laut zu werden. »Das gilt auch für Sie, Mr Gardner.«

»Ich gehe nicht, bevor ich die Lagerfeuer überprüft habe«, ließ Gardner sie wissen. »Die sind mir ein bisschen sehr nahe an den Bäumen dran, und die Windrichtung gefällt mir überhaupt nicht.«

Während Madame Schatzmeisterin ein Funkgerät aus der Tasche zog, drehte ich mich zum See um. Vor einem helleren Hintergrund – der See lag westlich von uns und dort hielt sich noch ein wenig Licht am Himmel – konnte ich eine Reihe Lagerfeuer sehen, wie Leuchttürme am Rand des Wassers aufgereiht.

»Können Sie in Sachen Windrichtung etwas unternehmen?«, fragte ich Gardner.

»Ich kann in Sachen Anzünden oder nicht Anzünden der Feuer etwas unternehmen«, antworte er und marschierte los, auf die Feuer zu. »War nett, Sie beide zu sehen.«

»Warum leisten wir Mr Gardner nicht Gesellschaft?«, fragte ich Anna und folgte ihm, ohne auf eine Antwort zu warten.

Die umgekippte Kastanie war aus dem Winkel, aus dem wir uns dem Ufer näherten, sehr gut sichtbar. Ein Stück beleuchtetes Absperrband bildete einen unregelmäßigen Kreis darum herum, und ganz in der Nähe stand ein verlassener Traktor, als hätte jemand versucht, den Baum aus dem See zu ziehen und dann aufgegeben.

»Der Pastor ist unterwegs«, rief die Schatzmeisterin uns nach.

»Das wird ja 'ne richtige Party«, witzelte ich. Anna, mit einem Batzen Geld in der Hand, war weniger geneigt, die Kirche zu verärgern. Sie machte ein beklommenes Gesicht.

»Vielleicht sollten wir …«, setzte sie an.

»Wie geht's den Jungs?«, fragte ich Gardner. »Ich habe sie schon eine Weile nicht mehr gesehen.«

»Aber Sie waren ja auch krank«, antwortete er und ging weiter. »Ihnen geht's gut, danke der Nachfrage.«

»Söhne?« Auf Gardners anderer Seite hatte Anna Mühe, mitzuhalten, und ich fragte mich, ob ihr aufgefallen war, dass er sich in Gathering Hall lange nicht so überschwänglich gab wie sonst.

»Zwei«, antwortete ich für ihn. »Begeisterte Fußballspieler. Ungefähr sechs und …«

»Sieben und zwölf«, unterbrach Gardner mich. »Tom und Jerry. Und ja, das war Absicht, meine Exfrau fand das süß. Sind liebe Jungs.«

»Machen Sie sich schon allmählich auf die gefürchtete Teenagerzeit gefasst?«, erkundigte ich mich.

Gardner blieb abrupt stehen, sodass auch ich anhalten musste. »Was soll das hei…?«

Das Klingeln eines Mobiltelefons unterbrach ihn. Er zog es aus der Brusttasche und wandte sich ab.

»Ja, ich bin gerade da unten«, sagte er ins Handy. »Tja, es dauert so lange, wie's eben dauert.«

Anna stupste meinen Arm an und deutete mit dem Kopf auf ihr Auto. »Vielleicht sollten wir …«

Ich pflichtete ihr bei, dass wir sollten, und so ließen wir Gardner stehen, der übers Wasser starrte und sich am Telefon mit jemandem stritt. Er schien gar nicht zu merken, dass wir gingen.

»Schön, so schnell bezahlt zu werden«, stellte Anna fest, als wir von dem Zelt fortfuhren. »Sie müssen aber für all Ihre Mühe auch etwas haben.«

Sie bot mir an, mich zu bezahlen.

»Grundgütiger, nein.« Ich habe nichts gegen Geld, tatsächlich mag ich es sogar recht gern, aber hier war es darum gegangen, dass Anna mir etwas schuldig war. »Es war mir ein Vergnügen.«

Wir erreichten die Gabelung, von wo aus wir den Haupteingang des großen Festzeltes sehen konnten. Eine riesige, kunstvolle Schrifttafel war darüber angebracht worden, doch ärgerlicherweise waren die Scheinwerfer über dem Schild noch nicht an, und ich konnte nicht lesen, was darauf stand.

Alles in allem war es ein überraschender und nicht unergiebiger Abend gewesen, und wie sich herausstellte, war er auch noch nicht vorbei. Als wir aus dem Auto stiegen, um die Tabletts und Kartons auszuladen, wandte Anna sich zu mir um.

»Ich habe ein Chili im Ofen«, sagte sie. »Ich wusste, dass es spät wird. Bitte kommen Sie doch zum Essen.«

Ich brauchte einen Moment, um zu verarbeiten, was sie gerade gesagt hatte.

»Das ist das Mindeste, was ich tun kann«, fuhr sie fort. »Und wir können uns über die Geschichte mit Constance unterhalten. Darüber, wie unsere Optionen aussehen könnten.«

Sie lud mich zum Abendessen ein. Mich, nicht Gardner. Und noch immer bekam ich das Bild von diesem Überangebot an Essen nicht aus meinem Kopf. Etwas zu essen, das Anna gekocht hatte – und nicht mein geplantes pochiertes Ei auf Toast –, könnte vielleicht dabei helfen, diesen sonderbaren Hunger zu besänftigen, der den ganzen Heimweg über in mir rumort hatte.

»Nun ja, also wenn Sie sicher sind«, antwortete ich. Sie sagte, sie sei sicher, und so folgte ich ihr hinein, wieder voll beladen.

Der Laden war weitgehend leer, der größte Teil der Kuchen und des Gebäcks war weggeräumt und die Regale und Teller saubergewischt worden. Als wir in die Küche kamen, piepten die Geschirrspülmaschinen. Anna öffnete sie und füllte den Raum mit einem leichten Dunst aus warmem Dampf.

»Arbeiten Sie gerade an etwas Interessantem?«, erkundigte sie sich, als wir die Kartons auspackten, und wieder fiel mir auf, wie empathisch sie war. Andere Menschen schienen ihr wirklich wichtig zu sein.

»Militärgeschichte«, antwortete ich. »Japan und Burma im Zweiten Weltkrieg. Ein bisschen trocken, aber so ist es mir lieber. Da besteht keine Gefahr, dass das Narrativ einen ablenkt.«

»Machen Sie manchmal auch Romane?«

Ich hielt einen Karton für sie, damit sie den Inhalt direkt in den Kühlschrank umpacken konnte. »Wenn es nach mir geht, nicht. Von Belletristik-Verlagen bekommt man meistens massenweise Krimis, und davon wird mir schlecht.«

Daraufhin machte sie kurz ein nachdenkliches Gesicht. »Was das betrifft«, sagte sie. »Auf X sind neue Sachen aufgetaucht.«

»Die Social-Media-Website, früher als Twitter bekannt?«, fragte ich. »Sie haben wieder, wie sagt man doch gleich, gegoogelt?«

»Hier.« Sie reichte mir ihr Handy. Ich hielt es auf Armeslänge von mir weg – aus der Nähe sehe ich nicht besonders gut. Unter demselben Account, den sie mir auf dem Nachhauseweg von der Bibliothek gezeigt hatte, dem namens *Sweet Sixteen*, waren weitere Posts eingegangen.

Werden die #Sweet16s manipuliert? Zeit, ein für alle Mal mit der Einsammlung Schluss zu machen. Teenager zu terrorisieren, ist Kindesmisshandlung.

»Wer schreibt das?«, wollte ich wissen. »Wer steckt hinter diesem, wie nennen Sie das … Account?«

»Das lässt sich unmöglich sagen. Wenn Sie mich fragen, jemand oben in Gathering Hall. Jemand, der nicht gerade gern dort ist.«

»Aber sich nicht traut, das öffentlich zu sagen«, meinte ich, und mein Blick wanderte zum nächsten Post. »Vielleicht einer von den Jugendlichen. Möglicherweise sogar Constance.«

Wie man die Einsammlung vermeidet. Ein Überlebenshandbuch in 10 Posts. Folge dem Hashtag #DamitEsDichNichtTrifft.

Ich tippte mit dem Finger auf den Hashtag und wurde zu einer Reihe verknüpfter Posts weitergeleitet.

1. Fang dir Covid ein. Immer noch eine bombensichere Methode, unerwünschte gesellschaftliche Anlässe zu meiden. Positive Tests gibt's auf der Website. #DamitEsDichNichtTrifft.
2. Knochenbruch. Bisschen extrem, und wahrscheinlich muss es ein Bein sein. Aber dieses Jahr ist die Rede von Barrierefreiheit. Letzte Möglichkeit? #DamitEsDichNichtTrifft.
3. Weglaufen. Riesenärger, wenn du zurückkommst, aber du weißt ja – das kleinere Übel. #DamitEsDichNichtTrifft.
4. Sich einen Kumpel suchen. Nie allein sein. Es sei denn, der Kumpel ist derjenige, der es auf dich abgesehen hat. #DamitEsDichNichtTrifft.
5. Trauerfall in der Familie. Okay, jetzt wird's extrem, aber wenn's drauf ankommt, heißt es Oma oder du. #DamitEsDichNichtTrifft.

Ich hatte in etwa begriffen. Also gab ich Anna das Telefon zurück.

»Da gibt's auch eine Website«, sagte sie. »Nicht dass ich da richtig rangekommen wäre. Schauen Sie mal.«

Diesmal zeigte das Display des Handys die Startseite einer Website mit dem Titel *St. Abel's Chapel,* nur war das Wort »Chapel« durchgestrichen und durch »Hölle« ersetzt worden. Ein Bild, das das oberste Drittel der Seite einnahm, war eindeutig ein Foto vom Dorf. Die Kirche, die letzten paar Geschäfte an der Hauptstraße und die Bibliothek waren alle zu sehen, außerdem eine ferne Reihe bewaldeter Hügel. In der unteren Ecke des Bildes war eine Teufelsmaske eingefügt worden. Unter dem Bild stand eine einzige Textzeile: *Aus Sicherheitsgründen wurde die Site ins Darknet verlegt.*

»Darknet?«, fragte ich Anna.

»So eine Art Untergrund-Internet. Da ist echt schräges Zeug drin. Ich habe keine Ahnung, wie man dahinkommt.« Sie lächelte. »Sie brauche ich ja wohl nicht zu fragen.«

Es war verblüffend einfach zurückzulächeln. »Ganz bestimmt nicht.«

Anna servierte das Chili mit Naturreis, einem grünen Salat und einer Mixtur aus Zwiebeln, Tomaten und Avocado, die sie Salsa nannte. Vorsichtig probierte ich davon – exotisches Essen ist nicht so meins – und hätte fast nach Luft geschnappt, als sich der Geschmack von Limonen, Pfeffer und Chili in meinem Mund breitmachte. Den Wein, den sie mir anbot, lehnte ich ab und stellte interessiert fest, dass sie ihr eigenes Glas recht schnell leerte. Während wir aßen, lag Constances Handy zwischen uns auf dem Tisch.

»Ein junges Mädchen, das schwanger ist und furchtbare Angst hat, es ihrer Familie zu sagen«, bemerkte Anna nach kurzem Schweigen.

»Scheint die logische Schlussfolgerung zu sein«, antwortete ich. »Aber vielleicht wissen sie es ja auch schon. Die Verbände an ihren Handgelenken können sie doch nicht übersehen haben.«

»Kinder in dem Alter können oft nicht über das unmittelbare Problem hinausblicken«, fuhr Anna fort. »Sie haben keine richtige Vorstellung vom Rest ihres Lebens, wie viel Zeit sie haben, wie sehr die Dinge sich ändern können. Sie sehen ein Problem – das vielleicht ziemlich groß ist – und gehen davon aus, dass es keinen Weg drumrum gibt, weil sie keinen erkennen können.«

»Theoretisch ist eine Teenagerschwangerschaft ja ein Problem, das sich recht leicht lösen lässt«, bemerkte ich.

»Nicht, wenn man aus einer streng religiösen Familie stammt«, entgegnete Anna.

»Auch wieder wahr. Natürlich könnte es auch sein, dass sie gar nicht schwanger ist. Einen Test zu kaufen, deutet auf den Verdacht hin, nicht auf absolute Sicherheit.«

»Ich nehme an, das werden wir morgen herausfinden. Sie scheint fest entschlossen zu sein, mit uns zu reden.«

»Mit Ihnen«, sagte ich. »Ich bezweifele, dass sie mit mir reden will.«

»Vielleicht nicht.«

»Und Sie müssen das, was sie Ihnen erzählt, vertraulich behandeln. Schweigepflicht und so.«

Annas Gesicht, das den ganzen Abend über so offen und freundlich gewesen war, schien sich daraufhin zu verschließen. »Sie ist doch keine Patientin. Wieso sagen Sie so was?«

Ich täuschte ein achtloses Schulterzucken vor. »Nur so. Ist nur eine Redensart. Ich erwarte nicht, dass Sie irgendetwas, was Constance Ihnen erzählt, an mich weitergeben. Es sei denn natürlich, ich kann irgendetwas tun, um ihr zu helfen.«

So langsam wurde ich richtig gut in alldem hier. Und ich fürchtete keineswegs, zu verpassen, was Constance Anna erzählen würde. Es gab kein Zimmer in Annas Haus, ganz zu schweigen von dem, was ich wohl allmählich als den Innenhof bezeichnen musste, wo ein Gespräch drüben bei mir nicht deutlich zu hören und zu verstehen sein würde. Und selbst wenn sie leise sprachen oder laute Musik laufen ließen, hatte ich noch ein paar Tricks auf Lager.

Um vier Uhr nachmittags, hatten sie verabredet. Ich würde schon lange vorher bereit sein.

»Habe ich mir das nur eingebildet, oder hat Hugh da oben ziemlich nervös gewirkt?«, fragte Anna.

»Inwiefern nervös?«

»Als ob er sich bei dem, was da abgegangen ist, nicht ganz wohlgefühlt hat. Er hat angespannt gewirkt. Als ob er jeden Moment damit rechnet, dass ihn jemand anspringt.«

»Jemand, der Hugh Gardner anspringt, müsste ziemlich mutig sein. Und ziemlich groß.«

Sie lachte. »Da haben Sie recht. Er hat einfach irgendwie gereizt gewirkt.«

»Dass ich seine Kinder erwähnt habe, hat ihm jedenfalls nicht gefallen«, pflichtete ich ihr bei. »Das ist merkwürdig, meiner Erfahrung nach tun die Leute nämlich normalerweise nichts lieber, als sich lang und breit über ihren Nachwuchs auszulassen.«

»Ich nehme an, Sie haben keine Kinder?«, fragte sie.

»Großer Gott, nein. Das würde vorn und hinten nicht klappen. Ich bin viel zu egoistisch und viel zu festgefahren in meinen Gewohnheiten.«

»Ich weiß nicht recht, ob ich das glaube. Zumindest den ersten Teil.«

In diesem Moment krachte etwas draußen vor Annas Hintertür. Wir sahen uns an.

»Der Wind?«, sagte sie. Mir fiel auf, dass sie sich nicht von der Stelle rührte.

Ich stand auf und ging zur Hintertür. Der Lichtschalter war direkt neben dem Türrahmen, und ohne um Erlaubnis zu fragen, machte ich das Licht in der Küche aus. Auf Annas Innenhof war es dunkel, doch der Mond war aufgegangen, und die Nacht war für Oktober ungewöhnlich klar. Als meine Augen sich an die Lichtverhältnisse angepasst hatten, stellte ich fest, dass ich recht gut sehen konnte.

Die schmiedeeisernen Stühle waren aufeinandergestapelt worden, damit Anna den Hof fegen konnte, und die Sonnenschirme hatte sie zusammengeklappt und verschnürt. Etliche große Töpfe mit verschiedenen Pflanzen standen herum, aber anscheinend war keiner umgekippt. Alles sah genauso aus, wie es aussehen sollte. Bis auf …

»Wie wahrscheinlich ist es, dass der Wind die Tür Ihrer Gartenlaube aufgedrückt hat?«, fragte ich Anna.

»Nicht sehr. Die verriegele ich abends immer.«

»Also, wenn das so ist, dann ist da jemand drin.«

14

April, ein Jahr zuvor

»Jago, meines Wissens hast du jetzt dreimal gesagt, dass du Stimmen gehört hast. Zur Polizei nach dem Vorfall in der Cafeteria, zu deiner Stiefmutter und zu ein paar von den Jungen in der Schule.«

Sie wartete auf eine Reaktion. Nichts. Er blickte auf die nicht bedrohlichen Zeitschriften auf dem Couchtisch hinab, saß aber wieder so unnatürlich regungslos da, wie er es manchmal tat. Ohne Blickkontakt war das noch unheimlicher, fast so, als gleite er in jeden Zustand der Katatonie ab, von dem die Polizei berichtet hatte.

»Dreimal«, fuhr sie fort. »Trotzdem sagst du jedes Mal, wenn ich dich frage, du erinnerst dich nicht daran.«

Da blickte er auf, doch er schaute an ihr vorbei zum Fenster hinaus. Sie hatten sich bereits darauf geeinigt, dass die Rollos heute oben sein würden.

»Du bist ein sehr intelligenter junger Mann«, meinte sie. »Und nach dem, was du bisher zu mir gesagt hast, bin ich ziemlich sicher, dass du psychiatrische Verfahren gegoogelt hast.«

Ganz kurz kniff er den Mund zusammen. Es war nicht viel, doch sie registrierte das Eingeständnis.

»Dann weißt du sicher, dass es ein Zeichen einer bestimmten psychischen Störung ist, wenn man Stimmen hört. Hast du Angst, dass ich bei dir eine Krankheit diagnostiziere?«

Er machte ein *Mir-doch-egal*-Gesicht. »Das ist das, was mein Dad will. Sie kreuzen ein Kästchen an, stopfen mich mit Tabletten voll, und das Problem ist gelöst. Ich gehe wieder in die Schule, und er kann mich wieder vergessen.«

Oh, so viel Gepäck.

»Dein Dad will, dass es dir wieder gut geht. Das will ich auch. Und Erkrankungen kann man behandeln. Selbst wenn bei dir etwas diagnostiziert wird, und davon sind wir noch weit entfernt – es gibt Hilfe.«

»Sie meinen Zombiedrogen? Medikamente, bis da drinnen nichts mehr von mir übrig ist?«

»Das ist das Letzte, was irgendjemand will. Ganz ehrlich, in Moment bin ich noch ein ganzes Stück von einer Diagnose entfernt, geschweige denn von einem Behandlungsplan. Und so wird es auch bleiben, es sei denn, du beschließt, dich zu öffnen.«

Jago beugte sich vor, die Unterarme auf den Schenkeln. Er saß immer dicht bei ihrem Sessel, und als er sich jetzt in ihre Distanzzone drängte, musste sie sich zwingen, nicht zurückzuweichen.

»Und wenn's da nichts gibt, was Sie mit Medikamenten behandeln können?«, fragte er mit einem verschlagenen Lächeln. »Was ist, wenn ich … Sie wissen schon … böse bin?«

Sie schluckte, und er sah es. Sein Lächeln wurde breiter. Dann schien sein ganzer Körper zu krampfen, seine Schultern fuhren hoch, er senkte den Kopf und fuhr sich mit den Händen ans Gesicht.

»Scheiße, Scheiße.«

»Jago, was ist denn?«

Er stand auf. »Ich hab was im Auge. Mein Gott, das tut echt weh.«

»Okay, du musst das Auge spülen. Bringen wir dich zur Toilette.« Sie streckte die Hand aus und berührte ihn am Arm, während Erleichterung sie durchströmte. Einen Moment hatte sie schon … Aber Staub im Auge, damit kam sie klar. Mit ein bisschen Glück würde draußen ein Mitarbeiter sein, der ihn zur Toilette begleitete.

»Können Sie mal gucken, bitte? Fühlt sich an wie ein Glassplitter.«

Auf gar keinen Fall konnte er einen Glassplitter im Auge haben. Während er erregte Laute von sich gab, rannte sie fast zum Wasserkrug, füllte ein Glas und schnappte sich auf dem Rückweg ein paar Papiertaschentücher.

»Spülen«, wies sie ihn an und drückte ihm das Glas in die Hand. Es würde eine ziemliche Schweinerei geben, wenn er sich das Auge ausspülte, aber er schien wirklich schlimme Schmerzen zu haben. Sie wollte schon ihre Sekretärin hereinrufen, als ein rotes Lämpchen am Telefon blinkte und ihr verriet, dass die gerade telefonierte.

Jago legte den Kopf zurück und goss sich Wasser ins Auge. Es lief ihm übers Gesicht und tränkte seinen Hemdkragen.

»Scheiße, jetzt ist es noch schlimmer. Fühlt sich an, als ob mein Auge blutet. Ich kann auf dem Auge nichts sehen.«

Sie sagte sich, dass manche Menschen sehr empfindlich waren, wenn es um ihre Augen ging. Also stellte sie den

Krug hin, fasste ihn an den Oberarmen und drehte ihn ins Licht. Er ließ es zu.

»Halt still. Lass mal sehen.« Sie nahm sein Gesicht zwischen ihre Hände, stellte sich auf die Zehenspitzen und bog seinen Kopf zu ihr herunter. Das fragliche Auge, sein linkes, war nass und ein wenig gerötet, doch sie konnte darin nichts sehen.

Jago stöhnte leise auf, und seine Arme umklammerten sie, während er sich fester an sie presste. Sie versuchte zurückzutreten, doch der Sessel war im Weg.

»Nein, ich will nicht!«, schrie er und riss sich von ihr los. Dabei trat er gleichzeitig um sich, kippte den Couchtisch um und schleuderte den Wasserkrug weg.

Bevor der Krug auf dem Teppich landete, rannte er zur Tür. Er erreichte sie gerade in dem Moment, als sie von außen geöffnet wurde.

»Annaliese, ist alles …?« Ihre Sekretärin trat zurück, als Jago aus dem Zimmer schoss und davonrannte, zur Toilette, wie sie annahm. Die Sekretärin sah den zerbrochenen Krug und den Wasserfleck, dann wanderte ihr Blick zum Fenster. Etliche Leute an der Bushaltestelle starrten zu ihnen herein.

»Was ist denn passiert?«, fragte ihre Sekretärin.

»Ich weiß es nicht genau«, antwortete sie und spürte, wie sie ein kaltes Gefühl der Furcht beschlich.

15

»Nicht rausgehen!«

Ich hatte den Schlüssel gedreht und wollte gerade Annas Hintertür öffnen, als ihr Ruf mich innehalten ließ. Sie saß bolzengerade auf ihrem Stuhl, und ihre Hände umklammerten die Tischplatte. Ihr stets blasses Gesicht war kalkweiß geworden.

»Da ist jemand in Ihrem Garten und räumt wahrscheinlich gerade Ihre Laube aus«, gab ich zu bedenken. »Wollen Sie ihn damit davonkommen lassen?«

»Wahrscheinlich habe ich sie doch offen gelassen. Wenn ich es recht überlege, ja, so war's. Ich hatte es eilig, wegen all dem Zeug für die Kirche. Lassen Sie nur. Ihr Essen wird kalt.«

Also, entweder interpretierte ich zu viel in die Situation hinein, oder Anna fühlte sich bei dem Gedanken, dass jemand auf ihrem Hof war, definitiv unwohl. Ich sage »unwohl«, doch den Ausdruck auf ihrem Gesicht würde ich nicht als Unwohlsein beschreiben. Nein, das war etwas sehr viel Interessanteres.

Ich spähte durch die Glasscheibe. Der Wind, der Gardner vorhin so viel Sorge bereitet hatte, wehte noch immer. Ich konnte die Bäume hinter unseren Häusern schwanken und sich biegen sehen, und jetzt, wo Anna verstummt war, konnte ich ihn auch hören, jenes sonderbare Stöhnen des cumbrischen Herbstes. Die Laubentür schlug gegen den Türrahmen, einmal und dann noch einmal.

»Na, so können wir's nicht lassen«, meinte ich. »Sonst fliegt die Tür vor morgen früh aus den Angeln. Ganz zu schweigen davon, dass sie mich die halbe Nacht wachhält.«

Anna rief meinen Namen, als ich die Tür öffnete. Sie wollte wirklich nicht, dass ich hinausging.

»Bin gleich wieder da«, versicherte ich fröhlich und hatte großen Spaß an meiner Scharade als mutiger Mensch.

Ich schloss die Tür hinter mir – warum hinterher in eine kalte Küche zurückkommen? – und eilte über den Kiesweg zur Laube. Die Tür knallte zu, als ich dort ankam. Sie war mit zwei Riegeln versehen, einem oben und einem unten, und ich bückte mich, um den ersten zuzuschieben. Erst als ich mich aufrichtete, um nach dem oberen Riegel zu greifen, schaute ich hinein. Eine Sommerlaube hat natürlich große Fenster, und da sich meine Augen an die Dunkelheit gewöhnt hatten, konnte ich gut hineinsehen.

Drinnen war gerade genug Platz für zwei kleine Tische, und ich konnte beide sehen, jeder mit den üblichen zwei Stühlen. Doch mich interessierte eher das Augenpaar in der gegenüberliegenden Ecke des Raumes, etwa sechzig Zentimeter über dem Boden. Bevor ihr hingekauerter, verängstigter Besitzer sich rühren konnte, schob ich den oberen Riegel vor.

»Anna«, rief ich. »Rufen Sie lieber die Polizei. Ich habe gerade einen Einbrecher eingesperrt.«

Daraufhin sprang der Einbrecher auf.

»Bitte nicht«, rief eine Stimme und löste bei mir eine innere Kehrtwendung aus, so heftig, dass mein Herz in der

Brust zu hämmern begann. Es war eine Männerstimme. Ich war mir sicher gewesen, dass der Einbrecher – nicht einen Moment lang hatte ich die offene Laubentür dem Wind zugeschrieben – die kleine Constance war, die uns von Gathering Hall gefolgt war und sich in Annas Hof geschlichen hatte. Hätte ich gewusst, dass ich es möglicherweise mit einem Mann zu tun bekommen würde, so hätte ich vielleicht zweimal überlegt, ob ich das Haus verlassen wollte.

Der männliche Einbrecher – jetzt, wo er auf den Beinen stand, war es unverkennbar – trat auf die Tür zu. Er bewegte sich langsam, als wolle er unbedingt harmlos erscheinen, doch ich trat trotzdem einen Schritt zurück.

»Was ist los?«, rief Anna von der Hintertür aus. »Ist da jemand drin? Ich meine, echt jetzt?«

»Für mich sieht er echt aus.« Ich ließ den jungen Mann auf der anderen Seite der Glasscheibe nicht aus den Augen, der seinerseits ähnlich fasziniert von mir zu sein schien. Bestimmt war er stark, postpubertäre Jungen sind für gewöhnlich kräftig. Ich versuchte, mich zu erinnern, wie weit es bis zu Annas Hintertür war, ohne mich dabei umzusehen.

»Er?«, fragte Anna.

»Ein junger Mann«, rief ich ihr zu. »Haben Sie einen erwartet?«

Falls Anna antwortete, so hörte ich es nicht, weil unser Besucher die Tür der Laube erreicht hatte. Sie federte, als er versuchte, sie zu öffnen, und dann hämmerte er von innen dagegen. Ich sage »hämmern«, dabei war es eher ein Klopfen. Er gestikulierte heftig. Sein Gesicht verzerrte sich, als er mit dem Mund irgendetwas formte und dann begriff, dass er seine Stimme benutzen konnte.

»Bitte machen Sie auf«, sagte er. »Es tut mir leid, ich hab's nicht böse gemeint.«

Für einen Einbrecher war der Bursche recht höflich.

»Er sagt, er meint es nicht böse«, rief ich zu Anna hinüber. »Ich frage mich ja schon, was er vorhatte.«

Eine Menge verschiedener Emotionen flutete durch mich hindurch. Bei dem Gedanken, wie nahe ich einem feindseligen Zusammentreffen mit einem großen, kräftigen Mann gekommen war, schwitzte ich noch immer, und mein Selbsterhaltungstrieb befahl mir zu fliehen. Andererseits hatte es etwas beängstigend Befriedigendes, einen anderen Menschen gefangen und mir auf Gedeih und Verderb ausgeliefert zu haben. Und drittens – die noch nie da gewesene Situation ließ mich völlig unlogisch werden – war ich mir nicht sicher, wie lange Annas Laubentür standhalten würde, wenn der Junge versuchte, sie einzutreten. Ich trat noch einen Schritt davon weg und drehte mich zu Anna um.

»Ich glaube, die Polizei …« Ich stockte. Annas Gesicht hatte sich völlig verändert. Hätte ich nicht gewusst, dass das unmöglich war, so hätte ich gedacht, sie wäre im Stehen gestorben und ich spräche mit ihrer Leiche. Jegliche Farbe war aus ihrem Gesicht gewichen, das sah man selbst bei der Finsternis im Hof, und ihre Wangenknochen schienen drauf und dran zu sein, durch die Haut zu brechen. Ihre Augen waren weit aufgerissen und starr.

»Ist das jemand, den Sie kennen?«, fragte ich und wusste, dass es so sein musste. Ein Fremder, selbst einer, der sich sehr exzentrisch verhielt, hätte diese Reaktion nicht ausgelöst.

Sie antwortete nicht, und mir wurde klar, dass sie das Gesicht im Fenster der Laube wahrscheinlich nicht sehen konnte. Es war ein ganzes Stück von dort entfernt, wo sie stand, im Innenhof war es dunkel, und, was besonders signifikant war, ich stand im Weg. Also trat ich zur Seite, an den Zaun, und beobachtete sie. Ich gebe es zu, inzwischen interessierte mich Anna mehr als der Junge in der Laube.

»Wer ist das?«

Eine merkwürdige Frage, fand ich, wo ich mir doch ziemlich sicher war, dass sie das bereits wusste. Andererseits war sie unter den gegebenen Umständen nicht abwegig und könnte die durchaus interessante Situation möglicherweise klären.

»Wer bist du?«, rief ich und bereute es dann, so weit weggetreten zu sein. Rasch schaute ich zu Gardners Obergeschoss hinauf; das Letzte, was ich wollte, war, dass er herauskam und das Ruder übernahm. Doch es brannte kein Licht, und es war gut möglich, dass er noch immer die Lagerfeuer in Gathering Hall überprüfte.

»Ich bin ein Freund von Connie«, sagte der Junge in der Laube. »Von Constance. Ich suche sie.«

Hinter mir hörte ich, wie jemand heftig die Luft ausstieß, und dann Schritte auf dem Kies. Ich drehte mich um und sah, dass Anna sich entspannt hatte. Ihr Gesicht verlor etwas von dieser grauenvollen Starre. Sie kam näher und spähte über meine Schulter.

»Ich kann ihn nicht genau sehen.« Fast schien es, als verstecke sie sich hinter mir. »Wie sieht er aus?«

Nun, das konnte ich ihn ja wohl kaum fragen, und in der Düsternis der Laube konnte man keine Einzelheiten erkennen.

»Wie heißt du?« Ich trat ein wenig näher, um nicht brüllen zu müssen. »Und warum bist du hier?«

»Ich heiße Connor Graham. Bitte lassen Sie mich raus.«

Anna war bei mir angekommen. »Ist schon okay«, sagte sie. »Ich habe keine Ahnung, wer er ist. Sie können ihn rauslassen.«

Also, die Logik dieser Aussage erschloss sich mir nicht, doch auch ich freundete mich langsam mit dem Gedanken an, dass dieser Junge keine Bedrohung darstellte. Ich zog die Riegel zurück.

»Es tut mir echt leid«, beteuerte er, als er uns in der offenen Tür gegenüberstand. »Ich wollte Ihnen keine Angst machen.«

»Na, was hast du denn dann im Schilde geführt?«, fragte ich.

Er machte ein verdattertes Gesicht. Manchmal vergesse ich, dass ich mich angeblich recht altmodisch auszudrücken pflege.

»Warum bist du in meiner Laube?«, wollte Anna wissen. Ihre Frage wurde beantwortet, was nicht weiter überraschend war.

»Jemand im Pub hat mir erzählt, dass Connie oft in Ihrem Laden gesehen worden wäre.« Der Junge rieb sich die Augen, und mir fiel auf, dass sein Gesicht sowohl düster als auch verhärmt aussah, als wäre er krank gewesen. Seine Kleider waren feucht. »Ich dachte, sie ist vielleicht hier«, fuhr er fort.

Damit griff er in seine Jacke und holte eine Brieftasche heraus, mit der er kurz herumhantierte, bevor er sie uns aufgeklappt hinhielt. Anna beugte sich vor, und dann tat ich es ihr gleich, und wir beide sahen ein Foto von zwei jungen Leuten, die Köpfe dicht beieinander und beide mit einem Schmollmund für die Kamera. Es handelte sich sehr eindeutig um Constance und den Jungen, der vor uns stand.

»Du hast gedacht, du findest sie in einem dunklen Garten?«, fragte ich.

Anna legte mir die Hand auf den Arm. »Woher kennst du Constance?«, erkundigte sie sich.

»Sie ist meine Freundin.«

Ich verkniff es mir im allerletzten Moment, Blickkontakt mit Anna aufzunehmen.

»Nur können ihre Eltern mich nicht leiden«, fuhr der Junge fort. »Sie weiß nicht, dass ich hier bin, aber ich mache mir Sorgen um sie. Es tut mir wirklich leid, dass ich Ihnen Angst gemacht habe, aber wissen Sie, wo ich sie finden kann?«

»Ich glaube, du kommst besser mal mit rein«, sagte Anna.

In der Küche wärmte Anna unser Essen auf und stellte einen dritten Teller für Connor hin. Sie bestand darauf, dass er sich zu uns setzte. Er roch nicht besonders gut, und ich widerstand der Versuchung, meinen Stuhl von ihm wegzurücken. Ich war neugierig, wie das hier weitergehen würde, und hatte nicht vor, irgendetwas zu tun, das ihn irritierte.

»Wann hast du das letzte Mal etwas gegessen?«, erkundigte sich Anna, als er seinen Teller beinahe leergefuttert hatte.

»Entschuldigung«, stammelte er. »Ich hatte echt Hunger.«

»Ich glaube, du musst uns deine Geschichte erzählen«, sagte ich, und Anna berührte meine Hand. Sie war ein sehr taktiler Mensch, stellte ich fest, und ich wusste noch immer nicht recht, ob mich das störte. Ich war es nicht gewöhnt, angefasst zu werden.

»Iss zuerst auf«, sagte sie. »Und zieh deine Jacke aus, die sieht ja aus, als wäre sie klatschnass.«

Wir bekamen eine erneute Wolke von Connors Körpergeruch ab, als er seine nasse Jacke abstreifte, doch Anna schien es nicht zu bemerken. Vielleicht war sie auch besser darin, sich nichts anmerken zu lassen.

»Wo kommst du denn her?«, wollte ich wissen, während Anna ihm eine zweite Portion vorsetzte.

Er nannte eine Stadt in Sussex. »Connie und ihre Familie wohnen auch da«, fügte er hinzu. »Wir gehen auf dieselbe Schule.«

»Connor und Constance«, bemerkte ich. »Nennen eure Freunde euch die zwei Connies?«

Er sah mich verständnislos an.

»Ist nicht leicht«, meinte Anna. »Ich verstehe.«

Dass ich Witze machte, wenngleich sie nicht besonders gut ankamen, war nicht das am wenigsten überraschende Element dieses Abends.

»Bist du allein unterwegs?«, fragte ich. In der besser beleuchteten Küche erwies sich der Junge als noch jünger, als ich gedacht hatte, und es ist ein weiter Weg von Sussex nach Cumbria.

»Ich bin getrampt.« Bei diesem Geständnis schaute er auf die Tischplatte hinab, ein Kind, das darauf wartete, von zwei Erwachsenen ausgeschimpft zu werden. »Die letzten Kilometer musste ich laufen.«

»Und wann war das?« Ich sah ihn an. »Es hat heute nicht geregnet, ich kann mir also nicht vorstellen, wie deine Jacke so nass geworden sein soll, wenn du heute unterwegs warst.«

»Ich bin gestern angekommen«, gestand er. »Mein Handyakku war leer, deswegen konnte ich Connie nicht erreichen.«

»Gib's mal her«, sagte ich und stand auf. »Dasselbe Modell wie das von Constance, stimmt's?«, fügte ich hinzu, als er ein empörtes Gesicht machte. »Ich habe ein Ladekabel, das dazu passt. Ich lade es auf, sollte nicht allzu lange dauern.«

»Wissen deine Eltern, wo du bist?«, fragte Anna gerade, als ich kurz darauf zurückkam.

Connor schüttelte den Kopf. »Ich hab nur Mum. Und die ist es gewohnt, dass ich bei Freunden übernachte.«

Anna fing meinen Blick auf, und ich wusste, was sie dachte: Jetzt gab es hier also noch ein Kind, um das wir uns Sorgen machen mussten. Hoffentlich wusste sie nicht, was ich dachte: dass das Ganze als interessante Abwechslung begonnen hatte, jetzt aber aus dem Ruder zu laufen drohte. Ich meine, dieser Junge, Connor, würde doch heute Nacht irgendwo schlafen müssen.

»Und warum machst du dir Sorgen um Constance?«, fragte Anna mit einem raschen Seitenblick zu mir.

Der Junge schlug die Augen nieder. »Hab ich das gesagt? Ich hab gemeint, ich weiß nicht, wo sie ist.«

»Sie ist in dem Kirchencamp oben in Gathering Hall. Ein paar Kilometer außerhalb des Dorfes«, sagte Anna.

Connor hörte auf zu essen. »Haben die schon mit dieser schrägen Nummer angefangen, die sie da immer abziehen?«

»Meinst du die Einsammlung?«, fragte ich.

»Wieso sagst du, dass das schräg ist?«, wollte Anna wissen.

Wieder senkte Connor den Blick. »Ich gehöre nicht zu der Kirche. Ich weiß nur, dass Connie Angst davor hat. Sie hat gesagt, das ist echt schräger Scheiß. 'tschuldigung.«

»Ich kann dich da rauffahren«, erbot sich Anna. »Hast du vor, bei Constances Familie zu wohnen?«

Anscheinend widerstrebend legt Connor seine Gabel weg. Er hatte noch nicht ganz aufgegessen. »Keine Sorge«, wehrte er ab. »Ich finde schon hin.«

»Die lassen dich aber nicht rein«, wandte ich ein. »Die Sicherheitsmaßnahmen sind sehr streng.«

»Connor, hast du einen Schlafplatz für heute Nacht?«, erkundigte sich Anna.

Er griff nach seiner Jacke. »Danke für das Essen. Tut mir leid, dass ich Sie gestört habe.«

Seine Hand lag auf der Türklinke, als Anna ihn zurückhielt. »Du kannst in der Laube schlafen«, sagte sie. »Ich besorge dir einen Schlafsack. Und du kannst die Heizung anmachen. Bequem wird's nicht sein, aber besser als die Alternative.«

Connors Blick huschte von Anna zu mir.

»Wir wissen, dass du draußen geschlafen hast«, sagte Anna. »Und es ist wirklich nicht das richtige Wetter dafür. Morgen fahre ich dich zum Bahnhof, nachdem du dich mit Constance getroffen hast.«

»Ich treffe mich jetzt gleich mit ihr«, erwiderte er. »Aber vielen Dank. Das ist echt nett von Ihnen.« Er nickte uns beiden zu und ging hinaus in die Nacht.

»Das war leichtsinnig«, sagte ich zu Anna. »Ihm anzubieten, hier zu übernachten.«

»Er ist ein Kind«, antwortete sie. »Ich habe ein schlechtes Gewissen dabei, ihn zu zwingen, im Freien zu schlafen. Und wir hätten ihm sagen sollen, dass wir Constances Handy haben. Er kann sie doch gar nicht anrufen.«

Ich nahm mir einen Moment Zeit, um zu überlegen, ob ich auch ein schlechtes Gewissen hatte. Bei dem Gedanken an Connor in Annas Laube war mir ganz sicher unbehaglich zumute, aber ich war mir nicht sicher, ob aus Sorge um ihn oder ob es mir nicht behagte, dass sich hier ein fremder Mann aufhielt.

»Er kann sie definitiv nicht anrufen«, erwiderte ich. »Sein Telefon lädt doch gerade drüben bei mir auf.«

Einen Moment lang herrschte Schweigen.

»Und ich wette, die Abkürzung kennt er auch nicht«, fügte ich hinzu.

Verwirrt sah sie mich an.

»Hinten herum, am See vorbei, kommt man in dreißig Minuten nach Gathering Hall«, erklärte ich, obwohl es mich ein wenig überraschte, dass sie das noch nicht selbst herausgefunden hatte. »Auf der Straße braucht er zu Fuß eine Stunde.«

»Ich sollte ihm hinterherfahren.« Sie sah sich um, als suche sie ihren Autoschlüssel.

»Und mit einem Mann, den Sie nicht kennen, allein im Auto sitzen?«, entgegnete ich. »Ist das klug? Und wir wissen doch noch nicht mal, ob seine Geschichte wahr ist. Vielleicht will Constance ja gar nicht, dass er sie findet.«

Sie machte ein betretenes Gesicht. »Sie haben recht, ich sollte ihm nicht allein folgen. Und bevor Sie's anbieten, Sie nehme ich nicht mit. Sie haben heute Abend genug getan; Sie müssen sich ausruhen.«

Ich hatte nicht vorgehabt, dergleichen anzubieten, doch ich widersprach ihr nicht. »Glauben Sie, er kommt zurück?«, fragte ich.

»Also, ich hoffe nicht. Weil, wenn nicht, dann heißt das wohl, dass Constances Familie ihn aufgenommen hat. Aber nach dem, was wir von denen gesehen haben, erscheint das nicht sehr wahrscheinlich. Also ja, ich glaube, er wird zurückkommen. Ich suche mal ein paar warme Sachen raus und stelle draußen noch etwas zu essen hin.«

»Sie dürfen ihn nicht zu sich ins Haus holen«, sagte ich. »Sie wissen doch gar nichts über ihn.«

»Ich weiß.« Anna schauderte, als sie sich daran machte, die Essensreste wegzuräumen. »Das brauchen Sie nicht zu tun«, fügte sie hinzu, als ich eine der Spülmaschinen öffnete und anfing, sie auszuräumen.

»Sie müssen in aller Herrgottsfrühe aufstehen«, erwiderte ich. »Sie haben auch ohne ungeladene Gäste im Moment eine Menge um die Ohren.«

»Die Kirche hat mich gebeten, das Catering für eine Veranstaltung am Wochenende zu übernehmen«, berichtete sie. »Eine geschlossene Gesellschaft im Herrenhaus.«

»Ich stehe zu Ihrer Verfügung, falls Sie Hilfe brauchen.«

»Es tut mir leid«, sagte sie. Sie lächelte mich an.

»Was tut Ihnen leid?«

»Dass ich nicht gleich gemerkt habe, wie nett Sie sind.«

Interessant. Ich hätte bei diesen Worten Befriedigung empfinden müssen. Sie waren der Beweis dafür, wie gut mein Plan, mir Annas Vertrauen zu erschleichen, funktionierte. Doch meine tatsächliche Reaktion war ganz anders. Um ehrlich zu sein, und ich bin mir selbst gegenüber meistens ehrlich, verspürte ich so etwas wie Gewissensbisse.

»Also, der Vater von Constances Baby«, sagte ich, um das Thema zu wechseln. »Ich frage mich, ob er weiß, dass sie schwanger ist.«

»Wenn Constance es selbst gerade erst herausgefunden hat, vielleicht nicht.«

»Nur hat er gesagt, er macht sich Sorgen um sie«, gab ich zu bedenken. »Und nach seinem Auftreten zu urteilen, würde ich sagen, seine Angst war echt. Wenn er also nichts von der Schwangerschaft weiß, was sollte ihm dann sonst Sorgen machen?«

16

April, ein Jahr zuvor

Annaliese blickte auf und sah ihre Sekretärin in der Tür stehen, den Regenmantel um die Schultern gelegt. Es war kurz nach fünf, wahrscheinlich wollte sie nach Hause.

»Haben Sie einen Moment Zeit?«, fragte die Frau.

Annaliese speicherte das Dokument, an dem sie gerade arbeitete. »Natürlich.«

Die Sekretärin schob sich um die halb offene Tür herum. »Darf ich fragen, was hier heute passiert ist?«

Einen Moment lang war sie verwirrt. »Sie meinen, mit Jago Moore?«

Ein beklommenes Nicken.

»Er hatte etwas im Auge. Keine Ahnung, was. Um ehrlich zu sein, das Ganze hat ausgesehen wie eine massive Überreaktion, aber bei den Augen können die Menschen ja sehr empfindlich sein.«

Jago war nach dem Augen-Zwischenfall nicht zurückgekommen, um die Sitzung fortzusetzen. Ein Mitarbeiter war ihm zur Toilette gefolgt und hatte sich vergewissert, dass das, was die Augenreizung verursacht hatte, beseitigt war und dass es Jago körperlich gut ging. Doch der Junge hatte nicht zurückkommen wollen. Er hatte behauptet, er fühle sich nicht wohl, und war gegangen, ohne noch einmal mit ihr zu sprechen. Sie hatte vor, innerhalb der nächsten Stunde bei seinen Eltern anzurufen, um sicherzugehen, dass alles in Ordnung war.

»Es ist nur«, sagte die Sekretärin, »als er gegangen ist, habe ich ihn gefragt, wie es seinem Auge geht, und er hat gesagt, er hätte nichts am Auge.«

Irgendetwas riet Annaliese, sich in Acht zu nehmen. »Es ging ganz schnell, eben war er völlig okay, und dann hatte er allem Anschein nach große Schmerzen. Er hat etwas von einem Glassplitter geschrien. Es wundert mich, dass Sie ihn nicht gehört haben.«

»Ich habe ihn schreien hören, dass er nicht will, und

dann wie der Krug zu Bruch gegangen ist. Was wollte er nicht?«

»Ich nehme an, er wollte nicht, dass ich in seinem Auge herumstochere, dabei hatte er mich gebeten, doch mal zu gucken. Und ich hatte auch nicht die Absicht, das Auge anzurühren. Um was geht's hier eigentlich, Lou?«

Die Sekretärin schien einen Moment lang zu überlegen und wühlte dann in der Tasche ihres Regenmantels. »Er hat das hier fallen lassen«, sagte sie. »Auf dem Weg nach draußen. Ich habe ihm hinterhergerufen, aber er hat mich nicht gehört, und ich konnte nicht vom Schreibtisch weg. Also hab ich's aufgehoben, für den Fall, dass es wichtig ist.«

Sie nahm, was ihre Sekretärin ihr hinhielt. Einen Post-it-Klebezettel, quadratisch und gelb, dieselbe Größe wie die, die sie auf ihrem Schreibtisch hatte. Darauf stand ihre Privatadresse.

Sie blickte auf. »Jago hat das hier fallen lassen?«

»Es ist aus seiner Tasche gefallen. Annaliese, wieso hat er Ihre Adresse?«

»Sehr gute Frage. Eigentlich dürfte er die auf gar keinen Fall haben.«

»Und trotzdem hatte er sie.«

Die Sekretärin wartete darauf, dass sie noch etwas sagte, doch es gab nichts zu sagen. Sie hatte nicht die leiseste Ahnung, wie Jago an ihre Adresse gekommen sein sollte. Oder warum.

17

Ich verließ Annas Haus erst, als die Küche für den nächsten Morgen vorbereitet und die Laube in ein Versteck für Connor – mit Snacks, etwas Heißem zum Trinken und einem voll aufgeladenen Handy – verwandelt worden war. Und Anna und ich unverbrüchliche Freundschaft geschlossen hatten. Leicht war es nicht, doch ich hatte darauf geachtet, keine Fragen zu stellen, weder nach ihr selbst noch danach, was sie von den zwei Connies hielt. Ich hatte das Gefühl, dass Anna sich eher jemandem anvertrauen würde, den sie nicht für eine Plaudertasche hielt.

Als ich mein Haus betrat, war ich müde und hatte ziemliches Fieber, trotzdem lenkte der orangerote Schein am Nachthimmel über Gathering Hall mich ab. Der herbstliche Geruch nach Lagerfeuern, an den Abenden Ende Oktober nichts Ungewöhnliches, war ebenfalls sehr deutlich zu bemerken. Anscheinend würden die Feuer trotz Gardners Bedenken bis tief in die Nacht brennen.

Als ich im Bett lag und auf den Schlaf wartete, konnte ich durch die Wand hören, wie Anna umherwanderte. Mehr als einmal ging sie den kurzen Flur hinunter in das kleinere Schlafzimmer, von dessen Fenster aus sie in den Garten sehen konnte. Sie wollte wissen, ob Connor zurückgekommen war. Das Dilemma, in dem die beiden jungen Leute steckten, zog sie an wie ein Magnet, ein Magnet, dem sie vielleicht nicht würde widerstehen können.

Was mich betraf, so war die Seelenpein der beiden Jugendlichen mir nicht besonders wichtig, und ich würde nur so lange Interesse vortäuschen, wie es meinem Ziel dienlich war. Weitaus faszinierender war, was mir vor ein paar Stunden an Annas Verhalten aufgefallen war. Die Fakten, so wie ich sie sah, waren folgende:

1. Anna hatte auf die Neuigkeit von einem jungen Einbrecher männlichen Geschlechts mit etwas reagiert, das ich nur als Todesangst bezeichnen konnte.
2. Als besagter Einbrecher identifiziert worden war, hatte Anna sich so sehr entspannt, dass sie ihn ins Haus gebeten, ihm Essen vorgesetzt hatte und ihn in ihrer Laube hätte schlafen lassen.

Was die Frage aufwarf: Für wen hatte sie den jungen Mann anfangs gehalten?

Ich war ein letztes Mal im Bad, als ich hörte, wie Anna das Haus verließ. Zuerst dachte ich, dass Connor zurückgekommen sein musste. Ich eilte ans Fenster meines Büros, doch da ich immer die Tür abschließe, wenn ich nicht dort drin bin, kam ich gerade noch rechtzeitig, um ein kleines Licht die Straße hinaufwandern zu sehen. Mein erster – unwillkommener – Gedanke war, dass sie sich im Schutze der Nacht in Gardners Haus schlich. Sie wäre ganz bestimmt nicht die Erste, die das tat. Doch das kleine Licht, natürlich eine Taschenlampe, setzte seinen Weg die Straße hinauf fort, an Gardners Haus vorbei und weiter in Richtung See.

Spätabendliches Schwimmen? Eine neue Nachricht von Constance, mit der Bitte, sich am See mit ihr zu treffen? Beides schien unwahrscheinlich, und es war weit nach zehn Uhr. Ich sagte mir, dass mich das nichts anginge, und kroch wieder ins Bett.

Doch es nützte nichts – an Schlaf war nicht mehr zu denken. Ich hatte Anna Brown zu meiner Angelegenheit gemacht, und allem Anschein nach hatte sie die Kirche der Einsammlung zu der ihren erkoren. Während ich mich anzog und zur Hintertür hinausschlüpfte, dachte ich an den Rat, den ich Anna gegeben hatte: dass Neugier der Katze Tod sei. Um ehrlich zu sein, ich war mir nicht mehr sicher, ob sie die Katze war oder ich.

Ich schlich die Straße hinauf hinter ihr her und zog dabei einen dritten Grund für sie in Erwägung, ihr Haus zu verlassen, angezogen von dem Licht am Nachthimmel und dem gelegentlichen Lachen oder Rufen, das im Wind heranwehte. Wenn man allein lebt, wenn das eigene Leben im Wesentlichen von Einsamkeit geprägt ist, zieht einen das Leben anderer an, wie helles Licht Insekten anlockt. Natürlich ist es hoffnungslos. Durchs Fenster eines vollen Pubs zu spähen, macht einen nicht zum Teil der Gruppe, die drinnen lacht und scherzt. Dicht an einem mit Wein und Blumen beladenen Paar vorbeizugehen, verschafft einem keine Einladung zu der Dinnerparty, zu der die beiden unterwegs sind. Wir alle wissen das, und doch gibt es Zeiten, wo das Gefühl, dass das Leben gleich außerhalb unserer Reichweite wartet, fast unerträglich ist.

Als ich Anna an jenem Abend die Straße hinauf folgte, glaubte ich, dass es eher ein undefinierbares Gefühl in ihrer eigenen Brust war als irgendetwas Äußeres, das sie zu den Lagerfeuern rief. Ich selbst empfand denselben Drang. Wir waren zwei Kinder, angelockt von den hellen Lichtern des Rummelplatzes.

Nur fing ich immer mehr Geräuschfetzen auf, als ich mich dem See näherte: Stimmen, die laut durcheinanderriefen, doch ob voller Angst, voller Zorn oder voller Freude, ließ sich unmöglich sagen.

Als ich in den Wald trat, hielt ich vergeblich Ausschau nach Annas Taschenlampe. Ich ging weiter, bis ich den See erreichte. Ich kannte den Weg, und selbst unter den Bäumen drang genug Mondlicht herein. Das Geschrei dauerte an, und mittlerweile hörte ich, dass es von der anderen Seite des Wassers kam.

Ich bog nach links ab und ging in Richtung Westen um den See herum. Von hier an musste ich mich vorsehen. Der Boden ist uneben und von Unterholz bedeckt, und hin und wieder fällt das Ufer steil ab und kann wegbrechen. Ich kann nicht gut schwimmen, und das Letzte, was ich brauchte, war, mich im Stockfinstern in tiefem Wasser wiederzufinden.

Als Gathering Hall in Sicht kam, konnte ich die Feuer sehen, die noch immer brannten und sich im See spiegelten, und Menschen am Ufer. Viele Menschen. Es war schwer zu erkennen, was sie taten, doch sie schienen sich nicht einfach nur an den Feuern zu erfreuen. Selbst über das Wasser hinweg konnte ich eine Energie spüren, eine Dringlichkeit. Irgendetwas ging dort drüben vor, und ich fragte mich, ob es vielleicht Gardners Werk war. Ob er vielleicht versuchte, sie zu zwingen, die Feuer zu löschen.

Ich verließ das Ufer, um eine Schlehe zu umgehen, und erblickte Anna, kaum dass ich auf den Pfad zurückgekehrt war. Sie saß auf einem flachen Uferstück, dicht am See, aber halb von Gebüsch und Unterholz umgeben, das sie vom anderen Ufer aus praktisch unsichtbar machte. Regungslos beobachtete sie die Aktivitäten keine dreißig Meter von uns entfernt, wo sich ein paar Leute offenbar anschickten, auf den See hinauszufahren.

Drei Männer stiegen in ein Motorboot. Einer beugte sich über den Motor, ein anderer löste ein Tau. Gleichzeitig rollte der Van, den wir vor dem Technikzelt hatten parken sehen, rückwärts zum Ufer hinunter. Kaum hatte er angehalten, rissen Gestalten die hinteren Türen auf und fingen ziemlich hektisch an, irgendwelche Ausrüstung auszuladen.

»Anna«, flüsterte ich laut. Ich wollte sie nicht erschrecken, und ganz bestimmt wollte ich nicht, dass man mich auf der anderen Seite des Sees hörte. Sie erschrak trotzdem und wäre beinahe aufgesprungen.

»Ich bin's nur.« Tief geduckt gesellte ich mich zu ihr. »Nicht aufstehen, sonst sehen sie uns.«

Sie rückte zur Seite, damit ich mich neben sie setzen konnte.

»Ich glaube, da ist jemand im Wasser und hat Schwierigkeiten«, flüsterte sie. »Ich habe Schreie gehört, als ich den Müll rausgebracht habe, und wie Leute gebrüllt haben, als wären sie in Panik. Deswegen bin ich hergekommen.«

Annas Ohren waren schärfer als meine – ich hatte keine Schreie gehört.

»Ich auch«, sagte ich.

»Da sind echt viele Kinder auf dem Gelände«, sagte sie. »Es wundert mich ja, dass niemand das Jugendamt verständigt hat.«

Mich wunderte das nicht. Die Kirche hatte die Angewohnheit, ihre Probleme selbst zu lösen.

Inzwischen hatte das Boot vom Steg abgelegt, schien jedoch bei dem umgekippten Baum zu verharren. Die Leute am Ufer riefen Anweisungen, aber so wirr, dass es schwer sein musste, sie zu befolgen. Es überraschte mich nicht, als das Boot anhielt, der Mann am Ruder mit erhobener Hand Ruhe gebot und dann alle drei Männer mit Taschenlampen umherleuchteten. Anna und ich sahen zu, wie dünne gelbe Lichtstrahlen erst auf der Oberfläche des Sees herumtanzten und dann ins Geäst des toten Baumes huschten. Der Baum schien zu zittern, seine Äste raschelten, als hätte eine jähe Windbö sie gestreift, obwohl die Nacht windstill war.

In diesem Moment wurde das ganze Gebiet von Licht überflutet. Tausendmal heller als die Taschenlampen beleuchtete ein großer Scheinwerfer ein großes Stück des Wassers und den umgekippten Baum, und man sah …

Connor.

Der dumme Bengel war in dem Baum. Er stand etwa zehn Meter vom Ufer entfernt und etwa drei Meter über dem Wasser auf einem horizontalen Ast. Die Arme hat er nach oben gestreckt und hielt sich an einem anderen Ast fest. Vor unseren Augen tastete er sich vor, noch weiter über den See hinaus. Der Ast bog sich gefährlich weit hinunter, war kurz davor zu brechen.

»Connie!«, schrie er. »Connie, wo bist du?«

»Was macht er denn da?«, stöhnte Anna neben mir. »Was hat ihn geritten, in den Baum zu klettern?«

»Wenn ich raten soll, würde ich sagen, er hat versucht, jemandem zu entwischen.«

Das war die einzig mögliche Erklärung. Connor musste auf den Stamm geklettert sein, vielleicht auf der Flucht vor den Wachleuten der Kirche, und war übers Wasser hinausgetappt. Als Fluchtweg war das zutiefst ungeeignet, doch die Menschen denken nicht immer logisch, wenn sie in Panik geraten.

»Was in aller Welt haben die gemacht, um ihm solche Angst einzujagen?«, fragte Anna.

So lächerlich es auch war, andere schienen nachzuahmen, was Connor getan hatte. Der Scheinwerfer ließ zwei weitere Gestalten auf dem Baum sichtbar werden; eine kroch auf dem Stamm entlang auf den Jungen zu, die andere schob sich ein Stück weiter aufrecht auf einem Ast entlang.

Ein Ast, der das Gewicht eines Menschen vielleicht noch kurze Zeit aushalten mochte – drei Personen würde er ganz sicher nicht tragen.

»Haut ab!«, schrie Connor seine Verfolger an. »Ich geh hier nicht runter, bis ich Connie zu sehen kriege!«

Irgendjemand am Ufer brüllte: »Ruhe!«

»Ich weiß, dass ihr Connie habt!«, schrie der Junge. »Wenn ihr ihr was getan habe, bringe ich euch alle um, verdammte Scheiße! Connie!«

Er war schon fast heiser, und jedes Mal, wenn er brüllte, wippte der Ast, auf dem er stand.

Ein kollektives Japsen war vom anderen Ufer zu hören, als Connor abrutschte und das Gleichgewicht verlor. Den

Bruchteil einer Sekunde lang schien es sicher, dass er fallen würde.

»Wir müssen etwas tun.« In der jähen Stille klang Annas Stimme beängstigend laut.

Das Boot, dass die letzten paar Minuten still im Wasser gelegen hatte, wechselte den Kurs und kam auf uns zu. Anna zuckte neben mir; sie war drauf und dran, aufzuspringen.

»Ich lasse Connor wissen, dass wir hier sind«, sagte sie.

»Sind Sie so sicher, dass er uns vertrauen wird?«, flüsterte ich zurück. »Er kennt uns doch erst seit ein paar Stunden. Wenn wir uns da einmischen, macht das das ganze Chaos vielleicht nur noch schlimmer.«

Das Boot kam jetzt definitiv auf uns zu. Ich legte Anna beschwichtigend die Hand auf den Arm, und sie erhob keine Einwände. Das Boot kam näher, doch zum Glück blieben die Taschenlampen auf den See gerichtet.

»Schauen wir erst mal, wie das ausgeht«, drängte ich. »Das Wichtigste ist, dass alle ruhig bleiben und ihn da runterholen.«

Ich heuchelte Altruismus; die Wahrheit war, dass ich kein Verlangen danach hatte, abermals die Aufmerksamkeit der Kirche zu erregen.

In diesem Moment schoss ein aus dem Schlaf aufgescheuchter Vogel über das Wasser. Das Boot wurde langsamer, als der Mann am Ruder in den Leerlauf schaltete.

»Nicht bewegen«, flüsterte ich aus dem Mundwinkel, während ich bereits überlegte, wie schnell ich rennen konnte. »Die Bäume verbergen uns.«

Und zwar solange niemand eine Taschenlampe direkt auf uns richtete. Doch das sagte ich nicht. Anna tat wie geheißen, doch ich konnte ihre Erregung spüren. Sie war nicht von Natur aus mutig, hatte ich bereits festgestellt, oder vielleicht hatte auch irgendetwas in ihrer Vergangenheit ihr sehr große Angst gemacht.

Der Mob am anderen Ufer war es leid, still zu sein. Die Menschen begannen wieder zu reden und sich sogar Anweisungen zuzubrüllen.

Ein Taschenlampenstrahl verfehlte uns um einen knappen Meter. Hätte der Betreffende besser gezielt, hätte er uns erwischt, starr wie Kaninchen im Licht von Autoscheinwerfern. Doch stattdessen beleuchtete er einen Haselnussstrauch ein kleines Stück zu unserer Linken.

»Ich hab was gehört«, sagte einer der Männer in dem Boot.

Ich wusste nicht, warum ich so angespannt war, warum Anna ein vibrierendes Nervenbündel an meiner Seite war. Wir hatten doch nichts getan. Doch die Art und Weise, wie sich die Kirchenleute verhielten, hatte etwas Verstohlenes. Etwas Geheimnistuerisches. Und sie taten es im wahrsten Sinne des Wortes im Schutze der Dunkelheit. Auf ungebetene Zeugen würden sie nicht gut zu sprechen sein.

Wir sahen zu, wie die Lichtstrahlen umhertanzten, und atmeten kaum. Einmal kamen sie nahe genug, dass einer nur Zentimeter neben Annas Schulter landete.

»Gut!«, brüllte Connor, vielleicht als Antwort auf etwas, das ihm jemand zugerufen hatte. »Holt die Polizei. *Ihr* dreht doch hier krumme Dinger, nicht ich!«

»Wartet!«, rief der Mann im Bug. Er stand auf und brachte das Boot dabei gefährlich zum Schaukeln. »Ist da jemand?«, rief er, und wieder kam der Taschenlampenstrahl Anna und mir gefährlich nahe. »Das hier ist ein Privatgrundstück.«

Halb erwartete ich, dass Anna ihm widersprach, doch sie blieb stumm.

»Phil, was zum Teufel macht ihr da?«, rief eine Stimme vom Ufer. »Ihr müsst den Jungen aus dem Baum holen.«

Etliche Sekunden vergingen, und dann, als mir klar wurde, dass ich die Luft ausatmen musste, von der ich gar nicht wusste, dass ich sie angehalten hatte, senkte sich der Lampenstrahl. Der Mann im Boot setzte sich wieder hin, und der Motor jaulte los. Das Boot wendete und fuhr zurück zum Baum. Und zu Connor.

»Wieso ist die Polizei nicht hier?«, flüsterte Anna. »Ich rufe jetzt die Polizei.«

»Ich will mit Connie sprechen!« Connor brüllte noch immer, doch seine Stimme klang nicht mehr so kräftig und so sicher wie vorher. Er wurde müde, oder vielleicht verließ ihn auch der Mut.

»Kein Netz«, stieß Anna frustriert hervor. »Aber oben am Haus muss man doch Empfang haben. Warum haben die keine Hilfe geholt?«

»Die Kirche regelt ihre Angelegenheiten gern selbst. Aber Sie haben recht, das ist nicht gut.«

Wir sahen zu, wie das Boot bis zu der Stelle glitt, wo die obersten Äste des Baumes das Wasser berührten, dann wurde der Motor ausgemacht. »Na komm schon, Junge«, rief einer der Männer im Boot in den Baum hinauf. »Holen wir dich mal da runter. Niemand tut dir was.«

»Lügner! Was habt ihr mit Connie gemacht?«

Das Boot bewegte sich von Neuem, diesmal paddelte

einer der Männer mit einem Ruder. Als er einen der dickeren Äste erreichte, packte er ihn, um das Boot zu stabilisieren. Ein zweiter machte sich langsam daran, in den Baum zu klettern.

»Du kannst nirgendwohin, Jungchen.« Er zog sich hoch, und sein Gewicht schien den Baum noch tiefer in den See zu drücken. »Entweder kommst du jetzt da runter, oder ich hole dich. Und dann landen wir beide im Wasser.«

Er schob sich auf Connor zu. »Und ich hab 'ne Schwimmweste an. Du nicht.«

Connor wich zurück, immer weiter auf den See hinaus, auf einem Ast, der nicht stark genug aussah, um ihn zu tragen.

»Ich kann nicht glauben, was ich da sehe«, entfuhr es Anna.

In diesem Moment stob ein zweiter Vogel von seinem Schlafplatz am Wasser auf und flog über den See davon. Ich fühlte, wie Anna neben mir zusammenfuhr. Gleichzeitig machte der Mann im Baum einen Schritt vorwärts.

Und Connor stürzte ins Wasser.

18

April, ein Jahr zuvor

Jagos Dad wartete auf ihn, als er durch die Tür kam. Er saß in einem der Sessel im Wohnbereich, ein leeres Glas in der Hand. Bella stand nervös am Küchentresen, allerdings konnte man daran, wie ordentlich es um sie herum war, sehen, dass es dort nichts zu tun gab. Wie immer, wenn irgendetwas im Busch war, hielt sie den Blick fest auf den Boden gerichtet. Bei Konfrontationen war sie ein Feigling.

»Guten Abend.« Morgan erhob sich.

Arsch.

Jago schmiss seine Tasche unter die Garderobenhaken. »Hi.«

»Na, was Nettes unternommen?«

Er zuckte mit den Schultern und richtete sich auf. »Hab nur ein bisschen abgehangen.«

Morgan seufzte. »Du weißt doch, du darfst keinen Kontakt mit Schulfreunden haben. Nicht bevor alles geklärt ist.«

Jago ging zum Kühlschrank und zog die Tür auf. Er hatte keinen Hunger, aber so hatte er etwas anderes zu tun, als vor seinem Vater zu stehen wie ein Schoßhund, dem eine Tracht Prügel droht. Wie immer war der Kühlschrank voller Zeugs, das sie nie alles essen würden. »Ich hab mich nicht mit Leuten aus der Schule getroffen.«

»Mit wem dann?«

Das geht dich einen Scheißdreck an.

»Mit jemandem, den ich kenne.«

»Mit wem, Jago? Du kannst es uns ja wohl nicht verdenken, dass wir uns Sorgen machen. Du hast ein Riesenproblem.«

Er gab es auf, so zu tun, als suche er nach etwas Essbarem, schloss die Kühlschranktür und wandte sich wieder seinem Dad zu. »Mit Annaliese, wenn du's denn unbedingt wissen musst.«

Einen Moment lang begriff Morgan nicht. »Mit der Psychiaterin?«, fragte er dann.

»Ja, ich habe sie zufällig getroffen. Wir sind spazieren gegangen. Haben nicht mitgekriegt, wie spät es ist.«

Zu lügen machte Jago normalerweise nie etwas aus – wie die meisten anderen Dinge konnte er das gut –, aber zu täuschen, ohne genau genommen zu lügen, das war ein Extrakick. Er hatte Annaliese getroffen – im wortwörtlichen Sinne, physisch und mit voller Absicht –, nachdem er ihr von der Praxis zu dem Fitnessstudio gefolgt war, das sie mehrmals in der Woche aufsuchte.

Sie hatte sich nicht direkt gefreut, ihn zu sehen, doch er hatte nicht vor, seinem Dad das zu sagen. Und er war spazieren gegangen. Hinter ihr, außer Sicht. Er war ihr bis nach Hause gefolgt. Danach hatte er vor ihrem Haus herumgehangen und gehofft, durchs Fenster einen Blick auf sie zu erhaschen. Erst als der Himmel anfing, sich zu verdüstern, hatte er es aufgegeben und sich auf den Heimweg gemacht.

»Du hast sie zufällig getroffen?«, fragte sein Dad.

»Sie kam aus dem Fitnessstudio in der Christchurch Road.«

Ein erschrockener Blick huschte zwischen Morgan und Bella hin und her. »Was hattest du da unten zu suchen? Eigentlich sollst du doch im Moment überhaupt nicht draußen unterwegs sein.«

Das wusste er. Von wichtigen Terminen abgesehen, hatte er Hausarrest. Natürlich hatte niemand richtig klargestellt, was ein wichtiger Termin war, und soweit es ihn anging, war das Interpretationssache.

»Mein Gott, warum verpasst ihr mir nicht gleich eine Fußfessel?« Jago verließ den Raum und stieg die Treppe hinauf, überrascht, wie müde er sich fühlte. Unten konnte er seinen Dad und Bella miteinander reden hören.

»Findest du das nicht, dass sich das komisch anhört?«, fragte seine Stiefmutter gerade. »Mit seiner Psychiaterin spazieren gehen?«

»Ja, das hört sich verdammt noch mal komisch an. Die beiden sollten sich nicht außerhalb der vereinbarten Sitzungen treffen.«

»Meinst du, wir sollten etwas sagen? Da muss es doch eine Behörde geben, bei der man sich beschweren kann. Also, nicht direkt beschweren, nur sagen, dass wir uns Sorgen machen.«

»Und wieder von vorn anfangen. Wenn wir Glück haben. Wenn wir Pech haben, verliert die Polizei die Geduld, und es wird Anklage erhoben.«

Daran hatte er nicht gedacht. *Scheiße.* Zum Glück schien Bella ganz Morgans Meinung zu sein. »Das dürfen wir nicht riskieren«, meinte sie.

»Es würde ja helfen, wenn ich irgendwelche Fortschritte sehen könnte, aber alles, was die tun, ist quatschen und endlose Fragebögen ausfüllen. Und in der Zwischenzeit haben wir keine Klarheit, was seine Zukunft angeht.«

»Zwei Wochen haben sie ja noch Zeit«, wandte Bella ein.

»Und was soll sich in zwei Wochen ändern? Aus dieser Frau Informationen rauszukriegen, ist wie Blut aus einem Stein zu zapfen.«

Vom Treppenabsatz aus konnte Jago Bewegung hören,

das Klappern von Gläsern oder Geschirr. Dann sprach sein Dad weiter.

»Als ich sie letzte Woche festgenagelt habe, hat sie gesagt, es gibt keine echten Anzeichen einer Psychose.«

Eine Sekunde Schweigen.

»Aber das ist doch bestimmt gut, oder?«

Das Seufzen seines Vaters war selbst oben an der Treppe gut zu hören. »Schalt doch mal dein Gehirn ein. Wenn er mit einem Gewaltvorfall gegen eine Lehrerin in der Schülerakte rausgeschmissen wird, nimmt ihn keine anständige Schule mehr. Und glaub mir, in der staatlichen Gesamtschule kommt der Junge nicht klar. Cambridge können wir wahrscheinlich abhaken. Und jede halbwegs brauchbare Uni auch.«

Als Jago seinen Vater reden hörte, wurde ihm innerlich kalt. Die Barley Mead School in der nächsten Stadt war ein Witz, voller Vollpfosten, Schlampen und Versager. Auf gar keinen Fall würde er da hingehen. Herrgott noch mal, ein einziger Moment, in dem er die Beherrschung verloren, seinen Jähzorn die Oberhand gewinnen lassen hatte. Ein einziger Fehler, und sein ganzes Leben geriet aus den Fugen.

»Glaubst du wirklich, eine psychiatrische Diagnose und Medikamente werden so einen Unterschied machen?«, fragte Bella.

Das Gluckern von Flüssigkeit, die in ein Gefäß gegossen wurde. »Ich würde sagen, im Augenblick ist das seine einzige Chance, sein Leben wieder auf die Reihe zu bekommen.«

19

Als das gewaltige Platschen verklang, brach am anderen Ufer Chaos aus, und Anna sprang auf. Ich blieb, wo ich war, wie gebannt von der Szene vor mir.

Mit beachtlicher Geistesgegenwart richtete die Person, die den Scheinwerfer bediente, diesen neu aus, sodass das Licht dort auf die Wasseroberfläche fiel, wo Connor hineingefallen war.

Noch immer breiteten sich konzentrische Kreise auf dem Wasser aus, doch von dem Jungen war nichts zu sehen. Nichts regte sich unter der Oberfläche, keine Hand griff nach einer rettenden Leine, kein nach Luft schnappendes Gesicht tauchte auf.

Die drei Männer in dem Boot – ich würde mir einen Moment der Belustigung gönnen, wenn das hier vorbei war – waren jetzt alle auf den Beinen, sodass das Boot gefährlich schaukelte. Die Strahlen ihrer Taschenlampen huschten über den See.

»Junge!«, brüllte einer. »Wo steckst du?«

»Kommen Sie.« Anna rannte los. Sie schaute sich noch einmal um, doch ich hatte das Gefühl, dass sie das, was sie jetzt plante – was immer es auch war –, mit mir oder ohne mich tun würde. Wir liefen von Gathering Hall weg, in Richtung … oh gütiger Himmel, auf den Strand zu, von dem aus sie immer schwimmen ging.

»Anna!« Ich gab mir alle Mühe, sie einzuholen. »Ich hoffe, Sie haben nicht vor, ins Wasser zu gehen. Es ist viel zu dunkel, und wir haben doch keine Ahnung …«

»Natürlich nicht«, blaffte sie. »Ich rufe die Polizei. Sobald ich Empfang habe. Und den Notarzt. Wenn Connor es da rausschafft – und das ist ein großes Wenn –, könnte er stark unterkühlt sein. Dann muss er sofort medizinisch betreut werden.«

Sie hatte recht, jedenfalls bestimmt, was Connors Aussichten betraf, aus dem See herauszukommen. Er war nicht ins offene Wasser gefallen, wo er vielleicht eine Chance gehabt hätte, sondern mitten in die zahllosen Äste und Blätter in der Krone des umgestürzten Baumes. Die Kastanie war sehr groß gewesen, mindestens dreißig Meter hoch und mit einer Krone von ähnlichem Durchmesser. Es brauchte nur ein Kleidungsstück an einem Ast hängen zu bleiben, und Connor konnte sich vielleicht nicht mehr rühren. Er war in eine riesige Unterwasserfalle gestürzt.

»Der Notarzt könnte doch schon unterwegs sein«, gab ich zu bedenken, als wir den Pfad erreichten. »Die Leute von der Kirche könnten ihn verständigt haben, und die Polizei auch.« Natürlich hatte ich nicht den Wunsch, den Jungen ertrinken zu sehen, aber mit Polizeiberichten wollte ich wirklich nichts zu tun haben.

»Hören Sie Sirenen?«

Nein.

Wieder sah Anna auf ihr Handy. »Immer noch nichts.«

Ich gab einen leisen Schmerzenslaut von mir und presste die Hand gegen die Seite.

»Entschuldigung.« Anna drehte sich zu mir um. »Ich hab's ganz vergessen. Sie kommen doch zurecht, oder? Wenn ich vorauslaufe?«

Da bemerkte sie, dass mein Blick sich von ihren Augen gelöst hatte und ich über ihre Schulter hinwegschaute. Sie fuhr herum, und wir beide sahen uns der wuchtigen Gestalt gegenüber, die uns den Fluchtweg verstellte.

»Alles okay?« Eine Lampe leuchtet erst Anna ins Gesicht und dann mir, sodass die Straße noch dunkler wirkte. Doch ich erkannte die Stimme. Es war Gardner, der mir zu einer vollkommen neuen Erfahrung verhalf: dass ich froh war, ihn zu sehen. Annas Nerven während der letzten halben Stunde im Zaum zu halten, hatte viel Energie gekostet, und mir war nicht klar gewesen, wie sehr meine eigenen gelitten hatten. Ich gebe es zu, als die dunkle Gestalt auftauchte, war mein erster Gedanke gewesen, dass wir doch noch entdeckt worden waren und dass die Kirche jemanden zu uns herübergeschickt hatte. Um was genau zu tun, wusste ich nicht.

»Nein«, antwortet Anna, bevor ich etwas sagen konnte, »es ist nicht alles okay. Ich muss die Polizei rufen.«

Rasch erzählte sie ihm alles. Er hörte zu und sah mich gelegentlich an, damit ich die Schilderung bestätigte. Ich nickte und murmelte überall dort zustimmend, wo es mir angemessen erschien.

»Und Sie haben den Jungen nicht aus dem Wasser klettern sehen?«, fragte er, als sie fertig war. »Sicher? Es war dunkel. Er könnte es ans Ufer geschafft haben.«

»Und selbst wenn, er hatte wahnsinnige Angst vor diesen Leuten«, erwiderte Anna. »Deswegen war er ja in dem Baum. Er hat versucht, ihnen zu entkommen.«

»Das wissen wir doch gar nicht sicher«, wandte ich ein und handelte mir dafür einen wütenden Blick von Anna ein.

Als wir die Häuser erreichten, strebte sie auf ihr Gartentor zu. Gardner hielt sie zurück und legte ihr beide Hände auf die Schultern, wie ich es nicht gewagt hätte.

»Moment. Warum fahre ich Sie nicht nach Penrith? Da können Sie den Vorfall persönlich melden.« Er schaute rasch zu mir herüber. »Und Sie auch.«

»Nein«, widersprach Anna und drehte sich zu mir um. »Sie sind völlig erledigt, Sie müssen sich ausruhen.«

Ich nickte, atmete schwer, als hätte der eilige Rückweg vom See mich erschöpft, und hielt mir zur Sicherheit auch noch die Seite. Mir fehlte überhaupt nichts, doch ich wollte die nächsten paar Stunden nicht auf einem Polizeirevier verbringen.

»Ich kann doch selber fahren«, sagte Anna. »Oder dort anrufen.«

»Irgendwann werden die wollen, dass Sie aufs Revier kommen«, gab Gardner zu bedenken. »Da können Sie's genauso gut hinter sich bringen. Und nichts für ungut, aber Sie sehen ein bisschen zu zittrig aus, als dass Sie fahren sollten. Sie können ja vom Auto aus telefonieren, um Zeit zu sparen.«

Sie nickte, und die beiden kletterten in Gardners Truck, fuhren los und ließen mich allein auf der dunklen Straße zurück.

Am nächsten Tag, einem Sonntag, schlief ich lange und wurde von den Geräuschen geweckt, die Gardner unter der Dusche machte. Ich stand auf und hatte an vielen Stellen Muskelkater, war aber ansonsten sehr gut gelaunt. Es war lange her, dass ich so viel zum Nachdenken gehabt hatte.

Als ich das Badezimmerfenster öffnete, um die Feuchtigkeit hinauszulassen, hörte ich Gesang. Von unserer Kirche dringt nie etwas bis zu uns, daher wusste ich, dass es von Gathering Hall kommen musste. Die Leute dort waren dafür bekannt, dass sie bei gutem Wetter Freiluftgottesdienste abhielten. Doch in Anbetracht dessen, was am Vorabend geschehen war, fand ich das gelinde gesagt merkwürdig, wenn nicht sogar ausgesprochen respektlos.

Ich machte gerade Kaffee, als es an der Haustür klopfte. Mir war klar, dass es nicht Anna sein konnte, ich hörte nämlich ihren Elektromixer nebenan in der Küche, und mir fiel wirklich niemand anderes ein, der nach meiner Aufmerksamkeit verlangen würde.

Gardner stand vor meiner Tür, lässig in Jeans und Pullover gekleidet, das Haar noch feucht vom Duschen. In der Hand hielt er einen Becher mit etwas, das wie heißer Kaffee roch.

»Hab mir welchen mitgebracht«, verkündete er. »Ich weiß ja, dass Sie nur so Instantzeug haben.«

Ich sagte nichts zu seiner Impertinenz, davon auszugehen, dass ich ihm Kaffee angeboten hätte – das hätte ich nicht getan –, und fragte stattdessen, wie ich helfen könnte.

Er verzog das Gesicht, als hätte ich ihn amüsiert. »Dachte, ich erzähle Ihnen mal kurz von unserem Ausflug zu unseren Freunden und Helfern gestern Abend.«

Es lag mir auf der Zunge, zu erwidern, dass ich das schon von Anna erfahren würde, aber ich hatte keine Ahnung, wie viel sie heute Morgen zu tun hatte, und ganz ehrlich, ich wollte auch nicht warten.

Gardner fröstelte übertrieben. »Bisschen kalt hier draußen.«

Der Mann ging mir auf die Nerven, doch er hatte etwas, das ich wollte. Ich bat ihn herein.

»Viel gibt's da nicht zu erzählen, fürchte ich«, begann er, nachdem er sich in einen meiner Sessel geworfen und ein Bein über die Armlehne gehängt hatte, sodass ich freie Sicht auf seinen Schritt hatte. »Anna hat ihre Aussage zu Protokoll gegeben, der Sergeant hat sich Notizen gemacht und gesagt, er schickt einen Streifenwagen nach Gathering Hall rauf. Für uns gab's da nichts mehr zu tun, also sind wir gegangen.«

Das hätte er mir auch vor der Tür sagen können.

»Müssen die mit mir reden?«, erkundigte ich mich.

Sein Kopf fuhr hoch wie der eines Tieres, das etwas gewittert hat. »Sieht ganz so aus.«

Ich drehte mich um. Durchs Fenster konnten wir ein Polizeiauto draußen auf der Straße sehen.

Die Polizei wollte zu Anna, aber mit mir wollten sie auch sprechen. Gardner folgte uns durch die Küche der Bäckerei, obwohl er bei dem Ganzen doch nur die Rolle des Chauffeurs gespielt hatte.

Wir setzten uns, und Anna, die anscheinend auf Gastfreundschaft programmiert war, bot Kaffee an. Wir lehnten alle ab. Der Constable bat mich, meinen Namen zu bestätigen.

»Und Sie waren gestern Abend mit Miss Brown zusammen, als sie Zeugin ungewöhnlicher Aktivitäten auf dem See geworden ist«, fuhr er fort, als ich dies getan hatte.

»Als ein Junge ins Wasser gefallen und allem Anschein nach nicht wieder herausgekommen ist, ja«, antwortete ich.

»Wir waren gestern Abend um dreiundzwanzig Uhr in Gathering Hall«, sagte der Constable. »Wegen des Vorfalls, den Sie beide mitangesehen und uns um zweiundzwanzig Uhr dreißig auf dem Revier in Penrith gemeldet haben.«

»Ich bin ihnen begegnet, als sie auf dem Rückweg waren.« Gardner kann nicht anders; immer muss es um ihn gehen. »Sahen beide ziemlich verstört aus.« Er bedachte Anna mit einem mitfühlenden Blick und ignorierte mich vollkommen.

»Wir haben mit Mr North von der Kirche gesprochen und wurden davon in Kenntnis gesetzt, dass ein paar Jugendliche aus der Kirchgemeinde gestern Abend ein bisschen über die Stränge geschlagen haben, nachdem sie den Inhaber des örtlichen Kiosks überredet hatten, ihnen billigen Cider zu verkaufen.« Der Constable sah ein ganz klein wenig selbstgefällig aus. »Wir werden uns den Kiosk natürlich vorknöpfen. Ein paar von den jungen Leuten sind im Wasser gelandet, wurden aber schnell rausgeholt und ins Bett geschickt. Ich kann mir vorstellen, dass die heute Morgen ziemlich verkatert sind und sich ganz schön blöd vorkommen.«

Anna sah mich an, die Augen riesengroß vor Verwirrung. Ich konnte es ihr nicht verdenken.

»Das ist völliger Blödsinn«, sagte sie. »Ein Junge ist ins Wasser gefallen, und der gehört nicht zur Kirche. Er ist per Anhalter hier raufgekommen und sucht seine Freundin. Wir haben ihn gesehen. Irgendetwas, das mit der Kirche zu tun hat, hatte ihm furchtbare Angst gemacht.«

Ich hob einen Finger, um auf mich aufmerksam zu machen. »Das Wichtigste scheint doch zu sein, dass Connor nichts passiert ist«, bemerkte ich. »Sind Sie sicher, dass alle, die ins Wasser gefallen sind, wieder rausgekommen sind?«

»Das hat man uns gesagt«, antwortete der Constable. »Sämtliche Kirchenmitglieder sind vollzählig anwesend. Nichts passiert.«

»Na, dann ist es ja gut.« Gardner erhob sich.

»Nein, es ist nicht gut.« Annas Blick war fest auf den Polizisten gerichtet. »Connor ist kein Kirchenmitglied. Er ist erst gestern hier angekommen. Haben Sie ihn gesehen? Mit ihm gesprochen? Oder haben Sie die einfach beim Wort genommen?«

Das Gesicht des Constable verschloss sich. »Ich war nicht selbst dort«, antwortete er. »Ich hatte keinen Dienst.«

»Trotzdem, Miss Brown hat ganz recht«, sagte ich. »Ihre Kollegen müssen doch verlangt haben, den Jungen zu sehen. Kein ordentlicher Polizist würde das einfach so glauben. Nicht wenn es um einen möglichen Todesfall geht.«

»Wer war in Gathering Hall?«, wollte Anna wissen. »Können wir mit dem Officer sprechen, der vor Ort war?«

Der Constable setzte seine Mütze auf und strebte auf die Tür zu. »Das ist mir leider nicht bekannt. Weitere Fragen müssen Sie an den Sergeant auf dem Revier richten. Oh, und der Superintendent hat mich gebeten, Sie beide daran zu erinnern, dass das Gelände rund um den See für die Dauer der Kirchenveranstaltung als Sperrgebiet gilt.«

Anna schien ein paar Zentimeter zu wachsen. »O nein«, widersprach sie. »Sie können öffentliches Wegerecht nicht einfach so außer Kraft setzen. Irgendetwas an dem Ganzen stinkt.«

Ich streckte die Hand aus, doch Gardner war schneller. Er legte ihr die Hand auf den Arm, sah sie an und schüttelte den Kopf.

»Anfragen bitte ans Revier, Miss.« Der Polizeibeamte verließ den Raum, und wir hörten seine Schritte durch den Laden hallen, ehe die Türglocke ertönte.

»Unmöglich ist es nicht, Anna«, gab ich zu bedenken. »Die müssten doch moralisch völlig verkommen sein, wenn sie sich nicht um Connor gekümmert hätten, nachdem er aus dem Wasser gezogen worden war.«

»Vorausgesetzt, er ist rausgezogen worden. Dafür haben wir keinen Beweis.«

»Einen Todesfall zu verschweigen, wäre eine schwere Straftat«, entgegnete ich. »Ich kann mir nicht vorstellen, dass diese Kirchenleute, so komisch die auch sein mögen, etwas so Kriminelles tun würden.«

»Ich habe wahrscheinlich sehr viel mehr von dem gesehen, was da oben abgeht, als ihr beide«, warf Gardner ein. »Echt abgedrehter Scheiß, da gibt's keine Zweifel, aber nicht illegal.«

Anna ließ sich nicht umstimmen. »Wir haben ein möglicherweise schwangeres junges Mädchen, das versucht hat, sich umzubringen. Und ihr Freund will so dringend mit ihr reden, dass er im Freien schläft, und hat solche Angst vor den Kirchenschlägern, dass er es riskiert zu ertrinken. Und vielleicht sogar wirklich ertrunken ist, nach allem, was wir wissen. Ich glaube nicht, dass ›abgedrehter Scheiß‹ dafür ausreicht.«

»Sekunde mal.« Gardner machte ein verdutztes Gesicht. »Was habe ich hier nicht mitbekommen?« Er ist nicht der Hellste, aber Anna hatte ihm auch gerade eine Menge neuer Informationen an den Kopf geworfen, das musste man ihm zugestehen.

Anna schüttelte den Kopf. »Ich muss weitermachen.« Sie stand auf und ging in den Laden hinüber. »Bis morgen habe ich noch viel zu viel zu tun. Sie werden mich entschuldigen müssen.«

Gardner sah mich an. »Noch was hinzuzufügen?«

»Sind nicht meine Geheimnisse«, erwiderte ich und ging zur Hintertür. Ich hatte ebenfalls noch zu arbeiten.

Um vier Uhr bezog ich nach einem hinlänglich produktiven Tag Posten an meinem Wohnzimmerfenster. In Anbetracht all dessen, was passiert war, hatte ich Zweifel gehegt, dass Constance tatsächlich auftauchen würde. Doch ein paar Minuten später erschien sie oben an der Straße, eingemummelt in einen Mantel, der ihr zu groß war und eine Strickmütze, die ihr Haar zum größten Teil verbarg. Vorsichtig schaute sie die Straße hinauf und hinunter, ehe sie zur Bäckerei eilte.

Anna musste nach draußen gelauscht haben. Ich hörte Schritte und dann, wie die beiden sich leise begrüßten. Die Glocke ertönte, als die Tür geschlossen und wieder abgesperrt wurde.

Eigentlich hatte ich gehofft, sie würden sich in den Innenhof setzen. Ich hatte meinen Mantel und eine Decke bereitgelegt und würde nahe genug sein – wenngleich auf der anderen Seite der Wand –, um an dem Gespräch teilnehmen zu können. Natürlich würde ich das nicht tun. Doch ich war nicht vollkommen überrascht, als sie sich allem Anschein nach in der Küche niederließen; draußen war es einfach zu kalt.

Aber das war kein allzu großes Malheur. Unsere kleine Häuserzeile, früher einmal ein einziges Haus, ist sehr alt und wurde seinerzeit um hölzernes Balkenwerk herum erbaut. Nicht überall sind die Balken fugenlos miteinander verbunden, und es gibt mehrere Stellen in meinem Haus, wo man früher durch die Wand nach nebenan hindurchsehen konnte. Kurz nachdem er eingezogen war, hatte Gardner die auf seiner Seite alle gefunden und mit Holzkitt zugespachtelt, Josie Hinton jedoch, die weniger gut sehen konnte, hatte das nie getan. Ich hatte die Ritzen auf meiner Seite mit Tapete in Holzoptik überklebt, damit sie auf der anderen nicht so auffielen, doch die ließ sich leicht und geräuschlos entfernen.

Als ich das Brodeln des Wasserkessels und das Klappern von Tassen und Tellern hörte, zog ich behutsam einen dieser Papierstreifen ab, und ein schmaler Spalt zwischen einem waagrechten und einem senkrechten Balken kam zum Vorschein, einen halben Zentimeter breit. Er befand sich etwas weniger als anderthalb Meter über dem Boden, und man konnte durch ihn in den schmalen Zwischenraum zwischen Annas großem, frei stehendem Kühlschrank und einem Wandschrank sehen. Um den Spalt von der anderen Seite aus zu entdecken, hätten die beiden in der Küche direkt dorthin starren müssen. Selbst dann wäre die Chance sehr klein gewesen, dass sie irgendetwas anderes als Dunkelheit gesehen hätten, denn ich hatte in meiner Küche das Licht ausgemacht und die Rollos heruntergezogen.

Um ehrlich zu sein, viel würde ich auch nicht sehen, aber ich würde das meiste von dem hören können, was nebenan gesprochen wurde.

»Danke«, sagte Constance. »War echt blöd von mir.«

Ich nehme an, sie meinte ihr Handy.

»Constance, wie geht es Connor?«, fragte Anna. »Hast du ihn gesehen?«

Schweigen. Dann fragte das Mädchen: »Wie meinen Sie das?«

Anna lief beim Reden in der Küche herum, und die Geräusche, die sie machte, übertönten das eine oder andere Wort, das meiste jedoch konnte ich verstehen. »Gestern ist ein Junge gekommen und hat nach dir gesucht. Er hat gesagt, er heiße Connor, und dass er ein Freund von dir wäre. So gegen neun ist er weggegangen, um dich zu suchen. Hat er nicht die Wahrheit gesagt?«

»Er kann nicht hier sein.«

Etwas, das ich nicht ganz verstand. Dann: »War er aber. Er hat gesagt, er ist aus Sussex hierher getrampt.«

»Das soll wohl ein Witz sein. Und wo ist er dann jetzt?«

Ach herrje. Also wusste Constance gar nichts von Connors Abenteuer oben am See gestern Abend. Wie in aller Welt hatten sie das vor ihr verschwiegen? Da waren doch bestimmt an die fünfzig Personen am Ufer gewesen. Und wie würde Anna dem Mädchen beibringen, dass ihr Freund beinahe ertrunken wäre? Nach allem, was sie wusste, sogar wirklich ertrunken sein könnte?

»Er ist definitiv zum Kirchencamp raufgegangen«, erwiderte Anna. »Ich habe ihn selbst dort gesehen. Irgendwie gab es da Ärger, eine Auseinandersetzung. Aber ich bin mir nicht ganz sicher, was passiert ist. Es war sehr dunkel, und es hat ein ziemliches Durcheinander geherrscht.«

Schweigen im Haus nebenan, während ich überlegte, ob es feige oder klug von Anna war, so um die Tatsachen herumzureden.

»Wenn er so alt ist wie du, Constance, dann sollte er wirklich nicht per Anhalter durch die Gegend fahren und draußen übernachten«, fügte Anna hinzu. »Dafür ist er zu jung.«

»Ich hatte keine Ahnung, dass er mir nachgekommen ist.« Es hörte sich an, als sei das Mädchen den Tränen nahe. Was es mir noch schwerer machen würde, zu verstehen, was sie sagte.

»Er hat sich Sorgen um dich gemacht. Möchtest du mir sagen, warum?«

Na komm schon, raus damit. Wäre ich auf der anderen Seite der Wand gewesen, ich hätte nicht widerstehen können. *Constance, bist du schwanger oder nicht?*

Anna konnte das nicht fragen, begriff ich. Offiziell wusste sie doch nichts von dem Schwangerschaftstest.

»Ich sehe dich an, Constance, und ich sehe ein junges Mädchen, das sehr verstört ist und aus irgendeinem Grund glaubt, dass seine Familie ihm nicht helfen kann«, sagte Anna. »Du brauchst mir nichts zu erzählen, womit du dich nicht wohlfühlst, aber wenn ich dir irgendwie helfen kann, werde ich es tun.«

Ärgerlicherweise, wenn auch nicht überraschend, fing Constance daraufhin an zu weinen, und während der nächsten paar Minuten kam das Gespräch vollkommen zum Erliegen.

»Geht es um etwas, worüber du mit deiner Mutter reden kannst?«, versuchte Anna es schließlich.

»Die ist die Letzte, mit der ich reden kann. Sie hasst Connor.«

»Dann irgendjemand anderes? Ganz gleich, was du für ein Problem hast, du brauchst jemanden zum Reden.«

»Kann ich mit Ihnen reden?«

»Selbstverständlich«, beteuerte Anna.

Noch mehr Schluchzen. Allmählich fragte ich mich, ob all das die ganze Mühe wert war.

»Constance, bist du schwanger?«, fragte Anna, und ich jubelte stumm auf meiner Seite der Wand.

»Woher wissen Sie das?«, fragte Constance, was ich als »Ja« wertete.

»Du bist noch nicht mal sechzehn«, antwortete Anna. »Die Anzahl der Probleme, die eine Fünfzehnjährige mit einem Freund sich einhandeln kann, ist begrenzt. War einfach ein Zufallstreffer.«

Schweigen.

»Bist du sicher?«, wollte Anna wissen.

Schweigen.

»Wie weit bist du? Wann war deine letzte Periode?«

»Ist das wichtig?« Constance klang, als wäre sie der Verzweiflung nahe.

»Ja. Daraus ergibt sich, was für Optionen du hast. Du bist sehr schlank, daher würde ich nicht annehmen, dass du weit übers erste Trimester hinaus bist, aber bei jungen Mädchen ist das oft schwer zu sagen.«

»Ich weiß nicht genau«, sagte Constance. »Meine Tage kommen nicht sehr regelmäßig.«

»Warst du beim Arzt?«

Schweigen.

»Egal, wie du dich entscheidest, du wirst medizinische Hilfe brauchen.«

»Das geht nicht. Meine Mum wird es erfahren, und dann wissen alle Bescheid.«

»Constance, ein Arzt unterliegt der Schweigepflicht. Ein Arzt oder eine Ärztin dürfte gar keine persönlichen Informationen über dich an andere weitergeben, nicht mal an deine Eltern.«

»Das würde er aber tun. Das weiß ich. Er gehört auch zur Kirche.«

Ich hörte, wie Anna ihren Stuhl zurückschob und ein paar Schritte durch die Küche machte. »Ich kann dir einen Notfalltermin bei einem Arzt hier in der Gegend besorgen«, sagte sie. »Oder es gibt einige Wohlfahrtsorganisationen, die dir helfen können, die dich an die richtigen Kliniken verweisen können.«

»Das geht nicht.« Constance war drauf und dran, wieder loszuheulen.

»Constance, ich weiß, du hast Angst, und vielleicht denkst du, du hast niemanden, an den du dich wenden kannst, aber das stimmt nicht. Und es ist sehr unwahrscheinlich, dass eine Schwangerschaft einfach wieder weggeht.«

»Sind Sie Ärztin?«, fragte Constance zu meiner Verblüffung. Ich hätte gedacht, dass sie viel zu sehr mit sich selbst beschäftigt war, um so eine Schlussfolgerung zu ziehen.

»Wie kommst du denn darauf?« Ich erkannte die Anspannung in Annas Stimme wieder, als sie antwortete. Die hatte ich selbst auch schon zu hören bekommen, wenn ich zu weit in den privaten Bereich vorgedrungen war.

»Sie scheinen zu wissen, wovon Sie reden. Als wäre ich nicht der erste junge Mensch mit Problemen, der Ihnen begegnet ist.«

»Ich bin keine Ärztin, Constance.« Anna machte nach diesem Satz eine lange Pause, und ich konnte das unausgesprochene Wort beinahe hören: *mehr*. Anna war keine Ärztin mehr. »Ich bin Bäckerin.«

Ja, jetzt war sie Bäckerin, doch das war sie nicht immer gewesen. Ich konnte das Aufwallen der Erregung wirklich nicht unterdrücken. Mit diesem Wissen bewaffnet, wer konnte da wissen, was ich als Nächstes in Erfahrung bringen könnte?

»Ist Connor der Vater?«, fragte Anna. »Weiß er Bescheid?«

In diesem Augenblick war lautes Klopfen zu vernehmen. Ich fuhr heftig zusammen, doch es klopfte an Annas Tür, nicht an meiner.

»Sie haben mich gefunden!«

Constance klang, als hätte sie Todesangst. Ich hörte ein Klappern, als ein Stuhl umkippte. »Haben Sie es Ihnen gesagt? Haben Sie ihnen gesagt, dass ich hier bin?«

»Natürlich nicht. Constance, wovor in aller Welt hast du solche Angst?«

Noch mehr lautes Hämmern. Dann brüllte eine Männerstimme: »Constance!«

»Das ist Dad. Er wird mich umbringen.«

Annas Stuhl rutschte über den Boden, als sie aufstand. »Er wird dich nicht umbringen, Constance, sei nicht albern. Ich bleibe dabei, wenn du mit ihm redest.«

»Nein, Sie haben ja keine Ahnung, was die machen werden. Wahrscheinlich haben sie Connor.«

Wieder war das laute Klopfen zu hören. Ich erhob mich, verließ die Küche und schritt rasch in meinen Garten hinunter. Bevor ich das Gartentor öffnete, zögerte ich kurz, für den Fall, dass die Kirche das Grundstück hatte umstellen lassen, doch die Straße war leer, und ich trat in Annas Hof. Die beiden waren noch immer in der Küche und starrten einander über den Tisch hinweg an, als ich leise an Annas Hintertür klopfte. Beide fuhren zusammen, und Constance schlug sich die Hand vor den Mund, um einen Schrei zurückzuhalten. Zumindest Anna entspannte sich etwas, als sie sah, dass ich es war.

»Nur so ein Gedanke«, sagte ich, »aber wenn Constance im Moment gerade lieber nicht nach Hause gebracht werden möchte, könnte sie die nächsten paar Minuten drüben bei mir verbringen.«

»Woher wissen Sie überhaupt …?«, setzte Constance an.

»Ich habe dich vorhin kommen sehen«, antwortete ich. »Und eben deine Eltern. Es ist deine Entscheidung. Wenn du noch ein bisschen mit Anna reden möchtest, ist das eine Möglichkeit, eine Konfrontation zu umgehen.«

»Constance, wir wissen, dass du da drin bist!« Diesmal eine Frauenstimme. Ich glaubte, sie als die von Constances Mutter zu erkennen.

»Was würde das bringen?«, sagte Constance. »Früher oder später finden sie mich ja doch. Sie finden mich immer.«

Also, das war ein Gedanke, der ein gutes Dutzend Fragen aufwarf.

»Ich verstehe nicht, wo das Problem ist«, meinte ich und gab mir Mühe, fröhlich zu klingen. »Du bist gekommen, um dein Handy zu holen, das du gestern hier vergessen hast, und hast eine Tasse Tee mit Anna getrunken. Niemand hat irgendetwas getan, wofür man sich entschuldigen müsste.« Ich wandte mich an Anna. »Soll ich aufmachen? Ich lasse mir auch reichlich Zeit dabei.«

Ich bot ihr noch ein paar Augenblicke mehr an, um mit Constance zu reden. Sie begriff und nickte.

Langsam ging ich durch den Laden und schaute mich demonstrativ nach dem Lichtschalter um, obwohl ich genau wusste, wo er war. Bevor ich ihn schließlich »fand«, stellte ich fest, dass drei Personen vor der Tür von Annas Bäckerei standen. Zwei Männer und eine Frau. Für einen fehlgeleiteten Teenager schien mir das viel zu schweres Geschütz zu sein.

Noch immer gemächlichen Schrittes ging ich zur Ladentür. Meine Güte, das waren aber drei sehr verdrossene

Mienen da auf der anderen Seite der Glasscheibe. Und beide Männer waren groß und kräftig. Ich ertappte mich dabei, dass ich mich fragte, ob Gardner wohl zu Hause war. Muskeln haben ja schon etwas Gutes.

»Wir haben geschlossen«, verkündete ich mit verkniffenem Lächeln.

Constances Mutter – ich erkannte sie von ihrem ersten Besuch im Laden wieder – klopfte gegen die Scheibe. »Ich möchte meine Tochter holen. Machen Sie die Tür auf.«

Ich schaute nach oben, nach unten, nach rechts und links. »Ich weiß nicht, wo der Schlüssel ist«, rief ich ihnen zu. »Moment bitte.« Dann klopfte ich meine Taschen ab und tat so, als tastete ich oben auf dem Türrahmen herum. Als Nächstes drehte ich mich um und gab vor, auf den Regalen nachzusehen, die der Tür am nächsten waren.

Doch der Spaß war nur von kurzer Dauer, denn Constance und Anna kamen aus der Küche in den Laden. Ich trat zurück, Anna drehte den Schlüssel – er hatte doch tatsächlich im Schloss gesteckt, wie dumm von mir! –, und die Familie kam in den Laden gestürmt.

»Was soll das werden?« Die Mutter marschierte auf Constance zu und packte sie am Arm.

»Nicht hier«, warnte einer der Männer. »Schaff sie ins Auto.«

Der andere Mann hielt die Tür auf, als Constance von ihrer Mutter abgeführt wurde. Er folgte ihnen, und die Tür fiel zu.

»Wieso war meine Tochter hier?«, wollte der zweite Mann wissen, der an der Tür stand, als wolle er uns den Weg hinaus versperren.

»Sie wollte ihr Handy holen«, antwortete ich, bevor Anna etwas sagen konnte. »Sie wissen doch, wie Teenager sind.«

Er bedachte mich mit einem flüchtigen, aber bösen Blick. »Was hat sie Ihnen erzählt?«, herrschte er Anna an.

»Sie hat gesagt, sie hat ihr Handy verschusselt«, antwortete Anna. »Und ich habe ihr gesagt, dass ich es sicher für sie verwahrt habe.«

»Ich will nicht, dass sie noch einmal hierherkommt, verstanden? Und ich werde die Angelegenheit mit dem Pfarrer besprechen.«

Damit machte er kehrt und polterte aus dem Laden. Ich meine das wörtlich: Er kollidierte mit dem Türrahmen und wäre fast der Länge nach hingefallen. Die Tür schloss sich, und die Bäckerei kam mir unnatürlich still vor.

»Das war ja wohl eine Drohung.« Anna klang unglücklich, eine heilsame Erinnerung daran, dass nicht jeder Freude an Konflikten hat. »Jetzt verliere ich die Kirchenaufträge.«

Da war ich mir nicht so sicher. Aaron North wusste, dass er das Dorf bei Laune halten musste. »Sie werden wieder schwimmen können«, bemerkte ich. »Alles Schlimme …«

Sie verzog das Gesicht. »Nach gestern Abend weiß ich nicht, ob ich das noch könnte. Wir müssen rausfinden, ob der Junge okay ist.«

»Wenn ja, wird er sich sehr bald melden«, meinte ich. »Wir haben doch noch sein Handy.«

Das bescherte mir die Andeutung eines Lächelns. »Was in aller Welt läuft da oben?«, fragte sie.

»Eine schwangere Fünfzehnjährige, ultrastrenge, kirchentreue Eltern – ist das wirklich so schwer zu verstehen?«

Anna drehte sich um und ging zurück in die Küche. Ich folgte ihr.

»Es ist mehr als das«, sagte sie. »Sie haben sie nicht gesehen, als die angefangen haben, an die Tür zu hämmern – übrigens, vielen Dank fürs Rüberkommen. Sie hatte Todesangst. War weiß wie ein Bettlaken und hat am ganzen Leib gezittert.«

Wir setzten uns an den Küchentisch und sahen uns an.

»Das ist ein klarer Fall von Kindeswohlgefährdung«, stellte Anna fest.

Ich fragte nicht, wie oft einer Bäckerin Fälle von Kindeswohlgefährdung begegneten.

»Was ist, wenn Connor gar nicht der Vater des Babys ist?«, fragte Anna weiter. »Wenn diese Kirche nun eine Tarnung für etwas ganz anderes ist?«

»Ein riesiger Pädophilenring?«, schlug ich nicht ganz im Ernst vor, doch Anna nickte beklommen.

»So was kommt doch vor«, erwiderte sie.

»Ich glaube schon. Also, was haben wir für Optionen?«

Ich meinte natürlich Annas Optionen, ich würde mich da nicht mehr einmischen als unbedingt nötig.

»Ich kann die Polizei anrufen und sagen, dass ich mir Sorgen um eine gefährdete Jugendliche mache, aber im Moment sind die Möglichkeiten der Polizei begrenzt. Das Jugendamt hätte vielleicht mehr Erfolg, aber in beiden Fällen müsste ich Constances Vertrauen missbrauchen.«

»Glauben Sie, sie ist wirklich in Gefahr?«, fragte ich. »In unmittelbarer Gefahr?«

»Wer weiß?« In einer hilflosen Geste hob sie beide Hände. »Und was in aller Welt ist mit Connor passiert?«

Das war eine gute Frage. Sekunden später bekamen wir die Antwort.

20

April, ein Jahr zuvor

Es war genau die richtige Zeit im Jahr fürs Freiwasserschwimmen. Das Wasser war noch kalt genug, um direkt nach dem Schwimmen jene wunderbare Euphorie zu erzeugen, aber nicht mehr so kalt, dass man Unterkühlung riskierte, wenn man länger als zwanzig Minuten drinblieb.

Annaliese rutschte ins Wasser, ließ die seidige Kühle über ihren Körper fluten und erschreckte eine Flotte frisch geschlüpfter Entenküken, die hastig hinter ihrer Mutter her paddelten. Sie holte tief Luft und schwamm los, glitt mit schnellen, anmutigen Zügen durchs Wasser und hinterließ dabei kaum Kräuselwellen auf der Oberfläche.

Sie hatte einen Durchbruch erzielt. Vielleicht. Jago hatte zugegeben, Stimmen gehört zu haben, die ihn, wie er behauptete, dazu gebracht hatten, die Physiklehrerin anzugreifen. In Anbetracht seiner vorherigen Zurückhaltung war er erstaunlich mitteilsam gewesen.

»Erzähl mir, wie das mit den Stimmen angefangen hat«, hatte sie gesagt und sich dabei gefragt, warum sie keine freudige Erregung empfand wie sonst, wenn ein Patient begann, sich zu öffnen.

»Das war vor einem Jahr, vielleicht auch schon früher. Immer, wenn ich Druck hatte, vor Prüfungen oder Klassenarbeiten oder vor irgendwelchen Sportveranstaltungen, habe ich Stimmen gehört.«

»Kannst du mir etwas darüber erzählen? Waren es Männerstimmen? Frauenstimmen? Stimmen, die du kanntest?«

»Manchmal die Stimme von meinem Dad oder die von einem von meinen Lehrern. Ganz deutlich in meinem Kopf, als ob sie bei mir im Zimmer wären. Sie haben gesagt, ich würde nicht hart genug arbeiten, ich wäre nicht klug genug, ich hätte abartige Gedanken über Mädchen.«

Eine eiserne Fußgängerbrücke überspannte den See etwa in der Mitte, und die Schwimmer waren es gewohnt, dass Vorbeikommende stehen blieben, um zu ihnen herunterzuwinken. Heute Abend war die Brücke leer, bis auf eine einsame Gestalt in Schwarz auf der anderen Seite, fast hinter einem Schmetterlingsfliederstrauch verborgen. Annaliese blinzelte und hob ihre Schwimmbrille an. Die Gestalt war weg, aber einen Moment lang hatte sie ausgesehen wie Jago. Sie zog die Brille ab und spülte sie aus, ehe sie weiterschwamm.

Wären die »Stimmen« Jagos eigene, verinnerlichte Gedanken gewesen, so wäre das für einen Halbwüchsigen in einem von hohem Druck geprägten Umfeld vollkommen normal gewesen. Die Tatsache, dass sie andere Persönlichkeiten angenommen hatten als Jago, machte das Ganze zu einem anderen Thema.

»Akustische Halluzinationen sind nicht ganz ungewöhnlich«, hatte sie ihm erklärt. »Bis zu zehn Prozent aller Menschen erleben so etwas irgendwann in ihrem Leben.«

Es war die Standardantwort, darauf ausgelegt, zu beruhigen. Sie hatte ihm einen Moment Zeit gegeben, um die Information sacken zu lassen.

»Dafür kann es mehrere Gründe geben, und so etwas ist nicht unbedingt ein Anzeichen einer psychotischen Störung«, fuhr sie fort, als er nicht im Mindesten beruhigt wirkte.

»Mein Dad denkt, ich bin schizophren.« Er sah jetzt so unglücklich aus, dass sie kurz davor war, ihn zu bemitleiden. »Gestern Abend habe ich ihn reden gehört. Er denkt, ich brauche Antipsychotika.«

»Du müsstest noch andere Symptome haben, bevor ich auch nur daran denken würde, bei dir Schizophrenie zu diagnostizieren«, erwiderte sie. »Und bisher ist mir nichts aufgefallen. Wenn überhaupt, dann das Gegenteil.«

Wenn sie erwartet hatte, dass er erleichtert aussah, so wurde sie enttäuscht.

»Vielleicht erzähle ich Ihnen ja nicht alles.«

Irgendetwas unter Wasser streifte ihr Bein und erschreckte sie, brachte sie aus dem Rhythmus. Sie wurde langsamer. Sie merkte, dass sie außer Atem war, griff sich die Schwimmboje, die sie im Schlepp hatte, und drehte sich auf den Rücken.

Also erzählte Jago Moore ihr noch immer nicht alles. Sie hatte nachgehakt, hatte einige typische Schizophreniesymptome aufgezählt – desorganisiertes Denken, Vernachlässigung der Körperhygiene, Interessenverlust –, Symptome, von denen sie bereits wusste, dass sie auf ihn nicht zutrafen. Und sie war sich sicher gewesen, dass er etwas sagen wollte.

Er hatte nichts gesagt.

Allmählich wurde ihr kalt.

Sie schwamm zum Ufer und stieg aus dem Wasser.

Dieser Teil des Seeufers war gut abgeschirmt. Ganz in der Nähe führte ein Fußweg vorbei, doch die meisten Spaziergänger nahmen Rücksicht darauf, wenn Schwimmer sich umzogen. Sie schlang ein großes Handtuch um sich, dann zerrte sie sich den Neoprenanzug herunter und ließ ihn in ihre Tasche fallen, gefolgt von ihrem Badeanzug. Rasch schaute sie sich um. Niemand zu sehen. Also ließ sie das Handtuch fallen und zog rasch Schlüpfer, T-Shirt und Shorts an. Erst danach richtete sie sich auf und schaute über den See. Irgendetwas blinkte im frühen Abendsonnenschein.

Annaliese trat vom Wasser zurück.

Die Person, die sie vorhin bemerkt hatte, war immer noch da. Sie war in die Mitte der Brücke getreten und hielt sich doch tatsächlich ein Fernglas vor die Augen. Ein Fernglas, das auf sie gerichtet war.

Ihr Herz begann zu hämmern. Es war definitiv ein Junge oder ein junger Mann. Groß, schlank, in schwarzer Jeans und schwarzem T-Shirt. Er hatte dunkles Haar. Er sah aus wie Jago.

Jago, der vorgestern Abend an ihrem Fitnessstudio vorbeigegangen war, als sie gerade herauskam. Der direkt in sie hineingelaufen war und sie an beiden Armen gepackt hatte, damit sie nicht hinfiel. War das wirklich ein Zufall gewesen, wie er beteuert hatte?

Und wieso sollte Jago ihr beim Schwimmen zusehen? Beim Anziehen? Woher wusste er überhaupt, dass sie hier schwamm? Wo ihr Fitnessstudio war?

Wie konnte er so viel über ihr Leben wissen?

21

Anna und ich waren ohnehin schon nervös und noch ganz durcheinander von der Konfrontation mit Constances Eltern. Wahrscheinlich hätten wir nicht zu Tode erschrecken sollen, als etwas Großes von außen gegen die Hintertür sackte, aber natürlich fuhren wir doch zusammen. Ich bin nicht besonders mutig, doch Anna erschrak am heftigsten. Mit einem gedämpften Aufschrei sprang sie auf, eine Hand um die Kehle gekrampft.

Ich war auch erschrocken, ich gebe es zu. Hier gingen sehr seltsame Dinge vor sich. Aber ich glaube, ich beherrschte mich ein bisschen besser. Nach dem ersten Zusammenzucken stand ich auf und ging zur Tür.

Die Sonne stand inzwischen sehr tief, und Annas Hof lag im Schatten. Ihre Küche dagegen war hell erleuchtet, sodass wir völlig geblendet waren. Wir konnten auf der anderen Seite der Glasscheibe in der Tür eine große Gestalt ausmachen, aber nur undeutlich. Doch wer immer es auch war, er stand sehr dicht vor der Tür, als lehne er sich dagegen. Irgendetwas war von außen an die Scheibe geschmiert, und um ganz ehrlich zu sein, das Ganze erinnerte mich ziemlich an eine Szene aus einem billigen Horrorfilm. Wir sahen, wie eine Hand sich hob und dann eine Faust an die Scheibe klopfte.

»Ich bin's«, rief eine Stimme, die wir kannten.

»Connor«, sagte ich. »Soll ich ihn reinlassen?«

Wieder hatte Anna Mühe, sich zu fassen, wieder hatte der Anblick eines jungen Mannes, der versuchte, sich Zutritt zu ihrem Haus zu verschaffen, sie zu Tode geängstigt.

»Natürlich«, stammelte sie. »Gott sei Dank, er ist okay.«

Connor war alles andere als okay. Ertrunken war er vielleicht nicht, aber sein Gesicht war voller blauer Flecken und hier und da geschwollen. An der Unterlippe hatte er eine hässliche Platzwunde, und rund um sein rechtes Auge war die Haut tiefrot. In einem oder zwei Tagen würde sie dunkelviolett sein. Mit gesenktem Blick kam er in die Küche gehinkt, den einen Arm um den unteren Brustkorb geschlungen, als hätte er dort Schmerzen. Seine Kleider sahen feucht aus und rochen auch so.

Eine ganze Weile sagten weder Anna noch ich etwas, dann jedoch machten wir uns gleichzeitig an die Arbeit. Ich holte einen Stuhl, und wir halfen ihm beide beim Hinsetzen. Anna eilte zum Spülbecken, um ihm ein Glas Wasser zu holen.

»Krankenwagen, würde ich sagen«, stellte ich fest.

»Nein.« Connors Hand zitterte; es kostete ihn Mühe, das Glas an die Lippen zu heben. »Ich will keinen Krankenwagen. Ich muss Connie finden.«

Anna und ich hatten uns inzwischen recht gut aufeinander eingestimmt, und ich war mir ziemlich sicher, dass ich wusste, was sie dachte: dass Constances Familie das hier getan hatte. Dass sie von ihrer Schwangerschaft erfahren und – wahrscheinlich korrekt – vermutet hatten, dass Connor der Vater war. Und dass sie auf althergebrachte Art und Weise reagiert und den jungen Mann zusammengeschlagen hatten.

»Bleiben Sie bei ihm«, wies Anna mich an, als könnte ich das Weite suchen. »Er soll sich nicht bewegen.«

Ich hörte sie nach oben eilen. Connor ließ den Kopf in die Hände sinken und starrte auf die Tischplatte. Sein Atem ging laut und unnatürlich.

»Als ich dich das letzte Mal gesehen habe, junger Mann, warst du auf dem Weg in ein kühles Seemannsgrab.«

Er schaute auf. »Sie waren auch da?«

»Auf der anderen Seite des Sees. Haben die Leute von der Kirche dich rausgezogen?«

Er öffnete den Mund und wollte gerade antworten, doch Anna kam mit einer braunen Ledertasche zurück. Ich schwieg, als sie sich ans Auspacken machte, doch ich konnte mir ein triumphierendes Lächeln nicht verkneifen. Anna hatte etwas geholt, was aussah wie die Tasche eines praktizierenden Arztes. Während ich Connor nicht aus den Augen ließ, musterte ich aus dem Augenwinkel den Inhalt: Briefpapier und Rezeptformulare. Stethoskop, Thermometer, Finger-Pulsoximeter, Alkoholtupfer, Gleitgel, Probenfläschchen, Reflexhammer. Spritzen, diverse Medikamente, Antiseptikum, Tape, Pflaster und Verbandsmaterial.

Sie wies mich an, eine Schüssel mit so heißem Wasser zu füllen, wie der Wasserhahn es hergab, und fuhr fort, zu beweisen, dass sie irgendwann einmal einen medizinischen Beruf ausgeübt hatte. Ich tat wie geheißen und lief sogar nach oben zum Wäscheschrank, um mehrere kleine weiße Handtücher zu holen.

»Nicht reden«, sagte Anna zu Connor, während sie ihm sanft das Haar aus der Stirn strich, um sein Gesicht in Augenschein zu nehmen. Sie fand eine Kopfwunde und verzog das Gesicht. »Das muss genäht werden.«

Connor zusammenzuflicken, dauerte fast eine Stunde, Anna ging nämlich sehr gründlich zu Werke. Nachdem sie erfahren hatte, dass er seit etlichen Stunden weder Drogen noch Alkohol konsumiert hatte, gab sie ihm Schmerztabletten, die seine Beschwerden linderten. Sie reinigte und verpflasterte eine ganze Anzahl geringfügigere Verletzungen und versorgte die Kopfwunde und die aufgeplatzte Lippe, so gut sie konnte. Außerdem hatte er eine ordentliche Rippenprellung, befand sie, glaubte jedoch nicht, dass irgendetwas gebrochen war. Er würde es überleben, erklärte sie ihm, würde sich aber ein paar Tage lang ziemlich mies fühlen.

Während Anna arbeitete, stellte sie ihm keine Fragen, die nicht direkt mit seinem körperlichen Zustand zusammenhingen: Tat dies weh und das, hatte er Schmerzen beim Einatmen? Als sie fertig war, sank sie blass und ein wenig zittrig auf ihren Stuhl, und ich konnte sehen, dass die Anstrengung, wieder Ärztin zu sein, sie völlig erschöpft hatte. Fürs Erste war ich zuständig. Ich hatte Connor bereits warme Milch eingeschenkt und ein Stück Gebäck aus dem Laden geholt, das ich in kleine Stücke geschnitten und ihm auf einem Teller vorgesetzt hatte.

»Iss«, sagte ich, so behutsam, wie es mir möglich war. »Und erzähl uns, was passiert ist.«

Er gehorchte zumindest einer meiner Anweisungen, und das Gebäck war bald verschwunden. Er trank auch und stellte den Becher leer wieder hin.

»Besser?«, fragte ich.

Er nickte. Für einen ziemlich verstockten Teenager hatte er ein bemerkenswert ausdrucksvolles Gesicht. Ich sah Erschöpfung, Verlegenheit und Beklommenheit in seinen Augen.

»Wir wissen, dass du Constance nicht gefunden hast«, meinte ich. »Sie war nämlich eben hier. Also, was ist gestern Abend am See passiert? Wo warst du seitdem, und wer hat dich so zugerichtet?«

Sein Blick huschte von Anna zu mir. »Die spinnen. Die sind total ausgeflippt. Das muss aufhören.«

»Da sind wir ganz deiner Meinung«, antwortete ich. »Aber du solltest alles von Anfang an erzählen.«

Während es allmählich vollkommen dunkel wurde, berichtete Connor, dass er nach Gathering Hall gegangen war, nachdem er uns gestern Abend verlassen hatte. Am Tor war er aufgehalten worden.

»Die wollten mich auf keinen Fall durchlassen«, erzählte er. »Wollten mir nicht mal sagen, ob Connie da oben ist. Wollten ihr nichts ausrichten und gar nichts.«

Er hatte so getan, als würde er gehen, und war ein paar Meter die Straße hinuntermarschiert. Sobald er außer Sicht des Torhäuschens gewesen war, war er über den

Zaun geklettert und am Rand der Wiese entlang auf den Campingplatz zu geschlichen.

»Du kannst von Glück sagen, dass dich keiner gesehen hat«, bemerkte ich. »Da oben wimmelt es nur so von Menschen.«

»Die haben mich gesehen«, sagte er. »Ich habe Ausschau nach dem Wagen von ihrem Vater gehalten, als ich so einer Art Patrouille in die Arme gelaufen bin. Die hatten Signaljacken an und haben Stirnlampen getragen. Ich bin abgehauen, aber sie sind mir hinterhergerannt.«

»Ganz schön beängstigend«, stellte Anna fest.

»Zuerst hat's mir nichts weiter ausgemacht. Ich bin schnell, und ich hatte mir den Rückweg ins Dorf gemerkt. Aber die müssen sich über Funk verständigt haben, weil plötzlich waren noch mehr von denen da. Die haben versucht, mir den Weg abzuschneiden, als ich unten am See angekommen bin. Da bin ich in Panik geraten.«

»Was hat dich geritten, in den Baum zu klettern?«, fragte ich. »Du musst doch gewusst haben, wie gefährlich das sein würde.«

Connor sah aus, als wüsste er das selbst nicht. »Ich hab nicht nachgedacht. Da waren ein Dutzend Kerle, vielleicht auch noch mehr. Die waren alle hinter mir her.«

»Was hast du denn gedacht, was die mit dir machen würden?«, fragte ich.

Anna legte mir die Hand auf den Arm. »Schauen Sie sich doch an, was die mit ihm gemacht haben.«

Auch wieder wahr.

»Und was ist passiert, nachdem du reingefallen bist? Wie bist du aus dem Wasser rausgekommen?«

Er hob ein ganz klein wenig den Kopf. »Ich bin nicht reingefallen, ich bin gesprungen. Hab gedacht, das ist meine einzige Chance.«

»Oh, Connor.« Anna seufzte.

»War blöd von mir«, fuhr Connor fort. »Beinahe wäre ich in den Ästen stecken geblieben. Aber ich hab's geschafft wegzuschwimmen, ich hab's bis ans andere Ufer geschafft und bin da aus dem Wasser. Aber die haben immer noch nach mir gesucht, haben Leute um den ganzen See rumgeschickt. Ich musste mich im Gebüsch verstecken.«

»Du hast Glück gehabt, dass du dir bei der Kälte nicht den Tod geholt hast«, stellte ich fest.

»Ich glaube, ich bin eingeschlafen«, sagte Connor. »Vielleicht bin ich auch ohnmächtig geworden, ich weiß es nicht. Irgendwas hat mich geweckt, und alle waren weg.«

»Warum bist du nicht hierhergekommen?«, fragte Anna.

Er schniefte und schluckte dann. »Wollte ich ja. Ich hab einen Weg gefunden und dachte, der bringt mich hierher. Und dann ist er über mich hergefallen.«

»Wer?«, fragte ich.

»Einer von den Wachmännern. Der Typ war total scheißdurchgeknallt. Entschuldigen Sie meine Ausdrucksweise, aber es war so. Der hatte so eine Art Knüppel dabei, einen Cricketschläger, glaube ich, und damit hat er auf mich eingedroschen. Ich dachte, er bringt mich um.«

»Kannst du ihn beschreiben?«, erkundigte ich mich. »Wenn du ihn wiedersehen würdest, könntest du ihn identifizieren?«

»War ein Riesenkerl«, begann Connor, und ich nahm das nicht ganz wörtlich. Natürlich würde er seinen Gegner als riesengroß beschreiben. »Ganz in Schwarz, aber mit so einer Signaljacke, daran habe ich ja erkannt, dass er einer von den Wachen war. Aber er hatte eine Skimaske auf.«

»Wie groß?«, hakte ich nach.

»Ungefähr so wie ich. Tut mir leid, es war dunkel. Und er hat mich zuerst am Kopf getroffen. Ich war total benommen, hab nur versucht, mich irgendwie zu schützen.«

Inzwischen hatte Connor Tränen in den Augen. Der Junge war hart im Nehmen, aber trotzdem immer noch ein Junge.

»Hat er etwas zu dir gesagt?«, fragte ich.

Er schüttelte den Kopf.

»Er hat dir nicht gedroht oder so? Dir gesagt, du sollst dich von Gathering Hall fernhalten?«

Anna legte ihre Hand sachte über meine. »Lassen Sie ihn zu Ende erzählen.«

Lange dauerte das nicht. Connor hatte das Bewusstsein verloren. Als er irgendwann später wieder zu sich gekommen war, war er in einem kleinen, fensterlosen Raum im Erdgeschoss des Hauses gewesen. Erst eine Stunde, bevor er erschöpft und mit heftigen Schmerzen vor Annas Tür aufgekreuzt war, hatte man ihn freigelassen. Constance oder ihre Familie hatte er nicht zu sehen bekommen.

Als er geendet hatte, sahen Anna und ich uns über den Küchentisch hinweg an.

»Polizei?«, fragte sie.

»Die werden Connie was antun«, wehrte der Junge ab, als sie aufstand. »Wenn Sie die Polizei rufen, tun die Connie auch was an.«

»Ein Grund mehr«, entgegnete sie. »Wenn die Kirche es billigt, dass jemand, der juristisch gesehen noch ein Kind ist, zusammengeschlagen und eingesperrt wird, müssen wir um all die jungen Leute in ihrer Obhut Angst haben.«

»Ich bleibe nicht hier.« Er stemmte sich von seinem Stuhl hoch. »Wenn Sie die Polizei anrufen, bleibe ich nicht hier. Sie können mich nicht dazu zwingen.«

Bemerkenswert geistesgegenwärtig, wie ich fand, ging Anna zur Hintertür und schloss sie ab. Dann steckte sie den Schlüssel ein.

»In diesem Zustand gehst du nirgendwohin«, erklärte sie ihm. »Und jetzt setz dich hin, und lass uns einen Moment Zeit. Wir versuchen, dir zu helfen.« Sie wandte sich an mich. »Können wir nebenan reden?«

Ich ließ mich von ihr in den Laden lotsen.

»Wir müssen Anzeige erstatten«, sagte sie. »Wir reden hier von Körperverletzung, von schwerer Körperverletzung, was weiß ich. Und von Freiheitsberaubung. Von Falschaussage der Polizei gegenüber ganz zu schweigen.«

»Er und Connie hatten als Minderjährige Sex miteinander«, erinnerte ich sie. »Dafür könnte er angeklagt werden, sie möglicherweise auch. Ich bin mir nicht sicher, dass wir das zu entscheiden haben.«

Anna stieß geräuschvoll die Luft aus. »Daran habe ich nicht gedacht. Aber Sie haben recht. Wenn wir die Kirche bei der Polizei anzeigen, hängen die Connor als Erstes jedes Verbrechen an, das ihnen einfällt.«

»Unzucht mit Minderjährigen ist eine ganz hässliche Geschichte«, fügte ich hinzu. »Und kein junger Mensch will sich in einer Sexualstraftäter-Kartei wiederfinden.«

»Wenn wir nichts tun, ist Constance vielleicht weiterhin in Gefahr«, gab sie zu bedenken.

»Schauen wir erst mal, was wir noch alles herausfinden können«, sagte ich.

Ganz ehrlich, es war mir völlig egal, ob gegen die Kirche Anklage erhoben wurde, solange ich selbst der Polizei nicht weiter auffiel. Es war mir sogar egal, was mit Connor oder Constance passierte. Es war die Neugier, die mich bei der Stange hielt. So viel Spaß hatte ich seit Jahren nicht mehr gehabt.

»Guter Bulle, böser Bulle?«, schlug ich vor, als wir uns anschickten, wieder in die Küche zurückzukehren.

»Aber nicht zu böse«, warnte sie und ging – wohl nicht ohne Grund – davon aus, dass ich der böse Bulle sein würde. »Wir wollen ihn ja nicht verschrecken.«

Als wir wieder alle um den Küchentisch saßen, fing ich an. »Gestern hast du gesagt, du machst dir Sorgen um Constance. Kannst du uns sagen, wieso?«

Er zuckte halb die Schultern. »Ist das nicht offensichtlich?«

»Gestern um diese Zeit hatten sie dich noch nicht eingesperrt und verprügelt«, gab ich zurück. »Wenn es in der Kirche also nicht schon früher zu Gewalttaten gekommen ist, von denen du weißt …« Ich wartete darauf, dass er die Lücke füllte.

»Haben sie Constance etwas getan?«, fragte Anna. »Oder irgendjemandem, von dem du weißt?«

Connor senkte den Blick. »Connie hatte Angst, sie könnte schwanger sein«, sagte er zur Tischplatte. »Sie war ein bisschen spät dran … mit ihrer, Sie wissen schon, ihrer Periode.«

»Das wissen wir schon«, antwortete Anna. »Das hat sie mir vorhin erzählt. Und sie wurde in der Apotheke gesehen, wie sie sich einen Test gekauft hat.«

»Sie hat einen Test gemacht?« Seine Augen wurden groß. »Dann ist es also sicher?«

»Glaubst du, es ist dein Baby?«, fragte ich.

»Wissen die davon? Haben die mich deswegen zusammengeschlagen?«

»Möglich«, antwortete ich. »Obwohl es mich ja ein bisschen überraschen würde, wenn Constance so schnell reinen Tisch gemacht hätte. Vielleicht hat sie den Test ja herumliegen lassen, und ihre Eltern haben ihn gefunden.«

»Warum hat sie solche Angst davor, schwanger zu sein?«, wollte Anna wissen. »Warum hast du solche Angst davor? Ich weiß, so etwas ist ein Problem, und ich versuche ja auch gar nicht, das kleinzureden, aber da kann man doch etwas machen.«

»Sie wissen ja nicht, wie diese Leute drauf sind. Sie ist doch noch nicht sechzehn. Ich komme in den Knast.«

»Dann geht's bei alldem also darum?«, fragte Anna. »Um Connies Schwangerschaft?«

Er schüttelte den Kopf. »Nein, es geht um viel mehr. Sie ist da nicht sicher.«

Anna und ich wechselten abermals einen Blick, und wieder glaubte ich, zu wissen, was sie dachte. »Nicht sicher« erschien ein wenig extrem, bis man wieder an den Ausdruck des Entsetzens auf Constances Gesicht dachte. Und an Connors furchtbare Verletzungen.

Wenn man es recht bedachte, war »nicht sicher« vielleicht doch nicht extrem.

»Sag uns, was da oben vorgeht«, sagte Anna. »Was ist die Einsammlung?«

Connor sah erst Anna und dann mich an. »Wissen Sie das nicht?«, fragte er. »Sie wohnen doch hier. Das passiert jedes Jahr. Sie müssen es doch wissen.«

»Anna ist erst vor Kurzem hergezogen«, erklärte ich. »Ich wohne schon länger hier, nicht ganz fünf Jahre, aber selbst Leute, die im Dorf geboren worden sind, wissen nicht viel darüber. Oder sie sagen, sie wissen nicht viel, was ja auf dasselbe hinausläuft.«

»Erzähl uns, was du weißt«, bat Anna.

Connor furchte die Stirn. »Sie nennen es ein Initiationsritual«, sagte er nach kurzem Zögern. »Etwas, das alle Kirchenmitglieder in dem Jahr tun müssen, in dem sie sechzehn werden.«

Anna warf mir einen raschen Blick zu. »Als wir gestern Abend da oben waren und Essen angeliefert haben, haben wir ein riesiges Zelt gesehen. Und wir haben da drin etwas sehr Beunruhigendes gehört. Man hat uns gesagt, das wäre Theater, aber …«

»Das ist das Höllenhaus«, sagte Connor. Anna und ich brauchten einen Moment, um das zu verarbeiten.

»Das Höllenhaus?« Ich wollte mich vergewissern, dass ich richtig gehört hatte.

»Connie sagt, in manchen amerikanischen Bundesstaaten sei so was üblich. Ihre Kirche kommt ursprünglich aus Amerika, habe ich das schon gesagt? Das hier ist die Einzige in UK, von der wir wissen, aber sie ist eine ganz große

Nummer. Familien aus dem ganzen Land bringen ihre Kinder hierher, in dem Jahr, in dem sie sechzehn werden, weil sie dann durch das Höllenhaus durchmüssen.«

»Und was passiert im Höllenhaus?«, wollte Anna wissen.

Connor schüttelte den Kopf. »Sie dürfen nicht darüber reden«, meinte er. »Damit jede Gruppe es ganz neu erlebt. Aber ein paar von den Älteren reden doch darüber, also wissen die Jüngeren ein bisschen, was sie zu erwarten haben. Manche bekommen Albträume davon. Connie sagt, viele von den Kindern haben jahrelang psychische Probleme, weil sie wissen, dass sie ins Höllenhaus müssen.«

Anna wandte sich an mich. »Das gefällt mir überhaupt nicht.«

»Da sollen den Kindern die Konsequenzen der Sünde klargemacht werden«, erklärte Connor. »Deshalb fängt das typischerweise in einem Pub an.«

»Ich hab ganz kurz etwas gesehen, das wie ein Pub aussah«, sagte ich und dachte an das wenige, was ich in dem Zelt zu Gesicht bekommen hatte.

»Die Jugendlichen müssen also durch den Pub gehen, und sie sehen da andere Kids wie sie – die älteren Brüder und Schwestern sind die Schauspieler –, die sich betrinken, Drogen nehmen, und die zeigen ihnen alles, was dabei schiefgeht. Man sieht Schlägereien, sieht Leute kotzen, wie Leute im Krankenwagen weggekarrt werden.«

»Klingt ja nicht allzu schlimm«, meinte ich und handelte mir ein missbilligendes Stirnrunzeln von Anna ein.

»Nein, es fängt ziemlich harmlos an«, pflichtete Connor mir bei. »Aber nach dem Pub sieht man dann vielleicht, wie ein Krankenwagen in der Notaufnahme ankommt, und der Junge hinten drin ist schon tot. Man sieht seine Eltern ausflippen, hysterisch werden. Man kommt an Drogensüchtigen vorbei, die sich gerade einen Schuss setzen, sieht junge Mädchen, die von Menschenhändlern verkauft werden. Ich glaube, die stellen sogar Vergewaltigungen nach. Dann sieht man vielleicht, wie's bei einem Pärchen ein bisschen romantisch wird, und im nächsten Raum macht das Mädchen dann eine Abtreibung, nur ist da ganz schlimm etwas schiefgegangen und überall ist Blut und auf dem Boden liegt ein toter Fötus und …«

»Jetzt mal langsam!« Anna hob die Hand, um ihm Einhalt zu gebieten.

»Können Sie sich vorstellen, dass Connie sich das alles ansehen muss?«, fragte Connor. »Und normalerweise ziehen die auch einen Amoklauf an einer Highschool durch. Da sitzen dann Kinder in einem Klassenzimmer, und irgendwer kommt reingestürmt und fängt an, alle abzuknallen.«

»Ich glaube, wir wissen so ungefähr Bescheid«, bemerkte ich. »Und das soll die Jugendlichen vom Sündigen abhalten?«

»Das Letzte, was sie sehen, ist die Hölle«, sagte Connor. »Die Hälfte von den Typen da ist als Teufel verkleidet, und sie spielen alle möglichen Foltern durch. Wenn sie es durch die Hölle geschafft haben, gibt's eine Party. Dann sind sie vollwertige Kirchenmitglieder.«

»Wow«, entfuhr es Anna. »Das klingt echt abartig.«

Anscheinend völlig erschöpft von dem, was er uns berichtet hatte, schloss Connor die Augen und ließ den Kopf in die Hände sinken. Ich war drauf und dran gewesen, ihn noch weiter auszuquetschen, doch Anna sah mich an, schüttelte den Kopf und stand auf. Wir bräuchten alle etwas zu essen, meinte sie halblaut. Ich fügte mich in die Unterbrechung. Fürs Erste.

Ich hatte Connors Mimik nämlich genau beobachtet, während er geredet hatte. Er hatte uns nicht alles erzählt. Bei Weitem nicht.

22

Mai, ein Jahr zuvor

»Haben Sie mal etwas von Thomas Hardy gelesen?«

Es war ein ganz plötzlicher Themenwechsel, und Annaliese ließ sich Zeit mit der Antwort. »Ich glaube, in der Schule tut das jeder«, sagte sie. »Bei mir war's *Tess von den D'Urbervilles*. Warum?«

»Ich glaube, es sagt eine Menge über einen Menschen aus, was er über Hardy denkt. Hat Ihnen das Buch gefallen?«

Viel zu oft, war ihr klar geworden, versuchte Jago, das Gespräch selbst zu steuern. Eine offenkundige und nicht allzu subtile Methode, ihren Fragen aus dem Weg zu gehen. Dies war die sechste von acht geplanten Sitzungen, und sie hatte das Gefühl, dass die Zeit allmählich knapp wurde.

Andererseits hatte er Hardy ja schon öfter erwähnt und hatte ein paar recht interessante Dinge über den Schriftsteller aus dem 19. Jahrhundert zu sagen gehabt.

»Ich würde nicht behaupten, dass er mein Lieblingsautor ist«, antwortete sie. »Als wir uns neulich über Hardy unterhalten haben, hast du etwas über seine Ansicht gesagt, dass es im Leben vornehmlich um Schmerz ginge. Siehst du das auch so?«

Er täuschte Überraschung vor. Sie wusste, dass es nur gespielt war, denn sein jähes Hochfahren, seine aufgerissenen Augen, all das war eindeutig eine Überreaktion. »Natürlich«, sagte er. »Sie etwa nicht?«

»Überhaupt nicht. Im Großen und Ganzen empfinde ich das Leben als positive Erfahrung. Und deutlich besser als die Alternative.«

Jago beugte sich zu ihr herüber. Wieder hatte er unangenehm dicht vor ihr Platz genommen, und sie musste sich beherrschen, um nicht zurückzuzucken. Er lächelte wissend. »Vielleicht müssen Sie ja mehr Hardy lesen.«

»Vielleicht solltest du weniger Hardy lesen.« Sie lächelte, um zu zeigen, dass das ein Scherz war. »Jago, worüber ich heute eigentlich reden möchte, ist …«

»Glauben Sie an Geister, Annaliese?«

Sie spürte, wie das Lächeln auf ihrem Gesicht gefror.

Jago machte ein betretenes Gesicht. »Sie haben gesagt, es ist okay, wenn ich Sie so nenne?«

»Selbstverständlich.« Sie erlaubte all ihren Patienten, sie beim Vornamen zu nennen, und hatte bisher nie Grund gehabt, das zu bereuen. »Und nein, um deine Frage zu beantworten, ich glaube nicht an Geister. Können wir über …«

Er lehnte sich auf dem Sofa zurück und stieß einen tiefen Seufzer aus. »Ich hab ja gewusst, dass Sie mir nicht glauben.«

»Dass ich dir was nicht glaube? Denkst du, du hast einen Geist gesehen?«

Plötzlich war sie nervös. Das hier war neu. Das Problem war, sie hatte keine Ahnung, ob das echt war oder ob Jago wieder einmal mit ihr spielte. Optische Halluzinationen waren selten, selbst bei Patienten mit extremen Psychosen.

»Nicht gesehen.« Unbeirrt hielt er ihrem Blick stand. »Gehört. Wissen Sie noch, ich habe Ihnen doch erzählt, dass ich Stimmen gehört habe. Manchmal die von meinem Dad, manchmal die von meinem Sportlehrer und manchmal die von unserem Nachbarn nebenan?«

Daran, dass er einen Sportlehrer oder einen Nachbarn erwähnt hatte, erinnerte sie sich nicht, doch sie nickte.

»Da hab ich nicht die Wahrheit gesagt. Es ist seine Stimme, die ich höre, immer seine.«

»Wessen Stimme?«

»Toms. Thomas Hardys. Ich glaube, er verfolgt mich.«

Wieder ließ Annaliese sich Zeit. Sie glaubte ihm kein Wort, so einfach war das. Doch Ärzte in ihrer Position bezichtigen Patienten nicht der Lüge, nicht ohne sehr viel mehr Beweise, als sie hatte, als sie wahrscheinlich jemals haben würde. Der Junge war zu klug.

»Ich glaube, er will, dass ich leide, so wie die Figuren in seinen Büchern leiden«, fuhr Jago fort, als sie nicht reagierte. »Deswegen lese ich die Bücher so oft. Ich mag die Geschichten eigentlich nicht. Ich versuche nur, irgendeine Botschaft zu finden, durch die ich von ihm loskomme.«

Sie ertappte sich dabei, wie sie sich einen Moment lang wünschte, er würde die Wahrheit sagen. Das wäre ein Fall wie kein anderer, mit dem sie sich je befasst hatte. Doch nein, sie glaubte ihm einfach nicht.

»Können Sie mir helfen, Anna?« Jetzt war sein Gesicht verzerrt, als wäre er den Tränen nahe, doch seine Augen blieben trocken. »Können Sie mir etwas geben, damit er weggeht?«

»Annaliese«, verbesserte sie ihn. »Gehen wir noch mal ganz zum Anfang zurück. Erzähl mir, wann du diese Stimmen zum ersten Mal gehört hast.«

Er fing an, sich über die immer unheimlicheren Dinge auszulassen, die Hardys Geist angeblich zu ihm sagte, und sie spürte, wie ihre Beklemmung wuchs. Das hier war kein Durchbruch. Das war etwas ganz anderes.

23

Connor hatte uns alles gesagt, was er uns sagen konnte – oder wollte –, und wir beschlossen, dass wir heute Abend nicht mehr viel tun konnten, außer seine Kopfwunde versorgen zu lassen. Vorher aßen wir noch etwas. Anna meinte, es könne mehrere Stunden dauern, bis wir in der Notaufnahme an der Reihe wären, auch am Sonntagabend. Dann fuhr sie ihn ins Krankenhaus. Ich blieb zurück, um den Abwasch zu machen und die Laube so herzurichten, dass Connor noch einmal darin übernachten konnte, vorausgesetzt, die im Krankenhaus behielten ihn nicht da.

Natürlich nutzte ich die Gelegenheit, um mich gründlich in Annas Haus umzusehen. Da sie die Räume unten im Erdgeschoss für die Bäckerei brauchte, hatte sie sich oben im Gästezimmer ein kleines, aber gemütliches Wohnzimmer eingerichtet. Ein paar Fotos auf einem Beistelltischchen zeigten möglicherweise ihre Eltern bei deren Hochzeit, und es gab noch ein ähnliches Bild von einer vierköpfigen Familie. Sie hatte nur sehr wenige Bücher, doch auf ihrem Nachtschränkchen lag ein E-Reader. Passwortgeschützt, genau wie ihr Laptop.

Ich fand eine hübsche Schmucksammlung in einem lederbezogenen Kasten in ihrem Nachtschränkchen, und in ihrem Einbau-Kleiderschrank waren viele Kleidungsstücke von guter Qualität. Jetzt kleidete sie sich schlicht, früher jedoch hatte sie einmal auf größerem Fuß gelebt.

Ich erschrak ein bisschen, als es ungefähr eine Dreiviertelstunde, nachdem sie und Connor losgefahren waren, laut an der Haustür klopfte. Da war ich gerade in ihrem Schlafzimmer, also schob ich sacht die oberste Schublade ihrer Frisierkommode zu, vergewisserte mich, dass alles, was ich angefasst hatte, wieder an der richtigen Stelle lag und schlich zum Fenster. Vorsichtig schob ich den Vorhang zur Seite und sah Gardner vor der Tür der Bäckerei stehen.

Einen Moment lang war ich versucht, ihn einfach zu ignorieren, dann hatte ich eine sehr viel bessere Idee. Ich ging nach unten.

»Kann ich Ihnen helfen?«, fragte ich, als ich die Tür öffnete.

Gardner fuhr sichtlich zusammen, als er mich erblickte.

»Was machen Sie denn hier?«, entfuhr es ihm, bevor er sich auf seine Manieren besinnen konnte. Ich machte mir nicht die Mühe, zu antworten.

Sein Aftershave, süßlich und ein bisschen eklig, wallte auf mich zu, außerdem der sehr viel angenehmere Geruch von Holzrauch.

»Ich wollte zu Anna«, versuchte er es nach ein paar Sekunden noch einmal.

»Sie ist nicht da.« Die Hand an der Türklinke trat ich in den Laden zurück. »Soll ich ihr etwas ausrichten?«

»Wann kommt sie denn wieder?« Sein Blick huschte zum Schlafzimmerfenster hinauf und wieder nach unten. Ich hatte absichtlich das Licht angelassen.

»Ich fürchte, das weiß ich nicht«, antwortete ich und schloss dabei die Tür. »Ich sage ihr, dass Sie da waren.« Bevor ich in die Küche ging, warf ich einen kurzen Blick zurück. Gardner stand noch immer draußen vor der Bäckerei und starrte stumpfsinnig in den dunklen Verkaufsraum.

Alles in allem war es der vergnüglichste Abend seit Langem gewesen.

»Ich muss zur Polizei«, verkündete Anna am nächsten Morgen – Montagmorgen –, als ich bei ihr vorbeischaute, um mich auf den neuesten Stand bringen zu lassen. Ich hatte sie gestern spätabends nach Hause kommen hören – allein –, hatte aber nicht zu neugierig wirken wollen. Sie hatten Connor zur Beobachtung über Nacht im Krankenhaus behalten, das hatte sie mir schon berichtet.

Ich wartete.

»Ich habe ein schlechtes Gewissen den zwei Connies gegenüber«, fuhr sie fort. »Aber als wir gestern Abend in der Notaufnahme gewartet haben, hatte ich Zeit, mir mal die Gesetzeslage in Sachen Sex mit Minderjährigen anzusehen.«

Ich hatte dasselbe getan, ließ Anna aber weitererzählen.

»Wenn eine Fünfzehnjährige Sex mit einem Siebzehnjährigen hat, dann ist das im UK definitiv verboten, aber da Connor noch nicht achtzehn ist und die sexuelle Beziehung einvernehmlich war, wird wahrscheinlich weniger streng geurteilt, als wenn er erwachsen wäre. Er könnte mit einer Verwarnung davonkommen, oder vielleicht nicht mal das.«

Ich hatte dasselbe in Erfahrung gebracht. Außerdem mutmaßte ich, dass Connors Strafe sehr viel härter ausfallen könnte, sollte Constances Familie oder die Kirche beschließen, ihm mit der juristischen Brechstange zu kommen.

»Und was die mit ihm gemacht haben, das war schockierend. Damit dürfen sie nicht davonkommen«, fuhr sie fort.

»Ist das Krankenhaus nicht verpflichtet, die Polizei zu informieren, wenn sie dort den Verdacht haben, dass die Verletzungen eines Patienten durch ein Verbrechen entstanden sind?«, fragte ich und verließ mich auf Informationen aus Fernsehkrimis.

»Das ist kompliziert«, erklärte sie. »Wenn ein offenkundiger Beweis für einen Angriff mit einem Messer oder einer Schusswaffe vorliegt, ist es einfacher, aber das ist bei Connor nicht der Fall. Ich tippe darauf, dass sie ohne sein Einverständnis nichts tun, und das hat er gestern Abend nicht gegeben. Er hat behauptet, er wäre mit dem Fahrrad gestürzt. Sie werden ihn weiter löchern, aber solange er nicht die Wahrheit sagt, glaube ich nicht, dass sie etwas unternehmen.«

»Aber Sie werden etwas unternehmen?«

»Er hat sich mir anvertraut«, meinte sie. »Und Constance auch. Sie wollen beide Hilfe, auch wenn sie zu viel Angst haben, direkt darum zu bitten.«

Ich nickte.

»Ich fahre jetzt gleich hin«, fuhr sie fort. »Die Bäckerei mache ich heute später auf. Wollen Sie mitkommen?«

»Hier bin ich vielleicht nützlicher«, erwiderte ich. »Wenn ich mich für Sie um den Laden kümmere? Ich würde ja selbst zur Polizei gehen, aber Sie wissen ja, ich kann nicht Auto fahren. Und ein Anruf hat einfach nicht dieselbe Wirkung, nicht wahr?«

Ihre Augen wurden vor Überraschung riesengroß. »Sie würden sich um den Laden kümmern?«

Ich lächelte. »Natürlich. Das kann ja nicht so schwer sein.«

War es auch nicht, tatsächlich machte ich meine Sache verblüffend gut. Ich konnte schon immer gut mit Zahlen, es war also leicht, die Rechnungen der Kunden zu addieren, und mein Gedächtnis ist ziemlich gut. Niemand brauchte seine Bestellung zu wiederholen. Ich verschwendete keine Zeit mit Lächeln oder Plaudern, wie ich es bei Anna gesehen hatte, meine Effizienz jedoch konnte niemand bemängeln. Ich backte sogar Brot, schob die Laibe in den Ofen und achtete genau auf Temperatur und Backzeit. Sie kamen perfekt wieder heraus.

Als Anna zurückkam, zwei Stunden, nachdem sie losgefahren war, hatte ich sämtliches frische Gebäck dieses Morgens verkauft und über ein Dutzend Bestellungen für Suppe und Sandwiches zum Lunch entgegengenommen.

»Wie ist es gelaufen?«, erkundigte ich mich, als sie anfing, Gemüse für die Suppe zu schneiden.

»Nicht besonders toll«, gab sie zu. »Die haben mich lange warten lassen, und an der Wand hing ein Foto vom Superintendenten mit Aaron North bei irgendeiner förmlichen Veranstaltung, das ich bei dem Gespräch die ganze Zeit anstarren musste.«

In diesem Moment ertönte die Ladenglocke. »Ich geh schon«, sagte ich und verließ die Küche, bevor sie Einspruch erheben konnte.

»Kaffee für zwei und zweimal überbackener Johannisbeer-Teekuchen«, meldete ich, als ich zurückkam.

Anna schnitt zwei Kuchen auf und schob sie unter den Grill, während ich Tassen, Untertassen, Milchkännchen und Zuckerschale zusammensuchte. Der Kaffee stand in einer großen Thermoskanne hinter der Ladentheke.

»Die haben Sie nicht ernst genommen?«, fragte ich, während ich ein Tablett belud. Das hatte ich mir gedacht.

»Sie haben auf jeden Fall versucht, mich nicht ernst zu nehmen, aber ich habe immer weiter von gefährdeten Jugendlichen, Kindeswohlgefährdung und langfristigen Folgen geredet, falls den beiden irgendetwas passiert. Also waren sie schließlich bereit, im Krankenhaus mit Connor zu sprechen und oben in Gathering Hall mit Constance.«

Ich trug das Tablett in den Laden und schenkte den beiden Damen aus dem Dorf Kaffee ein, die auf dem Rückweg vom Einkaufen vorbeigeschaut hatten.

»Ich nehme an, beide Connies werden nicht wirklich erfreut sein«, sagte ich zu Anna, als ich wieder in der Küche war.

»Sie finden, ich hätte das nicht tun sollen, stimmt's?«, fragte sie, während sie die Teekuchen mit Butter bestrich und ein Schälchen mit ihrer selbst gemachten Marmelade füllte.

»Ich denke, Sie sitzen hier zwischen Baum und Borke.«

Durch Annas Ausflug war eine Menge Arbeit liegen geblieben, also half ich noch eine Stunde mit aus und ging erst, als sie darauf bestand.

»Ach, fast hätte ich's vergessen«, sagte ich, während ich mir die Hände wusch. »Die Bibliothek hat angerufen, um Bescheid zu sagen, dass sie eine Ausgabe von *Jude Fawley, der Unbekannte* haben. Sie können es sich jederzeit abholen. Außerdem haben sie *Die Woodlanders* und *Blaue Augen.*«

Ich trocknete mir die Hände ab, während ich das ausrichtete, doch als ich aufblickte, war Annas Gesicht so bleich wie roher Brotteig.

»Ich kann die Bücher holen, wenn Sie möchten«, erbot ich mich. »Morgen Nachmittag muss ich sowieso hin.«

»Ich … ich habe nichts bestellt«, stammelte sie.

Das wusste ich natürlich – ich hatte *Jude Fawley, der Unbekannte* in ihrem Namen geordert. Wir haben Bestellkarten auf dem Tresen, die die Kunden ausfüllen können, aber nachdem die Bestellung ins System eingegeben worden ist, werden die vernichtet. Es bestand keinerlei Gefahr, dass mein kleines Experiment auffliegen würde.

Ich zuckte die Schultern. »War wahrscheinlich ein Irrtum. Ein paar von den Ehrenamtlichen kommen mit dem System nicht besonders gut zurecht. Ich sage ihnen Bescheid.«

Als ich den Laden verließ, fügte ich noch hinzu: »Ich bin ja selbst kein Fan von Thomas Hardy.« Anna sah immer noch sehr aufgewühlt aus. »Ein bisschen zu düster für meinen Geschmack.«

24

Mai, ein Jahr zuvor

Jago hörte, wie die Hintertür sich öffnete und wieder schloss, gefolgt von der üblichen Stille, während seine Stiefmutter ihre Umgebung in Augenschein nahm. Das tat sie immer. Er hatte sie einmal dabei beobachtet, hatte sich oben an der Treppe hinter einer Tür versteckt. Einen Schritt weit von der Tür entfernt hatte sie in der Küche gestanden, stumm und regungslos, und nur ihre Augen hatten sich bewegt, hierhin und dorthin. Sie lauschte, ob er da war, das wusste er, horchte wachsam auf jedes Geräusch: Musik in seinem Zimmer, der Schlachtenlärm der Playstation, seine Stimme am Telefon – obwohl er ja keinen Kontakt mit Schulfreunden haben durfte –, sogar der Spülkasten der Toilette, der wieder volllief. Sie wollte wissen, ob er im Haus war oder nicht.

Er erwog, zu rufen, einen fröhlichen Gruß. Dann würde sie zu ihm kommen, noch immer in ihrer Arbeitskluft. Würde sich erkundigen, wie es ihm ginge, was er zu Mittag gegessen hätte, ob er auch den Arbeitsplan einhielte, den die Schule geschickt hatte.

Er hatte sich schon öfter gefragt, was sie wohl anders machen würde, wenn er nicht im Haus war. Sich sämtliche Kleider vom Leib reißen und nackt herumrennen? Rockmusik auflegen und eine Karaoke-Nummer abziehen? Einen Lover ins Haus schmuggeln? Seinen Dad anrufen, für eine Runde Verbalerotik? Oder einfach nur einen langen, tiefen Seufzer der Erleichterung ausstoßen und in dem Wissen, dass sie zur Abwechslung einmal allein im Haus war, in sich hineinlächeln.

Das konnte er herausfinden. Geräuschlos schlich er aus seinem Zimmer und den Flur entlang zu einem der Gästezimmer. Nicht zu dem, das sie und sein Dad als Babyzimmer ausgesucht hatten. Sie ging da oft hinein und starrte die immer aufwendigeren Babyvorbereitungen an. Stattdessen schlüpfte er in das andere, und von dort in das dazugehörige Badezimmer. Darin war der Wäscheschrank des Hauses, in den er hineinkriechen konnte. Er tat es und zog die Tür hinter sich zu.

In der Dunkelheit, die nach Lavendel und frisch gewaschener Wäsche roch, lächelte er. Wie lange würde es dauern, bis ihr klar wurde, dass sie doch nicht allein war? Bis irgendein primitiver Instinkt sie vor der Gegenwart eines anderen Menschen warnte? Wie lange würde es dauern, bis sie nach ihm zu suchen begann?

Es war wie ein Versteckspiel. Für Erwachsene.

25

An diesem Abend fuhren Anna und ich zusammen ins Krankenhaus. Mir fiel auf, dass sie sich sehr selbstverständlich in dem Gebäude zurechtfand, doch ihre Vertrautheit mit allem Medizinischen überraschte nicht länger.

»Oh.«

Sie war ein kleines Stück vorausgegangen und als Erste um einen Raumtrenner zwischen zwei Betten getreten. Ich schloss zu ihr auf. Der Mann mittleren Alters in dem Bett, der gerade Joghurt aus einem Pappbecher aß, war nicht Connor.

»Entschuldigung«, stotterte Anna, während wir rasch den Rückzug antraten. »Sie haben ihn woandershin verlegt«, stellte sie unnötigerweise fest.

»Stationszimmer.« Ich ging voraus. Zwei Schwestern unterhielten sich vor einem Computerbildschirm, und wir mussten eine Weile warten, bis sie uns mit ihrer Aufmerksamkeit beehrten. Ich räusperte mich zweimal, aber ich nehme an, diese Leute haben sehr viel Übung daran, derlei nicht zu beachten.

»Können Sie uns sagen, wo Connor Graham ist?« Anna verlor als Erste die Geduld. »Siebzehn Jahre alt, weiß, männlich, ist gestern mit multiplen Verletzungen von der Notaufnahme raufgekommen. Als ich gestern Abend gegangen bin, lag er in der Vier in Bett drei.«

Die Schwestern musterten uns von oben bis unten. »Und Sie sind?«

»Besucher«, blaffte ich sie an, bevor Anna antworten konnte. Diese Leute waren nicht berechtigt, nach unserer Identität zu fragen.

»Wenn Sie keine Angehörigen sind, darf ich keine Auskunft geben«, antwortete die Schwester, und ich hätte mich ohrfeigen können, weil ich das nicht bedacht hatte. »Wenn doch, muss ich einen Ausweis sehen. Es geht hier um einen Minderjährigen.«

»Ich habe Grund zu der Annahme, dass Connor Graham gefährdet ist«, sagte Anna. »Wenn Sie uns nicht helfen können, müssen wir zur Polizei gehen.«

»Er ist doch von der Polizei abgeholt worden«, warf die andere Schwester ein und fing sich dafür einen wütenden Blick von der ersten ein. »Er ist heute Mittag entlassen worden.«

»Wer hat das genehmigt?«, wollte Anna wissen. »In seinem Zustand hätte er nicht entlassen werden dürfen, und ein Minderjähriger kann nicht auf eigene Verantwortung gehen.«

»Ich fürchte, das ist alles, was ich Ihnen sagen kann«, erwiderte die erste Schwester. »Warum rufen Sie nicht morgen an und sprechen mit der Ärztin? Die ist normalweise so gegen zehn auf Station.«

Nicht weiter überraschend, fuhren wir schnurstracks zum Polizeirevier. Ich wurde nicht einmal gefragt, ob es mir recht sei. Anna ging einfach davon aus, dass mir das Ganze ebenso wichtig wäre wie ihr. Unterwegs rief ich mit Annas Handy sowohl Constance als auch Connor an, und zwar mehr als einmal. Beide meldeten sich nicht. Wir hatten damit gerechnet, auf dem Revier warten zu müssen, wurden aber sofort in ein Vernehmungszimmer geführt.

Ein Detective in einem billigen Anzug traf ein paar Sekunden nach uns ein. Er roch nach der Abendluft im Freien und schien es ein wenig eilig zu haben. Insgeheim fragte ich mich, ob er extra angefordert worden war, um sich mit uns zu befassen, was nur bedeuten konnte, dass jemand aus dem Krankenhaus angerufen und unser Erscheinen angekündigt hatte. Aber andererseits wurde ich vielleicht auch allmählich genauso paranoid wie Anna.

Der Mann setzte sich und spreizte die Finger. »Schießen Sie los.«

Ich war mir nicht sicher, ob es besonders clever war, das auf einem Polizeirevier zu sagen, egal wann.

»Ein Teenager trinkt einen über den Durst, fällt hin, verbringt die Nacht im Krankenhaus und nimmt am nächsten Tag den Zug nach Hause. Ich persönlich sehe da kein Problem«, sagte er, nachdem Anna ihr – ich meine, unser – Anliegen erklärt hatte.

»Er hatte nicht getrunken, und er ist auch nicht hingefallen. Er ist zusammengeschlagen worden«, widersprach Anna.

Der Detective kratzte sich am Kopf und betrachtete dann das Resultat unter seinen Fingernägeln. »Haben Sie das selbst gesehen?«

»Er hat es uns erzählt«, warf ich ein, um meinen guten Willen zu zeigen.

»Von einem Wachmann oben in Gathering Hall«, fuhr Anna fort. »Möglicherweise einer aus derselben Truppe, die ihn am Samstagabend verfolgt hat, sodass er in den See gefallen und fast ertrunken ist. Und offensichtlich hat die Kirche Sie angelogen, was das betrifft.«

Der Detective schaute kurz auf sein Notizbuch hinab. »Als unsere Leute heute Mittag mit ihm gesprochen haben, aufgrund einer Anzeige, die Sie gestellt haben, glaube ich, hat er gesagt, er wäre hingefallen, nachdem er zu viel getrunken hatte. Illegalerweise, sollte ich hinzufügen, wenn er erst siebzehn ist.«

»Das sagt er, weil er Angst hat«, beharrte Anna.

»Er war sehr erregt«, fügte ich hinzu, weil Anna mir ständig Blicke zuwarf, deren Botschaft eindeutig war: *Helfen Sie mir gefälligst!*

»Im Krankenhaus hat man uns gesagt, Connor wäre von der Polizei abgeholt worden«, sagte ich zu dem Detective. »Stimmt das?«

Der Detective gähnte. »Ich glaube schon. Ich habe gehört, er ist nach Penrith zum Bahnhof gefahren worden und in einen Zug nach Süden gestiegen.«

»Ich habe seine Kopfwunde selbst untersucht«, fauchte Anna, während ich ebenfalls gähnte und vergeblich versuchte, es zu verbergen. »Es war durchaus möglich, dass er eine Gehirnerschütterung hatte, gar nicht zu reden von einer tiefen Platzwunde an der Lippe und möglicherweise mehreren gebrochenen Rippen. Man hätte ihm auf keinen Fall erlauben dürfen, nach Hause zu fahren.«

»Sind Sie Ärztin?«, erkundigte sich der Detective.

»Ich bin Bäckerin«, erwiderte Anna. Ihre Stimme klang nach wie vor fest und ruhig, ihre Wangen jedoch liefen rot an.

»Dann schlage ich vor, wir überlassen das mit den Diagnosen den Fachleuten«, meinte der Detective. »Woher kennen Sie Mr Graham?«

Irgendetwas im Raum hatte sich verändert. Sehr subtil, und ich war mir bei Weitem nicht sicher, ob Anna es gemerkt hatte, doch der entspannte, sich am Kopf kratzende Detective war zum Angriff übergegangen.

»Er war bei mir zu Hause und hat seine Freundin Constance gesucht«, antwortete Anna. »Haben Sie heute mit ihr gesprochen? Man hat mir gesagt, Sie würden das tun.«

»Alles zu seiner Zeit. Wieso sollte er bei Ihnen zu Hause auftauchen? Waren Sie und diese junge Frau – Constance –, waren Sie befreundet?«

»Wir kennen Constance erst seit ein paar Tagen«, meldete ich mich zu Wort, da Anna nicht weiterzuwissen schien. »Aber sie und Anna haben einen guten Draht zueinander – Entschuldigung, das heißt, sie haben eine harmonische Beziehung zueinander. Sie scheinen einander zu verstehen.«

»Ja, ich weiß, was das heißt.« Der Detective sah mich finster an. »Und Sie haben sich sowohl um Constance als auch um Connor gesorgt, zwei junge Leute, die Sie erst seit ein paar Tagen kennen?«

»Anna ist sehr empathisch«, warf ich ein. »Junge Menschen erwärmen sich schnell für sie.«

Also, das trug mir einen zornigen Blick von Anna ein, den ich meiner Ansicht nach nicht verdient hatte. Ich versuchte doch nur zu helfen. Nun ja, eigentlich ja eher nicht, aber mir war nicht klar, was ich Verkehrtes gesagt hatte.

»Ich habe gehört, Connor hat Samstagabend bei Ihnen zu Hause übernachtet?«, setzte der Detective hinzu. »Darf ich fragen, wo genau?«

Neben mir schnappte Anna nach Luft, ich dagegen hatte mit einer ganz ähnlichen Frage gerechnet.

»Connor sollte Samstagnacht im Schuppen schlafen«, berichtete ich und beobachtete Anna aus dem Augenwinkel. »Das war Annas Idee. Wir haben ihm Decken und einen Schlafsack hingelegt und es ihm so richtig gemütlich gemacht. Anna hat ihm auch zu essen gegeben, was ich sehr großzügig fand.«

Der Blick des Detective glitt von Anna zu mir und wieder zurück.

»Nehmen Sie öfter halbwüchsige Jungs bei sich auf, die plötzlich bei Ihnen vor der Tür stehen?«, fragte er.

Anna fuhr auf. »Was soll das heißen?«

»Am Samstag ist er dann aber nicht wiedergekommen«, fuhr ich hastig fort. »Wir hatten keine Ahnung, was ihm zugestoßen war, bis er etwa vierundzwanzig Stunden später bei Anna an die Tür geklopft hat.« Ich wandte mich an Anna. »War's nicht so?«

Sie sah aus, als wäre ihr übel.

»Connor Graham hat uns erzählt, dass er von Samstag auf Sonntag bei Ihnen übernachtet hat, Miss Brown«, fuhr der Detective fort. »Von dem Schuppen hat er nichts gesagt.«

»Er lügt«, erwiderte sie. »Weil er Angst hat. Er hat die Nacht zum Sonntag oben in Gathering Hall verbracht, als Gefangener.«

»Sind Sie sicher, dass er nicht Samstagnacht sehr spät zurückgekommen ist oder ganz früh am Sonntagmorgen?«, fragte der Detective. »Er hat nicht … ich weiß nicht … behauptet, ihm sei kalt im Schuppen, und gefragt, ob er reinkommen und sich aufwärmen kann?«

»Nein«, antwortete Anna.

Der Detective lehnte sich auf seinem Stuhl zurück. »Na ja, jetzt verstehen Sie mein Problem«, meinte er. »Ich bekomme hier eine Menge widersprüchlicher Informationen. Irgendjemand lügt. Ich weiß bloß nicht, wer.«

Auf der Heimfahrt war Anna ungewöhnlich schweigsam.

»Und was jetzt?«, fragte ich, als wir in die Hauptstraße einbogen und nur noch Minuten von zu Hause entfernt waren.

»Wir haben getan, was wir konnten.« Sie sah mich nicht an, als sie anhielt. »Ist nicht mehr unser Problem.«

»Famous last words«, bemerkte ich beim Anblick eines schicken weißen Rovers, der vor meinem Haus stand.

»Wie meinen Sie das?«

Ich deutete mit dem Kopf auf das weiße Auto. »Das ist Aaron Norths Wagen.«

26

Mai, ein Jahr zuvor

»Ich will, dass das vorbei ist. Ich will wieder in die Schule und für meine Prüfungen lernen, meine Freunde wiedersehen. Ich will wieder normal sein.«

Anna machte sich eine Notiz: *Will wieder gesund sein.*

»Nach dieser hier haben wir nur noch eine Sitzung«, fuhr er fort. »Können Sie mir irgendwas geben? Damit es besser wird?«

Sie versah die Notiz von eben mit einem Fragezeichen. Es war nicht das erste Mal, dass er um Medikamente gebeten hatte, und sein Vater hatte kein Geheimnis daraus gemacht, dass er diese Lösung bevorzugen würde. Verschreib die richtigen Pillen, und das Problem verschwindet. Wenn das doch nur funktionieren würde.

Als sie nicht sofort antwortete, ließ er den Kopf in die Hände sinken. »Ich will diese Stimmen aus meinem Kopf raushaben. Ich will diese schlimmen Gedanken da raushaben.«

Während ihrer vorigen Sitzung und zu Beginn der heutigen war Jago ungewöhnlich emotional gewesen. Aber noch immer keine Tränen.

»Was für schlimme Gedanken?«, fragte sie. »Denkst du, du wirst etwas tun, was du nicht tun solltest?«

Er bedachte sie mit einem langen, trägen, verschlagenen Blick. »Und wenn ich's schon getan habe?«

Einen Moment lang überlegte sie, ob er auf den See zu sprechen kommen würde, darauf, dass er ihr gefolgt war, sie beobachtet hatte. Sie hatte noch nicht den richtigen Augenblick gefunden, um das anzusprechen. Wenn er es abstritt, und wahrscheinlich würde er das tun, könnte ihre Beziehung konfrontativ werden. Vor allem, da sie sich noch immer nicht sicher war, ob er das wirklich gewesen war.

»Miss Chang zu verletzen, meinst du?«, fragte sie.

Er machte ein verblüfftes Gesicht. »Nein, die hatte ich ganz vergessen.«

Sie spürte, wie ihre Augen groß wurden, bevor sie es verhindern konnte. Er bemerkte es. Er bemerkte alles.

»Nein, so meine ich das nicht«, redete er hastig weiter. »Ich meine nur, über die haben wir doch schon gesprochen. Ich rede von etwas, wovon ich Ihnen noch nicht erzählt habe.«

»Und bist du jetzt bereit, es mir zu erzählen?«

Wieder musterte er sie, und sie gab sich ganz bewusst Mühe, unter seinem Blick nicht unruhig herumzuzappeln.

»Unterliegen diese Sitzungen der Schweigepflicht?«, fragte er. »Nein, das geht gar nicht, stimmt's? Sie müssen ja einen Bericht für die Polizei schreiben.«

Annaliese verspürte das vertraute jähe Interesse. Ihr Puls ging schneller, wie immer, wenn sie unmittelbar vor einem großen Schritt nach vorn war. Sie befahl sich, vorsichtig zu sein.

»In meinem Bericht wird eine allgemeine Empfehlung abgegeben, basierend darauf, wie ich deinen psychischen

Zustand wahrnehme«, erklärte sie. »Sowohl jetzt als auch zur Zeit des Vorfalls mit Miss Chang. Vor allem werde ich abwägen, wie wahrscheinlich es ist, dass du in Zukunft jemandem etwas antust. Aber die Details dessen, was du mir erzählst, bleiben unter uns.«

Er wirkte unsicher.

»Ich darf nur gegen die Schweigepflicht verstoßen, wenn ich glaube, dass du dich selbst oder jemand anderen verletzen könntest«, fügte sie hinzu.

Er machte ein schockiertes Gesicht. »Ich will niemanden mehr verletzen. Ich wollte Miss Chang nie etwas tun, ich konnte nichts dagegen machen.«

»Ich glaube dir«, sagte sie, obwohl sie sich nicht sicher war, dass das stimmte.

Jago fuhr sich mit der Hand durchs Haar und runzelte die Stirn. »Ich glaube, es wird helfen, darüber zu reden«, sagte er. »Ich glaube, es waren die … Sie wissen schon, die aufgestauten Gefühle, wegen denen ich in der Schule ausgerastet bin.«

Er machte ein ängstliches Gesicht, und seine Atmung wurde immer schneller. Rosa Flecken waren auf seiner für gewöhnlich makellosen Haut erschienen. Kamen sie hier endlich weiter? Oder war das wieder eins von Jagos Spielchen?

»Worüber zu reden?«, hakte sie nach.

Seine Augen waren so kalt und ausdruckslos wie eh und je.

»Ich habe etwas echt Schlimmes getan«, sagte er. »Es war nicht nur meine Schuld, ich war fast noch ein Kind, als es angefangen hat, aber ich hätt's nicht tun dürfen.«

»Meinst du, du kannst mir erzählen, was es war?«

Er sprang auf, so plötzlich, dass sie erschrak. »Was ist, wenn es so ist wie ich?«, fragte er und trat vom Sofa weg. »Ich meine nicht, wenn es so aussieht wie ich, das tut es ja bestimmt, nicht wahr? Ich meine, was ist, wenn es böse ist, so wie ich? Was ist, wenn wir zusammen ein Monster erschaffen haben?«

Er stand mitten im Zimmer, starrte an die Decke und atmete schwer, keuchte beinahe.

»Jago, wovon redest du?«

»Von Bellas Baby.«

Sie brauchte einen Moment. Natürlich, die unauffällige Stiefmutter. Die schwangere Stiefmutter.

Jetzt beobachtete er sie. Sein Atem, bemerkte sie, ging wieder normal.

»Dein neues Geschwisterchen? Was hat …?«

»Nein, kein Geschwisterchen. Ein Sohn oder eine Tochter. Ich bin der Vater von dem Baby.«

27

Anna bestand darauf, dass ich bei dem Gespräch mit North dabei war. Wir saßen im Laden und boten nichts an, nicht mal ein Glas Wasser.

North trug ein sehr gut geschnittenes Dinnerjackett und eine Fliege aus schwarzer Seide. Sein Hemd hatte Zierknöpfe, und seine schwarzen Lederschuhe glänzten wie dunkle Spiegel. Bevor er begann, schaute er kurz auf die Uhr, als wolle er uns eine subtile Botschaft senden: Ich bin wichtig, meine Zeit ist kostbar, und ihr habt ganz recht, wenn euch ein bisschen bange vor mir ist.

»Das Essen am Samstagabend war ein Riesenerfolg«, begann er. »Das haben alle gesagt.«

»Das freut mich.« Anna sah alles andere als erfreut aus.

»Wir sind schon sehr gespannt darauf, zu sehen, was Sie morgen für uns haben«, fuhr North fort, während mir klar wurde, dass er trotz der Mühe, die er sich mit seinem Äußeren gegeben hatte, tatsächlich ziemlich aus dem Gleichgewicht war. Möglicherweise merkte Anna es noch nicht, aber im Augenblick hatte sie die Oberhand. Sie dehnte die Lippen zu einem verkniffenen, kalten Lächeln. Vielleicht merkte sie es ja doch.

Er wandte sich an mich. »Und wenn ich das sagen darf, es ist nett, Sie in letzter Zeit öfter zu Gesicht zu bekommen. Anna scheint Sie aus Ihrem Schneckenhaus herausgelockt zu haben.«

Meiner Ansicht nach war er ein herablassender Scheißer, doch ich bedachte ihn mit einem Lächeln, das dem von Anna nacheiferte.

»Arbeiten Sie gerade an irgendetwas Interessantem?«, erkundigte er sich.

»Können wir Ihnen irgendwie helfen, Mr North?«, fragte ich. »Wollten Sie die Menüs für morgen besprechen?«

Natürlich wollte er das nicht, und es war ja wohl auch kaum meine Aufgabe, ihn das zu fragen, doch Anna zeigte durch nichts, dass sie sich daran störte.

»Ich wollte über Constance reden«, sagte er.

»Geht es ihr gut?«, wollte Anna wissen.

»Ja, selbstverständlich.« Ganz kurz furchte North die Stirn. »Das heißt, körperlich fehlt ihr überhaupt nichts. Aber wir machen uns Sorgen.«

»Wieso?«, fragte Anna.

»Wie viel hat Constance Ihnen über sich erzählt?«, fragte er zurück.

»Praktisch gar nichts«, antwortete Anna. »Aber ich habe eine Menge Schlüsse gezogen. Sie ist unglücklich, ihre Eltern kontrollieren sie anscheinend ungewöhnlich stark, und die Tortur, die ihr und den anderen jungen Leuten bei diesem Festival bevorsteht, macht ihr große Angst.«

»Und ein enger Freund von ihr macht sich solche Sorgen, dass er per Anhalter den ganzen Weg von Sussex bis hierhergekommen ist«, fügte ich hinzu. »Er ist fast im See ertrunken, bevor er zum Dank für seine Mühe von Ihren Wachleuten zusammengeschlagen wurde.«

North ließ sich einen Moment Zeit mit seiner Antwort. »Connor Graham ist von ein paar Jungen aus dem Dorf angegriffen worden. Sehr bedauerlich, aber es gibt da in den Sozialsiedlungen wirklich ein Drogenproblem. Ich glaube, Kirchenmitarbeiter haben die Prügelei sogar beendet.«

»Kirchenmitarbeiter haben ihn den größten Teil des Tages gefangen gehalten«, beharrte ich. »Was sich für mich wie eine ernsthafte Straftat anhört. Hat die Polizei schon mit Ihnen darüber gesprochen?«

»Er ist ins Haus gebracht worden, damit man ihm Erste Hilfe leisten konnte«, widersprach North. »Er hat alle unsere Hilfeangebote abgelehnt. Am Ende ist uns nichts anderes übrig geblieben, als ihn gehen zu lassen, so, wie er es unbedingt wollte.«

Anna und ich wechselten einen Blick. Ich glaubte nicht, dass sie ihm das abkaufte. Und ich wusste, dass ich es nicht tat.

»Und er war ja auch nicht schlimm verletzt«, fuhr North fort. »Im Krankenhaus haben sie ihn nur über Nacht dabehalten, weil die Dame, die ihn begleitet hat – ich nehme an, das waren Sie, meine Liebe – einen ziemlichen Wirbel gemacht hat. Am nächsten Tag haben seine Eltern Constances Familie angerufen und dafür gesorgt, dass er nach Hause geschickt wird. Sie werden ihn in King's Cross vom Zug abholen.«

Der Mann log. Ich wusste es, und Anna wusste es auch. Zum einen konnte er keinem von uns lange in die Augen sehen. Immer wieder senkte er den Blick, auf seine Manschetten, seine Uhr, sogar auf seine Schuhe. Außerdem hatte Connor uns erzählt, dass er keinen Vater hätte und dass seine Mutter sehr oft keine Ahnung hätte, wo er gerade war.

»Was Constance betrifft, sie ist wirklich recht fragil«, redete North weiter, als käme es ihm nicht einen Augenblick in den Sinn, dass wir seinen Unsinn nicht glauben könnten. »Ihre Eltern haben mir erlaubt, Ihnen etwas mitzuteilen, damit Sie sie besser verstehen.«

»Wir sind ganz Ohr«, bemerkte Anna.

North holte ein Handy aus der Brusttasche, schaute kurz auf das Display und steckte es wieder ein. »Hat Constance je eine ältere Schwester erwähnt?«

Nachdem wir uns kurz angesehen hatten, schüttelten Anna und ich die Köpfe.

»Sie hieß Emily und ist vor zwei Jahren sechzehn geworden, ein paar Wochen vor der Einsammlung.«

Norths Gebrauch der Vergangenheitsform deutete darauf hin, dass die Geschichte kein Happy End haben würde.

»Sie ist verschwunden«, fuhr er fort. »Ist eines Nachts weggelaufen und wurde nie wieder gesehen.«

»Sie ist von hier weggelaufen?«, fragte Anna.

North neigte bestätigend den Kopf. »Sie war schon lange unzufrieden mit der Kirche. So etwas passiert natürlich, junge Menschen sind darauf programmiert, sich gegen Autorität aufzulehnen, und Emily war immer sehr willensstark. Sie hat sich eines Nachts aus dem Wohnwagen geschlichen und ist erst am nächsten Morgen vermisst worden, und da war sie schon längst weg.«

»Sie müssen doch nach ihr gesucht haben«, wandte ich ein. »Die Polizei muss sie gesucht haben. Eine sechzehnjährige Ausreißerin hätte doch absolute Priorität gehabt.«

Wieder verließ ich mich auf Fernsehkrimis.

»Selbstverständlich. Die Familie sucht immer noch nach ihr. Ich glaube, sie werden immer weitersuchen. Aber können Sie verstehen, warum sie Angst haben, wenn Constance viele von denselben Verhaltensweisen an den Tag legt, die Emily gezeigt hat, bevor sie verschwunden ist? Warum sie nervös werden, wenn sie sich vom Campingplatz schleicht?«

»Von was für Verhaltensweisen reden wir hier?«, wollte Anna wissen.

North gestikulierte mit den Händen, schüttelte den Kopf; wir sollten annehmen, dass er sich ein wenig überfordert fühlte. »Ängste, Depressionen«, sagte er. »Möglicherweise Autismus, allerdings ist das nie diagnostiziert worden. Sie hatte früher Essstörungen, hat sich sogar ein wenig geritzt. Eine junge Dame mit Problemen, genau wie ihre Schwester.«

Annas Augen wurden schmal. »Also, warum wird das Problem dann nicht an der Wurzel gepackt, anstatt sie hinter Schloss und Riegel zu halten? Nicht hierherzukommen, wäre vielleicht ein guter Anfang. Sie nicht zu zwingen, sich dieser grässlichen Tortur im Höllenhaus zu stellen.«

Norths Augenbrauen klommen empor. »Ich kann Ihnen versichern, von allem, was Emily zu schaffen gemacht hat, oder von allem, was Constance belastet, war und ist das Höllenhaus das geringste Problem.«

»Den Eindruck hat man uns nicht vermittelt«, bemerkte ich.

North wandte sich an mich, und sein Blick wurde hart. »Was wissen Sie über das Höllenhaus?«

»Connor hat uns davon erzählt«, antwortete ich. »So wie er es geschildert hat, klang es wirklich abartig.«

»Es klingt wie Kindesmisshandlung«, schob Anna nach.

»Wissen Sie, wie viele Jugendliche Partydrogen und Alkohol konsumieren, Miss Brown?«, fragte North. »Wie viele als Minderjährige Sex haben oder ab sechzehn unverbindlichen Gelegenheitssex? Wie viele jedes Jahr abtreiben oder in Teenagerschwangerschaften festsitzen und dann ihr Leben lang vom Staat abhängig sind?«

»Ehrlich gesagt ja«, fauchte Anna zurück. »Jüngsten Erhebungen nach etwa fünfundzwanzig Schwangerschaften im Jahr pro je tausend Frauen zwischen sechzehn und neunzehn. Das ist ein Rückgang von fünfzig Prozent im Vergleich mit dem Höchststand in den frühen Siebzigern, aber immer noch nicht ideal.«

Anna musste aufpassen; dies waren Informationen, über die eine Durchschnittsbäckerin nicht verfügen würde. Ich bin klüger als die meisten anderen Menschen, aber jeder würde ihr Geheimnis erraten, wenn sie so weitermachte.

»Alles, was wir zu erreichen versuchen, ist, dass sie ein bisschen mehr über die Konsequenzen ihres Handelns nachdenken«, sagte North. »Ihnen dabei zu helfen, Impulskontrolle zu erlernen.«

Anna gab ein abfälliges Geräusch von sich. »Indem Sie sie zu Tode ängstigen?«

Er lachte leise auf. »Ich glaube, Sie unterschätzen, wie widerstandsfähig junge Menschen sind. Haben Sie gesehen, was für Filme die sich anschauen? Wofür die in den Freizeitparks gutes Geld ausgeben? Ich glaube, man nennt das Horror-Labyrinthe. Ich versichere Ihnen, im Vergleich dazu ist unsere kleine Aufführung doch recht zahm. Und dann gibt es doch massenhaft solche Verkehrssicherheitsvideos. Die Polizei dreht die mit voller Absicht sehr drastisch, um jungen Autofahrern die Konsequenzen von leichtsinnigem Verhalten im Straßenverkehr oder von Alkohol am Steuer zu verdeutlichen. Ich glaube, Schulen verwenden ähnliche Videos, um Kinder davon abzuhalten, mit Drogen zu experimentieren. Durch Angst zu gutem Benehmen anzuregen, ist wohl kaum etwas, das unsere Kirche erfunden hat.«

Ich fand, der Mann hatte nicht ganz unrecht, aber Constances Angst und Connors Sorge um sie waren echt gewesen.

»Wie dem auch sei, wenn Constance emotional labil ist, warum in aller Welt muten Sie ihr das zu?«, wollte Anna wissen.

»Das Höllenhaus ist ganz und gar freiwillig«, beteuerte North. »Wenn Constance beschließt, nicht daran teilzunehmen, zwingt sie niemand dazu.«

»Den Eindruck hat uns Connor aber nicht vermittelt«, erwiderte ich.

North hatte alles gesagt, was er sagen wollte. Er legte die Hände flach auf den Tisch, schickte sich an, aufzustehen. »Nun ja, aber Connor ist auch kein Mitglied unserer Kirche. Seine Schilderung basiert auf Gerüchten und Vermutungen.«

»Bestimmt wären sowohl Anna als auch ich um einiges glücklicher, wenn wir mit Constance sprechen könnten«, sagte ich. »Und uns vergewissern könnten, dass sie nicht in Gefahr ist.«

»Das haben ihre Eltern zu entscheiden.« North schien sich das Ganze noch einmal zu überlegen. »Ich sage Ihnen, was ich tun kann. Ich führe Sie persönlich durchs Höllenhaus. Das wird tagsüber stattfinden müssen, abends ist da viel los, aber Sie werden sehen, da gibt es nichts, wovor man Angst haben muss.«

North war aufgestanden. »Wie sieht's aus?«, erkundigte er sich. »Machen wir einen Termin?«

Ich verbrachte einen ruhigen Abend, holte verpasste Lesezeit nach und lauschte Annas Vorbereitungen für den nächsten Tag. Sie ging wie gewöhnlich früh zu Bett, und ich dachte eigentlich, ich würde es ihr bald gleichtun.

Doch ich blieb bei etwas hängen, und es war fast Mitternacht, bevor ich mein Büro für die Nacht abschloss. Gerade wollte ich den Raum verlassen, als ein Geräusch von draußen mich aufhorchen ließ.

Hinter unserer Häuserzeile sind keine Straßenlaternen, und die Nacht war dunkel. Dicke Wolken verbargen Mond und Sterne. Der Wind wehte sacht, Äste schwankten leise, Blätter raschelten, und ganz in der Nähe bellte ein Fuchs.

Und dann schlüpfte eine menschliche Gestalt, in der Finsternis kaum auszumachen, durch Annas Gartentor und schlich über den Hof.

28

Mai, ein Jahr zuvor

»Haben Sie einen Moment Zeit?« Annalieses Supervisor streckte den Kopf durch die Tür, als das Büropersonal gerade Feierabend machte.

»Auf jeden Fall«, antwortete sie. »Um ehrlich zu sein, haben Sie mehr Zeit als einen Moment? Ich bin hier ziemlich überfordert.«

Sie verspürte einen Hauch der Erleichterung, es endlich zugeben zu können. Gestern hatte Jago mit ein paar tränenlosen Schluchzern in widerlich bildlicher Sprache erzählt, dass seine Stiefmutter ihn mit dreizehn verführt hätte und dass sie beide während der letzten vier Jahre regelmäßig Sex gehabt hätten. Dank der häufigen Abwesenheit seines Vaters von zu Hause wäre das ganz leicht gewesen.

Seine Schuldgefühle, seine Furcht davor, was passieren würde, wenn das Baby zur Welt kam, und seine Angst davor, dass sein Vater es herausfand, hätten zu seinem Ausbruch in der Schule geführt, behauptete er.

»Sie dürfen es niemandem sagen«, hatte er insistiert. »Wenn Sie's jemandem sagen, streite ich alles ab. Dann behaupte ich, Sie hätten sich das ausgedacht. Er darf es nicht erfahren, er bringt mich um.«

Ihr Supervisor trat ins Zimmer und schloss die Tür hinter sich. »Jago Moore.«

Warum war sie nicht überrascht? »Ich habe noch eine Sitzung mit ihm.«

»Nein, haben Sie nicht.« Er zog sich einen Stuhl heran und setzte sich.

»Bitte?«

Seine Miene war ungewöhnlich streng. »Auf jeden Fall nicht allein. Louise ist vorhin zu mir gekommen.«

Louise war ihre Sekretärin. »Um was geht's hier, Peter?«

»Die Putzfrau hat sie angesprochen, eine von der Agentur.«

»Und?« Es gelang ihr nicht, sich ihre Gereiztheit nicht anmerken zu lassen. »Räume ich mein Zimmer nicht ordentlich auf?«

Das musste man ihm zugestehen, er verschwendete keine Zeit. »Sie hat Kondome in Ihrem Papierkorb gefunden.«

Es dauerte einen Moment.

»Sie hat *was* gefunden?« Annaliese schob ihren Stuhl zurück, sodass sie den Papierkorb unter dem Schreibtisch sehen konnte.

»Nicht in dem.« Er drehte sich um. »In dem neben dem Sofa. Den die Patienten benutzen.«

Der winzige Papierkorb neben dem Sofa war für die gebrauchten Papiertaschentücher gedacht, die nun mal Berufsrisiko waren. Sie achtete stets darauf, dass Papiertaschentücher, ein Papierkorb und Wasser zum Trinken bereitstanden.

»Kondome?« Das war nicht möglich.

»Benutzte Kondome. Zwei, um genau zu sein, an zwei verschiedenen Tagen. Das letzte gestern.«

Sie schluckte.

»Beide Male stand Jago Moore in Ihrem Terminkalender. Louise sagt, Sie hätten nicht ein einziges Mal den Raum verlassen, während er hier drin war.«

Irgendwie kam ihr das Therapiezimmer kleiner vor, und die Luft dicker. »Ich weiß nicht, was ich sagen soll.«

Er seufzte. »Also, ich spare Ihnen mal ein bisschen Zeit. Ich glaube nicht eine Sekunde lang, dass zwischen Ihnen und diesem Jungen irgendetwas Ungehöriges gelaufen ist.«

Sie würde erleichtert sein, wenn sie Zeit dafür hatte. Im Moment hatte sie Mühe, sich nicht zu übergeben. Er hatte benutzte Kondome in ihren Papierkorb getan? Wie? Und noch wichtiger, warum?

»Wenn Sie ihn hier drinnen nicht allein gelassen haben, wie hat er das dann angestellt?«

So viele Gedanken schossen ihr durch den Kopf, die meisten davon panisch. »Gestern hatte er den ersten

Termin nach der Mittagspause. Er hat seine Taschen leer gemacht, bevor er gegangen ist. Ich habe nicht besonders darauf geachtet, aber ich glaube, ich habe ein Papiertaschentuch und vielleicht einen Busfahrschein gesehen. Sonst nichts. An das Mal davor erinnere ich mich nicht, tut mir leid.«

»Hat er Ihnen vorher schon einmal einen Anlass gegeben, sich unbehaglich zu fühlen?«

Sie berichtete ihrem Supervisor von der »zufälligen« Begegnung vor ihrem Fitnessstudio und von dem Spanner am See, der große Ähnlichkeit mit Jago gehabt hatte.

»Es hätte nichts gebracht, das zu melden«, sagte sie. »Ich hatte ja nichts Konkretes, auf das ich mich hätte stützen können.«

Ihr kam ein Gedanke. »Einmal hat er vor Louise etwas fallen lassen. So einen gelben Klebezettel. Da stand meine Privatadresse drauf. Ich habe keine Ahnung, wo er die herhatte.«

Ihr Supervisor zeigte sich nicht überrascht; das hatte er bereits gewusst.

Jago versuchte also, ihr etwas anzuhängen.

»Ich nehme an, das Kondom hätte in dem Papiertaschentuch versteckt sein können«, sagte ihr Supervisor. »Wichtig ist, wir müssen davon ausgehen, dass er wollte, dass es gefunden wird. Wir müssen uns fragen, was er vorhat.«

29

Die Abendvorstellung hatte bereits begonnen, als wir am Dienstagabend in Gathering Hall eintrafen. Anna fuhr durch die Sicherheitskontrollen, und man schickte uns zum Haus hinauf. Die Kirche ging kein Risiko ein. Ein Mitarbeiter folgte uns auf einem Quad, und wir konnten zwei weitere Personen an der Küchentür warten sehen, um uns beim Ausladen zu helfen.

Doch sie konnten uns nicht daran hindern, die Reihe der Jugendlichen zu betrachten, die auf Einlass in das Großzelt warteten. Oder ihre Eltern, die sich in der Nähe herumdrückten, ein wenig plauderten und versuchten, ihre Nervosität zu verbergen. Da die Beleuchtung über dem Eingang eingeschaltet war, hob sich das Schild, das wir beim letzten Mal nicht hatten lesen können, deutlich gegen den Nachthimmel ab.

Höllenhaus.

Wenngleich das größte Haus in der ganzen Gegend, war Gathering Hall doch gewiss nicht so grandios, wie sein Name suggerierte. Ein solides, quadratisches, aus Steinen gemauertes Gebäude, zwei Stockwerke hoch. Das einzige Zierelement war ein großes, tief in die Mauer eingebettetes Bogenfenster über der Haustür. Einen Garten gab es nicht, stattdessen erstreckte sich der Park bis direkt vor die Tür.

Der Wind war hier oben stärker und sang um die Schornsteine des Hauses und die Leinen der Festzelte. Unbefestigte Leinwandplanen klatschten in misstönenden Rhythmen, und die künstlich verstärkten Schreie, Rufe und sogar Schüsse, die aus dem Hauptzelt herüberdrangen, waren gelinde gesagt beunruhigend.

Das Ausladen dauerte nicht lange, da wir nur ein Essen für fünfundzwanzig Kirchenälteste ausrichteten – laut Anna nicht viel mehr als eine große Dinnerparty. Die Kirche hatte Wärmebehälter aus der Küche des Herrenhauses geschickt, und das Essen war bereits fertig zubereitet und musste nur noch angerichtet und serviert werden.

Drinnen erwarteten uns noch mehr Kirchenleute. Einmal zählte ich acht Personen auf einmal. Die meisten waren jung, eine oder zwei jedoch waren älter und möglicherweise zu Aufsichtszwecken hier. Manche hatten schwarze Hosen und weiße Hemden an – die Kellner, nahm ich an –, andere trugen Schürzen und waren fest entschlossen, uns in der Küche zu helfen.

Sehr fest entschlossen. Sie umkreisten uns wie Wespen ein vergessenes Marmeladentörtchen, wollten wissen, was wir brauchten und was sie tun könnten, bevor wir auch nur Gelegenheit gehabt hatten, uns in der Küche umzusehen.

»Kann mir jemand die Toilette zeigen?«, erkundigte ich mich. Nicht weil ich musste, sondern weil Anna dann wenigstens einen aus der Schar vom Hals hätte. Sie brauchte ein paar Minuten für sich, um sich umzuschauen, zu planen, Bestandsaufnahme zu machen, und das gestand man ihr nicht zu. »Und wir haben unsere Grillzange vergessen. Kann uns jemand eine besorgen? Oh, und eine Pinzette und eine kleine Schere, die kleinste, die ihr finden könnt.«

Wir brauchten weder eine Grillzange noch eine Pinzette oder eine Schere, und einen Moment lang dachte ich schon, Anna würde sich verraten, doch sie fing meinen Blick auf und antwortete mit einem Augenfunkeln. Zwei Küchenhelfer machten sich auf die Suche nach den gewünschten Utensilien, und eine kam mit mir, sodass Anna sich mit fünf weiteren herumschlagen musste.

Was ich vom Inneren von Gathering Hall zu sehen bekam, war schlicht und funktionell. Die Wände des hinteren Flurs waren blassgelb gestrichen, und LED-Streifen zogen sich an der Decke entlang. Gegenüber der Hintertür führte eine schmale Treppe nach oben. Es roch nach Schulessen und Desinfektionsmittel.

»Und, haben Sie das Höllenhaus schon hinter sich?«, fragte ich meine Aufpasserin, eine junge Frau von etwa zwanzig. »Mr North hat angeboten, Anna und mich herumzuführen. Ich wüsste gern, was wir zu erwarten haben.«

»Schon vor vier Jahren.« Ihre Stimme klang gepresst, als hätte ich sie damit beleidigt, dass ich sie für sechzehn gehalten hatte. Die Jugend ist ja so leicht gekränkt.

»Ah, dann haben Sie vielleicht Emily gekannt«, sagte ich. »Das Mädchen, das vor zwei Jahren durchgebrannt ist. Gibt's da etwas Neues?«

Ich hatte mich geirrt, eben war sie nicht gekränkt gewesen. Dieser Gesichtsausdruck jetzt: die geschürzten Lippen, der Eisblick, *das* war gekränkt.

»Hier«, sagte sie und zeigte auf eine Tür direkt vor uns. »Ich warte draußen.«

Ich ging hinein, betrachtete die Rohrleitungen aus den Dreißigerjahren und die Teerseife und trat dann an das recht große Fenster. Abgeschlossen und kein Schlüssel weit und breit. Ich speicherte die Information ab und betätigte sicherheitshalber die Spülung.

»Immer noch da?«, fragte ich fröhlich, als ich die Tür öffnete. »Ich hätte bestimmt auch allein zurückgefunden. Da entlang, nicht wahr?«

Damit marschierte ich auf die Treppe zu, die ich vorhin gesehen hatte.

»Nein, nicht da lang. Sie dürfen da nicht rauf.«

Ich erreichte die Treppe und blickte hinauf: so schmal, dass Gegenverkehr zu einer intimen Angelegenheit werden würde, ansonsten jedoch nicht weiter bemerkenswert. Ein Stück Seil aus rotem Samt war von einer Wand zur anderen gespant worden, um zu zeigen, dass der Zutritt untersagt war, und tatsächlich erblickte ich ein kleines, viereckiges weißes Schild mit der Aufschrift *Nur für Personal.*

Meine Aufpasserin legte mir die Hand auf den Arm. »Sie müssen jetzt wieder in die Küche mitkommen.«

Ich rührte mich nicht von der Stelle. »Eine Wahnsinnige auf dem Dachboden?«, schlug ich vor. »Gehen wir doch mal nachschauen.«

Erschrecken blitzte in den Augen des armen Mädchens auf. »Dann muss ich jemanden rufen.« Doch sie rührte sich nicht. Sie war angewiesen worden, mich nicht alleinzulassen, und das überwog anscheinend sämtliche anderen Erwägungen.

Ich legte den Kopf schief, als dächte ich scharf nach. »Da klingelt's doch bei mir. Eine Dienstbotentreppe, die nur zu ein paar Mansarden und zum Dach führt.«

Meine Aufpasserin schien kurz davor, in Panik zu geraten. »Wir dürfen da nicht rauf«, stammelte sie.

»Nein«, antwortete ich und hakte das Seil los. »Sie waren noch nie da oben, stimmt's? Da sind ja auch nur die Dienstbotenzimmer. Oh, jetzt fällt mir alles wieder ein.« Ich machte mich daran, die Treppe hinaufzusteigen. »Ein paar Jugendliche haben gegen die Regeln verstoßen – wann war das, vor drei Jahren, vielleicht auch fünf? –, und das hatte schreckliche Folgen.«

Wir waren auf halber Höhe angelangt. »Das ganze Dorf hat damals über nichts anderes geredet«, sagte ich und ging weiter die Treppe hinauf. »Aber nur ganz leise. Niemand wollte deswegen einen Aufstand machen.« Ich stieg weiter die Treppe hinauf. »Wegen Kirchenangelegenheiten macht niemand jemals einen Aufstand.«

Die junge Frau zögerte nur ein paar Sekunden, ehe sie mir folgte.

»Das hier ist die einzige Stelle im Haus, von der aus man aufs Dach kommt, richtig?« Inzwischen war ich oben, drehte ganz sachte den Türknauf und hielt den Atem an, für den Fall, dass einer der Mitarbeiter, der hier oben schlief, gerade da war. Ich hatte darauf gesetzt, dass sie alle im Höllenhaus zu tun haben würden.

Der kurze Flur war leer. Vier Türen – Schlafzimmertüren, nahm ich an – waren geschlossen. Die sechs Metallstufen, die zum Dach hinaufführten, waren zu meiner Linken, einen oder zwei Schritte entfernt.

»Und die Jugendlichen hatten es sich zur Gewohnheit gemacht, heimlich hier raufzukommen.« Ich war an der Treppe. »Um auf dem Dach zu sitzen, den Feierlichkeiten dort unten zuzusehen, verbotenerweise zu trinken und ein bisschen Cannabis zu rauchen.«

»Ich hab nie Gras geraucht. Und es war doch nur Cider. War doch bloß Spaß. Sie dürfen da wirklich nicht rauf.«

So ein Glück. Das Mädchen war eine der damals Sechzehnjährigen, die in den Zwischenfall vor vier Jahren involviert gewesen waren. Nur ein paar junge Leute, die Unfug machten, vom Dach aus zusahen, wie ihre Altersgenossen ins Höllenhaus einzogen und wieder herauskamen. Und ja, vielleicht hatten sie irgendwelche illegalen Substanzen konsumiert, aber sie hatten sich doch nichts dabei gedacht. Oder jedenfalls hatten sie das mehrmals steif und fest behauptet. Überhaupt nichts!

Bis eine von ihnen ums Leben gekommen war.

Die Tür oben an den Metallstufen war abgeschlossen, doch der Schlüssel hing direkt darüber an einem Haken. Ich schloss die Tür auf, zog die Riegel oben und unten zurück und trat geduckt hinaus. Der Wind traf mit voller Wucht mein Gesicht, und der Geruch von Lagerfeuerrauch schoss mir in die Nase. Aus dem Höllenhaus-Zelt konnte ich das Wummern von Rockmusik und das Kreischen von Dämonen hören (zumindest hörte es sich so an, ich hatte keine Ahnung, ob da wirklich Dämonen im Spiel waren).

Ich drehte mich zu der jungen Frau um, die halb in und halb vor der Tür stand, hin und her gerissen zwischen Angst und Wut. Sie würde Ärger bekommen, weil sie zugelassen hatte, dass ich hier heraufkam. Doch sie folgte mir, als ich von der Tür wegtrat.

»Hier ist es passiert, nicht wahr?«

Aus dem Augenwinkel sah ich, wie sie unglücklich nickte.

Wir befanden uns in einem schmalen Zwischenraum zwischen zwei Dachgiebeln, der von unten nicht zu sehen war. Ich ging auf die Seite des Hauses zu, achtete dabei genau darauf, wo ich hintrat, und erreichte eine ebene Fläche rund um einen großen Schornstein. Sehr vorsichtig – ich glaube, ich habe bereits klargestellt, dass ich kein mutiger Mensch bin – trat ich an den Rand des Daches.

Von dort aus hatte ich einen perfekten Blick auf das Höllenhaus. Ich konnte die Schlange der jungen Leute sehen, die darauf warteten, einzutreten, konnte die Mischung aus Angst und Erregung, die sie empfanden, fast spüren. Da der Wind mir Tränen in die Augen trieb, schickten die zahllosen Lichter rund um die Zelte lange, zittrige Regenbogenschlieren in die Dunkelheit hinaus, und die Musik hatte wirklich einen dämonischen Klang. Es fühlte sich wie ein ungeheures Privileg an, hier oben zu sein und auf Sterbliche hinabzublicken.

»Das ist seitdem das erste Mal, dass ich hier oben bin«, sagte das Mädchen neben mir, und mir wurde klar, dass es dieser Ort und ihre eigenen Erinnerungen gewesen waren, die sie hierhergelockt hatten, nicht ich.

»Wie hieß sie noch einmal?«, fragte ich. »Polly? Penny?«

»Phoebe«, antwortete sie. »Phoebe Page. Sie war meine beste Freundin.«

»Haben Sie sie geschubst?«, erkundigte ich mich, mehr um zu provozieren als aus irgendeinem anderen Grund. Ich wusste, dass diese junge Frau Phoebe nicht geschubst hatte.

»Nein!« Sie war genauso entsetzt, wie ich erwartet hatte. »Niemand hat sie geschubst. Sie ist runtergefallen. Es hat eine Anhörung gegeben. Wir mussten alle hin. Es war ein Unfall.«

»Natürlich«, pflichtete ich ihr bei. »Wie dumm von mir.«

Die Anhörung hatte tatsächlich ergeben, dass Phoebe Pages Tod ein tragischer Unglücksfall gewesen war. Ich hatte kurz danach in der Lokalzeitung darüber gelesen.

»Aber ihr habt sie allein gelassen«, fuhr ich fort. »Obwohl ihr wusstet, dass sie viel getrunken hatte und vom Cannabis wahrscheinlich völlig high war, habt ihr sie auf dem Dach allein gelassen.«

Tränen füllten die Augen des Mädchens. »Das war doch keine Absicht. Wir dachten, sie wäre direkt hinter uns gewesen.«

»Und trotzdem hat einer von euch die Tür abgeschlossen«, erwiderte ich. »Sodass sie nicht vom Dach herunterkonnte.«

»Das war ich nicht!« Die junge Frau machte ein entsetztes Gesicht. »Ich war's nicht! An so etwas würde ich mich doch erinnern, oder?«

»Natürlich würden Sie sich daran erinnern«, antwortete ich mit, wie ich hoffte, freundlicherer Stimme. Ich war nicht darauf aus, dieses Mädchen in einen hysterischen Anfall zu treiben. »Sie sind nicht schuld daran.«

Ich hatte meinen Spaß gehabt, und es wurde Zeit, in die Küche zurückzukehren. »Schauen Sie nur, wie spät es ist«, sagte ich und machte mich auf den Weg zur Tür. »Jetzt habe ich mich doch glatt von Ihnen ablenken lassen, und dabei habe ich so viel zu tun.«

Schweigend kehrten wir zurück und fanden die Küche leer vor.

»Sie könnten wohl nicht herausfinden, wo Anna ist?«, fragte ich meine Aufpasserin. Mit unverhohlener Erleichterung antwortete sie, sie würde nachsehen, und beging die Todsünde, mich allein zu lassen.

Nicht dass ich hier viel hätte anrichten können. Der Raum um mich herum – eine große Küche aus Queen Victorias Zeiten, die in regelmäßigen Abständen modernisiert worden war – schien gut für Festivitäten dieses Abends ausgerüstet zu sein. Zwei Öfen an einander gegenüberliegenden Wänden waren an und strahlten viel Hitze aus, sodass die Fenster beschlagen waren. Auf einer Anrichte, aus der das Geschirr herausgeräumt worden war, standen ungefähr ein Dutzend Weinflaschen und mehrere große Wasserkrüge. Kartons aus Annas Auto waren auf einem großen Eichentisch in der Mitte des Raumes aufgereiht, und Stapel verschieden großer Teller warteten neben den Wärmeöfen. Die Brombeersoße für den Hauptgang war bereits in die Stielkasserollen auf den Herdplatten umgefüllt worden, und die Saucieren standen bereit. Besteck war nirgends zu sehen, doch ich dachte mir, dass das wahrscheinlich bereits auf dem Esstisch lag.

Zwei Türen führten aus der Küche ins Innere des Hauses. In dem Flur hinter der einen, den ich bei meinem Ausflug zur Toilette bereits halb ausgekundschaftet hatte, war ich an mehreren kleinen, garderobenartigen Zimmern und an der bereits erwähnten Hintertreppe vorbeigekommen. Den Stimmen nach zu urteilen, die ich hören konnte, führte die andere zum Esszimmer und den diversen anderen Empfangsräumen des Hauses. Es gab noch eine Tür nach draußen. Gerade wollte ich hinüberschlendern, um zu sehen, ob sie abgeschlossen war, als ein weißes Gesicht im Fenster über dem Spülbecken erschien.

Ich fuhr zusammen, das gebe ich gern zu, doch mein Schrecken währte nur kurz. Es war Constance. Ich zeigte auf die Tür und ging darauf zu. Sie tat dasselbe, wie mein Spiegelbild.

»Kann ich Ihnen helfen?« Meine Aufpasserin war wieder da, sie stand in der Tür, als wolle sie mir nicht zu nahe kommen.

»Frische Luft«, antwortete ich und betete, dass Constance sich rechtzeitig geduckt hatte. So war es auch. »Ich muss einen Moment die Tür aufmachen.«

Ich erreichte die Tür und zog am Türknauf; sie war abgeschlossen.

»Können Sie den Schlüssel für mich auftreiben?«

Die junge Frau schien sich nicht sicher zu sein. »Versuchen Sie's doch mit einem Fenster. Anna ist übrigens im Esszimmer. Sie sagt, sie kommt gleich.«

Ich blickte zu den Fenstern hinüber und fächelte mir zur Sicherheit Luft zu. »Die sind auch abgeschlossen.«

»Da sollte ein Schlüssel sein, an einem Haken zwischen der Spüle und dem Abtropfbrett.«

Da war auch ein Schlüssel gewesen, genau dort, doch er war nicht mehr da. In den paar Augenblicken, die ich allein gewesen war, hatte ich ihn gefunden und eingesteckt. Er könnte sich vielleicht noch als nützlich erweisen, bevor der Abend vorbei war, hatte ich gedacht.

»So heiß ist es doch gar nicht«, meinte meine Aufpasserin, als wir feststellten, dass der Schlüssel verschwunden war.

»Wird es aber noch. Sie wollen doch nicht, dass die Caterer in Ohnmacht fallen, oder? Seien Sie ein Schatz, und suchen Sie den Schlüssel.«

Mit kaum verhohlenem Missfallen verließ sie die Küche.

Ich wandte mich wieder zum Fenster und klopfte leise an die Scheibe, um das Mädchen, das ziemlich sicher noch dort draußen war, auf mich aufmerksam zu machen. Dann schrieb ich in Spiegelschrift eine Nachricht auf die Fensterscheibe und behielt das Spiegelbild des Raums hinter mir genau im Auge.

Toilettenfenster. 30 Min.

Auf Aaron Norths Wunsch hin war der erste Gang eine Miniaturversion des Naschfests, das wir am Eröffnungsabend zusammengestellt hatten. Alles war schon im Voraus zubereitet worden, daher mussten Anna und ich nur das Brot und die Biskuits, die verschiedenen Buttersorten, den Räucherlachs, die marinierten Krabben und das Grillgemüse auspacken, alles schön auf den sechs Holzbrettern anrichten und sie den Gehilfen zum Auftragen reichen. In der Küche jedoch gaben wir unseren Helfern absichtlich nichts zu tun, in der Hoffnung, dass es einigen langweilig würde und sie sich trollten. Andere blieben im Esszimmer, um Getränke auszuschenken. Doch wir waren nicht einen Moment lang vollkommen allein.

Die Grillzange kam, und ich benutzte sie als Rückenkratzer, woraufhin Anna kicherte. Die Teller und Platten für den Hauptgang wanderten zum Wärmen in die Öfen, und Anna überprüfte bei allen Wärmebehältern die Temperatur. Ich machte mich daran, die Brombeersauce warm zu machen, die über die bereits angebratenen Entenbrüste kommen würde.

Die ganze Zeit über behielt ich bei der Arbeit die Uhr genau im Auge, und als dreißig Minuten um waren, entschuldigte ich mich abermals. Inzwischen kamen die Naschbretter aus dem Esszimmer zurück, und es herrschte genug Betriebsamkeit, dass ich mich unbemerkt verdrücken konnte.

In der Toilette öffnete ich das Fenster mit dem Schlüssel.

»Ich bin hier«, flüsterte Constance von irgendwo ganz in der Nähe.

Ich winkte sie heran.

»Wir haben versucht, dich anzurufen«, sagte ich. »Anna macht sich große Sorgen.«

Sie musste auf Zehenspitzen stehen, um mit mir zu reden, ihre Hände umklammerten den unteren Rand des Fensterrahmens. »Sie haben mir mein Handy weggenommen«, antwortete sie. »Wissen Sie, wo Connor ist? Ich glaube, sie haben ihn zusammengeschlagen. Einer von den anderen hat gesehen, wie sie ihn blutend weggeschleppt haben.«

Ich sprach sehr leise; wir wussten ja nicht, wer sich vielleicht in der Nähe herumtrieb. »Anna hat ihn ins Krankenhaus gefahren. Aber wo er jetzt ist, wissen wir nicht genau.«

Rasch sah sie sich um. »Das heißt, sie haben ihn wieder zu fassen gekriegt. Das ist echt abartig. Ich kann hier nicht raus. Keiner von uns kann raus. Die lassen uns nicht an den Wachleuten vorbei.«

Hinter mir klopfte jemand an die Tür. »Alles okay da drin?«

»Besetzt«, blaffte ich zurück und bedeutete Constance, einen Moment zu warten.

Auf der anderen Seite der Tür wurde mein Name gerufen. »Anna hat gesagt, wir sollen nach Ihnen sehen«, hieß es, was, wie ich wusste, gelogen war.

»Zwei Minuten«, rief ich zurück. »Muss irgendetwas Verkehrtes gegessen haben.«

»Kannst du zum See kommen?«, flüsterte ich Constance zu. »Halt dich von den Lagerfeuern fern, dann sehen sie dich nicht. Komm zur dunklen Seite des Bootsstegs und schau übers Wasser. So gegen zehn. Anna und ich treffen uns da mit dir.«

30

Mai, ein Jahr zuvor

»Warum ist der hier?«

Jago war sichtlich erschrocken, als er Annalieses Supervisor im Therapiezimmer erblickt hatte. Sie empfand Genugtuung angesichts seines Unbehagens und nahm zur

Kenntnis, dass Jago Moore tatsächlich ihre dunkelsten Seiten zum Vorschein brachte.

Die Rollos vor den Fenstern waren heruntergezogen. Sie und Peter hatten sich bereits darauf verständigt, dass es so bleiben würde, komme, was da wolle.

»Dr. Atkinson ist mein Supervisor«, erklärte Annaliese. »Es ist seine Aufgabe, zu überwachen, wie ich die Beziehungen zu meinen Patienten handhabe, und mich zu beraten, wenn ich das Gefühl habe, dass ich Rat brauche. Und da dies unsere letzte Sitzung ist, dachte ich, es wäre hilfreich. Warum setzt du dich nicht, Jago?«

Der Junge rührte sich nicht von der Stelle.

Ihr Supervisor bedachte Jago mit einem breiten Lächeln. »Vielleicht findest du eine männliche Perspektive ja ganz hilfreich.«

»Wir können die Sitzung natürlich auch auf Video aufzeichnen, wenn dir das lieber ist.« Annaliese sah, wie Jagos Blick zu der Videokamera huschte, die genau gegenüber der Stelle, wo der Junge für gewöhnlich saß, auf einem Stativ aufgestellt worden war. »Dann können Dr. Atkinson …«

»Peter« verbesserte ihr Supervisor.

»Dann können Peter und ich die Sitzung später zusammen durchgehen«, fuhr sie fort. »Wie es für dich am angenehmsten ist.«

Sie sah, wie sich der Körper des Jungen anspannte, ein jähes Zusammenziehen, ein Flackern in seinen Augen, das unmittelbar bevorstehende Gewalt verhieß, und merkte, wie ihr eigener Körper diese Zeichen spiegelte. Sie zog die Füße näher an den Körper, legte die Hände auf die Armlehnen ihres Sessels, bereit, nötigenfalls aufzuspringen.

Unwillkürlich war sie froh – und hatte zugleich ein schlechtes Gewissen –, dass Peter zwischen ihr und Jago saß. Und dass Peter ein großer, kräftiger Mann war.

Jago traf eine Entscheidung. Er ging zum Sofa und ließ sich darauf fallen. Dann streckte er die Füße vor, sodass seine Beine unter dem Couchtisch waren, lehnte sich zurück und verschränkte die Arme. Eine sowohl aggressive als auch defensive Körpersprache.

Nun, sie hatten auch nicht damit gerechnet, dass es einfach sein würde.

Sie begann, so wie sie und Peter es verabredet hatten, mit den üblichen Routinefragen zu Jagos Woche, was er unternommen hätte, wie die Dinge zu Hause lägen. Seine Antworten waren größtenteils einsilbig, knapp, fast schon unhöflich. Abgesehen davon, dass sich der Junge in dieser Situation extrem unbehaglich fühlte, hatten sie keinen informativen Gehalt.

Als zwanzig Minuten vergangen waren, legte Peter seinen Füllfederhalter auf den Couchtisch. Das war ihr verabredetes Zeichen.

»Bevor wir weitermachen, Jago«, sagte Annaliese, »gibt es da ein paar Dinge, über die wir gern mit dir reden möchten.«

Dann zählte sie detailliert die Entdeckung der benutzten Kondome in ihrem Papierkorb, den Post-it-Klebezettel mit ihrer Privatadresse, die scheinbar zufällige Begegnung vor ihrem Fitnessstudio und seine mutmaßliche Anwesenheit am See auf.

»Du kannst verstehen, warum ein solches Verhalten uns Sorgen macht«, meinte Peter, als sie geendet hatte.

Der Junge saß still da wie eine Statue. Etliche Sekunden vergingen.

»Jago?«, hakte sie nach. »Wie erklärst du das alles?«

»Ich hab gewusst, dass Sie das tun würden«, sagte er.

»Dass ich was tun würde?«

Er senkte den Blick. »So tun, als wäre alles meine Schuld«, nuschelte er.

»Ich kann dir nicht folgen.« Sie wechselte einen Blick mit ihrem Supervisor. »Hast du Kondome in meinen Papierkorb getan?«

Er seufzte schwer und schüttelte den Kopf, doch sein Blick war immer noch auf den Couchtisch gerichtet. Er stritt das Ganze nicht ab, sondern … Sie hatte keine Ahnung, was er da tat.

»Warst du das da am See?«, fragte sie.

»Was denn für ein See?«, gab er automatisch zurück. »Ich weiß gar nicht, wovon Sie reden.«

Wieder wechselte sie einen Blick mit ihrem Supervisor.

»Dann machen wir mal weiter«, sagte Peter. »Bei deiner letzten Sitzung mit Annaliese hat du eine besorgniserregende Beziehung zu deiner Stiefmutter erwähnt. Möchtest du gern noch ein bisschen darüber sprechen?«

Er schaute auf. »Was meinen Sie damit?«

»Du hast gesagt, ihr beide hättet eine sexuelle Beziehung«, half Annaliese nach, obwohl er unmöglich vergessen haben konnte, was er gesagt hatte.

Sein Gesicht verzerrte sich. »Das ist ja widerlich. Wieso sagen Sie so was?«

»*Du* hast das gesagt, Jago, nicht ich. Du hast mir erzählt, sie hätte dich verführt, als du dreizehn warst. Und dass das Kind, dass sie erwartet, von dir ist.«

Er sprang auf.

»Das höre ich mir nicht länger an. Sie sind ja krank.« Er wandte sich an Peter. »Sie lügt Ihnen was vor. Sie ist böse. Sie haben ja keine Ahnung, was sie alles getan hat, wozu sie mich gezwungen hat.«

Er trat von ihr weg, ging rückwärts, die Hände ausgestreckt, als wolle er sie abwehren.

»Ich will zu meinem Dad«, stieß er hervor. »Ich rede mit meinem Dad. Ich erzähle ihm alles.«

Mit einem lauten Schluchzen machte er kehrt, riss die Tür auf und rannte hinaus.

Die Tür knallte hinter ihm zu.

»Na, das ist ja prima gelaufen«, bemerkte ihr Supervisor.

Sie versuchte, ein Lächeln zustande zu bringen, und schaffte es nicht. Es gab nur ein einziges Wort für das, was sie gerade empfand. Furcht.

31

»Ich hoffe, wir bringen Constance nicht in Gefahr«, meinte Anna, als wir ihr Haus verließen und uns auf den Weg die Straße hinunter machten. Es war kurz vor zehn. »Mir gefällt der Gedanke nicht, dass sie im Dunkeln da auf dem Gelände herumschleicht, vor allen nicht zum See runter.«

»Mir auch nicht«, sagte ich, obwohl es mir, ehrlich gesagt, herzlich egal war. »Aber mir scheint, sie ist so oder so in Gefahr, ob wir handeln oder nicht. Und dass sie heute Abend auf uns zugekommen ist, spricht dafür, dass wir ihr helfen sollen.«

Von Constances Verdacht, dass Connor immer noch in Gathering Hall gefangen gehalten wurde, hatte ich Anna bereits erzählt. Wir waren uns einig, dass das nicht sehr wahrscheinlich, aber auch nicht völlig unglaubwürdig war.

»Warum sollten die was so Unsinniges tun?«, hatte Anna gefragt. »Ich meine, früher oder später wird ihn doch irgendjemand vermissen.«

»Warum sollten sie ihn zusammenschlagen und sich dann eine aufwendige Lüge zusammenbasteln, um ihre Spuren zu verwischen?«

»Das sieht schon so aus, als hätten die irgendetwas Großes zu verbergen, nicht wahr?«

Ich stimmte ihr zu.

»Zumindest sollte Constance uns die Adresse und die Telefonnummer von Connors Mutter geben können«, bemerkte ich, während die Straße sich immer mehr verengte und zu dem tunnelartigen Pfad wurde, der zum See führte. In dem Gitterwerk aus Ästen über uns pfiff der Wind, als wir dort hindurcheilten. Es war nicht gerade die beste aller Nächte für spätabendliche Unternehmungen.

»Wenn Connor nicht nach Hause gefahren ist«, sagte ich und wich einer freiliegenden Baumwurzel aus, »dann können wir die Polizei von Sussex einschalten. Die können ihren Kollegen hier oben bestimmt mehr Druck machen als wir.«

»Ganz sicher.«

Anna war stehen geblieben, schaute den Weg zurück, den wir gekommen waren. »Haben Sie auch etwas gehört?«, fragte sie.

Die Nacht war eine einzige Masse aus Geräuschen. »Was denn?«

»Ein Knacken, einen brechenden Zweig, als ob da jemand hinter uns ist.«

Soweit ich sehen konnte, war hinter uns niemand. Die Hecken auf beiden Seiten des Weges waren in ständiger Bewegung, und Schatten huschten umher wie Elfen. Ich konnte nichts Menschliches entdecken.

»Der Wind macht einen ganz schönen Lärm«, sagte ich. »Gehen Sie vor, ich passe auf.«

Wir wechselten die Plätze und eilten weiter. Wenn alles gut lief, würde Constance jetzt ebenfalls zum Treffpunkt unterwegs sein.

Der Krach über uns ging weiter. Abgestorbene Blätter raschelten, Äste schabten aneinander, etliche brachen ab und fielen zu Boden. Unsichtbare Kreaturen huschten vor uns davon, flogen über unseren Köpfen auf oder suchten zu unseren Füßen eilig Deckung. Dann ertönte ein Stück hinter uns das schlürfende Geräusch, das ein Fuß macht, wenn er mühsam aus dem Schlamm gezogen wird.

Ich drehte mich um, ohne Anna Bescheid zu sagen, die ohnehin schon angespannt war. Doch zehn Meter hinter uns war der Weg fast stockfinster, und ich konnte nichts sehen. Der Duke of York und seine zehntausend Mannen aus dem alten englischen Kinderlied hätten uns auf den Fersen sein können, doch solange sie leise waren und gebührend Abstand hielten, würden wir es nicht merken.

Ich sagte nichts und ging weiter. Wir kamen aus dem schmalen Hohlweg heraus, kletterten über den Zauntritt und schritten durch den Wald auf den See zu. Ab hier mussten wir noch das zusätzliche Risiko umstürzender Bäume bedenken. Der Oktoberwind legte stets mindestens einen Baum um, und es wäre ja typisch, wenn das heute Nacht geschehen würde. Der Mond – das bisschen, was da war – verkroch sich hinter einer Wolke.

»Wo sollen wir uns treffen?«, flüsterte Anna, als wir den Strand erreichten.

»Ich habe ihr gesagt, sie soll am Bootssteg vorbeigehen und nach unseren Taschenlampen Ausschau halten«, antwortete ich. »Weiter.«

Langsam, denn selbst mit Taschenlampen war es sehr dunkel, folgten wir dem Ufer in Richtung des Grundstücks rund um Gathering Hall. Als das Haus hinter den Bäumen zum Vorschein kam und wir die Lagerfeuer sehen konnten, die jetzt herabgebrannt, aber immer noch von kleinen Zuschauergruppen umgeben waren, machten wir unsere Lampen aus.

Wir schlichen vorwärts und blieben von Zeit zu Zeit stehen, um hängen gebliebene Kleider von Dornen zu lösen. Ich bemerkte das Leuchten gelber Augen, doch es war nur ein neugieriger Fuchs, der rasch das Weite suchte.

»Da«, sagte ich schließlich.

Auf der einen Seite des Stegs stand eine kleine Gestalt. Ich knipste meine Taschenlampe an, richtete sie auf den Steg und malte mit dem Licht einen Kreis in die Luft. Als Belohnung setzte sich die Gestalt gleich darauf in Bewegung. In diesem Moment packte Anna mich an der Schulter.

»Ich glaube, jemand ist uns gefolgt.«

Ich machte die Lampe wieder aus, und wir warteten darauf, dass sich unsere Augen an die fast völlige Finsternis gewöhnten. Der Mond, der nach seinem Schüchternheitsanfall wieder hervorgekommen war, war eine schmale Sichel, und die Sterne wirkten winzig und sehr fern. Der See jedoch leuchtete mit einem düsteren Schein, und wir konnten die Umrisse der Bäume und Felsen am Ufer ausmachen. Jemand in dunkler Kleidung, der vollständig reglos verharrte, würde schwer auszumachen sein, doch sobald er oder sie sich bewegte, vor allem dicht am Ufer entlang, würden wir es sehen.

Wir sahen nichts.

»Vielleicht doch nicht«, meinte Anna nach ein paar Minuten.

Constance suchte sich inzwischen einen Weg um den See herum auf uns zu, und uns blieb nichts anderes übrig, als weiterzugehen. Sie tauchte aus der Dunkelheit auf, zuerst ihr Haar, gefolgt von einem blassen Gesicht und hellen Händen. Sie war praktisch schon in Reichweite, als wir endlich erkennen konnten, was sie anhatte – eine dunkle Jacke, dunkle Jeans und Turnschuhe. Sie lief Anna geradewegs in die Arme.

»Danke«, flüsterte sie, als Anna sie losgelassen hatte, und wir setzten uns auf den feuchten Boden. Ich würde morgen früh für solchen Leichtsinn bezahlen, doch sowohl Anna als auch Constance wollten unbedingt möglichst außer Sicht bleiben.

Mindestens fünf Minuten lang wurde nichts Wichtiges gesagt. Constance berichtete uns, dass sie okay sei, und äußerte abermals ihre Sorge um Connor. Doch sie hatte ihn nicht kontaktieren können, weil ihre Eltern ihr Telefon konfisziert hatten. Leise und mit einem raschen Blick auf mich sagte sie zu Anna, dass niemand sonst wisse, was sie beide neulich besprochen hätten. Ihre Schwangerschaft natürlich.

»Können wir reden?«, fragte sie Anna und schielte noch einmal zu mir herüber.

Okay, genug war genug.

»Constance, ich habe dich letzte Woche in der Apotheke gesehen.« Ich ignorierte Annas Grimasse und ihr warnendes Stirnrunzeln. »Es tut mir leid, dass ich so direkt bin, aber Anna findet, dass es absolute Priorität hat, dich zu einem Arzt zu schaffen, und ich bin da ganz ihrer Meinung.«

»Dem kann ich nicht widersprechen«, meinte Anna, »wir wollen dir beide helfen.«

Ich bedachte Constance mit einem Lächeln und einem aufmunternden Nicken.

»Ich glaube, das Beste wird sein, wenn ich für dich Kontakt mit dem Jugendamt aufnehme«, sagte Anna. »Die können darauf bestehen, vertraulich mit dir zu sprechen, und sie können dir einen Arzttermin besorgen. Falls nötig, können die dich auch an einen sicheren Ort bringen lassen.«

»Wirklich?« Constance riss ungläubig die Augen auf.

»Natürlich. Es gibt Gesetze zum Schutz gefährdeter Kinder, und bis du achtzehn bist, bist du juristisch gesehen noch ein Kind.«

»Und was ist mit Connor?«

»Kannst du uns die Telefonnummer seiner Mutter geben?«, fragte ich.

»Die ist in meinem Handy«, antwortete Constance. »Und das habe ich doch nicht mehr.«

Also wirklich, wie abhängig diese jungen Leute von ihren Handys sind! Was war denn an einem guten, altmodischen Adressbuch verkehrt? Oder dem Gedächtnis? »Dann ihren Namen und ihre Adresse? Wenn wir uns Sorgen um ihn machen, ist seine Mutter doch unser erster Ansprechpartner.«

Constance gab mir ein paar Informationen. Vage, aber wahrscheinlich würde es reichen.

»Constance, die Kirche ist sehr überzeugend«, meinte Anna. »Sie haben der Polizei eingeredet, dass es keinen Grund zur Sorge gibt. Wenn wir dir helfen sollen, wenn ich eine Chance haben soll, das Jugendamt einzuschalten, dann musst du uns etwas Konkretes geben, womit wir arbeiten können.«

»Connor hat gesagt, du hast Angst vor dem Höllenhaus, aber Aaron North hat behauptet, du würdest nicht gezwungen, da hineinzugehen«, fügte ich hinzu. »Er hat gesagt, das sei freiwillig.«

Constance schüttelte den Kopf. »Das stimmt nicht. Wir müssen das machen. Jeder muss das machen.«

»Mr North hat uns von deiner Schwester erzählt«, sagte Anna.

Sie fuhr auf. »Was? Was hat er Ihnen über Emily erzählt?«

Anna und ich wechselten einen Blick. Constances Erregung hatte jäh deutlich zugenommen.

»Dass sie vor zwei Jahren weggelaufen ist«, antwortete Anna. »Und dass sie immer noch offiziell als vermisst gilt.«

»Und dass du unter ganz ähnlichen psychischen Problemen gelitten hast«, ergänzte ich, weil hier ein bisschen Ehrlichkeit vonnöten war. »Sodass deine Eltern und die Kirche ein wachsames Auge auf dich haben müssten.«

»Constance, wir nehmen das, was die uns erzählen, nicht einfach so als Tatsache hin«, versicherte Anna. »Und wir brechen ganz bestimmt nicht den Stab über dich, denn psychische Probleme sind nichts, wofür man sich schämen muss, aber wir müssen dir doch sagen, was die Gegenseite behauptet. Du musst wissen, was deine Eltern sagen werden, und die Kirche auch, wenn du irgendwo Hilfe suchst.«

Ihr Gesicht verzerrte sich. »Die lügen. Das sind solche Lügner!«

»Inwiefern lügen sie?«, fragte ich, obwohl ich bereits zu wissen glaubte, was Constance sagen würde.

»Emily ist nicht verschwunden. Sie ist tot.«

32

Mai, ein Jahr zuvor

»Ich verstehe nicht. Sie sagen, er ist völlig gesund? Er täuscht das alles nur vor?«

Morgan Moore sah aus, als sei er drauf und dran aufzustehen. Keine fünf Minuten, nachdem das Gespräch mit Jagos Eltern begonnen hatte, merkte Annaliese, wie es ihr entglitt. Wenigstens musste sie nicht allein damit zurechtkommen, Peter hatte darauf bestanden, dabei zu sein.

Die Stiefmutter, die sie seit Wochen zum ersten Mal sah, wäre anscheinend am liebsten im Sofa versunken und verschwunden. Ihre Schwangerschaft war jetzt deutlicher zu sehen, und ihr Gesicht hatte jenen klassischen verhärmten Ausdruck, der auf morgendliche Übelkeit und extreme Müdigkeit hindeutete.

Annaliese und Peter hatten ausführlich darüber gesprochen, ob sie Jagos Eltern von seiner Behauptung erzählen sollten, der Vater des Babys zu sein. Obwohl sie sich, wie Annaliese wusste, beide nicht ganz wohl mit der Entscheidung fühlten, waren sie zu dem Schluss gekommen, dass jetzt nicht der richtige Zeitpunkt dafür war, auch wenn sie es ihnen irgendwann sagen musste. Die beiden würden sich in den kommenden Monaten mit genug herumschlagen müssen. Es wäre grausam, ihnen alles auf einmal an den Kopf zu knallen.

Natürlich hatten sie diskutiert, ob es tatsächlich wahr sein könnte. Alles in allem glaubte Annaliese das nicht, sie hatte zu viele Beweise für Jagos Geschick gesehen, zu lügen und sich zu verstellen. Aber ausschließen konnte man es nicht.

»Nein, das ist genau das Gegenteil von dem, was wir sagen.« Peters Stimme klang beruhigend gleichmütig. »Jago ist ein junger Mann mit ernsthaften psychischen Problemen. Nur nicht mit denen, die er uns unter ziemlichem Einsatz präsentieren wollte.«

»Ich glaube«, sagte Annaliese, »und Dr. Atkinson ist derselben Meinung, dass Jago Anzeichen einer sich entwickelnden psychopathischen Persönlichkeitsstörung zeigt.«

Schweigen, während Morgan sich bemühte, zu verarbeiten, was sie gerade gesagt hatte. Seine Frau, die stumm neben ihm gesessen hatte, meldete sich zum ersten Mal zu Wort.

»Und was bedeutet das?«

Annaliese wartete kurz ab, für den Fall, dass Peter, der mehr Erfahrung mit solchen Fällen hatte, die Frage beantworten wollte. Als er es nicht tat, erwiderte sie: »Einfach ausgedrückt, ist das eine Störung, die sich in defizitären emotionalen Reaktionen, einem Mangel an Empathie und fehlender Verhaltenskontrolle manifestiert. Für gewöhnlich führt sie zu fortgesetztem asozialem und sogar kriminellem Verhalten.«

Morgan funkelte sie wütend an, in den Augen der Stiefmutter dagegen blitzte jähes Interesse auf.

»Er zeigt manipulatives Verhalten, eine ausgeprägte Tendenz, ständig die Kontrolle zu übernehmen, sowie mangelnde Impulskontrolle«, ergänzte Annaliese.

Peter mischte sich ein, und sie war dankbar dafür. Was jetzt kam, würde schwer werden.

»In solchen Fällen sehen wir häufig starke genetische Einflüsse«, sagte er. »Es ist durchaus möglich, dass Jagos Mutter ähnliche Tendenzen hatte. Wenn Sie noch Kontakt zu ihr haben …«

»Haben wir nicht«, schnitt Morgan ihm das Wort ab.

Annaliese ließ die Zeit vergehen, die anscheinend notwendig war.

»Und was ist mit diesen Stimmen?«, wollte Morgan wissen. »Er hört Stimmen, Herrgott noch mal! Stimmen in seinem Kopf, die ihm befohlen haben, auf diese Physiklehrerin loszugehen.«

»Das glaube ich nicht«, erwiderte Annaliese. »Ich glaube, in Anbetracht von möglichem – und sehr verständlichem – Druck von zu Hause hat Jago versucht, mich zu überzeugen, dass er schizophren ist, damit ich ihm Medikamente verschreibe und er sein Leben weiterleben kann. Aber es gibt einfach nicht genug Beweise, als dass ich guten Gewissens Schizophrenie diagnostizieren könnte. Im jetzigen Stadium helfen Medikamente ihm nicht.«

»Sie sagen, er lügt?«, fuhr Morgan auf. »Sie nennen meinen Sohn einen Lügner?«

Jago war nachweislich ein Lügner, doch darauf hinzuweisen, war wahrscheinlich nicht die allerbeste Idee.

»Können Sie ihm helfen?«, fragte die Stiefmutter.

Ganz ehrlich? Annaliese wusste es nicht. Doch das laut zu sagen, würde die beiden nicht weiterbringen. »Die Arbeit mit jungen Patienten hat einige durchaus vielversprechende Resultate gebracht«, sagte sie. »Ich verordne ihm kognitive Verhaltenstherapie. Das kann helfen, negative Gedanken und Verhaltensmuster zu erkennen und zu bearbeiten.«

Schweigen.

»Das kann eine sehr effektive Therapieform sein«, fügte sie hinzu. »Aber ich sollte Sie warnen, rechnen Sie nicht mit sofortigen Ergebnissen. Man braucht Zeit. Und Geduld.«

»Sie meinen, noch mehr von alldem hier?«, fragte Morgan schroff. »Sie behandeln ihn monatelang weiter, mich kostet das Ganze ein Vermögen, und er hängt weiter in der Luft?«

»Wir würden Jago an eine andere Praxis überweisen«, antwortete Peter. »Seine Beziehung zu Dr. Brown ist inzwischen problematisch. Es wäre unethisch, wenn sie ihn weiter behandelt. Oder wenn er weiter in ihre Praxis kommt.«

Annaliese wartete darauf, dass das durchdrang, dass sie nach Details fragten, dass sie wissen wollten, wie eine Beziehung zwischen Ärztin und Patient problematisch werden könne.

»Sie schieben ihn woandershin ab?«, fragte Morgan stattdessen.

»Nein, wir sorgen dafür, dass er die bestmögliche Behandlung bekommt«, entgegnete Annaliese. »Aber nicht hier.«

»Kann er wieder zur Schule gehen?«, erkundigte sich die Stiefmutter.

»Wie sieht's mit einer Strafanzeige aus?«, übertönte Morgan seine Frau. »Kommt so was auf ihn zu?«

»Wir empfehlen der Polizei, die Anzeige fallen zu lassen«, erklärte Peter. »Sich mit einem Strafverfahren herumzuschlagen, ist das Letzte, was Jago im Moment braucht. Garantieren können wir nichts, aber normalerweise richten sie sich nach unseren Empfehlungen.«

»Wir halten es nicht für eine gute Idee, dass er wieder zur Schule geht«, meinte Annaliese. »Der Druck des schulischen Umfelds ist im Moment nicht das Richtige für ihn. Mithilfe der Schulbehörde sollte er weiter zu Hause lernen und vielleicht sogar seine Prüfungen ablegen können. Im

Augenblick müssen wir uns auf seine Gesundheit fokussieren.«

Morgan ließ den Kopf in die Hände sinken. »Das wird er nie wieder los. Sie haben meinem Sohn seine Zukunft gestohlen.«

Sie und Peter wechselten einen Blick. Den Boten zu erschießen, war eine übliche Reaktion, wenn man erfuhr, dass das eigene Kind unter einer ernsten psychischen Erkrankung litt, die sich wahrscheinlich auf sein ganzes restliches Leben auswirken würde. Jagos Eltern standen im Moment unter Schock, und sie hatten Angst. Wenn sie fürs Erste als Boxsack herhalten müsste, dann würde sie das zulassen.

Denn für diese beiden fingen die Probleme gerade erst an.

33

Annas entgeisterte Miene war nicht weiter überraschend. Constance hatte uns gerade verkündet, dass ihre Schwester tot sei.

»Meinst du, du hast Angst, dass sie tot ist?«, fragte ich nach.

»Ich weiß, dass sie tot ist. Sie haben sie umgebracht.«

»Constance, jetzt komme ich nicht mehr mit«, sagte Anna. »Du sagst, jemand, der mit der Kirche in Verbindung steht, hat Emily umgebracht? Und die anderen haben das vertuscht, um – ich weiß nicht – nicht in Verruf zu geraten? Keine unerwünschte Aufmerksamkeit zu erregen?«

»Nein, es ist noch viel schlimmer. Es war kein Unfall oder so, hier ist kein einsamer Irrer zugange. Es ist ein Teil dessen, warum wir hier sind. Es ist der Hauptgrund, warum wir hier sind.«

Weder Anna noch ich hatten eine Antwort parat, und ich wusste genau, was sie dachte: Wir waren in dem Glauben hergekommen, dass wir es mit einer exzentrischen, fundamentalistischen Kirche und autoritären Eltern zu tun hatten, und jetzt …

Constance wartete nicht. »Jedes Jahr stirbt jemand im Höllenhaus«, sagte sie. »Sie suchen jemanden aus, der es verdient, und bringen ihn um. Es sind nicht die verschiedenen Schaubilder, die uns auf dem rechten Pfad halten sollen, es ist der Gedanke, dass der oder die Schlimmste von uns sterben wird. Glauben Sie, wir hätten sonst Angst davor? Vor einer billigen Geisterbahn? Da hab ich ja im Freizeitpark schon gruseligere Nummern gesehen. Wenn das alles wäre, wär's ein Riesenspaß, aber es ist nicht alles. Einer von all denen, die da reingehen, kommt nicht lebend wieder raus.«

Noch immer schwiegen Anna und ich.

»Sie haben Emily ausgesucht, weil sie Probleme gemacht hat«, fuhr Constance fort. »Sie war kein Engel, das gebe ich zu, aber sie hat auch nichts wirklich Schlimmes gemacht. Sie hat getrunken, ein bisschen gekifft, hatte ein paar Freunde. Aber was schlimmer war, sie hat denen ihren Bullshit nicht abgekauft, hat ihnen gesagt, dass ihre

Kirche ein Schwindel ist und sie alle Heuchler wären. Immer wieder hat sie damit gedroht, auszutreten, sobald sie alt genug wäre. Die haben gewusst, dass sie ihnen Ärger machen konnte, also haben sie sie vorher zum Schweigen gebracht.«

»Und du glaubst, das ist schon öfter passiert?«, fragte ich. »Vor Emily, meine ich?«

»Ja, jedes Jahr.«

»Constance, das kann nicht stimmen«, widersprach Anna. »Bei der Einsammlung sind doch bestimmt an die hundert Familien dabei, drei- oder vierhundert Personen. Die können sich doch nicht alle verschworen haben, ein Kind zu ermorden.«

Constance fing an zu weinen. »Sie glauben mir nicht. Ich hab gewusst, dass Sie mir nicht glauben würden.«

So bemerkenswert die Geschichte des Mädchens auch sein mochte, sie schien sie auf jeden Fall zu glauben. In diesem Moment vernahm ich ganz in der Nähe ein scharrendes Geräusch. Anna und ich sahen uns an – sie hatte es auch gehört. Ich schaltete die Taschenlampe aus, Anna brachte Constance behutsam zum Schweigen, und wir warteten.

Ein Zweig knackte. Vielleicht war es ja gar nichts weiter, doch meine Nerven waren kurz davor, zu versagen. Ich zählte im Kopf bis sechzig, und als nichts mehr zu hören war, gestattete ich mir endlich, mich zu entspannen.

»Wir müssen mit Constance zur Polizei«, sagte Anna.

»Die Polizei tut nichts«, wehrte Constance ab. »Die waren hier, nachdem Sie denen erzählt haben, dass Sie gesehen haben, wie Connor ins Wasser gefallen ist. Aber sie haben bloß mit Mr North gesprochen und sind wieder weggefahren. Sie haben sich nicht umgesehen, sie haben mit niemand anderem gesprochen. Wahrscheinlich stecken die da auch mit drin.«

Ein neues Geräusch. Das Husten eines Mannes. Anna und Constance sprangen auf. Ich folgte ihrem Beispiel eine Sekunde später, und dann tauchte der Mann auf.

Connor.

Natürlich. Ich hatte die ganze Zeit gewusst, dass es Connor sein musste, der uns zum See hinauf nachschlich. Gestern Nacht hatte ich ihn hinter Annas Haus gesehen und war mir ziemlich sicher, dass er wieder in ihrer Laube übernachtet hatte. Wo er heute gewesen war, wusste ich nicht, doch ich hatte eine Gestalt in den Schatten herumlungern sehen, als Anna und ich aufgebrochen waren, um uns mit Constance zu treffen. Aber es mag ja gut und schön sein, ganz sicher zu wissen, dass jemand einem folgt – die Anspannung des Wartens, bis er sich bemerkbar macht, kann trotzdem gewaltig sein.

Inzwischen hatte Constance sich ihm in die Arme geworfen. Er senkte den Kopf, sodass sein Kinn auf ihrem Haar ruhte, und etliche Sekunden lang hielten sie sich fest umschlungen. Anna und ich sahen uns an.

»Na, wenigstens ist er okay«, stellte ich fest.

Sie lächelte ein wenig.

Ich räusperte mich. Als das nicht wirkte, beugte ich mich vor und tippte Connor ganz leicht auf die Schulter. Erst da ließ er Constance los.

»Wir haben gehört, du sitzt im Zug nach Hause«, sagte ich zu ihm.

»Ich bin in Preston ausgestiegen. Ich lasse Connie hier oben nicht allein.«

»Gut siehst du nicht aus«, meinte Constance. »Du hättest im Krankenhaus bleiben sollen. Und schon gar nicht hierher zurücktrampen sollen. Du bist doch getrampt, oder?«

»Mir geht's gut«, beteuerte er, allerdings sagte seine ziemlich hastige Atmung da etwas anderes. »Und ich hab gestern Nacht in Ihrem Schuppen geschlafen, ich hoffe, das ist Ihnen recht?« Er blickte auf das Mädchen hinunter, das sich noch immer an seinen Arm klammerte. »Bist du okay?«

Sie nickte. »Aber der Test war positiv. Es … Ich bin…«

»Ich weiß«, sagte er. »Alles cool.«

»Ganz bestimmt nicht«, wandte ich ein. »Selbst wenn Constance sich die Gefahr, in der sie auf dem Kirchengelände ist, nur einbildet …«

»Tu ich aber nicht!«, fuhr Constance auf.

»… was ich inständig hoffe, bist du trotzdem von einem oder mehreren Unbekannten übelst zusammengeschlagen worden, und sie ist fünfzehn und ungewollt schwanger. Die Situation ist alles andere als cool.«

»Ich kann für sie sorgen«, versicherte Connor. »Für Constance und das Baby.«

»Ich will einen Schwangerschaftsabbruch«, fiel Constance ihm ins Wort und überraschte uns alle drei. Anna und ich warteten, während sie sich an Connor wandte.

»Ich weiß, dass du für mich sorgen wirst, und ich weiß, du wirst für das Baby tun, was du kannst, aber es einfach nicht der richtige Zeitpunkt.«

Connor holte tief Luft.

»Wir sind zu jung«, fuhr Constance fort. »Bitte sag, dass du das verstehst.«

»Alles, was du willst.« Ich glaube nicht, dass ich mir die Erleichterung nur einbildete, die sich auf seinem Gesicht zeigte. Er war ja vielleicht fest entschlossen, das Richtige zu tun, aber nur wenige Siebzehnjährige finden die Vorstellung toll, Vater zu werden.

»Ist das etwas, worüber du mit deinen Eltern reden kannst?«, fragte Anna Constance.

Sie machte ein entgeistertes Gesicht. »Machen Sie Witze? Die halten mich doch sowieso schon für eine Schlampe. Das wird sie nur darin bestätigen.«

»Constance!«

Wir zuckten alle zusammen, doch der Ruf war vom anderen Ufer gekommen, von den Lagerfeuern.

»Sie suchen mich.« Constance schmiegte sich enger an Connor.

»Wie wär's hiermit?«, sagte Anna mit gedämpfter Stimme, obgleich uns auf der anderen Seite des Sees unmöglich jemand hätte hören können. »Ich kann morgen mit euch beiden nach Carlisle fahren. Wir können zum Jugendamt gehen und darum bitten, dass für euch beide eine Notfall-Schutzanordnung erlassen wird. Dann kannst du zum Arzt gehen, Constance, und dich in Sachen Abbruch beraten lassen, um sicher zu sein, dass du das wirklich willst. Deine Eltern können da nicht eingreifen, aber ihr werdet euch Gedanken darüber machen müssen, was langfristig aus euch wird. Vielleicht kommt ihr beide ins Heim, bis ihr achtzehn seid.«

»Constance!« Ein neuerliches Brüllen vom anderen Ufer her.

»Warum denkst du nicht darüber nach?«, sagte ich zu dem Mädchen. »Geh jetzt zurück zu deinen Eltern, ruh dich ein bisschen aus und ruf uns morgen an. Ich habe etwas für dich.«

Damit zog ich ein billiges Mobiltelefon aus der Tasche, das ich vorhin in Penrith gekauft hatte. »Damit wir Kontakt miteinander halten können. Meine Festnetznummer und Annas beide Telefonnummern sind da drin gespeichert«, erklärte ich und achtete nicht auf Annas verblüfftes Gesicht. »Kannst du das irgendwo verstecken?«

Constance nickte und versenkte das Handy in der Tasche ihrer Jeans. »Bitte helfen Sie mir«, flehte sie, und der Blick ihrer feuchten Augen wanderte von Anna zu mir. »Ich glaube, sie wissen von dem Baby. Und sie wissen definitiv von Connor. Ich glaube, ich bin die Nächste.«

»Constance!« Diesmal kam es aus noch größerer Nähe. Ich glaubte, jemanden am Wasser stehen und in unsere Richtung starren zu sehen.

»Ihr könnt sie doch nicht dahin zurückgehen lassen«, begehrte Connor auf.

»Ich habe nur noch vier Abende«, stammelte Constance. »Am Samstag muss ich ins Höllenhaus. Und ich glaube nicht, dass ich da wieder rauskomme.«

»Dann bist du noch vier Abende lang sicher«, erwiderte ich mit fester Stimme. »Zieh den Kopf ein, tu nichts, was deine Eltern oder die Kirche misstrauisch macht, und wir reden morgen.«

Das schien ihr einzuleuchten. Sie umarmte Connor ein

letztes Mal und machte sich auf den Weg. Wir sahen zu, wie sie um den See herum zum Campingplatz zurückging. Als sie außer Sicht war, traten Anna, Connor und ich unsererseits den Rückweg an.

»Ich fühle mich wirklich nicht wohl dabei, sie dort zu lassen«, meinte Anna, nachdem sie über eine Baumwurzel gestolpert war und ich ihr wieder aufgeholfen hatte.

»Ich mich auch nicht«, brummte Connor.

»Tja, ich mich auch nicht«, sagte ich, obwohl ich kein Problem damit hatte. »Aber ich glaube, keiner von uns will beschuldigt werden, im Schutze der Nacht ein Kind entführt zu haben. Und genau das würde passieren, wenn wir sie jetzt mitnehmen. Bei Tag ist das etwas ganz anderes.«

»Das kann doch nicht sein«, fuhr Anna fort, während sich eine Wolke vor den Mond schob und das bisschen Licht, auf das wir uns verlassen hatten, verschwand. Wir blieben alle drei stehen, um uns zu orientieren. »Was sie uns da über das Höllenhaus erzählt hat …«

»Doch, das ist wahr«, beharrte Connor. »Das wissen alle.«

»Familien bringen ihre Kinder doch nicht irgendwohin, wenn sie wissen, dass eins von ihnen dort stirbt.« Anna stand sehr dicht neben mir, zischte mir praktisch ins Ohr, und ich konnte sehen, dass Constances wilde Behauptungen sie zutiefst erschüttert hatten. »Und Kinder verschwinden auch nicht einfach, nicht in diesem Land. Sie landen auf der Vermisstenliste, die Polizei sucht nach ihnen. Und plötzliche Todesfälle werden untersucht. Das kann nicht wahr sein!«

»Ich finde auch, dass das ziemlich abwegig klingt«, antwortete ich und hob die Hand, um Connor zu bremsen. »Aber es wäre nicht das erste Mal, dass Eltern ihre Kinder ermorden. Oder zulassen, dass andere es tun.«

Anna gab einen Laut von sich, der halb Schluchzen und halb Stöhnen war, und mir war klar, dass sie mich für herzlos hielt, weil ich nicht so extrem reagiert hatte wie sie.

»Wir können sie nicht dahin zurücklassen.« Sie machte kehrt. »Wir müssen sie da rausholen.«

Connor sah auch aus, als wäre er kurz davor, Gathering Hall zu stürmen, also packte ich Anna am Arm. »Wir haben doch gar keine Chance, auch nur in ihre Nähe zu kommen«, gab ich zu bedenken. »Wahrscheinlich würden wir verhaftet werden, wegen Hausfriedensbruch oder so was.« Ich warf Connor einen raschen Blick zu. »Oder wieder zusammengeschlagen werden. Kommt, wir besprechen das, wenn wir zu Hause sind.«

Ich ging voran, zog Anna mit und vergewisserte mich, dass Connor uns folgte. So weit vom Dorf entfernt waren wir leichte Beute für jeden, der sich mit bösen Absichten hier herumtrieb. Endlich kamen wir drei auf die schmale Straße, die uns nach Hause bringen würde, und ich ließ Anna einen Moment Zeit, um wieder zu Atem zu kommen. Connor sah noch immer nicht besonders gut aus. Wahrscheinlich gehörte er wirklich ins Krankenhaus.

Anna wischte sich mit dem Ärmel übers Gesicht und schniefte heftig.

»Ihr könnt ihr nicht helfen, wenn ihr zusammenklappt«, sagte ich und schaute von einem zur anderen, damit Connor wusste, dass er ebenfalls gemeint war. Beide sahen mich finster an, doch als ich ganz leicht die Schultern zuckte und mich abwandte, folgten sie mir. Wir erreichten das Ende der Straße, und ich ging voran auf Annas Grundstück zu. Wir hatten das Gartentor nicht abgeschlossen und ein trübes Licht im Hof brennen lassen. Ich trat vor den beiden ein und erblickte daher den Mann, der an einem der Tische im Innenhof saß, zuerst. Gardner.

»Wir müssen echt aufhören, uns so zu treffen«, bemerkte er.

Zu meiner Verblüffung hatte er einen offenen Laptop vor sich auf dem Tisch. Ich hätte nicht gedacht, dass er sich mit Computern auskannte, aber man lebt und lernt, wie es so schön heißt.

»Wollte Ihnen was zeigen«, sagte er zu Anna, nachdem wir ihn mit Connor bekannt gemacht hatten. »Oder Ihnen. Ich hatte so das Gefühl, dass ihr beide zusammen unterwegs seid.« Er lächelte. »Und irgendwelche krummen Dinger dreht.«

»Gehen wir rein«, meinte Anna.

Ihre Küche war angenehm warm nach der kalten Nacht, und das übliche Gemenge aus Kochgerüchen umtanzte uns. Irgendetwas daran, in Annas Haus zu sein, versetzte einen unweigerlich in bessere Stimmung. Während ich noch darüber nachdachte, versammelten sich die anderen um Gardners Laptop.

Ich gesellte mich zu ihnen und sah, dass sie die Homepage derselben Website betrachteten, die Anna mir ein paar Tage zuvor gezeigt hatte. Die Überschrift »St. Abel's Hölle« war noch da, genau wie die Botschaft, dass man die eigentliche Website im Darknet finden könne. Nur das

Foto war ein anderes. Das vorige Bild von dem Dorf war durch eines ersetzt worden, das vom Gelände östlich von Gathering Hall aus aufgenommen worden war. Man konnte hinter Bäumen und Büschen das Haus erkennen.

Im Vordergrund waren vier frische Gräber zu sehen.

34

Mai, ein Jahr zuvor

Annaliese kam ungewöhnlich müde nach Hause. Die Besprechung mit den Moores am Nachmittag hatte viel Kraft gekostet, und sie konnte sich des Verdachts nicht erwehren, dass sie im Großen und Ganzen mit Jago nicht so gut klargekommen war, wie sie es vielleicht gekonnt hätte. Es war möglich, dass sie dem Jungen, wenn auch unterbewusst, den Eindruck vermittelt hatte, ihr Interesse an ihm ginge über das rein Berufliche hinaus. Andererseits könnte sie auch in die uralte Falle getappt sein, als Frau stets zu glauben, dass sie für das schlechte Benehmen eines Mannes verantwortlich sei.

Vor dem Haus waren Bauarbeiter zugange. Ein Pressluftbohrer riss lärmend den Betonbelag des Gehsteigs direkt unter ihrem Wohnzimmerfenster auf. Temporäre Verkehrszeichen und Wasser, das die Straße hinabströmte, ließen auf einen Rohrbruch schließen. Wohl wissend, dass die Arbeiten bis in den Abend hinein weitergehen würden, fühlte Annaliese, wie die Kopfschmerzen, die schon seit den letzten paar Stunden gedroht hatten, zum Leben erwachten.

Während sie vergeblich versuchte, das beharrliche Hämmern des Bohrers zu ignorieren, öffnete sie den Kofferraum und holte vier Einkaufstaschen mit Lebensmitteln hervor. Hängte sie sich über die Schultern und eilte ins Haus. Der Fahrstuhl brachte sie in den ersten Stock, und sie stellte die Taschen ab, um ihren Wohnungsschlüssel hervorzukramen. Zum Glück war der Pressluftbohrer verstummt.

In ihrer Wohnung klingelte das Telefon. Ihre Mum rief immer um sieben an und bekam es mit der Angst, wenn sich niemand meldete. Annaliese blockierte die Tür mit einer der Taschen, ließ die anderen draußen stehen und ihre Handtasche auf dem Tischchen im Flur liegen und eilte mit großen Schritten den kurzen Wohnungsflur hinunter.

Einen Augenblick, bevor sie es erreichte, verstummte das Telefon. Sie nahm den Hörer ab und wollte ihre Mutter gerade zurückrufen, als sie eine instinktive Ahnung von Gefahr überkam, als sei ein kalter Wind durch die Wohnung gefegt. Sie drehte sich um und sah Jago Moore in der Wohnungstür stehen. Er hatte ihre Taschen mitgebracht und hielt die Tür mit einem ausgestreckten Fuß offen.

Bis sie begriffen hatte, dass er tatsächlich hier war, hatte er einen Schritt in die Wohnung hinein gemacht und die Tür zufallen lassen.

»Hübsch hier«, bemerkte er, und sein Blick huschte an ihr vorbei zur Küche, zu dem Durchgang, der ins Wohnzimmer führte.

»Jago, du hast hier nichts zu suchen. Du musst sofort gehen.«

Einen Moment lang starrte er sie an. Irgendetwas in seinen Augen war anders, war härter und zugleich weniger intelligent. Bisher hatte sein Verhalten ihr keinerlei Hinweis auf Drogenkonsum gegeben, jetzt jedoch würde sie es nicht ausschließen.

Der Schmerz in ihrem Kopf begann zu pulsieren, pochte im Takt mit dem beschleunigten Rhythmus ihres Herzens. Annaliese fühlte kalten Schweiß rund um den Hals, und ihre Kleider schienen enger geworden zu sein. Sie war sich eines ganz neuen Gefühls bewusst: Das hier war kein Argwohn, das war Angst. Sie hatte wahnsinnige Angst vor dem Jungen in ihrer Wohnung.

Draußen ging das Bohren wieder los. Er zuckte bei dem jähen Krach zusammen, doch dann glitt ein verschlagenes Lächeln über seine Züge. Drei, vielleicht vier Sekunden vergingen, dann brach Jago den Blickkontakt ab und schaute hinter sich. Einen Augenblick lang dachte sie, er täte wie geheißen und würde gehen, doch stattdessen setzte er die Taschen ab, ehe er die Türkette anhob und sie vorlegte.

Dann lehnte er sich gegen die Tür, eine Pose, die Arroganz suggerierte, ein Gefühl der Kontrolle. Dies hier war ihr privater Raum, und doch hatte er ihn eingenommen. Er hob die Stimme, um sich über den Lärm des Bohrers hinweg verständlich zu machen. »Ich habe den Bericht gesehen.«

»Die Praxis überweist dich an einen anderen Psychiater.« Annaliese konnte hören, dass ihre Stimme gezwungen klang, hoch und unsicher. »Wenn du Fragen hast, solltest du sie dort stellen. Und jetzt musst du gehen.«

Er trat einen Schritt vor, dann noch einen. Sein Blick wanderte stetig von rechts nach links, erfasste alles. Rechts von ihm war das Badezimmer, der einzige Raum in der Wohnung, den man von innen abschließen konnte, ein Raum, den sie unmöglich erreichen konnte. Zu seiner Linken stand das Flurtischchen, auf das sie ihre Handtasche gelegt hatte. Ihre Handtasche mit ihrem Handy darin.

Noch immer umklammerte sie das Telefon wie eine Waffe.

Vor ihrer Schlafzimmertür blieb er stehen und drückte sie auf, sodass er hineinsehen konnte. Sie war heute Morgen in aller Eile aufgebrochen. Auf dem Boden würden Kleider herumliegen, das Bett war nicht gemacht. Ihr Magen verkrampfte sich bei diesem intimen Einblick, den sie ihm unbeabsichtigt gewährt hatte.

»Gemütlich«, meinte er. »Bisschen unordentlich für meinen Geschmack, aber da kann ich flexibel sein.«

Annalieses Finger glitten über die Nummerntasten an dem Telefon, das sie noch immer in der Hand hielt. Sie könnte den Notruf wählen, ohne dass er es merkte, solange sie weiter Blickkontakt hielt. Die Zentrale würde hören, was im Zimmer gesprochen wurde, würde den Notfall erkennen. Für so etwas waren sie dort ausgebildet.

»Lassen Sie das«, befahl er. »Legen Sie auf.«

Sie durfte nicht in Panik geraten, es musste eine Möglichkeit geben, die Situation wieder unter Kontrolle zu bekommen.

»Ich sag's nicht noch mal.«

Der Messerblock war zu ihrer Rechten, drei Schritte entfernt. Das größte Messer war lang und schwer, es würde ihn in Fetzen reißen. Hatte sie den Mut dazu?

Er machte einen Schritt auf sie zu, dann noch einen. Eine Hand, seine linke, wanderte zum Bund seiner Jeans. Er zerrte daran, als wolle er ihn lockern, als wären die Jeans zu eng.

O Gott. Die arrogante Körperhaltung, die Kontrollübernahme, die Sexualisierung außerhalb jeglichen Kontextes – das waren klassische Vergewaltigungssignale.

»Das hier ist mein Zuhause, Jago. Du hast mir nicht zu sagen, was ich tun soll.«

Er war jünger, schneller, stärker als sie. Wenn es zum Kampf kam, würde er gewinnen.

In diesem Moment verstummte der Bohrer. Die Stille schien eine eigene Präsenz zu haben.

»Sie haben mich einen Lügner genannt«, sagte er.

»Du bist auch ein Lügner. Du hast Lügen über mich verbreitet. Du hast gefälschte Beweise an meinem Arbeitsplatz deponiert. Ich rufe jetzt die Polizei, und wenn du mir zu nahe kommst, wirst du definitiv angeklagt. Und anders als deine Schule lasse ich keine mildernden Umstände gelten.«

In seinen Augen blitzte es auf, und sie machte sich bereit, zu den Messern hinüber zu springen. Dann veränderte sich seine Miene blitzschnell. Sein Gesicht stürzte in sich zusammen, als sei er drauf und dran, in Tränen auszubrechen. Sie befahl sich, wachsam zu bleiben. Der Junge war ein unübertrefflicher Schauspieler.

»Deswegen brauche ich Sie ja.« Seine Stimme hatte einen winselnden Tonfall angenommen. »Verstehen Sie denn nicht? Ich lüge nicht. Ich bringe alles durcheinander. Sie müssen mich weiter behandeln.«

Sie kämpfte gegen den instinktiven Drang an, zurückzutreten, vor ihm zurückzuweichen, und erwiderte: »Du brauchst jetzt einen neuen Therapeuten. Wir kümmern uns darum, dass du einen bekommst, aber hierher zu kommen, wird deiner Sache nicht dienlich sein. Warum rufe ich nicht schnell deinen Vater an? Du kannst draußen auf ihn warten.«

Er hob eine Hand an die Stirn. »Ich fühl mich nicht wohl. Kann ich ein Glas Wasser haben?«

Wieder ein Spiel, als Nächstes würde er sich wegen des Lichts beklagen.

»Nein. Du musst jetzt gehen.«

Mit einem verkniffenen Lächeln auf den Lippen schob er sich näher heran. »Ich weiß, dass Sie mich mögen, Annaliese.«

»Mögen oder Nichtmögen ist hier irrelevant«, log sie. »Du bist ein Patient.«

»Ich sehe doch, wie Sie mich anschauen.«

Er war fast nahe genug, um sie zu berühren. Sämtliche Instinkte befahlen ihr, zu schreien, doch sie wusste, wenn sie das tat, würde er sich auf sie stürzen.

»Geh«, wiederholte sie.

»Damals am See, da haben Sie gewusst, dass ich Sie beobachte. Gefällt es Ihnen, wenn ich Sie beobachte?«

»Mach, dass du …«

Lautes Hämmern an der Tür ließ sie beide zusammenschrecken.

»Wessex Wasserwerke. Jemand zu Hause?«

»Ich komme!«, schrie sie, noch während Jago auf sie zuschnellte. Er packte sie an der Schulter und stieß sie rückwärts gegen den Küchentresen, doch im allerletzten Moment verließ ihn der Mut. Er wusste, dass es vorbei war. Sie schüttelte ihn ab und rannte den Flur entlang zur Tür. Binnen Sekunden war die Kette gelöst und die Tür offen.

Ein Mann in Signaljacke hielt einen Ausweis hoch. »Entschuldigen Sie, Schätzchen, wir müssen das Wasser abstellen, für 'ne Stunde oder zwei. Ich sag den Leuten bloß Bescheid, dass sie noch schnell ihre Wasserkocher vollmachen sollen.«

Am liebsten hätte sie ihn umarmt. Am liebsten wäre sie zu Boden gesunken und hätte die Tränen kommen lassen.

»Kein Problem.« Sie rang sich ein Lächeln ab, bevor sie sich umdrehte.

»Danke, Jago«, sagte sie und bedeutete ihm mit einer Geste, dass er die Wohnung verlassen solle. »Ich melde mich.«

35

»Das kann nicht echt sein«, sagte ich. Wir starrten alle drei (die beiden anderen ziemlich stupide, fand ich) den Laptopbildschirm an. »Diese Computertypen können doch heutzutage ganz kluge Sachen anstellen. Und diese Gräber scheinen keine zweihundert Meter vom Haus weg zu sein. Das bleibt doch nicht unbemerkt.«

»Sie glauben, das ist Photoshop?«, fragte Connor.

Gardner goss sich eine zweite Tasse Kaffee ein. »Photoshop oder nicht, da will jemand uns auf sich aufmerksam machen.«

»Uns?«, fragte ich.

»Irgendjemanden«, korrigierte er.

»Das denke ich auch«, meinte Anna. »Ich glaube, hinter dem hier und dem X-Account steckt ein und dieselbe Person. Wahrscheinlich einer von den Jugendlichen da oben.« Sie bemühte sich erfolglos, ein Gähnen zu unterdrücken.

»Sie müssen ins Bett«, sagte Gardner zu ihr. »Um wie viel Uhr müssen Sie aufstehen?«

Um vier, in weniger als fünf Stunden, und mit dem Aufräumen und Abwaschen nach dem Kirchendinner hatten wir noch nicht einmal angefangen.

Im Laufe der letzten halben Stunde hatten wir Gardner ins Vertrauen gezogen. Es war Annas Idee gewesen, doch ich konnte den Vorteil daran erkennen, noch jemanden dabeizuhaben. Außerdem war ich neugierig gewesen, wie er reagieren würde.

»Ihr beide solltet euch wahrscheinlich auch ein bisschen ausruhen.« Er wandte sich an Connor. »Du kannst im Zimmer von meinen Jungs schlafen«, fügte er zu unser aller Überraschung hinzu. »Die Betten sind immer bezogen, falls sie mal aus heiterem Himmel auftauchen. Zum Draußenschlafen ist es zu kalt. Sogar in Annas Luxuslaube.«

»Sind Sie sicher?« Connors dankbarer Blick ließ ihn jünger wirken, als er war. »Danke.«

Auch Anna lächelte Gardner dankbar an, und er zwinkerte ihr zu. Ich räusperte mich und sagte: »Wir haben immer noch nicht entschieden, was wir unternehmen wollen.«

»Aaron North und Superintendent Benson sind so dicke miteinander.« Gardner hielt die rechte Hand hoch, Zeige- und Mittelfinger überkreuzt, um zu zeigen, dass die beiden Männer sich nahestanden. »Die Polizei legt sich erst mit der Kirche an, wenn es unbedingt sein muss. Und es wird sehr viel mehr nötig sein als die Aussage einer Fünfzehnjährigen mit psychischen Problemen, um sie zu überzeugen.«

Connor fuhr auf. »Connie hat keine psychischen Probleme.«

»Vielleicht nicht«, erwiderte ich, obwohl ich selbst bereits zu mehr oder weniger demselben Schluss gekommen war. »Aber wenn ihre Eltern und die Kirche sagen, sie hat welche, was glaubst du, wem die Behörden dann glauben werden?«

»Und was ist mit ihrer Behauptung, dass jedes Jahr einer von den Jugendlichen stirbt?«, fragte Anna Gardner. »Ist Ihnen schon mal so etwas zu Ohren gekommen?«

»Na ja, nicht direkt.« Er machte ein betroffenes Gesicht. »Aber wenn ich so drüber nachdenke, hat's bei der Einsammlung immer schon gern mal Unfälle gegeben. Da war dieser eine, der vom Dach gefallen ist. Ein Junge, glaube ich.«

Anna und Connor sahen ihn erschrocken an.

»Üble Geschichte«, brummte Gardner. »Ich war gerade auf dem Gelände, als das passiert ist, also musste ich mich natürlich um die Leiche kümmern, bis der Notarzt da war. Aber das war ein Unfall, wirklich. Kids, die zu viel getrunken und rumgealbert hatten. Hatte nichts mit dem Höllenhaus zu tun.«

In diesem Moment gab Annas Handy einen Signalton von sich. »Constance«, sagte sie. »Sie ist sicher wieder im Wohnwagen.«

»Sie wohnen doch schon am längsten hier«, wandte ich mich an Gardner. »Gibt's noch irgendwas, weswegen wir uns Sorgen machen sollten?«

Zu meiner Verblüffung dachte er lange darüber nach. Ich hatte mit einer sofortigen Verneinung gerechnet, mit einer Beteuerung, dass schon der Gedanke lachhaft sei.

Schließlich sagte er: »Ich weiß noch, wie dieses Mädchen – Emily, stimmt's? – vorletztes Jahr verschwunden ist. Tagelang haben Freiwillige die ganze Umgebung abgesucht. Die Polizei hat beschlossen, dass sie sich abgesetzt hätte. Es gab Gerede, dass sie am Busbahnhof gesehen worden wäre.«

»In diesem Fall wird sie auf der Vermisstenliste stehen«, erwiderte ich. »Das können wir überprüfen.«

»Ich wünschte, Sie hätten mir das von neulich Nacht erzählt«, knurrte Gardner. »Dass Connor da ins Wasser gedrängt worden ist.«

»Was hätten Sie denn getan?«, fragte ich. »Sie sind doch kein Polizist.«

Gardner bedachte mich mit einem Blick von der Sorte, auf den ein bestimmter Typ Mann typischerweise zurückgreift, wenn er sich herausgefordert fühlte.

»Also, zwei junge Menschen sind in den letzten Jahren da oben gestorben oder verschwunden«, sagte Anna hastig. »Der, der vom Dach gefallen ist, und Emily. Scheint das einem von Ihnen beiden für ein jährliches Kirchenfestival nicht ein bisschen viel Pech zu sein?«

»Vier Gräber«, warf Connor ein. »Vielleicht gibt's ja noch zwei, von denen wir nichts wissen.«

Wir drehten uns zu Gardners Laptop um. Der Bildschirm hatte wieder in den Schlafmodus geschaltet, aber wir erinnerten uns bestimmt alle gut an das krasse Bild von den Gräbern.

»Ich habe da oben schon was zu sagen«, meinte Gardner. »Die können mir den Zutritt zum Gelände nicht verbieten.«

»Und inwiefern hilft uns das?«, fragte ich.

»Ich schlage vor, wir schauen uns das gleich morgen früh mal an. Inzwischen seht ihr alle drei ziemlich fertig aus. Warum treffen wir uns nicht morgen wieder? Komm, Connor, wahrscheinlich hab ich irgendwo noch eine Zahnbürste für dich.«

Connor stand auf.

»Wir?«, hakte ich nach. »*Wir* schauen uns da morgen früh um?«

Er neigte den Kopf. »Sie und ich. Brandschutzinspektion. Sind Sie dabei?«

Und so verließ ich am nächsten Morgen, einem Mittwoch, um kurz vor sieben mein Haus, als es noch dunkel war, und sah Gardner neben seinem Monstertruck warten.

»Der Bengel ist schon wieder weg.« Er sagte nicht einmal Guten Morgen.

»Connor?«, fragte ich, obgleich er ja eigentlich niemand anderen gemeint haben konnte.

»Ist nachts abgehauen«, fuhr er fort. »Hab nichts gehört. Aber ich schlafe auch wie ein Toter. Meinen Sie, wir sollen's Anna sagen?«

Anna war natürlich bereits auf, aus ihrem Küchenfenster fiel Licht. »Ich glaube, sie ist gestresst genug. Lassen wir es erst einmal.«

»Nimmt ganz schön leicht Schaden, dieses Blümchen«, bemerkte Gardner, während er auf den Fahrersitz stieg, und mir schien das eine akkurate, wenngleich herablassende Beschreibung für Anna zu sein. Sie war ein liebenswerter Mensch, besonders robust jedoch war sie nicht.

»Was halten Sie denn von dem Ganzen?«, fragte Gardner. »Anna ist ziemlich mitgenommen, das ist offensichtlich. Bei Ihnen bin ich mir da nicht so sicher.«

»Die Leute im Haus waren gestern sehr nervös«, sagte ich, als wir losfuhren. »Die haben Anna und mich kaum mal eine Sekunde allein gelassen. Und wir haben definitiv gesehen, wie Connor Samstagabend ins Wasser gedrängt worden ist.«

Darüber dachte er anscheinend einen Moment nach. »Trotzdem, ein bisschen weit hergeholt ist das Ganze schon. Eine Verschwörung, Jugendliche umzubringen, damit der Rest sich aus Angst gut benimmt?«

»Es scheint auf jeden Fall so«, pflichtete ich ihm bei.

»Selbst wenn einer oder zwei bereit sind, da mitzumachen, und das ist nicht sehr glaubhaft, da sind doch ... Wie viele Familien sind da oben?«

»Etwa hundert.«

»Und das sind doch keine religiösen Spinner. Das ist ja nicht irgendein Kult, der sich von der Welt abschottet.«

»Nein«, stimmte ich zu. »Entschuldigung, können Sie kurz anhalten? Genau hier. Okay, bin gleich wieder da.«

Damit öffnete ich die Wagentür und stieg aus. Ich hatte etwas gesehen, oder vielmehr eine ganze Reihe desselben Etwas: Plakate an den Laternenpfählen entlang der Straße, die aus dem Dorf herausführte. Ich riss das, das mir am nächsten war, ab – ein dürftiges Ding aus leichter Pappe – und ging damit zum Wagen zurück.

»Wo zum Teufel kommt das denn her?«, fragte Gardner, als ich wieder auf meinem Platz saß und wir das Plakat beide im Schein der Innenbeleuchtung betrachteten.

Es war ein selbst gemachtes Vermisstenplakat. Das Foto, das den meisten Platz einnahm, zeigte ein junges Mädchen, das Constance auffällig ähnlichsah. Die Angaben darunter ließen uns wissen, dass Emily Collins, sechzehn Jahre alt, zum letzten Mal in der Kirche der Einsammlung in St. Abel's Chapel gesehen worden sei und dass befürchtet würde, ihr sei etwas zugestoßen. Darunter stand eine Telefonnummer, die man anrufen solle, wenn man über Informationen verfügte.

»Das weiß ich genauso wenig wie Sie«, antwortete ich. »Aber es sieht aus, als hätten Sie gestern Abend recht gehabt. Jemand versucht, auf das aufmerksam zu machen, was da oben in Gathering Hall vorgeht.«

Gardner löste die Handbremse, und wir fuhren ein Stück weiter.

»Ich kann's mir immer noch nicht vorstellen«, meinte er. »Das sind doch ganz normale Menschen. Diese Nummer hier, das ist einfach etwas, was die einmal im Jahr machen. Ein paar Bierchen kippen, mit ein paar Freunden quatschen. Es ist doch nicht sehr wahrscheinlich, dass sie ihre eigenen Kinder ermorden, oder?«

»Nein«, bestätigte ich. »Aber oft passieren die schlimmsten Verbrechen gerade so. Wenn etwas die Vorstellungskraft der meisten normalen Menschen übersteigt, lassen die meisten normalen Menschen es zu.«

Er sah mich kurz von der Seite an. »Hört sich an, als wüssten Sie, wovon Sie reden.«

Ich zuckte mit den Schultern. »Ich sehe viel fern. Da merkt man sich so einiges.«

Bald erreichten wir Gathering Hall. Gardner zeigte seinen Ausweis vor, und wir wurden ohne Widerworte eingelassen.

»Ich lasse Mr North wissen, dass Sie hier sind«, rief uns der Wachmann zu, als wir auf das Gelände fuhren.

Dort herrschte noch Dunkelheit. Die riesigen Flutlichtscheinwerfer waren ausgeschaltet, und östlich von uns lagen Berge, die der aufgehenden Sonne noch einige Zeit Einhalt gebieten würden.

»Wo fangen wir an?«, wolle ich wissen. »Wir haben sie vielleicht überrumpelt, aber die lassen doch in den nächsten paar Minuten ihre Truppen aufmarschieren.«

»Ach, ich denke, wir fahren direkt in die Höhle des Löwen.« Gardner lenkte den Truck auf den Haupteingang des riesigen Zeltes zu. »Schauen wir doch mal, was die um diese Zeit so treiben.«

Er parkte direkt vor dem Eingang und sprang aus dem Wagen, bevor ich Einspruch erheben konnte.

Nicht dass ich das unbedingt getan hätte. Gardners schiere körperliche Präsenz verlieh mir eine merkwürdige

Art geborgten Mut. Ich stieg aus, und er reichte mir eine Signalweste, damit ich genau wie er halbwegs offiziell aussah. Während ich sie überstreifte, begann er, die Verschnürung aufzunesteln, die den Zelteingang zusammenhielt.

»Sogar ich darf da nie unbegleitet rein«, meinte er. »Da fragt man sich doch, was die verbergen, nicht wahr?«

Als ich mich umdrehte, sah ich den Wachmann, der uns eingelassen hatte. Das Funkgerät am Mund beobachtete er uns von seinem Posten beim Tor aus.

Ich duckte mich unter der Zeltklappe hindurch und trat zu Gardner in die Nachbildung eines Pubs. Als wir mit unseren Taschenlampen umherleuchteten, konnte ich Wandlampen ausmachen, Werbeplakate für diverse Alkoholsorten sowie hölzerne Raumteiler, die zwischen den Tischen eine Illusion von Privatsphäre schaffen sollten. Eine lange Theke hatte eine verspiegelte Front, und oben drauf waren Zapfanlagen für Bier und Cider. In der Finsternis war das alles sehr realistisch. Gardner war inzwischen ein wenig weitergegangen und leuchtete mit der Lampe auf den Boden des Zeltes. Winzige darin eingelassene Spots deuteten einen Weg an.

»Folgen wir dem gelben Ziegelsteinweg?«, fragte er.

Ich verspürte einen Stich der Nervosität, aber deswegen waren wir ja gekommen.

»Ist wie bei Ikea«, bemerkte Gardner, als wir losgingen. »Immer nur in eine Richtung.«

Das musste ich ihm wohl glauben; ich war noch nie bei Ikea gewesen.

Der Raum hinter dem Pub wurde rasch schmal und beklemmend. Schmutzige Ziegelmauern hegten uns von beiden Seiten ein. Türen aus morschem Holz und rostende Mülltonnen, sogar Müllhaufen, die vor sich hin verrotteten. Es stank, was mir verriet, dass zumindest ein großer Teil des Mülls echt war. Gardner dürfte dies alles schon früher gesehen haben, doch wenn überhaupt, so schien ihm noch beklommener zumute zu sein als mir. Während ich ihm durch die Gasse folgte, fragte ich mich, warum er beschlossen hatte, zuerst hier einzudringen, anstatt draußen nach den Gräbern zu suchen. Der Weg bog nach rechts, führte uns in eine neue Richtung. Wir ließen den Gestank der Gasse hinter uns, und im Schein unserer Lampen tauchten allmählich gemalte Bäume und Verkehrsschilder auf.

Ich hörte ein statisches Knistern, das vermuten ließ, dass ganz in der Nähe jemand ein Funkgerät benutzte, und draußen vor dem Zelt waren leise Stimmen zu vernehmen. Der Sicherheitsdienst war uns anscheinend bereits auf den Fersen.

Gardner blieb neben einem Auto stehen: einem echten Auto, der Kühler von einem sehr lebensechten Baum eingedrückt. Mein Herz schlug mittlerweile ungemütlich schnell. Vielleicht war es das Wissen, dass wir nicht hier sein sollten und dass es Ärger geben würde, wenn man uns erwischte. Und früher oder später würde man uns erwischen, ich wusste genug über die Kirche, um mir darüber im Klaren zu sein.

Stimmen. Ganz nahe.

Abrupt wechselte Gardner die Richtung. Er hatte eine unauffällige Tür in der Innenwand entdeckt, eine Plastikplane, die man nur loszuhaken brauchte. Wir traten hindurch, und die Straßenszene wich einem Wald. Dunkle Stämme waren auf die Wände rings um uns herum gemalt worden, und zwar so geschickt, dass es aussah, als erstrecke der Wald sich kilometerweit. Direkt vor mir stand etwas, das wie ein richtiger Baum aussah. Im Vorbeigehen berührte ich die Rinde, und der Stamm schien real zu sein. Welke Blätter lagen auf dem Pfad zu unseren Füßen verstreut, und der erdige Geruch von Waldboden und verrottender Vegetation füllte den Raum.

Wir machten ein paar Schritte in den Wald hinein und hörten etwas, das wie ein erstickter Schrei klang.

Gardner fuhr herum, der Strahl seiner Taschenlampe tanzte umher. »Was war das?«

Ich hatte keine Antwort darauf.

»Hat sich das für Sie nach einem Menschen angehört?«

Ja, hatte es.

Er ging voraus in die Düsternis, während weitere Laute aus der Stille ertönten: ein merkwürdiges, tierisches Scharren und etwas wie menschliches Schluchzen. Der Pfad wand sich um ein Gebüsch, gerade hoch genug, um uns die Sicht nach vorn zu nehmen. Über uns konnte ich die dicken Äste und das stumpfe, trockene Laub einer Eiche ausmachen. In den letzten Sekunden hatte ich sogar ein paar Eicheln beiseitegekickt. Ich strich mit der Hand über die Büsche und spürte die stachelige Feuchtigkeit echter Blätter. Gerade wolle ich eine Bemerkung darüber machen, wie gut das alles gemacht war, als Gardner aufschrie und verschwand. Ich folgte ihm rasch.

Vor uns hing ein Junge von vielleicht achtzehn Jahren am dicksten Ast der Eiche.

36

Mai, ein Jahr zuvor

Jago hatte die Kunst perfektioniert, das Haus zu betreten, ohne dass ihn jemand hörte. Er ließ die Hintertür sachte ins Schloss fallen und trat in die Garderobe. Stimmen drangen aus dem Arbeitszimmer seines Vaters herüber, und das hieß, er konnte ungesehen die Treppe hinaufschleichen. Langsam verließ er die Garderobe, denn langsam bedeutete lautlos. Sein Vater beendete gerade ein Telefonat.

Jago war nach dem Gespräch mit Annaliese noch immer aufgewühlt. Er hatte keine Ahnung, warum sie dermaßen überreagiert hatte, aber er wusste, mit Frauen und ihren widersprüchlichen Signalen war er ein für alle Mal fertig.

»Na schön«, sagte Morgan gerade, als Jago sich leise um die Kücheninsel herumschob. »Sie können sich auf Post von meinem Anwalt gefasst machen.«

Bella hatte Gemüse gekocht, das große Messer, das sie benutzte, um Wurzelgemüse zu zerkleinern, lag in der Spüle. Im Arbeitszimmer war es still.

Auf der ersten Treppenstufe blieb Jago stehen. Die Treppe war aus nacktem Holz, und obwohl er versucht hatte, sich die verschiedenen Stellen zu merken, wo die Dielen knarrten, erwischten sie ihn manchmal doch kalt.

Bellas Stimme klang ausdruckslos, als sie fragte: »Sie nehmen ihn nicht wieder auf?«

»›Besser für alle Beteiligten, wenn Jago nicht zurückkommt‹«, grollte sein Dad. »Sag mir, inwiefern genau ist das für Jago besser? Inwiefern ist das besser für mich?«

»Ich kann nichts dafür, Morgan.«

Jago hörte seinen Vater seufzen.

»Du wirst doch nicht wirklich Anwälte einschalten, oder?«, wollte Bella wissen. »Was bringt das denn?«

Er würde also nicht wieder auf seine alte Schule gehen. Die war sowieso ätzend. Voller Schlampen und Versager.

»Angriff ist die beste Verteidigung«, knurrte sein Dad.

»Nicht immer. Wenigstens wird er nicht strafrechtlich belangt. Das ist doch bestimmt gut.«

Das könnte sich ändern, wenn Annaliese der Polizei seinen Besuch heute Abend meldete. Sie war durchaus imstande, alles so zu verdrehen, dass er am Ende schlecht dastand.

»Vielleicht ist es Zeit, zu akzeptieren, dass diese Leute nicht ganz unrecht haben«, sagte Bella. »Dass Jago ernsthafte Probleme hat, die wir allein nicht lösen können.«

»Er ist jähzornig, das ist alles. Ein paar Aggressionsproblemchen. Er muss einfach nur lernen, sich zu beherrschen.«

Aber was konnte sie denn schon groß sagen? Dass er bei ihr zu Hause vorbeigekommen war, sie sich ein paar Minuten unterhalten hatten und er dann gegangen war? Nicht einmal Annaliese konnte daraus ein Fehlverhalten seinerseits machen.

Unterdessen herrschte im Arbeitszimmer Schweigen.

»Was ist?«, fragte sein Dad schroff.

»Morgan, ich glaube, wir wissen beide, dass es mehr ist als das.«

Jago zwang sich, auf das zu achten, was sich im Arbeitszimmer seines Vaters abspielte, anstatt über das nachzudenken, was in Annalieses Wohnung geschehen war. Was genau sagte Bella da gerade über ihn?

Das wollte auch sein Dad wissen. »Worauf willst du hinaus?«

»Es ist nicht deine Schuld, das haben sie doch ganz deutlich gesagt. Er hat das von seiner Mutter.«

»Was hat er von seiner Mutter?«

Ja, Bella. Was hatte er von seiner Mutter? Und was weißt du überhaupt davon?

»Er kann grausam sein«, sagte sie.

»Oh bitte, sag, dass wir jetzt nicht schon wieder mit dem Meerschweinchen anfangen.«

Großer Gott, er hatte gedacht, sie hätten das vergessen. Wie alt war er gewesen? Zwölf? Dreizehn? Er hatte sich einen Welpen gewünscht, und sie hatte ihm ein dämliches Nagetier geschenkt. Als wäre das auch nur annähernd dasselbe. Nach ein paar Wochen war das blöde, quiekende Vieh aus seinem Käfig ausgekniffen und von der Nachbarskatze abgemurkst worden. Bella hatte ihn doch tatsächlich beschuldigt, den Käfig mit Absicht offen gelassen zu haben.

»Das Tier war gequält worden. Die Verletzungen, die ich immer wieder gefunden habe, die hat es sich nicht selbst zugefügt. Und außer uns beiden war niemand hier.«

Er hatte experimentiert, das war alles. Alle Kinder experimentierten. Insekten die Flügel ausreißen, Frösche in

Weckgläsern in die heiße Sonne stellen. So was machten doch alle Kinder.

»Wir können das doch nicht bis in alle Ewigkeit verdrängen«, fügte sie hinzu.

Die Stimme seines Dads klang kalt. »Und was schlägst du vor?«

»Vielleicht können wir ihn irgendwo hinschicken. In eine Privatklinik. Irgendwohin, wo er die Behandlung bekommt, die er braucht, und trotzdem seine Prüfungen machen kann. Wenn es ihm besser geht, kann er wieder in die richtige Spur finden. Vielleicht verliert er dadurch ein oder zwei Jahre, aber viele Jugendliche setzen doch mal eine Zeit lang aus.«

Eine Zeit lang aussetzen? War das ihr verschissener Ernst?

»Gibt es solche Kliniken?«, wollte sein Dad wissen.

»Ich habe eine in North Wales gefunden, Ty Newydd. Die sind auf junge Menschen mit emotionalen Problemen spezialisiert. Das ist eine geschlossene Anstalt, die geführt wird wie eine psychiatrische Klinik. Da wäre er sicher aufgehoben.«

»Brauchen wir dafür eine Überweisung?« Sein Vater klang, als wäre er tatsächlich interessiert. Die wollten ihn in eine Klapsmühle schicken. Durften sie das überhaupt?

»Ich habe mich kurz mit der Verwaltungschefin unterhalten. Sie hat gesagt, in Anbetracht dessen, was passiert ist, und der Therapie, die Jago bisher hatte, gäbe es eine gute Chance, dass sie ihn aufnehmen. Und er ist noch nicht achtzehn, wir brauchen also seine Einwilligung nicht.«

»Na ja, das könnte funktionieren. Das würde uns ein bisschen Zeit zum Nachdenken geben.«

Jago konnte das Lächeln in Bellas Stimme hören, als sie antwortete. »Genau. Und Zeit, uns daran zu gewöhnen, ein neues Familienmitglied im Haus zu haben.«

37

Es war hell genug im Zelt, um zu sehen, dass der Junge noch lebte. Seine Beine schlugen wild aus, und er umklammerte den Strick um seinen Hals.

Gardner hatte ihn erreicht und zerrte an dem Strick. »Durchhalten, Junge!«, rief er hinauf. »Ich hab dich!«

Fast wäre ich in die Luft gesprungen, als eine Hand auf meiner Schulter landete.

»Das hier ist Privatgelände«, sagte mir eine Stimme ins Ohr. Ich drehte mich um und sah, dass drei Männer uns eingeholt hatten. Einer war der Wachmann vom Tor, die beiden anderen waren ähnlich kräftig gebaut und machten genauso grimmige Gesichter.

»Macht doch mal Licht, verdammte Scheiße!«, rief eine andere Stimme, während ich vor den Wachleuten zurückwich. »Wer hat denn diese Clowns hier reingelassen?«

Daraufhin ging ein großes Deckenlicht an, und die inneren Wände und die Decke des Zeltes wurden sichtbar. Ein Mann Mitte zwanzig, in schwarzer Jeans und schwarzem Pullover, kam auf uns zugeeilt.

Gardner war inzwischen von dem Gehängten zurückgetreten. Bei Licht war deutlich zu sehen, dass ihm nichts fehlte. Er hing in einem Geschirr von einem Gerüst herab und wurde gerade zu Boden herabgelassen. Die Schlinge um seinen Hals war locker. Er grinste uns an, als seine Füße den Boden berührten.

»Was läuft hier?«, wollte Gardner wissen.

Der Mann in Schwarz steuerte direkt auf den Jungen zu. »Sie sind in eine Probe für die Erhängungsszene reingeplatzt«, blaffte er uns an. »Alles okay, Tom?«

»Ja, alles gut, diesmal war's besser«, antwortete der Junge.

»Was können wir für Sie tun, Mr Gardner?« Einer der Wachmänner trat vor.

»Dieses Zelt ist Privateigentum.« Der zweite wurde deutlicher.

Gardner bedachte die beiden mit einem abfälligen Blick. »Brandschutzinspektion«, sagte er. »Ich habe einen Anruf bekommen, dass hier oben vorschriftswidrig brennbares Material gelagert wird. Könnten Sie bitte sämtliche Lampen anmachen?«

»Mr North ist unterwegs«, erwiderte der Wachmann vom Tor. »Sie müssen jetzt gehen.«

Der dritte Mann packte mich am Arm.

»Ich denke, Sie werden herausfinden, dass es strafbar ist, jemanden von der Feuerwehr im Einsatz zu behindern«, blaffte Gardner ihn an. »Und wenn Sie nicht sofort loslassen, reden wir hier auch noch von einer Anzeige wegen tätlichen Angriffs.«

Mein Arm wurde fallen gelassen.

»Danke. Und jetzt wegtreten, Sir. Alle drei, bitte.«

»Haben Sie gefunden, wonach Sie gesucht haben?«, erkundigte sich eine Stimme hinter uns, die ich als die von Aaron North erkannte.

Gardner wiederholte seine Geschichte von potenziell brennbarem Material.

»Ein Anruf von wem?« North war nicht so leicht einzuschüchtern wie seine Sicherheitsleute. »Wann war das? Und mit wem rede ich unten auf der Wache darüber?«

»Mit mir«, antwortete Gardner. »Ich habe den Anruf heute ganz früh morgens bekommen und bin deshalb gleich losgefahren. Er ist auf meinem Privathandy eingegangen, also war es offensichtlich jemand, der wusste, dass ich für dieses Gelände zuständig bin. Um ehrlich zu sein, ich hatte den Verdacht, dass es ein Jux sein könnte, aber vergewissern muss ich mich trotzdem.«

»Und sind Sie jetzt zufrieden?«, fragte North.

»Noch nicht.«

North schüttelte den Kopf. »Sie sind hier natürlich jederzeit willkommen, Hugh«, beteuerte er. »Aber es wäre nett, wenn Sie uns vorher Bescheid sagen würden.«

»Ich würde mich gern mal im Haus umsehen«, verkündete Gardner.

»Ich fürchte, das geht nicht«, wehrte North ab. »Ein paar von unseren Gästen sind noch in ihren Zimmern.«

»Der Fire and Rescue Service Act, Paragraf fünfundvierzig, berechtigt mich zu Ermittlungszwecken zum Betreten der Räumlichkeiten«, gab Gardner zurück. »Wir fangen ganz oben an und arbeiten uns dann nach unten durch.«

Allmählich empfand ich widerwillige Bewunderung für ihn.

»Wenn Sie sich auf das Gesetz von 2004 berufen, müssen Sie uns vierundzwanzig Stunden vorher informieren.«

»Das gilt nur für Privatwohnungen«, hielt Gardner dagegen. »Gathering Hall ist kein Privatwohnsitz.«

»Doch, es ist mein Privatwohnsitz, und ich will vierundzwanzig Stunden Vorlaufzeit, bevor ich Sie da hineinlasse.«

Ein Patt. Ich hatte keine Ahnung, welcher der beiden Männer recht hatte, und ich argwöhnte, dass beide das selbst nicht genau wussten. Letzten Endes war Gardner nicht bereit, deswegen seinen Job zu riskieren. »Ich drehe mal eine Runde über das Gelände«, knurrte er. »Es sei denn, damit haben Sie auch ein Problem.«

»Überhaupt nicht«, versicherte North. »Simon und Ray bringen Sie hinaus.«

Wir verließen das Zelt durch einen Nebeneingang und fanden uns dicht am Seeufer wieder. Ich glaube, Gardner hatte im Zelt die Orientierung verloren – ich weiß, dass es mir so ergangen war, jedenfalls ein bisschen –, denn er stutzte, als er den See erblickte.

»Hier entlang, glaube ich«, sagte ich und bedeutete ihm, dass wir dem Ufer in Richtung Osten folgen sollten. »Mir war so, als hätte ich da ein paar von den Bäumen auf dem Foto wiedererkannt.«

Natürlich rechnete ich nicht damit, vier Gräber zu finden, oder auch nur Anzeichen dafür, dass dort gegraben worden war. Ich war mir sicherer denn je, dass das Bild gefälscht worden war, doch ich wusste, Anna würde erwarten, dass wir nachschauten.

Ich erreichte die Stelle zuerst. Die Buche mit dem heruntergefallenen Ast, die ich wiedererkannt hatte, war noch da, von aufgewühlter Erde jedoch war nichts zu sehen. Das Gewirr aus Gras, Moos, Wildblumen und Farnkraut unter dem Baum war nicht angetastet worden, nicht einmal von menschlichen Füßen.

»Hier sind keine Leichen«, stellte ich fest.

Keine Antwort. Als ich mich umdrehte, sah ich, dass Gardner mir nicht zu den nicht existenten Gräbern gefolgt war. Er stand am See und starrte aufs Wasser hinaus. Ich schlich zu ihm zurück und gab mir dabei Mühe, kein Geräusch zu machen.

»Geht's Ihnen gut, Hugh?«, fragte ich, als ich fast bei ihm war.

Er fuhr zusammen, beinahe so, als sei er überrascht, mich zu sehen.

»Sie wirken ein bisschen verwirrt«, fuhr ich fort.

»Alles bestens«, versicherte er, doch ich ertappte ihn dabei, wie er versuchte, ein Schaudern zu unterdrücken.

»Wasser ist nicht jedermanns Sache«, meinte ich. »Und dieser See kann manchmal ganz schön düster sein.«

»Irgendwie zieht er mich an«, sage er. »Ich konnte ihn nie leiden, aber anscheinend kann ich nicht wegbleiben.«

Er schüttelte den Kopf und wandte sich vom Wasser ab. »Ich sollte mich auf den Rückweg machen. Arbeit.«

Die vier Gräber, wegen denen wir angeblich gekommen waren, hatte er vollkommen vergessen. Ich sagte nichts. Mir war klar, dass wir hier keine Gräber finden würden.

»Es war nett von Ihnen, dass Sie hier raufgefahren sind«, sagte ich, als wir uns auf den Rückweg machten. »Anna wird sich besser fühlen, wenn sie weiß, dass etwas geschieht.«

»Und was ist mit Ihnen?« Er musterte mich mit einem langen, bedächtigen Blick.

»Bitte?«

»Was interessiert Sie an dieser ganzen Geschichte? Sie wohnen seit wann hier, seit vier Jahren, fast fünf. Sie machen so gut wie nie den Mund auf, niemand weiß auch nur das kleinste Bisschen über Sie, und jetzt rennen Sie hier rum wie Miss Marple auf LSD.«

Ich hätte wissen müssen, dass es ein Fehler sein könnte, sich mit Gardner anzufreunden.

38

Mai, ein Jahr zuvor

Wie betäubt trat Jago in sein Zimmer und schloss die Tür. Falls seine Eltern die Treppe hinaufschauten, sollten sie nicht wissen, dass er alles gehört hatte, was sie gerade besprochen hatten.

Ein brennendes Gefühl durchfuhr ihn, begann ganz tief im Bauch und wärmte jeden Millimeter seines Körpers. Er atmete mehrmals tief durch und befahl sich, vorsichtig zu sein. Das war Wut, was sich da aufbaute, und die konnte er sich jetzt nicht erlauben.

Ihn wegschicken? Die wollten ihn in eine private Irrenanstalt schicken? *Sie* wollte ihn wegschicken?

Er musste Eis sein. Nichts als Gehirn. Alle Gefühle auf später verschieben. Wieder holte er ein paarmal tief Luft, zwang seinen Körper mit reiner Willenskraft, ruhig zu sein, kalt zu sein. Innerlich wieder taub zu sein. Ja, so war es gut. Er hatte etwas zu tun, etwas, das nicht länger warten konnte.

Jago setzte sich vor seinen Computer und drückte auf ein paar x-beliebige Tasten, um ihn aufzuwecken. Eine Suche, die keine fünf Sekunden dauerte, lieferte ihm die E-Mail-Adresse des Polizisten, der seiner Familie nach dem Vorfall als Ansprechpartner zugewiesen worden war.

Er hatte gelernt, das Ganze so zu betrachten. *Der Vorfall.* Etwas, das passiert war, nicht direkt ihm, an dem er aber eher nicht maßgeblich beteiligt gewesen war.

Er verfasste eine E-Mail. Lange dauerte es nicht – er war bemerkenswert gut darin, schnell und entschlossen zu reagieren.

Lieber PC Obicoa,

ich hoffe, es ist okay, dass ich Ihnen schreibe. Ich weiß nicht, an wen ich mich sonst wenden soll. Ich brauche so dringend Hilfe.

Meine Therapeutin Dr. Annaliese Clayton Brown hat mich gezwungen, Sex mit ihr zu haben. Ich glaube, die Leute in ihrer Praxis wissen vielleicht, was los ist, ihre Sekretärin zum Beispiel, aber die decken sich doch alle gegenseitig, nicht wahr?

Sie hat eine Blinddarmnarbe, ungefähr zehn Zentimeter rechts vom Bauchnabel. Das wüsste ich doch nicht, wenn ich nicht die Wahrheit sagen würde, stimmt's? Ich war in ihrer Wohnung, ich kann Ihnen sagen, an welchen Tagen und um wie viel Uhr.

Das ist doch nicht richtig, oder? Sie sollte das nicht tun. Ich will, dass das aufhört. Ich traue mich nicht, es meinen Eltern zu sagen, ich weiß, sie würden mir nicht glauben.

Bitte helfen Sie mir.

Jago

Er erwog, noch ein trauriges Emoji hinzuzufügen, und entschied sich dagegen.

Er lehnte sich auf seinem Stuhl zurück und merkte, dass ihm die Hände wehtaten. Sie hatten sich beim Tippen total verkrampft. Die Wut hatte sich doch an ihn herangeschlichen. Rasch las er die E-Mail noch einmal durch und baute zur Sicherheit noch einen Tippfehler ein, ehe er auf »Senden« klickte.

Er hatte damit gerechnet, sich besser zu fühlen. Überraschenderweise war es nicht so. Wieder stieg die Wut in ihm hoch. Wieder begann er mit seinen tiefen Atemzügen. Er konnte es sich nicht leisten, die Beherrschung zu verlieren, nicht ausgerechnet heute Abend.

Dies war nämlich der Abend, an dem er seinen Vater endgültig fertigmachen würde. Dies war der Abend, an dem er ihm die Wahrheit über dieses Baby sagen würde, auf das er so stolz war.

39

Als wir das Dorf erreichten, versuchte Gardner es noch einmal. »Machen Sie sich wirklich Gedanken darum, was da oben abgeht, oder versuchen Sie nur, sich bei Anna lieb Kind zu machen?«

»Dasselbe könnte ich Sie fragen.« Gardner und ich mochten kooperieren, Freunde würden wir kaum werden.

Was immer er vielleicht geantwortet hätte, es war mir nicht bestimmt, es zu hören, denn er bog in unsere Straße ein. Gleich darauf erschien Anna und winkte uns beide herein.

»Weg?« Es war nicht weiter überraschend, dass Connors Verschwinden auf ihrer Sorgenliste ganz oben stand. »Wann denn? Hat er einen Zettel hinterlassen?«

»Nein, und ich weiß es nicht.« Gardner biss von dem Schinkensandwich ab, das Anna bereitgehalten hatte. »Ich bin so gegen zwei pinkeln gegangen, und da war die Tür vom Kinderzimmer zu. Als ich so um sechs rum aufgestanden bin, war sie offen, also würde ich sagen, irgendwann dazwischen. Aber gehört habe ich ihn nicht.«

»Er traut uns nicht«, stellte Anna fest.

»Ich rufe mal sein Handy an«, sagte ich. »Anna, kann ich Ihr Telefon benutzen?«

Sie nickte, und ich wählte Connors Nummer. Er meldete sich nicht.

»Wir könnten's bei Constance versuchen«, meinte Gardner. »Bestimmt hat er gestern Abend versucht, sie zu erreichen.«

»Wollen wir ihr wirklich noch mehr Sorgen machen?«, gab ich zu bedenken. »Sie ist doch schon gestresst genug. Und Anna trifft sich ja heute um vier mit ihr.«

»Eben nicht«, erwiderte Anna. »Sie hat vor einer halben Stunde angerufen. Da oben ist heute Nachmittag so eine Art Seminar, und sie kann nicht weg. Sie hat gefragt, ob wir uns stattdessen morgen treffen können. Und ich soll Connor Bescheid sagen, also kann sie nichts von ihm gehört haben.«

»Das ist nicht gerade toll«, knurrte Gardner.

»Ich rufe mal seine Mutter an«, schlug ich vor.

»Da ist noch was«, sagte Anna. »Habt ihr das hier gesehen?« Sie nahm eines der Plakate vom Tresen, die Gardner und ich auf dem Weg nach Gathering Hall bemerkt hatten. »Das ist Constances Telefonnummer.«

»Meine Güte, das ist mir gar nicht aufgefallen«, bemerkte ich.

»Constance hat die Dinger aufgehängt?«, fragte Gardner.

»Das erscheint mir nicht sehr wahrscheinlich«, entgegnete Anna. »Warum sollte sie für Unruhe sorgen, wenn sie sich darauf verlässt, dass wir sie da rausholen? Da sollte sie doch eher den Ball flach halten.«

»Sie ist eine sehr verwirrte junge Frau«, warf ich ein.

»Außerdem habe ich eine Facebook-Seite gefunden«, fuhr Anna fort. »Emily Collins' Seite.«

»Dann ist sie also noch am Leben?«, fragte ich.

Anna schüttelte den Kopf. »Nein, das meine ich nicht. Es ist eine Seite über sie. Eine Vermisstenseite. So was sieht man oft auf Facebook. Normalerweise wird so was von einem Angehörigen eingerichtet, der auf den Fall aufmerksam machen will, um Informationen bittet. Das kann durchaus Erfolg haben.«

»Woran denken Sie, Anna?«, wollte Gardner wissen.

Sie sah ihn unverwandt an, als sei sie im Begriff, eine Herausforderung auszusprechen. »Cybergrooming. Pädophile.«

Weder Gardner noch ich antworteten.

»Wir wissen, dass es so etwas gibt«, fuhr sie fort. »Warum sollte es nicht in einer netten Mittelschichtgemeinde passieren? Woher wissen wir, dass Connor wirklich der Vater von Constances Baby ist?«

»Grundgütiger«, brachte ich hervor.

»Ich sage der Polizei Bescheid«, verkündete Gardner.

Anna und ich sahen ihn verblüfft an. Ihre Überraschung schien echt zu sein.

»Connor ist ein gefährdeter Minderjähriger, von dem sie bereits wissen. Streng genommen hat er sich in meiner Obhut befunden, als er verschwunden ist«, erklärte Gardner. »Das darf ich denen doch nicht verschweigen.«

»Da haben Sie wohl recht«, meinte Anna. »Aber die unternehmen doch nichts.«

»Vielleicht nicht. Aber wenigstens haben wir dann das Richtige getan.« Er stopfte sich den letzten Rest des Sandwiches in den Mund und stand auf. »Ich muss zur Arbeit. Reden wir später weiter?«

Um kurz nach sechs an diesem Abend klingelte mein Festnetztelefon.

»Hallo?« Ich erwartete keinen Anruf; nur sehr wenige Leute hatten irgendeine Telefonnummer von mir, und das Klingeln des Haustelefons, laut und recht schrill, hatte mich ziemlich erschreckt.

»Hier ist Hugh«, sagte der Anrufer, während ich genau dieselben Worte durch die Wand hören konnte. Er war in seiner Küche. Ich wollte nicht, dass er merkte, wie hellhörig die Häuser waren, also ging ich zu Annas Seite hinüber und senkte die Stimme.

»Haben Sie einen Moment Zeit?«, fragte er. »Ich hätte gern Ihren Rat.«

Nun, es ist schwer, einer solchen Bitte zu widerstehen. »Ich kann Teewasser aufsetzen«, erbot ich mich.

»Nein, nicht hier. In zehn Minuten im Pub? Es ist wichtig, sonst würde ich nicht fragen.«

Ich überlegte. »Eine Viertelstunde«, sagte ich und legte auf. Ich musste vorher noch das eine oder andere erledigen.

Im Fox and Hound war viel los, wie meistens am frühen Abend. Falls Gardner mich herbestellt hatte, um über Gathering Hall zu sprechen, schien mir dies kein sehr klug gewählter Treffpunkt zu sein. Ich sah etliche Leute aus der Kirche, darunter einige von denen, bei deren Verköstigung ich gestern Abend mitgeholfen hatte. Man bemerkte Gardner und mich, als wir unsere Getränke zu einem Tisch am Fenster trugen. Auch ihm schien das bewusst zu sein – als wir uns setzten, blickte er sich lange und prüfend um.

»Die Gemeindebibliothek ist bis halb acht offen«, sagte ich. »Wir könnten dorthin gehen.«

»Wenn ich in einer Bibliothek auftauche, werden die Leute wirklich misstrauisch.«

Beinahe hätte ich gelacht. »Hatte unser Besuch heute Morgen ein Nachspiel?«

Er schnitt eine Grimasse, die Gleichgültigkeit andeuten sollte. »North hat den Boss angerufen. Ich bin bei meiner Geschichte von dem anonymen Tipp geblieben. Dem Boss ist es piepegal, was da oben abgeht. Hat gesagt, ich soll dafür sorgen, dass der Papierkram in Ordnung ist, und damit hatte es sich.«

»Ich habe Connors Mutter ausfindig gemacht«, berichtete ich. »Sie hat gesagt, sie hat keine Ahnung, wo Connor ist, sie hat ihn schon seit Tagen nicht mehr gesehen und wenn ich sie noch mal belästige, meldet sie mich.«

»Melden? Wem denn?«

»Das hat sie nicht gesagt. Ich vermute, da waren irgendwelche Substanzen im Spiel.«

»Armer Junge«, meinte Gardner. »Ich habe der Polizei von seinem kurzen Auftauchen erzählt. Sie haben es sich notiert.« Er zuckte mit den Schultern und ließ mich damit wissen, dass die Polizei nicht übermäßig besorgt war.

»Weswegen wollten Sie denn nun mit mir sprechen?«, erkundigte ich mich.

Er zog einen brauen Umschlag aus der Innentasche seiner Jacke und reichte ihn mir. »Das hier ist heute irgendwann bei mir eingeworfen worden«, sagte er. »Während ich bei der Arbeit war. Sie haben wohl niemanden bei uns in der Straße herumhängen sehen?«

Ohne zu antworten, griff ich nach dem Umschlag. Weder vorn noch hinten stand irgendetwas darauf, doch Gardner hatte ihn ungeschickt aufgerissen. Ich griff hinein und zog ein Blatt Papier heraus. Ein Ausdruck eines Artikels aus der *Mail Online*, vom August letzten Jahres. Mit einem Foto.

»Erkennen Sie da jemanden wieder?«

Die Frau auf dem Foto, die mit gesenktem Kopf von einem Mann im dunklen Anzug rasch an einem amtlich wirkenden Gebäude vorbeigelotst wurde, war eindeutig Anna. Dieselbe Figur, dieselbe Größe, dasselbe Haar, wenngleich kürzer als jetzt. Die Schlagzeile lautete: *Psychiaterin entgeht einer Gefängnisstrafe*.

Ich ließ mir Zeit und tat so, als läse ich den Artikel. Das war nicht nötig. Ich wusste genau, wer Anna Brown in Wirklichkeit war. Ich hatte es seit Sonntagabend gewusst, als ich genau diesen Artikel als Zeitungsausschnitt in einer kleinen Pappschachtel in Annas Frisierkommode gefunden hatte. Am nächsten Tag hatte ich ausführlich online recherchiert und diese Story und andere ganz ähnliche gefunden.

»Annaliese Clayton Brown«, sagte Gardner leise. »Ich erinnere mich, das war in den Nachrichten. Aber da wäre ich nie draufgekommen.«

Ich ohne diesen Hinweis auch nicht, doch genau wie Gardner erinnerte ich mich an den Fall. Annaliese Clayton Brown war eine Kinder- und Jugendpsychiaterin, die letztes Jahr in einen grauenvollen Mordfall in Dorset verwickelt gewesen war. Ein Siebzehnjähriger, den sie behandelt hatte, ein Junge, der von den Romanen von Thomas Hardy besessen gewesen war – vor allem von den düsteren –, hatte seinen Vater umgebracht und dann seine schwangere Stiefmutter vergewaltigt und versucht, auch sie zu ermorden. Das ganze Land war schockiert gewesen.

Jago Moore – schon bei dem Namen lief es mir eiskalt den Rücken hinunter – war ein hübscher Junge gewesen, dünn und vampirbleich, aber mit vollendet geformtem Gesicht und großen dunklen Augen. Sein Haar war dunkelbraun und sein Lächeln breit, aber traurig. Die Hälfte aller weiblichen Teenager im ganzen Land hatte sich trotz seiner Tat in ihn verliebt. Sogar Trittbrettfahrer-Morde hatte man befürchtet, so groß war damals die Wirkung auf das Bewusstsein der Nation gewesen.

Bei der Anhörung – er war aufgrund psychischer Beeinträchtigungen für nicht verhandlungsfähig erklärt worden – hatte er versucht, die Schuld auf die ihm zugewiesene Ärztin abzuwälzen: auf Anna. Sie hätten eine intime Beziehung miteinander gehabt, hatte er ausgesagt, und sie hätte ihn zu der Tat angestiftet, damit sie zusammen sein könnten. Er hatte sogar behauptet, sie seien an jenem Abend vor der Tat noch zusammen gewesen und hätten den Mord genau geplant.

Gegen Clayton Brown war ermittelt worden, zuerst von der Polizei und dann von der Ärztekammer. Die Anschuldigungen des Jungen konnten nicht bestätigt werden. Seine Aussage war widersprüchlich und lückenhaft, und sie hatte für viele der Zeiträume, in denen sich die beiden getroffen haben sollten, Alibis. Es waren keinerlei belastende Beweise gefunden und auch nie Anklage gegen die Ärztin erhoben worden. Doch der öffentliche Aufschrei war zu viel für sie gewesen, und sie hatte ihren Beruf aufgegeben. Die Schlagzeile der *Mail* war klassischer Clickbait und vollkommen irreführend. Dass Anna eine Gefängnisstrafe drohen könnte, war nie wirklich in Betracht gekommen.

»Hinterher weiß man's immer besser«, meinte Gardner, »aber ich hatte ja schon so ein Gefühl bei der.«

»Bei Anna?«

Er verzog das Gesicht. »Irgendwas hat da nicht ganz gepasst«, fuhr er fort. »Konnte nie genau sagen, was, aber …«

Im Stillen dachte ich, dass sein instinktives Misstrauen Anna gegenüber wahrscheinlich eher von der Abfuhr herrührte, die sie seinen amourösen Avancen erteilt hatte. Doch das sagte ich nicht laut.

»Und Sie haben keine Ahnung, wer das bei Ihnen durch den Briefschlitz geschoben hat?«, fragte ich stattdessen.

»Keinen Schimmer. Was meinen Sie, was soll ich tun?«

»In Dörfern wie diesem bleibt nichts lange geheim«, antwortete ich und war mir darüber im Klaren, dass oben in Gathering Hall vermutlich etwas ziemlich Ernstes geheim gehalten wurde. »Wenn Sie und ich und der Absender Bescheid wissen, kann man ziemlich sicher davon ausgehen, dass es bald alle wissen.«

»Genau das denke ich auch. Ich muss es ihr zeigen.«

Da konnte ich ihm nicht widersprechen. »Wie werden die Leute das aufnehmen, was denken Sie?«, fragte ich.

»Ich denke, sie werden voll darauf abfahren. Abgesehen von zwei Wochen im Jahr, wenn die Kirche hier ist, passiert doch in St. Abel's Chapel nie was. Mit dieser Nummer sind die Klatschtanten den Rest des Jahres beschäftigt.«

»Werden Sie sich auf Annas Seite stellen, oder …?«

»Wollen Sie mich auf den Arm nehmen?«, fragte Gardner. »Ich gebe ihr bis Weihnachten, wenn das hier erst die Runde gemacht hat.«

»Sie hat eine Menge Arbeit in die Bäckerei gesteckt«, meinte ich. »Und auch sehr viel Geld. Scheint mir unfair, dass ihr jemand unbedingt Ärger machen will, wo sie doch anscheinend gar nichts Böses getan hat.«

»Es gibt noch eine Möglichkeit«, sagte Gardner.

»Nämlich?«

»Das hier ist eine Warnung. Anna hat ihre Nase irgendwo reingesteckt, wo sie nach Meinung des einen oder anderen nicht hingehört. Entweder sie redet nicht mehr über die Kirche und lässt Constance in Ruhe, oder alle erfahren von ihrer Vergangenheit.«

»Wenn das so ist, warum dann Sie da mit hineinziehen? Warum ist das hier nicht direkt an Anna geschickt worden?«

»Vielleicht haben die das ja getan. Vielleicht hat's nicht funktioniert, also mussten sie noch 'ne Schippe drauflegen.«

»Und Sie glauben wirklich, die Kirche steckt dahinter?«

»Ich glaube, Sie und Anna haben die ziemlich aufgemischt, und jetzt schlagen sie zurück.« Er hielt inne und trank einen Schluck. »Kann's kaum erwarten, zu sehen, was die für Sie in petto haben.«

40

Vier Stunden zuvor

»Dr. Epstein sagt, du hattest eine gute Woche, Jago«, meinte der Psychologe. »Erzähl doch mal, was du so getrieben hast.«

Sie waren in Jagos Zimmer in der Maßregelvollzugsklinik. Mehrere Psychiater und Psychologen waren daran beteiligt gewesen, ihn hierher zu schicken, sein Verbrechen war eines der aufsehenerregendsten der letzten Jahre gewesen. Zu seinem Glück waren die alle nicht so klug wie Annaliese Clayton Brown. Wenn es nach der gegangen wäre, säße er jetzt im Jugendknast.

Nicht dass sie es aufgegeben hätte. Er bekam regelmäßig Besuch von forensischen Psychologen, die wild entschlossen waren, ihn zu überführen, und er wusste genau, dass sie dahintersteckte. Wenn er an Annaliese dachte, ballte sich die Wut in ihm zusammen. Komme, was da wolle, ins Gefängnis würde er nicht gehen.

Eigentlich war es hier nämlich gar nicht so schlimm. Sein Zimmer war sauber und gemütlich und das Essen absolut okay. Er hatte einen DVD-Player, und auch wenn genau darauf geachtet wurde, was er sich anschaute, so gab es doch jede Menge Filme. Die Bibliothek war gut bestückt, und es gab regelmäßig Kurse und Aktivitäten, damit keine Langweile aufkam. Es gab Tage, an denen Jago sein neues Leben fast dem vorzog, das er hinter sich gelassen hatte.

Hier zu sein und trotz des Drucks, ihn ins Gefängnis überstellen zu lassen, hierzubleiben, das erforderte einen heiklen Balanceakt. Er musste genug Symptome zeigen, dass man ihm erlaubte, zu bleiben, aber nicht so viele, dass er genau überwacht wurde. Er musste ein Musterpatient sein, aber einer, der definitiv der Behandlung bedurfte.

Bisher, fand er, machte er seine Sache recht gut. Inzwischen hatte dieser Idiot auf dem Stuhl ihm gegenüber ihn irgendetwas gefragt. Das Übliche.

»Hab gestern eine tolle Fernsehsendung gesehen«, antwortete Jago. »Über die Royal Marines. Wussten Sie, dass unter den richtigen Umständen alles und jedes eine Waffe sein kann?«

Wie erwartet zuckte der Blick des Mannes unwillkürlich nervös durchs Zimmer. Fast konnte Jago sehen, wie er sich vornahm, dem Personal zu sagen, sie sollten besser aufpassen, was sich die Patienten im Fernsehen anschauen durften.

»Ich habe gehört, du hast im Kunstunterricht Erfolge gefeiert.«

Die Sendung hatte Jago nichts gelehrt, was er nicht bereits gewusst hätte. Während des größten Teils der fünfzehn Monate, die er jetzt hier war, hatte er nach potenziellen Waffen Ausschau gehalten. Fast genauso lange, wie er verschiedene Ausbruchsmethoden durchgeplant hatte.

Es war ganz okay hier, doch das hieß nicht, dass er vorhatte, für immer hierzubleiben. Er hatte noch das eine oder andere zu erledigen.

»Ich habe einen Preis gewonnen, beim Malen.« Jago ordnete seine Gesichtszüge zu etwas an, von dem er sich ziemlich sicher war, dass es bescheidenen Stolz ausdrückte. Wenn er allein war, probte er sein Repertoire vor der Fensterscheibe. Spiegel waren natürlich verboten, denn Spiegelscherben waren hervorragende Waffen, das hatte sogar das Personal kapiert. »Ich habe Edward Munchs *Der Schrei* kopiert. Aus dem Gedächtnis. Ganz hab ich's nicht hingekriegt.«

Zuerst hatte er große Hoffnungen in den Kunstraum gesetzt. Dort gab es bestimmt Papiermesser, zur Not auch Scheren, und auch mit Pinseln konnte man jemandem ein Auge ausstechen. Leider waren Metallklingen verboten, und sogar die Pinsel wurden jeden Abend vor dem Wegräumen sorgfältig gezählt. Er hatte erwogen, etwas von dem Terpentinersatz mitgehen zu lassen, mit dem die Pinsel gereinigt wurden. Doch um ein Feuer zu legen, bräuchte er Streichhölzer, und auch wenn Feuer eine nützliche Ablenkung sein mochte, eine Waffe war es eigentlich nicht.

»Warum hast du dir gerade dieses Bild ausgesucht?«

»Es hilft mir«, antwortete Jago. »Wenn ich schreien möchte, und das will ich immer, die ganze Zeit, dann stelle ich mir das Bild vor, und es ist, als ob die Figur da drauf für mich schreit. Das hilft, dass der Drang weggeht.«

Wieder ein verkniffenes Lächeln. Der Typ wusste wirklich nicht, was er von ihm halten sollte. »Glückwunsch zu deinem Preis«, sagte er. »Wie hast du dich denn dabei gefühlt?«

Jago unterdrückte einen Seufzer. »Ich durfte mir den Preis selbst aussuchen«, sagte er. »Ich habe mich für eine Extrastunde im IT-Raum entschieden.«

Der IT-Raum wurde genau überwacht, und der Internetzugang war allen möglichen Beschränkungen unterworfen, doch er war verblüfft gewesen, wie leicht es war, die diversen Regeln zu umgehen. Die meisten Insassen waren nur scharf auf Pornos, und die interessierten ihn nicht. Dank des IT-Raums hatte er einige nützliche Informationen gefunden: wo bestimmte Personen jetzt wohnten, zum Beispiel, und wie einfach es für ihn wäre, dorthin zu gelangen. Außerdem hatte er Gelegenheit gehabt, ein Kabel hinauszuschmuggeln, das gegenwärtig unter seinem Bett versteckt war. Ein Kabel, fest um einen Hals geschlungen – also, das hatte doch Potenzial.

Da fiel ihm auf, dass der Schnürsenkel am linken Schuh des Psychologen offen war. Und er wusste, so sicher, als hätte es ihm jemand ins Ohr gebrüllt, dass dies zu der Sorte zufälliger Vorkommnisse gehört, die sich als ungeheuer bedeutsam erweisen konnten.

»Ich habe gehört, du hast darum gebeten, vom Küchendienst befreit zu werden. Macht's dir keinen Spaß?«

Die Küche war Jagos größte Hoffnung gewesen, bis er erfahren hatte, dass nur die vertrauenswürdigsten Patienten, die seit Jahren hier drin hockten und bis zum Anschlag mit Medikamenten zugedröhnt waren, auch nur in die Nähe der Messer durften. Bei den wenigen Malen, die er in der Küche gearbeitet hatte, hatte er Gemüse schälen – mit einem Sparschäler, nicht etwa mit einem Messer – und den Müll rausbringen müssen. Er hatte den größten Teil eines Arbeitseinsatzes damit zugebracht auszuknobeln, wie man aus einem Schneebesen etwas Nützliches machen könnte, und war gezwungen gewesen aufzugeben. In der Küche zu arbeiten, half ihm nicht weiter. Als Nächstes stand Gärtnern auf seiner Liste. Gärtner hatten doch bestimmt Zugang zu allen möglichen Waffen.

»Nein, eigentlich nicht«, antwortete er. »Meine Stiefmutter war so eine gute Köchin. In der Küche zu sein, macht mich traurig. Da erinnere ich mich an zu viel.«

Der Kerl zuckte zusammen. Wie der mit den wirklich gefährlichen Patienten klarkam, konnte Jago sich nicht vorstellen. »Na ja, das ist ja verständlich«, meinte er. »Warst du öfter im Fitnessraum?«

»Ein paarmal.« Jago hoffte, er würde das nicht überprüfen. »Wenn ich die Energie dafür habe. Die Medikamente machen mich müde.«

Er war jeden Tag im Fitnessraum gewesen. Wenn er ins Freie durfte, lief er Runde um Runde auf dem Gelände. Er war fitter und stärker als je zuvor. Hin und wieder war er gezwungen, seine Medikamente zu nehmen, und das bremste ihn immer aus, doch er war recht gut darin geworden, die Tabletten zwischen den oberen Schneidezähnen und der Oberlippe zu verstecken, und an den meisten Tagen gelang es ihm, sie auszuspucken.

Freihanteln wären höchst wirkungsvolle Totschläger, doch jedes einzelne Gerät im Fitnessraum wurde genau gecheckt, bevor die Patienten gehen durften.

Der Typ stand auf. »Na, du scheinst ja ganz gut zurechtzukommen. Nächste Woche um dieselbe Zeit?«

»Danke, Steve«, sagte Jago, obwohl er wusste, dass der Mann Stuart hieß. Er streckte sich auf seinem Bett aus, die Hände hinter dem Kopf. »Ich schlafe vielleicht vor dem Abendessen noch ein wenig. Mir ist ein bisschen schwindlig.«

Durch halb geschlossene Lider sah Jago, wie Stuart kurz vor der Tür stehen blieb und sich bückte, um seinen Schnürsenkel zu binden. Ohne ein Geräusch zu machen, setzte er sich auf. Es war gar nicht so, dass er eine Idee gehabt hätte, vielmehr hatte die Idee ihn gepackt und ihn auf die Beine und in Bewegung gebracht, bevor er Zeit gehabt hatte, darüber nachzudenken, ob es klappen würde oder nicht und ob jetzt der richtige Zeitpunkt dafür war.

Jago war auf den Füßen und atmete leicht und leise, zum Sprung bereit. Er kam sich vor wie ein Sportler vor dem Rennen seines Lebens.

Während Stuart weiter halb am Boden kauerte, den Blick auf den Boden gerichtet, trat Jago lautlos hinter ihn und packe ihn am Kragen und am Gürtel. Und dann, bevor der Mann begreifen konnte, dass gerade etwas sehr Schlimmes geschah, schnellte Jago sich selbst und den Mann, den er jetzt festhielt, vorwärts.

Der Schädelknochen des Psychologen knackte laut, als sein Kopf auf die Wand traf. Er gab einen Laut von sich, der irgendwo zwischen einem Stöhnen und einem Seufzen lag, und sank auf die Knie. Jago schwang ihn nach hinten und dann noch einmal gegen die Wand. Diesmal klappte Stuart zusammen, als er ihn losließ. Bewusstlos. Möglicherweise tot.

Beides wäre okay.

Er konnte nichts gegen das verblüffte Kichern machen, das ihm entfuhr. All die Monate hatte er sich das Hirn zermartert, wie er eine Waffe in die Finger bekommen könnte, und dabei war die ganze Zeit über eine in seinem Zimmer gewesen. Warum hatte er nicht an die Wand gedacht?

41

Ich ließ Gardner im Pub zurück. Er hatte Leute gesehen, die er kannte, und nachdem wir ausgetrunken hatten – er war höflich genug, zu warten, bis ich mein Glas geleert hatte –, ging er zu ihnen hinüber. Ich lehnte seine Einladung ab, mich ihm anzuschließen, und verdrückte mich hinaus in die Nacht.

Anna musste auf mich gewartet haben, denn kaum hatte ich den Schlüssel ins Schloss gesteckt, tauchte sie in ihrer Haustür auf.

»Ich muss mit Ihnen reden«, sagte sie. »Haben Sie kurz Zeit?«

Ich folgte ihr in die Küche.

»Constance hat angerufen«, berichtete sie. »Connor geht nicht an sein Handy. Ich musste ihr sagen, dass wir ihn seit gestern nicht mehr gesehen haben. Ich dachte, sie dreht durch.«

»Nicht ideal«, stellte ich fest und zog mir einen Stuhl heran.

Anna saß mit dem Gesicht zum Fenster, als warte sie auf Connors Rückkehr. »Sie sagt, sie wird die ganze Zeit beobachtet«, fuhr sie fort. »Sie weiß nicht, ob sie sich morgen wegschleichen kann.«

»Wenn nicht, haben wir immer noch zwei Tage Zeit. Sie muss doch erst am Samstag ins Höllenhaus.«

Als ich das sagte, wurde mir klar, dass ich gerade unbeabsichtigterweise die Idee für glaubwürdig erklärt hatte, dass Constance zu Schaden kommen würde, wenn sie am Samstag dieses merkwürdige Großzelt betrat.

»Ich habe Sie mit Hugh weggehen sehen«, sagte Anna. »Hat er etwas über Connor gesagt? Hat er der Polizei erzählt, dass er zurückgekommen und wieder verschwunden ist? Wissen die irgendetwas?«

»Ja, hat er«, bestätigte ich. »Aber versprechen Sie sich lieber nicht zu viel. Ich glaube nicht, dass die das besonders interessiert hat.« Rasch sah ich auf die Uhr, ich hatte noch einiges zu erledigen, bevor der Abend vorbei war.

»Da ist noch etwas.« Anna runzelte angesichts meiner Ungeduld missbilligend die Stirn. »Etwas Größeres. Ich war in Penrith, als Constance angerufen hat. Bin hingefahren, nachdem ich den Laden geschlossen hatte.«

Penrith ist die am nächsten liegende größere Stadt.

»Ich war bei der Rechtsmedizin, um rauszufinden, ob ich öffentliche Aufzeichnungen einsehen kann. Aber ohne zu wissen, nach wem ich suche, ging das nicht, und ich habe keine Namen, nur den von Emily, und die ist offiziell ja nicht tot.«

Ich kam noch einigermaßen mit. Gerade eben so. Anna suchte nach verdächtigen Todesfällen, die mit der Kirche in Verbindung standen, Todesfälle, die sich während der Einsammlung ereignet hatten.

»Die haben gesagt, ich soll es beim *Northern Telegraph* versuchen, im Archiv. Viel Hoffnung hatte ich nicht, ich hatte die Lokalzeitungen ja schon durchforstet und nichts gefunden. Aber der *Telegraph* war etwas ganz anderes.«

»Der *Telegraph* unterliegt nicht denselben lokalen Einflüssen wie der *North Lakes Chronicle*?«, tippte ich. »Niemand versucht, schlechte Nachrichten zu unterdrücken?«

»Genau. Der *Telegraph* berichtet routinemäßig über rechtsmedizinische Anhörungen. Ich bin zehn Jahre weit zurückgegangen. Hat ganz schön lange gedauert, weil bei einem Todesfall im Oktober die Anhörung vielleicht erst Monate später stattfindet. Zuerst gar nichts, kein Wort von der Kirche oder der Einsammlung oder Gathering Hall. Und dann ist vor vier Jahren ein Mädchen namens Phoebe Page vom Dach gefallen und hat sich das Genick gebrochen.«

»Das hat Hugh doch erwähnt«, meinte ich. »Allerdings dachte ich, er hätte gesagt, es war ein Junge. Merkwürdig, wo er doch damals vor Ort war. Das Geschlecht einer Leiche ist doch nichts, was man übersehen würde. Oder vergessen würde.«

»Bei der Anhörung wurde eine unbekannte Todesursache festgestellt.«

»Soll heißen, der Todesfall war verdächtig, aber man konnte nichts beweisen?«

»Es war spekuliert worden, dass das Mädchen und ihre Freunde auf dem Dach rumgealbert hätten und sie abgestürzt ist. Aber keiner von den anderen wollte das gesehen haben, also war dieser Ermittlungsansatz eine Sackgasse.«

»Selbstmord?«, schlug ich vor.

»Eine weitere Möglichkeit, aber kein Abschiedsbrief, nichts, was darauf hingedeutet hätte, dass sie depressiv gewesen wäre oder vor irgendetwas Angst gehabt hätte. Sie war sechzehn.«

Sie saß da und wartete auf eine Reaktion.

»Ich nehme an, Sie haben noch mehr gefunden«, meinte ich.

»Im Jahr darauf, drei Tage bevor das Festival zu Ende war, hat sich eine Sechzehnjährige namens Lara Clark im Wald hinter dem Herrenhaus erhängt.«

Ich gestattete mir kurz, von Annas Gedächtnis beeindruckt zu sein. Sie zog keinerlei Notizen zurate. »Du lieber Himmel«, sagte ich. »Merkwürdig, dass Hugh nichts davon gesagt hat, finden Sie nicht? Er muss das doch gewusst haben, selbst wenn die Kirche versucht hat, es totzuschweigen.«

»Die Rechtsmedizin hat auf Selbstmord entschieden«, fuhr Anna fort. »Das Mädchen hatte unter Ängsten und Depressionen gelitten und sich geritzt, aber niemand hatte ernsthaft erwartet, dass sie sich das Leben nehmen würde.«

»Potenzielle Selbstmörder können ganz schön gewieft darin sein, sich zu verstellen«, gab ich zu bedenken. »Und dann ist vor zwei Jahren Emily verschwunden?«

»Richtig. Da gab es natürlich keine rechtsmedizinische Anhörung, aber der *Telegraph* hat über ihr Verschwinden berichtet.«

»Ist letztes Jahr irgendetwas passiert?«

»Ja. Ein Mädchen namens Maisie Best, ebenfalls sechzehn, ist im See ertrunken. Sie ist eines Abends allein schwimmen gegangen, was gar nicht zu ihr gepasst hat, und hat Probleme bekommen.«

»Nicht unmöglich«, bemerkte ich.

»Aber sehr unwahrscheinlich bei einer halbwegs guten Schwimmerin. Wieder unbekannte Todesursache.«

»Sonst noch etwas?«

»Reicht das nicht?«

Da konnte ich nicht widersprechen. Vier sechzehnjährige Mädchen waren entweder tot oder wurden vermisst und waren mutmaßlich tot. Alle innerhalb von vier Jahren, und alle hatten Verbindungen zur Kirche der Einsammlung gehabt.

»Vier Gräber.« Ich dachte an das Foto auf der mysteriösen Website. »Aber natürlich nicht oben in Gathering Hall. Die Beerdigungen hätten doch die Eltern organisiert, wahrscheinlich weit weg von hier. Sieht aus, als hätte Hugh recht gehabt. Das Foto sollte Aufmerksamkeit erregen.«

»Constance ist aber nicht hysterisch oder scharf auf Aufmerksamkeit, sie ist wirklich gefährdet«, wandte Anna ein.

»Waren Sie damit bei der Polizei?«

Sie schlug die Augen nieder. »Die unternehmen ja doch nichts. Sie haben doch gesehen, wie die mit mir umgesprungen sind. Das hier wissen sie doch bestimmt alles schon.«

»Und wie werden Sie sich fühlen, wenn Sie es nicht versuchen und Constance etwas passiert?«

Da blickte sie auf. »Und was ist mit Ihnen?«

»Mit mir?«

»Ja, mit Ihnen. Warum muss *ich* das machen?«

Das Klingeln des Küchentelefons bewahrte mich davor, antworten zu müssen. Es war schrill und durchdringend laut, wahrscheinlich, damit Anna es trotz des Lärms hören konnte, wenn der Laden gut besucht war. Sie warf mir einen verärgerten Blick zu und stand auf.

»Ja, am Apparat.« Sie wandte sich ab, sodass ich ihr Gesicht nicht mehr sehen konnte.

Dann folgte Schweigen, mindestens eine Minute lang. Ich gebe es zu, das hört sich nicht sehr lange an, ist es bei einem einseitigen Telefonat aber doch. Ich erhob mich und ging zum Fenster hinüber. Annas Hof lag im Dunkeln, und das Licht in der Küche machte es einem schwer, hinter der Scheibe irgendetwas zu erkennen.

»Wann ist das passiert?«, fragte Anna schließlich. Im Spiegel der Scheibe konnte ich sehen, dass sie den freien Arm fest um den Körper geschlungen hatte. »Und was tun Sie?«, wollte sie als Nächstes wissen. »Was unternehmen Sie, um ihn zu finden?«

Abermals langes Schweigen. Sie schien tief und schaudernd Luft zu holen. »Danke fürs Bescheidsagen.« Diesmal klang sie besiegt. »Halten Sie mich auf dem Laufenden?«

Sie legte den Hörer auf, rührte sich jedoch eine oder

zwei Sekunden lang nicht. Dann streckte sie die Hand nach dem Küchentresen aus, als wolle sie sich festhalten.

»Anna?« Ich machte einen Schritt auf sie zu.

Keine Antwort. Sie fuhr zusammen, als ich sie an der Schulter berührte, als hätte sie vergessen, dass ich im Raum war.

»Setzen Sie sich.« Behutsam lotste ich sie zu ihrem Stuhl zurück. »Ich mache mal Tee.«

»Ich brauche keinen Tee«, erwiderte sie mit tonloser Stimme.

Als sie sich hinsetzte, sah ich ganz kurz ihr Gesicht. Blass war sie immer, jetzt jedoch sah ihre Haut aus wie Wachs. Hätte sie in diesem Moment regungslos dagelegen, hätte ich vielleicht wirklich gedacht, sie sei tot.

»Dann etwas Stärkeres«, schlug ich vor. »Sie haben offensichtlich gerade schlechte Nachrichten erhalten.«

»Er ist draußen.« Sie schien mehr mit sich selbst zu reden als mit mir. »Die haben ihn entwischen lassen.«

»Wer? Wer ist draußen?« Ich bilde mir ein, den Dingen meistens voraus zu sein, das hier jedoch war etwas Neues.

Noch immer sprach sie mit sich selbst oder mit der leeren Luft, gab durch nichts zu erkennen, dass sie von meiner Anwesenheit im Raum wusste. »Er weiß, wo ich wohne. Er hat dieses Bibliotheksbuch bestellt. Er könnte hier sein.« Ihr Blick zuckte zum Fenster. »Ich habe gewusst, dass das passieren würde. Ich wusste, dass sie ihn nicht auf Dauer einsperren können. Dafür ist er zu schlau.«

Ihr Augen waren glasig, als sei sie den Tränen nahe, gleichzeitig zitterten ihre Hände. Mir wurde klar, dass ich hier extreme Furcht vor mir sah, möglicherweise sogar Todesangst.

»Anna, was ist los?«, bedrängte ich sie. »Sie machen mir Angst. Wer ist draußen? Wer ist entwischt?«

Sie murmelte eine halblaute Antwort. Ohne meine Recherchen hätte ich wahrscheinlich keine Ahnung gehabt, was sie da sagte, doch da ich vorgewarnt war, verstand ich. Mein lieber Schwan!

Jago. Jago war ausgebrochen.

Gerade als ich gedacht hatte, aufregender könnte das Ganze nicht mehr werden.

»Jago Moore«, sagte ich, und das war keine Frage. Die Zeit des Verstellens, so schien es mir, war vorbei.

Ihre in Tränen schwimmenden Augen sahen mich an. »Sie wissen es.« Wieder war es keine Frage. »Woher wissen Sie es?«

Ich setzte mich wieder und erklärte ihr, warum ich mich heute Abend wirklich mit Gardner getroffen hatte: Dass jemand einen Zeitungsausschnitt bei ihm eingeworfen hatte, der ihre Vergangenheit enthüllte, und dass er mich um Rat hatte fragen wollen, wie er damit umgehen sollte. Ich erzählte ihr – obwohl dieser Teil streng genommen nicht stimmte –, dass ich ihm geraten hätte, erst einmal abzuwarten, und dass Annas Freunde zu ihr halten und in den kommenden Tagen auf sie aufpassen müssten. Dann sagte ich ihr, dass sie sich auf das Schlimmste gefasst machen müsse: darauf, dass irgendwann in den kommenden Wochen oder wohl eher Tagen ihre Vergangenheit öffentlich ruchbar werden würde und sämtliche Bewohner von St. Abel's Chapel wissen würden, dass ihre neue Bäckerin Anna Brown in

Wirklichkeit die mit Schimpf und Schande aus dem Beruf geschiedene Psychiaterin Annaliese Clayton Brown war.

Als ich geendet hatte, rann eine Träne aus ihrem rechten Auge. Ich sah zu, wie sie ihre Wange hinunterrollte und das Licht einfing wie ein flüssiger Diamant, und verspürte den ganz merkwürdigen Impuls, sie abzulecken.

»Wer macht denn so etwas?«, fragte sie. »Der, der das eingeworfen hat? Warum kommt er nicht zu mir?«

»Aus Feigheit«, antwortete ich. »Die meisten Menschen gehen direkten Konfrontationen aus dem Weg.« Ich überlegte kurz, bevor ich weitersprach, und beschloss dann, noch ein wenig tiefer nachzustochern. »Und vielleicht auch aus Missbilligung«, fügte ich hinzu. »Manche Kommentatoren, die sicher keine Ahnung haben, waren ja der Ansicht, Sie hätten einen Anteil daran, was mit diesem schwer gestörten jungen Mann geschehen ist.«

Das war untertrieben. Annaliese Clayton Brown war nicht gut aus dieser Geschichte herausgekommen. Es gab viele Jago-Fans auf Social Media, die seine Version der Ereignisse ohne Wenn und Aber geglaubt hatten.

»Tja, wer immer es war, er liegt falsch«, sagte sie, und ich fragte mich mit etwas, das sich fast wie Enttäuschung anfühlte, ob sie ihre Beteiligung an dem Fall Jago Moore leugnen würde. Ob sie vorgeben würde, nicht die Person zu sein, von der ich jetzt sicher wusste, dass sie sie war. Das wäre wirklich nicht glaubhaft, und sie würde in meinen Augen verlieren, wenn sie es versuchte.

»Ich bin nicht Jagos Psychiaterin«, sagte sie.

Um ehrlich zu sein, ich war überrascht, wie resolut das klang, wo sie doch ganz sicher log.

»Annaliese ist, soweit ich weiß, immer noch in Dorset«, fuhr sie fort. »Jetzt, wo sich die ganze Aufregung etwas gelegt hat, wird sie wieder anfangen zu praktizieren. Ob seine Flucht das Ganze wieder hochkochen lässt – wer weiß? Wahrscheinlich schon.«

Ich war perplex, das gebe ich gern zu. Ich war mir so sicher gewesen, als ich die Geschichte von Jago Moore und seiner Ärztin gefunden hatte. Sonst hätte ich doch nie den Zeitungsausschnitt durch Gardners Briefschlitz geschoben. Und ganz sicher hätte ich ihr nicht die frei erfundene Nachricht von den Thomas-Hardy-Büchern in der Bibliothek zukommen lassen. Aber Anna sah wirklich nicht so aus, als würde sie lügen.

»Aber Sie scheinen …«, begann ich und wusste nicht recht, wie ich weitermachen sollte, ohne mich zu verraten. »Ich dachte, Sie waren bestimmt früher einmal Ärztin. Ihre medizinischen Kenntnisse, wissen Sie, also, üblich ist das nicht.«

Sie seufzte schwer. »Ich war Krankenschwester«, sagte sie. »In meinem früheren Leben war ich Krankenschwester. Und zwar eine sehr gute.«

Also, da hatte sie mir doch glatt den Teppich unter den Füßen weggezogen.

»Und woher kennen Sie dann diesen … Jago heißt er, stimmt's? Woher kennen Sie Jago Moore? Warum ruft die Polizei Sie an, um Ihnen zu sagen, dass er ausgebrochen ist?«

»Brown ist mein Mädchenname«, antwortete sie. »Und bis ich hierhergezogen bin, haben alle mich Bella genannt. Aber offiziell heiße ich Annabel Moore. Ich bin seine Stiefmutter.«

42

»Heute Nachmittag? Und wann genau?«

Es kann nichts Gutes verheißen, wenn man die Tür öffnet und zwei Polizeibeamte auf der Schwelle stehen, doch dies war so ziemlich das Letzte, was Annaliese erwartet hatte. Als die Polizistin, die bis jetzt den größten Teil des Redens übernommen hatte, ihr schilderte, was geschehen war, rechnete sie rasch nach. Jago Moore war seit fünf Stunden auf der Flucht.

Er konnte überall sein.

»Wie geht es dem Mann, den er angegriffen hat?«, erkundigte sie sich. Sie war Stuart Townsend einmal begegnet, ein sehr netter Mann, wenngleich völlig unauffällig.

»Sein Zustand ist ernst, aber stabil, hieß es«, antwortete die Frau. »Er liegt im Royal Berkshire Hospital, aber nicht auf der Intensivstation.«

Sie könnte später dort anrufen. Vielleicht würden die im Krankenhaus ihr Auskunft geben, wenn sie sagte, dass sie eine Kollegin war. Und wenn nicht, würde irgendjemand von ihrem Netzwerk mehr wissen.

Sie verspürte einen Stich des Zorns und ignorierte ihn. Dass sie nachweislich recht gehabt hatte, verschaffte ihr keine Befriedigung. Jago Moore gehörte in ein Hochsicherheitsgefängnis, nicht in den Maßregelvollzug. Er war ein Psychopath, keine Frage, aber ein hochfunktionaler – er wusste genau, was er tat.

Gleichzeitig fühlte sie sich schuldig. Hätte sie Anzeige erstattet, als er damals bei ihr zu Hause aufgetaucht war, hätte sie sofort die Polizei verständigt und nicht beschlossen, am nächsten Tag erst Peters Rat einzuholen, dann wären die Beamten an jenem letzten Abend vielleicht zu den Moores gefahren. Vielleicht hätten sie den Mord verhindert. Ganz hatte sie den Verdacht, dass sie mitschuldig daran war, was den Moores zugestoßen war, nie von der Hand weisen können.

»Wie ist er vom Gelände heruntergekommen?«, fragte sie. »Die Klinik hat doch die höchste Sicherheitsstufe.«

»Er hat Mr Townsend eine Schlüsselkarte entwendet«, antwortete der männliche Polizeibeamte. »Damit ist er aus dem Gebäude rausgekommen. Zwei Patienten, die im Garten gearbeitet haben, haben ihn in Sportsachen und mit einem Rucksack auf dem Rücken um das Gelände joggen sehen, aber wir haben gehört, dass er das ständig gemacht hat, seit er eingewiesen worden ist. Er ist als eine Art Fitness-Fanatiker bekannt, daher hat sich niemand etwas dabei gedacht. Wir nehmen an, dass er irgendwo über die Mauer geklettert ist. Um ehrlich zu sein, genau weiß das noch niemand.«

»Die haben erst nach über einer Stunde gemerkt, dass er weg war«, fügte seine Kollegin hinzu.

Annaliese versuchte gar nicht erst, ihren verärgerten Seufzer zu unterdrücken. Jeder hätte das kommen sehen können. Warum also war sie die Einzige gewesen? »Und was unternehmen Sie, um ihn zu finden?«

»Die Kollegen in Thames Valley leiten die Fahndung«, erwiderte der Polizist fast abwehrend. »Aber wir haben gehört, dass seine Beschreibung auf dem üblichen Wege in Umlauf gegeben worden ist und die lokalen Medien informiert worden sind.« Er sah rasch auf die Uhr. »Die Vorabendnachrichten werden darüber berichten, müsste gleich so weit sein.«

»Wir hatten eine mögliche Sichtung«, berichtete die Polizistin und nannte sodann eine Tankstelle nicht weit von der Klinik. »Ist nicht bestätigt, weil wir keine Überwachungsaufnahmen von da finden können, aber ein Autofahrer erinnert sich, einen jungen Mann gesehen zu haben, der Leute angesprochen und sich nach einer Mitfahrgelegenheit erkundigt hat.«

»Unglücklicherweise hat er nicht mitbekommen, in welche Richtung der Betreffende wollte«, fügte ihr Kollege hinzu. »Aber wie Sie ja sicher wissen, führt die A 34 …«

»Direkt hierher«, vollendete Annaliese seinen Satz.

»Genau. Und in Anbetracht dessen, was für Anschuldigungen Jago Moore gegen Sie vorgebracht hat, als er festgenommen wurde …«, sagte die Polizistin.

»Haltlose Anschuldigungen«, fiel Annaliese ihr ins Wort. Es gefiel ihr wirklich nicht, wie die beiden mit ihr redeten.

»Wie Sie meinen, Madam.« Die Frau kniff den Mund zusammen. »Aber in Anbetracht dieser haltlosen Anschuldigungen müssen wir die Möglichkeit in Betracht ziehen, dass Jago vielleicht auf dem Weg hierher ist.«

»Nein, ist er nicht«, widersprach Annaliese.

»Bitte?«

»Er ist nicht hinter mir her. An mir hatte er nie wirklich Interesse. Ich war ein Ablenkungsmanöver.«

Ein Blick huschte zwischen den beiden hin und her. »Ich kann Ihnen nicht folgen.«

»Wissen Sie, wie ein Bühnenzauberer Ablenkungsmanöver benutzt, um seine Tricks vorzuführen? Er bringt einen dazu, in eine bestimmte Richtung zu schauen, damit man nicht sieht, was er gerade tut.«

Die beiden Polizisten machten verwirrte Gesichter, dabei hatte sie ja nun wirklich nicht von ihnen verlangt, ein schwieriges Konzept zu erfassen.

»Jago hat mich benutzt, er hat die Anschuldigungen gegen mich benutzt, um die Aufmerksamkeit von der Frau abzulenken, auf die er wirklich zwanghaft fixiert ist.«

»Und wer soll das sein?«

»Seine Stiefmutter Annabel. Hinter der wird er her sein. *Die* müssen Sie warnen.«

Annaliese unterdrückte das heftige Verlangen, zum Telefon zu eilen und Annabel selbst anzurufen. Seit vier Stunden wurde Jago vermisst. Er könnte bereits im Norden sein.

43

»Ich glaube immer noch, es hätte alles anders laufen können, wenn Morgan und ich uns kennengelernt hätten, als Jago noch jünger war. Dann hätte er mich vielleicht als seine neue Mum akzeptiert.«

Ich hatte Anna Tee gemacht, mit einem Schuss von dem Brandy, den ich in ihrem Küchenschrank gefunden hatte. Sogar in meinen eigenen Becher hatte ich ein Schlückchen gegossen, obwohl ich selten Alkohol trinke. Ich war wie vor den Kopf geschlagen, das gebe ich gern zu. Ich war mir so sicher gewesen. Das Foto von Clayton Brown in der Zeitung – na gut, sie hielt den Kopf gesenkt, sodass man ihr Gesicht nicht besonders gut sehen konnte –, aber doch, das hätte Anna sein können. Jeder wäre demselben Irrtum aufgesessen. Gardner hatte es auch getan.

Ich bilde mir ein, ein bisschen klüger zu sein als Gardner.

»Aber er war zu kaputt«, sagte Anna gerade. »Seine Mutter hat ihn grauenvoll misshandelt. Sie hat irgendwelche abartigen Sexspielchen mit ihm gespielt, als er gerade laufen konnte. Bis ich Morgan begegnet bin, hatte ich keine Ahnung, dass es so etwas gibt. Ich glaube, er hat sich lange mental dagegen abgeschottet, weil er nicht glauben konnte, dass eine Frau ihrem Baby so etwas antun würde. Und dann hat er mit der Schuld leben müssen, weil er das Ganze länger hatte andauern lassen, als es hätte sein müssen.«

Anna schluckte zu heißen Tee hinunter, und ihre Augen begannen von Neuem zu tränen.

»Viele Männer missbrauchen ihre eigenen Kinder«, gab ich zu bedenken. »Da kann es doch nicht so abwegig sein, dass das hin und wieder auch eine Frau tut.«

Sie hielt den Becher mit beiden Händen umfasst, als wäre seine Wärme tröstlich. »Tja, Jagos Mutter hat's getan. Als er noch zu klein war, um irgendeine Vorstellung davon zu haben, was da passiert ist, oder wie falsch das war. Aber es hat seine Einstellung zum Sex total verzerrt. Und als Morgan mich kennenlernte …«

Sie sackte zusammen, ließ den Kopf in die Hände sinken und schluchzte laut. Schließlich schaffte sie es, sich zu fangen, und fuhr sich mit der Hand über die Augen.

»Er hat sich eine Frau ausgesucht, die aussah wie seine Ex«, stieß sie hervor, während ich eine Küchenrolle auf dem Tresen erspähte und aufstand, um sie zu holen. »Warum hat er das getan?«

»Männer haben eben ein Beuteschema.« Ich reichte ihr die Rolle. »Wahrscheinlich konnte er gar nicht anders.«

Sie weinte noch ein paar Minuten, riss Stücke von der Rolle, um die Tränen wegzuwischen, und ich befahl mir, geduldig zu sein. Der Morgan Moore, von dem sie mir erzählte und den sie vermutlich geliebt hatte, war von seinem eigenen Sohn ermordet worden. Und sie war dabei gewesen, hatte es mitangesehen.

»Wann haben Sie gewusst, dass mit Jago etwas nicht stimmt?«, fragte ich, als es meiner Meinung nach Zeit wurde, dass sie sich zusammenriss.

Schniefend knüllte sie die Papierfetzen zu einer feuchten Kugel zusammen. »Er war zwölf, als Morgan und ich uns kennenlernten. Die Zeit, in der die Hormone freidrehen und der Körper sich verändert und alle möglichen Gefühle einen sehr durcheinanderbringen können.«

»Und ein pubertierender Junge, dessen Bild von Sex durch frühe Erfahrungen fürchterlich deformiert worden ist, wird gezwungen, sein Zuhause mit einer Frau zu teilen, die ihn an seine Mutter erinnert?«

Ihre Augen wurden schmal. »Das hört sich an, als ob Sie mir die Schuld geben.«

Ich tätschelte ihr die Hand und erlaubte meiner, ganz kurz zu verweilen. »Reden Sie doch keinen Unsinn. Niemand hätte vorhersehen können, wie sich das entwickelt. War er von Anfang an komisch?«

Sie schüttelte den Kopf. »Nein, am Anfang war er ganz süß. Wir haben über Bücher und Bilder geredet und zusammen ferngesehen. Morgan hat immer sehr lange gearbeitet, also war es unvermeidlich, dass Jago und ich viel zusammen waren. Ich habe ihn richtig lieb gewonnen. Erst als wir ungefähr ein Jahr zusammengewohnt hatten, habe ich angefangen, mir Gedanken zu machen.«

Rasch rechnete ich nach. Wenn Morgan und Anna einander begegnet waren, als Jago zwölf gewesen war, dann dürfte er ein Jahr nach ihrer Heirat etwa vierzehn gewesen sein. Das möglicherweise schlimmste Alter, wenn es um unerfüllte sexuelle Sehnsüchte ging. Die meisten vierzehnjährigen Jungen fixierten sich auf die Mädchen in ihrer Schule. Jago hatte sich auf die junge, attraktive Frau daheim fokussiert.

»Er hat angefangen, Sachen zu machen, die mir unangenehm waren«, fuhr Anna fort. »Ich rede hier von Kleinigkeiten, die ich jemand anderem nur schwer erklären könnte. Dinge, die vielleicht völlig harmlos wirken, sich aber nicht richtig angefühlt haben.«

»Ich glaube, ich verstehe«, sagte ich, obwohl ich keinen Schimmer hatte. Ich versuchte einfach, mitfühlend zu klingen.

»Er hat sich beim Fernsehen zu dicht neben mich aufs Sofa gesetzt«, fuhr sie fort. »Und er hat Bemerkungen darüber gemacht, was ich anhatte, oder über meine Frisur. Nette Bemerkungen, oberflächlich gesehen, aber nicht das, was man von einem Vierzehnjährigen hören möchte. Und er hat mir morgens Tee ans Bett gebracht, ist sogar neben mir hineingekrochen, auf Morgans Seite.«

»Ich kann mir vorstellen, dass Ihnen das unangenehm war.« Allmählich verstand ich, was sie meinte.

»Und er hat mich ständig beobachtet. Ich konnte nicht aufstehen und aufs Klo gehen, ohne dass sein Blick mir gefolgt ist. Ich glaube, er hat mich auch beobachtet, wenn ich geschlafen habe.«

Also, bei diesem Gedanken lief es mir kalt den Rücken hinunter – im Schlaf sind wir doch am verwundbarsten. Dass jemand mich beobachtet, während ich schlafe, ist etwas, worüber ich nicht näher nachdenken will. Ich glaube, das ist einer der Gründe dafür, dass ich mich nie auf eine Beziehung eingelassen habe.

»Er hat *was*?« Auf so einen Satz muss man doch reagieren.

»Eines Nachts bin ich aufgewacht, und er stand am Fußende von meinem Bett und hat mich angestarrt. Ich hätte fast einen Herzinfarkt gekriegt. Ich habe losgeschrien, bevor ich kapiert habe, dass er es war. In gewisser Weise war's ein Glück, dass das Haus so abgelegen ist, sonst hätten die Nachbarn bestimmt die Polizei gerufen.«

»Und wie hat er das erklärt?«

»Er hat sich immer wieder entschuldigt. Hat gesagt, er hätte in meinem Zimmer Geräusche gehört, und weil er gewusst hätte, dass sein Dad verreist war, hätte er nachsehen wollen, ob ich okay sei. Nach außen hin hat sich das ganz plausibel angehört, also habe ich sogar scherzhaft gesagt, wahrscheinlich hätte ich geschnarcht. Aber ich habe gewusst, dass er gelogen hat. Danach habe ich ein Schloss an der Zimmertür anbringen lassen.«

Sie schwieg einen Moment lang, und ich hatte nichts zu sagen. Ich bemühte mich, das alles zu erfassen; ich war noch immer nicht darüber hinweggekommen, wie sehr ich mich hinsichtlich ihrer Identität geirrt hatte.

»Und Sie haben keine Ahnung, wie oft er das schon gemacht hatte, bevor Sie aufgewacht sind und ihn erwischt haben?«, erkundigte ich mich. »Hat Ihr Mann irgendetwas davon mitbekommen? Haben Sie mit ihm darüber gesprochen?«

Sie schüttelte den Kopf. »Morgan war sehr oft nicht da. Er hat immer sehr lange gearbeitet. Und das ist ja auch ein furchtbarer Vorwurf gegen seinen Sohn, finden Sie nicht?«

»Stimmt«, pflichtete ich ihr bei.

»Aber eins kann ich Ihnen sagen. Niemand hat wegen des Schlosses an der Schlafzimmertür Fragen gestellt. Jago nicht und sein Vater auch nicht. Es war, als hätten sie auf irgendeiner Ebene gewusst, was da gelaufen ist, und wären nicht bereit gewesen, es offen anzusprechen. Also habe ich mir eingeredet, dass ich damit umgehen könnte. Dass Jago sich früher oder später eine Freundin zulegen würde, und dass er mit achtzehn an die Uni gehen würde und wir ihn dann los wären. Hört sich schrecklich an, ich weiß.«

»Verständlich.« Ich war ziemlich stolz darauf, wie gut ich die Rolle der seelischen Stütze spielte. »Und war es so? Hat er sich eine Freundin zugelegt?«

Sie verzog das Gesicht. »Ein paar. Aber es war, als würde er mit ihnen angeben. Er hat sie mit nach Hause gebracht und vor meinen Augen mit ihnen herumgeturtelt. Er hatte sogar in seinem Zimmer lautstark Sex mit ihnen, wenn er genau wusste, dass ich es hören konnte. Die Mädchen fanden das nicht schön. Na ja, kann man ihnen ja auch nicht verdenken, oder? Keine Beziehung hat länger als ein paar Wochen gedauert. Sie haben gemerkt, dass er eigentlich gar nicht in sie verliebt war.«

Das war alles hochinteressant, das bestreite ich nicht, aber ich musste die Dinge hier vorantreiben. »Ich nehme mal an, die Situation hat sich zugespitzt?«

»Ich bin schwanger geworden.« Wieder schossen Anna Tränen in die Augen. »Vorvoriges Jahr im Dezember. Wir hatten es schon seit einer Ewigkeit versucht, und ich hatte verschiedene medizinische Probleme. Leicht war es nicht, und ich hatte schon geglaubt, es wird nie etwas. Und dann hat es doch geklappt. Und blöderweise habe ich gedacht, dadurch würde sich auch das mit Jago regeln. Dass er mich, wenn er mich erst wie eine trächtige Muttersau durchs Haus wackeln sieht, als das wahrnimmt, was ich war – eine ältere Frau mit Falten und Speckrolle am Bauch und Schwangerschaftsstreifen. Ich war ja so dumm!«

Der Mord war im Mai geschehen. Anna war im vierten oder fünften Monat gewesen, hatte wahrscheinlich das Geschlecht des Kindes gekannt.

»Anna«, sagte ich, »die Zeitungen, die ganze Berichterstattung damals, die haben alle den Eindruck vermittelt, dass Jago von seiner Psychiaterin besessen war. Dass ihr fast die Approbation entzogen worden wäre. Aber Sie sagen, er war auf *Sie* fixiert?«

Abfällig schüttelte Anna den Kopf. »Jago war schon seit Jahren krankhaft auf mich fixiert gewesen. Seit wir ihm gesagt hatten, dass ich schwanger war, war er psychisch immer instabiler geworden. Launisch, aggressiv, sogar gewalttätig. Der Angriff auf die Lehrerin war für die Schule der Tropfen, der das Fass zum Überlaufen gebracht hat, und sie haben darauf bestanden, dass wir ihn zur Therapie schicken. Und da kam Annaliese ins Spiel. Eigentlich war sie sehr nett. Sie hat mir geholfen, nachdem es passiert war. Sie hat mich überredet, es mit dem Freiwasserschwimmen zu probieren. Aber er kannte Annaliese erst seit ein paar Monaten. Ich war diejenige welche, nicht sie.«

»Es gab also nie wirklich ein Problem mit der Psychiaterin?«

»Ich glaube nicht. Oh, ich bin sicher, dass er Spielchen mit ihr gespielt hat. Er konnte gar nicht anders. Und er hat ein paar gemeine Anschuldigungen erhoben, deswegen wurde auch gegen sie ermittelt. Aber nichts von dem, was er gesagt hat, hatte Bestand. Sie hatte gut aufgepasst, hatte all die richtigen Vorkehrungen getroffen. Sie hatte sich nichts zuschulden kommen lassen.«

»Warum hat er dann die Ärztin beschuldigt und nicht Sie?«

Sie zuckte mit den Schultern. »Um die Schuld auf jemand anderen abzuwälzen, egal wie. Und außerdem, weil er immer noch denkt, dass wir beide zusammen sein werden. Er beschützt mich quasi, auf seine verschrobene Art.«

Jetzt war so viel verständlich. Annas kaum verhohlene Traurigkeit, ihre Dauernervosität, ihre Angst, als Connor damals wie aus heiterem Himmel aufgetaucht war.

Sie holte tief Luft. »Als er in der forensischen Psychiatrie war, hat er mir während der ersten Monate alle paar Tage geschrieben. Ich habe keine Ahnung, wie er das hingekriegt hat, eigentlich hätte er überhaupt keinen Kontakt zu mir haben dürfen, aber er hat irgendjemanden überredet, seine Briefe abzuschicken. Das ist einer der Gründe, warum ich weggezogen bin, so weit weg, wie ich konnte. Ich musste irgendwo sein, wo er mich nicht finden konnte. Als ich die Anzeige für den Laden gesehen habe, in einem Dorf, von dem ich noch nie gehört hatte, da schien das die Antwort auf meine Gebete zu sein.«

»Und die Briefe? Was stand da drin?«

»Dass es ihm leidtäte, wie alles gekommen wäre. Es täte ihm leid, dass ich das Baby verloren hätte, aber wir beide würden eigene Kinder haben, wenn er erst wieder frei wäre. Er hat nie gesagt, dass es ihm leidtäte, seinen Vater umgebracht zu haben. Ich glaube, er hat Morgan als Hindernis betrachtet, das aus dem Weg geräumt werden musste. Er ist ein Monster.«

Sie stand auf, spülte ihren Becher am Spülbecken aus und ließ Wasser aus dem Hahn hineinlaufen. Doch sie trank nicht, und ich glaube, es war ihre innere Erregung, die sie dazu drängte, sich zu bewegen.

Noch immer zum Spülbecken gewandt, sagte sie: »Er hat diese absurden Vorwürfe gegen Annaliese vorgebracht, weil er gehofft hat, das Gericht würde nicht so streng mit ihm sein. In gewisser Weise hat das auch funktioniert, weil sich die öffentliche Aufmerksamkeit ausschließlich auf sie konzentriert hat. Nur wenige Leute, die nicht direkt mit dem Fall zu tun hatten, wussten, welche Rolle ich dabei gespielt hatte. Jago hat sich nämlich geweigert, darüber zu sprechen.«

»Er hat abgestritten, von Ihnen besessen zu sein?«

Langsam hob und senkte sie den Kopf. »Ich denke, ein paar von den Polizisten haben geglaubt, dass wir etwas miteinander gehabt hätten. Als ich ihnen erzählt habe, dass Jago behauptet hatte, der Vater des Babys zu sein, haben sie mich gefragt, ob das stimmt. Einer von denen hat sogar gemeint, es sei ja schade, dass ich eine Fehlgeburt gehabt hätte, weil man jetzt nichts mehr beweisen könnte.«

»Jago hat behauptet, er wäre der Vater Ihres Babys?« Ich ärgerte mich über mich selbst, weil ich unnötige Fragen stellte. Schließlich hatte Anna sich absolut klar ausgedrückt. Aber wirklich, das hier war alles andere als eine normale Situation.

»Damit hat der Krach an dem Abend angefangen«, sagte sie. »Wir hatten Annalieses Abschlussbericht bekommen, nachdem sie wochenlang mit ihm gearbeitet hatte, und der war nicht gut. Im Großen und Ganzen war sie der

Meinung, dass das mit den Stimmen, die er angeblich gehört hat, gelogen war. Sie hatte ihm kognitive Verhaltenstherapie verordnet, und soweit es Morgan und Jago anging, war das das schlimmstmögliche Ergebnis. Ohne Medikation hätte die Schule ihn nicht wieder aufgenommen, was bedeutete, dass er sich einen Studienplatz an einer guten Universität wahrscheinlich abschminken konnte. Und er hatte ihr erzählt, dass wir beide angeblich eine Affäre hätten, und zwar schon seit Jahren. Morgan war stinkwütend. Die beiden hatten einen Mordskrach; Jago hat steif und fest behauptet, dass es wahr wäre. Und dann …«

Sie verstummte.

»Noch einen Brandy?«, schlug ich vor. Zu meiner Überraschung nickte sie.

»Jago hat schreckliche Sachen gesagt«, fuhr sie fort, als ich ihr das Glas reichte. »Ungeheuerliche Sachen. Morgan hat ihn geschlagen. Das hätte er nicht tun sollen, aber ich kann es ihm nicht verdenken. Und dann ging alles so schnell. Jago hat sich eins von den Küchenmessern geschnappt und ist auf seinen Vater losgegangen.«

Da stand ich auf und wandte mich ab. Schilderungen von Gewalt haben bei mir extreme physische Auswirkungen. Meine Körpertemperatur steigt sprunghaft an, und ich fange an zu zittern. Manchmal läuft mir der Schweiß in Strömen herab, und ich muss mich sehr anstrengen, ruhig zu bleiben.

»Er hat wieder und wieder auf ihn eingestochen. Überall ist Blut herumgespritzt.«

Beim Spülbecken und am Fenster war es kühler. Ich umfasste den kalten Wasserhahn, hätte ihn am liebsten aufgedreht, aber gleichzeitig durfte ich Anna nicht ablenken. Ich musste das hören.

»Ich konnte mich nicht rühren«, sagte sie. »Ich wollte Morgan helfen, selbst nach einem Messer greifen oder nach irgendetwas Schwerem und es Jago auf den Schädel knallen, aber ich konnte mich nicht bewegen. Und dann ging es doch. Ich bin weggerannt.«

»Aus dem Haus?«

Sie schüttelte den Kopf. »Nein, nach oben. Ich dachte, wenn ich es ins Schlafzimmer schaffe, könnte ich die Tür abschließen und die Polizei anrufen. Ich habe mir eingeredet, dass Morgan noch am Leben sein könnte, aber ich wusste, dass es nicht so war. Ich hatte seit Jahren als Krankenschwester gearbeitet. Ich weiß, wie ein Toter aussieht.«

»Haben Sie es bis ins Schlafzimmer geschafft?« Die Zeitungsberichte waren nicht allzu genau darauf eingegangen, was an jenem Abend im Hause der Moores geschehen war. Jago war geflohen, aber sehr schnell von der Polizei gefasst worden. Der Notarzt war rechtzeitig da gewesen, um das Leben der Stiefmutter zu retten.

»Jago hat mich zu fassen bekommen, bevor ich oben angekommen bin«, antwortete sie. »Ich bin mit der Hand vom Geländer abgerutscht und auf ihn draufgekippt. Er hat das Gleichgewicht verloren, und wir sind beide die Treppe hinuntergefallen. Unten war Steinboden. Er hat sich einen Zahn ausgeschlagen.«

Sie brauchte den Satz nicht zu vollenden. Jago hatte einen Zahn verloren, sie hatte ihr Baby verloren.

Ganz zu schweigen von ihrem Ehemann.

»Aber obwohl er Schmerzen hatte, obwohl ihm Blut aus dem Mund gelaufen ist, konnte er mich trotzdem noch … verletzen.«

Anna drückte sich mit Absicht nicht klar aus, doch ich bat sie auch nicht darum. Ich wusste, dass Jago sie vergewaltigt hatte, während sein Vater tot neben ihnen lag.

Anscheinend ging es nicht mehr konkret um Gewalt, also riskierte ich es, mich vom Spülbecken abzuwenden. Allerdings war mir noch immer viel zu heiß.

»Glauben Sie, er wird nach Ihnen suchen?«

»Da bin ich mir ganz sicher.«

»Na, dann schaue ich wohl lieber mal, ob das Gartentor abgeschlossen ist«, verkündete ich, zog die Hintertür auf und trat hinaus. Der Wind war stark und kalt und machte den üblichen Radau, und es behagte mir nicht, dass er möglicherweise andere Geräusche übertönen könnte. Die niedrige Temperatur jedoch half enorm, und ich konnte fühlen, wie sich mein Herzschlag beruhigte.

Ich überprüfte die Riegel an Annas Gartentor und vergewisserte mich, dass die Tür der Laube fest verriegelt war. Ein junger Mann könnte ohne Weiteres über die Mauer klettern, aber ich sah keine Notwendigkeit, es ihm leicht zu machen. Zurück in der Küche, verriegelte ich die Hintertür und schloss sie ab. Dann machte ich eine Runde durch das Erdgeschoss von Annas Haus, überprüfte die Schlösser sämtlicher Fenster. Sie saß währenddessen am Küchentisch und starrte in ihr Brandyglas. Ich war mir ziemlich sicher, dass sie es von Neuem gefüllt hatte.

»Hier kommt er nicht rein«, verkündete ich, als ich fertig war. »Ihre Schlösser sind alle in Ordnung. Aber wahrscheinlich ist es nicht verkehrt, vorsichtig zu sein. Wenn heute Nacht irgendjemand bei Ihnen klopft, auch wenn Sie sicher sind, dass es einer von den beiden Connies ist, lassen Sie ihn nicht rein. Rufen Sie zuerst mich oder Hugh an. Wir nehmen jeden ungebetenen Gast unter die Lupe.«

Sie bedachte mich mit einem erschöpften Lächeln.

»Wir reden morgen weiter«, sagte ich. »Über die Connies, über all die anderen jungen Leute und über Jago. Aber Sie haben jetzt Priorität. Dass Sie in Sicherheit sind, das ist das Wichtigste, bis dieser gestörte junge Mann wieder da ist, wo er hingehört.«

»Danke.« Sie erhob sich.

»Schlafen Sie ein bisschen. Versprechen Sie mir, dass Sie's versuchen. Und keine Angst. Die Wände hier sind dünn wie Papier.« Ich versuchte ein Lächeln. Eigentlich gefiel es mir nicht, eins meiner Geheimnisse preiszugeben, doch in dieser Situation erschien es angebracht. »Wenn Sie nachts schreien, höre ich Sie. Ich kann hier sein, bevor Sie Luft holen.«

Zu meinem Erstaunen streckte sie mir die Arme entgegen. »Sie waren so lieb zu mir«, stammelte sie.

Ich finde Körperkontakt abstoßend. Ich konnte mich nicht erinnern, wann ich das letzte Mal jemanden berührt hatte, abgesehen von einem versehentlichen Streifen zweier Schultern oder einem unvermeidlichen Händeschütteln. Und doch ertappte ich mich dabei, wie ich Annas Geste spiegelte, unfähig, den Blick von ihren Augen zu lösen. Wie eine Maus, die von einer Schlange hypnotisiert wird. Ich trat auf sie zu, und dann war sie in meinen Armen, schmiegte sich ihr Körper an meinen. Sie war weich und straff zugleich – wie ist das möglich? – und ein Stückchen kleiner als ich, sodass ihr Scheitel genau unter mein Kinn passte. Sie roch nach Vanille und Lavendel, eine seltsame Mischung aus Confiserie und Kosmetik, und als sie die Wange gegen meine Brust lehnte, kitzelte ihr Haar mich unter der Nase. Ich dachte, ich müsse vielleicht niesen, doch stattdessen geschah das Allerschlimmste.

Ich bekam eine Erektion.

Oh, ich weiß, Sie haben gedacht, ich sei eine kleine ältliche Dame, eine typische Dorfschranze, die kein nennenswertes Eigenleben hat und deshalb ihre Zeit damit verbringt, ihre Nase in das anderer Leute zu stecken. Nun, Sie sollten sich schämen, dass Sie nicht genau hingeschaut haben.

Ich bin ein weißer Mann, nicht ganz eins zweiundachtzig groß, und werde an meinem nächsten Geburtstag neununddreißig Jahre alt. Machen Sie sich nicht die Mühe, zu fragen, wann der ist. Ich habe seit meinem zwölften Lebensjahr keinen Geburtstag mehr gefeiert und habe nicht vor, wieder damit anzufangen. Normalerweise bin ich ziemlich fit und stark, wenn ich mich nicht gerade von einer Operation erhole. Kein Vergleich mit Gardner, natürlich, aber man sollte bei einer Schlägerei nicht gegen mich wetten. Mein Name, falls es Sie interessiert, ist Liam McCabe.

Warum also habe ich Sie hinters Licht geführt?

Es geht um Geheimnisse, verstehen Sie, um nichts sonst. Manchmal denke ich, mein ganzes Leben dreht sich darum. Die Geheimnisse anderer Menschen zu enthüllen, die Schichten abzuziehen, bis der nackte, verletzliche Kern freigelegt ist, damit alle ihn sehen und ein Urteil darüber fällen können – ich kann die pure Freude, die mir das bereitet, nicht beschreiben. Gleichzeitig hüte ich meine eigenen Schätze wie meinen Augapfel. Ich bin ein Eisberg, weniger als ein Zehntel ragt über die Oberfläche hinaus, und selbst diese eisige Spitze ist bei Weitem nicht das, was sie zu sein scheint.

Fragen Sie fünf Leute aus dem Dorf, was sie von mir halten, und ich garantiere Ihnen, Sie bekommen fünf völlig verschiedene Antworten. Ich bin ein Meister der Täuschung, ein vollendeter Lügner, ein Chamäleon. Wechsele die Farbe, um mich meiner Umgebung anzupassen, vermittle jedem, dem ich begegne, den Eindruck, der am besten zu seinem oder ihrem persönlichen Vorurteil passt. Niemand lernt mein wirkliches Ich auch nur annähernd kennen. Ihnen habe ich natürlich einen kurzen Blick darauf gewährt, doch auch Sie haben noch viel zu lernen.

Bleiben Sie dran.

Jedenfalls, hier stand ich und hatte ein Problem.

Ich hatte ganz ehrlich geglaubt, meine Emotionen besser im Griff zu haben. Es ist ja nicht so, als fände ich Anna Brown oder wie immer wir sie jetzt nennen sollen, besonders attraktiv. Ich finde keine Frau attraktiv, nicht mehr als eine recht oberflächliche Anerkennung der Tatsache, dass die Betreffende mir ästhetisch zusagt. Und bevor Sie sich darüber Gedanken machen, ich fühle mich auch nicht zu Männern hingezogen. Ich habe ganz einfach nie verstanden, wozu sexuelle Beziehungen gut sein sollen. Störend, kompliziert, chaotisch.

Aber hier stand ich jetzt, mit einer stolzen und festen Erektion und dem Wissen, dass Anna sie bemerkt hatte. Selbstverständlich wich ich sofort zurück, während sich ihre Arme von mir lösten und herabfielen.

Sollte ich etwas sagen? War eine unerwünschte Erektion etwas, wofür man sich entschuldigte? Das war mir noch nie passiert, und ich stolperte an vollkommen fremden Ufern entlang.

»Danke«, sagte sie und trat von mir weg. »Ich komme schon zurecht.«

Bedankte sie sich etwa dafür, dass ich erregt war? Machte man das so? Wahrscheinlich nicht. Wahrscheinlich verlieh sie eher ihrer Dankbarkeit für das Ausdruck, was sie für meine Freundlichkeit hielt. Außerdem ließ sie Takt walten.

Ich folgte ihr durch den Laden und trat aus der Haustür. Ganz ehrlich, es war ungewiss, wer von uns beiden erleichterter war, sich vom anderen zu verabschieden.

Den ganzen Abend über war ich mir Annas Gegenwart auf der anderen Seite der papierdünnen Wände nur allzu bewusst. Während ich versuchte, mein Abendbrot zu essen, konnte ich hören, wie sie in ihrer Küche herumhantierte und alles für den nächsten Morgen bereitmachte. Ich glaubte, den Hefegeruch von aufgehendem Brot riechen zu können, aber vielleicht bildete ich mir das auch nur ein. Gegen neun Uhr hörte ich, wie sie die Hintertür öffnete, und mein Herz setzte einen Schlag aus. Kam sie etwa zu mir herüber? Doch nein, ein paar Sekunden später schloss sie die Tür wieder und schob die Riegel vor.

Also nur ein kurzer Gang zu den Mülltonnen. Ich fragte mich, wie viel Mut wohl nötig gewesen war, um in der Nacht die Tür zu öffnen, wo sie doch überzeugt war, dass Jago es auf sie abgesehen hatte.

Ich hörte, wie sie im Erdgeschoss das Licht ausmachte, ehe sie die Treppe hinaufstieg, und folgte ihr, obwohl noch lange nicht meine übliche Schlafenszeit war. Und dann rannte ich wieder hinunter, damit ich sie nicht im Badezimmer hören musste. Die unverhoffte Umarmung hatte anscheinend eine Intimität hergestellt, auf die ich überhaupt nicht vorbereitet war. Als das Rauschen der Toilettenspülung verklungen war, schlich ich die Treppe wieder hinauf und lungerte in meinem eigenen Flur herum wie ein Stalker, hörte, wie sie die Vorhänge zuzog, vernahm das leise Summen des Fernsehers im Obergeschoss. Das Knarren ihrer Bettfedern war fast schmerzhaft.

Allmählich wurde ich steif und kalt. Die Heizung in meinem Haus war ausgegangen, und ich hatte eine ganze Weile regungslos dagestanden. Ich zwang mich, mich in Bewegung zu setzen, mich bettfertig zu machen und ins Bett zu steigen. Und mir war sehr bewusst, dass Anna nur eine Armlänge entfernt lag.

Wie sollte ich ihr morgen früh unter die Augen treten?

Wie sich herausstellte, brauchte ich mir keine Sorgen zu machen. Hugh Gardner lieferte uns etwas ganz Neues, auf das wir uns fokussieren konnten.

Eine weitere Leiche.

44

Die Autobahn-Raststätte Sandbach an der M 6 in Richtung Norden hätte sich Jago nicht unbedingt ausgesucht, um dort seine erste Nacht in Freiheit zu verbringen. Tatsächlich gab es während dieser langen, wachen Stunden am Rand des Lkw-Parkplatzes Momente, wo er sich wünschte, er hätte das Ganze bleiben lassen. Dass er immer noch sicher und geborgen in einem Zimmer in Broadmeads säße und der Gedanke an Flucht nicht mehr sei als ein aufregender Plan für eine unbestimmte Zukunft. Doch der Fahrer, der ihn am Nachmittag mitgenommen hatte, war in Richtung Osten von der Autobahn abgefahren, und Sandbach, hatte er Jago erklärt, wäre seine beste Chance, eine Mitfahrgelegenheit nach Norden zu bekommen.

Dem war nicht so gewesen. Die Autofahrer, die er angesprochen hatte, als es dunkel geworden war, hatten entweder behauptet, keinen Platz im Wagen zu haben oder nicht weit genug zu fahren, dass es sich für ihn lohnen würde. Er argwöhnte, dass die meisten einfach nicht bereit waren, nach Einbruch der Dunkelheit einen jungen Mann in ihr Fahrzeug zu lassen. Und die Fernfahrer hatten größtenteils schon Feierabend gemacht.

Nachdem er sich eine Stunde lang auf dem Parkplatz herumgedrückt hatte, war ihm klar gewesen, dass zwei Typen in Signaljacken ihn bemerkt hatten. Die arbeiteten hier, und es war ihnen wahrscheinlich egal, was am Rand des Geländes los war, solange er ihnen keinen Ärger machte, aber er durfte es nicht darauf ankommen lassen. Außerdem sollte man nie unterschätzen, was gelangweilte Arbeiter alles anstellen würden, um die Eintönigkeit ihres Alltags ein bisschen aufzupeppen. Also hatte er es aufgegeben, sich eine Mitfahrgelegenheit zu suchen, hatte sich verdrückt und sich damit abgefunden, die Nacht im Freien zu verbringen.

Dass er schlafen würde, hatte er nicht erwartet und es die meiste Zeit auch nicht versucht. Von den Strapazen am Nachmittag tat ihm alles weh, und trotz seines Sweatshirts, der Jacke, den Handschuhen und der Wollmütze spürte er, wie die Temperatur sank. Regnen tat es nicht, doch als die Nacht sich hinzog, schien Feuchtigkeit aus dem Boden aufzusteigen. Wenigstens schützte ihn das kleine Trafohäuschen, neben dem er kauerte, vor dem schlimmsten Wind.

Irgendwann im Laufe der Nacht zog er ein DIN-A4-Blatt aus der Jackentasche. Es war eine ausgedruckte E-Mail, die ihm vor ein paar Tagen ein Mitarbeiter der Klinikverwaltung ausgehändigt hatte. Das Licht reichte nicht einmal annähernd aus, um sie zu lesen, aber das war auch nicht nötig. Er wusste, was in der Mail stand. Und wer sie geschickt hatte.

Lieber Mr Moore,

ganz sicher bin ich mir nicht, welche Art der Kontaktaufnahme mit Ihnen die richtige ist, aber ich weiß, dass in Ihrer Klinik E-Mails für gewöhnlich an die Patienten weitergegeben werden – nach einer sorgfältigen Überprüfung durch die zuständigen Leute natürlich.

Also, hoffen wir das Beste.

Ich mache gerade meinen Facharzt in Psychiatrie und forsche über die Auswirkung kultureller Themen und Bewegungen auf individuelles Verhalten. Ihr Fall interessiert mich ungemein, genau wie Sie, und ich würde mich sehr freuen, wenn wir eine Korrespondenz beginnen und uns vielleicht eines Tages sogar einmal treffen könnten? Zurzeit lebe ich im Nordwesten Englands (in einem reizenden Dorf namens St. Abel's Chapel, vielleicht kennen Sie es ja?). Ich arbeite in Teilzeit in der neuen Bäckerei, um meine Forschungen mitzufinanzieren.

Eine einfache Antwort-Mail würde erst einmal ausreichen, falls Sie diese Kommunikation fortsetzen möchten.

Und außerdem, haben Sie genug zu lesen? Ihre Liebe zu den Werken von Thomas Hardy ist ja weithin bekannt, etwas, das wir absolut gemein haben. Ich habe eine Erstausgabe von Der Bürgermeister von Casterbridge, *die ich Ihnen gern als Geschenk schicken würde, wenn das möglich ist.*

Ich freue mich darauf, von Ihnen zu hören.

Dr. med. Andrew Brown

Klug von Bella, eine Möglichkeit zu finden, Kontakt zu ihm aufzunehmen und zu beweisen, dass die Mail definitiv von ihr kam. Er war dabei gewesen, als sein Vater diese Erstausgabe in einem Secondhand-Buchladen in Lyme Regis gekauft hatte, als Geburtstagsgeschenk für seine Frau.

Und sie hatte ihn genau wissen lassen, wo sie war. Trotzdem bezweifelte er, dass sie damit rechnete, ihn so früh wiederzusehen!

Alles würde gut werden. Er hatte Proviant, den er im Laufe der letzten paar Wochen aus dem Speisesaal herausgeschmuggelt hatte, und ein bisschen Geld – vielen Dank, Stuart. Er konnte es gar nicht erwarten, Bellas Gesicht zu sehen, wenn er an ihre Tür klopfte.

45

Lautes Klopfen an der Haustür weckte mich aus einem sehr beunruhigenden Traum, auf den ich wirklich nicht näher eingehen will. Mit pochendem Herzen – gute Neuigkeiten würden es ja wohl bestimmt nicht sein, oder? – zog ich einen Morgenmantel über, warf einen Blick auf die Uhr – 05:53 Uhr – und hastete in das kleine Gästezimmer, das ich als Büro nutze. Ich brauchte ein paar Augenblicke, um die Tür aufzuschließen, doch als ich das Fenster hochschob, sah ich eine Taschenlampe Annas Gartenweg entlangwandern. Ihr Gartentor stand sperrangelweit offen, und meins auch. Wieder ertönte das Klopfen.

»Ich bin's, Hugh«, rief Gardner. »Sind Sie da, Anna?«

Sie war da. Ein leises Summen verstummte, und sie zog die Riegel an der Hintertür zurück.

Gardner blickte kurz zu mir herauf. »Morgen.« Sein finsteres Gesicht passte nicht zu dem Gruß, und mir fiel auf, dass er nicht *Guten* Morgen gesagt hatte. Außerdem fiel mir auf, dass er etwas in den Händen hielt, das aussah wie ein Stapel Flugblätter oder kleine Plakate. Er hob die rechte Hand, damit ich sie besser sehen konnte, doch bei dem dürftigen Licht war es unmöglich, irgendetwas zu erkennen. »Das hier werden Sie sich ansehen wollen«, brummte er.

»Und das konnte nicht bis Tagesanbruch warten?«, erkundigte ich mich.

Licht flutete in Annas Hof, als sie ins Freie trat. Ich sah zu, wie sie den obersten Zettel von Gardner entgegennahm und ihn ins Licht hielt. »O mein Gott«, stieß sie halblaut hervor.

Gardner legte ihr die Hand auf den Arm. »Gehen wir lieber rein«, sagte er. Als Anna wieder in die Küche trat, schaute er abermals zu mir herauf. »Kommen Sie auch?«

Ich kam auch.

Anna und Gardner saßen an ihrem Küchentisch, als ich Minuten später hereinkam. Sie schaute kurz zu mir auf, und mir war, als liefe ihr Gesicht ein ganz klein wenig rot an. Dann schob sie mir ein DIN-A4-Blatt hin.

»Ich konnte nicht schlafen«, sagte Gardner, während ich auf das Blatt hinunterblickte. »Das habe ich manchmal nach der Nachtschicht. Bin frische Luft schnappen gegangen. Die hier waren überall im Dorf aufgehängt. Ich glaube, ich habe alle gefunden.«

»Danke«, sagte Anna zaghaft, und endlich blickte ich doch auf.

Zuerst hatte ich gedacht, es wären wieder Kopien der Vermisstenplakate, die gestern im Dorf ausgehängt gewesen waren, und dann sah ich den offenkundigen und sehr verstörenden Unterschied.

Die Überschrift lautete *Vermisst*, doch das Foto darunter zeigte den Leichnam eines jungen Mädchens auf den nackten Dielen eines unordentlichen Zimmers. Kleidungsstücke lagen um sie herum verstreut, ebenso Takeaway-Schachteln, Zigarettenstummel und umgekippte Bierdosen. Das Mädchen, das langes blondes Haar hatte, war von der Taille abwärts nackt. Ihr Gesicht war durch den Aufnahmewinkel und von einem aufgedruckten schwarzen Streifen über den Augen verborgen. Blut und Hämatome im Genitalbereich deuteten auf eine brutale Vergewaltigung hin, und eine rote Strieme um den Hals zeigte, dass sie erdrosselt worden war. Die Textzeile unter dem Bild fragte: *Ist das Emily?*

»Auf der Website ist dasselbe«, berichtete Gardner. »Ich habe nachgeschaut, ehe ich rübergekommen bin. Das Foto von den Gräbern ist weg, und dafür ist da jetzt dieses hier. Da konnte ich natürlich nichts machen. Es tut mir echt leid, Anna.«

»Was hat das denn mit Anna zu tun?«, fragte ich.

»Schauen Sie noch mal genau hin«, wies sie mich an und schob mir das Plakat noch etwas näher hin. Ich glaube, ich wich ein klein wenig zurück.

Widerstrebend betrachtete ich das Machwerk von Neuem – die in dem Bild implizierte Gewalt ließ bereits Übelkeit in mir aufsteigen. Unter der Zeile, die fragte, ob das Opfer Emily sein könnte, waren noch ein paar weitere: dieselbe Bitte um Informationen, eine Telefonnummer, die man anrufen sollte, ein paar Details über …

Ich riss die Augen auf. »Anna«, stieß ich hervor. »Das ist ja Ihre Nummer!«

Die Nummer, bei der man sich mit Informationen melden sollte, war die von Annas Handy, und laut Gardner waren diese Plakate im ganzen Dorf aufgehängt worden.

Sie ließ den Kopf in die Hände sinken. »Wer macht das? Wer könnte so gemein sein?«

Das Geräusch eines Autos draußen ließ uns alle zusammenfahren. Gardner stand auf.

»Das ist die Polizei«, sagte er. »Ich hab sie angerufen.«

Ich spürte, wie mein Herz schneller zu schlagen begann.

»Ich konnte das doch nicht auf sich beruhen lassen«, fuhr Gardner fort. »Bestenfalls ist es eine verdammte Gehässigkeit. Und wenn das hier wirklich Constances Schwester ist, also …«

Er brauchte nicht weiterzusprechen.

»Wir sind doch nicht etwa verhaftet, oder?«, wollte Anna wissen, als wir ein paar Minuten später alle drei in Gardners Truck stiegen und er aus der Gasse zurücksetzte. »Bestimmt nicht, sonst säßen wir doch in einem von den Polizeiautos.«

»Ich denke, Sie werden feststellen, dass wir der Polizei bei ihren Ermittlungen behilflich sind.«

Ich war bei Weitem der Ruhigste von uns allen, nach außen hin zumindest. Innen drin rumorte es gewaltig. Normalerweise hätte ich niemals eine direkte Konfrontation mit der Polizei gesucht. Es musste an Annas Einfluss liegen. Noch ein höchst verstörender Gedanke.

Die Morgendämmerung schien noch weit zu sein, als wir das Dorf verließen.

»Warum meine Nummer?«, fragte Anna, als wir auf die Straße nach Penrith einbogen. »Wollen die etwa andeuten, ich hätte irgendetwas mit Emilys Tod zu tun? Wie könnte ich denn? Als sie das letzte Mal gesehen wurde, war ich in Dorset.«

»Was sich ganz leicht beweisen lässt«, erwiderte ich. »Sie brauchen sich also wirklich keine Sorgen zu machen. Denen geht's um Aufmerksamkeit. Was nach wie vor unklar bleibt, ist, ob das Ganze ein unsinniger Versuch ist, die Behörden dazu zu bringen, sich mit dem zu befassen, was möglicherweise oben in Gathering Hall vorgeht. Oder ob es sich um das deutlich finsterere Treiben irgendeines selbst ernannten Unruhestifters handelt, um Verwirrung und Misstrauen zwischen uns zu säen.«

Gardner zog die Brauen hoch. »Bisschen früh am Morgen für Schlussfolgerungen auf dieser Ebene.«

»Na, dann sagen Sie Bescheid, wenn Sie sich imstande fühlen, vernünftige Gespräche zu führen«, gab ich barsch zurück.

»Stellen Sie sich vor, Constance sieht eines von diesen Plakaten«, sagte Anna. »Oder ihre Eltern.«

»Würde mich nicht überraschen, wenn die Polizei versucht, das hier auch zu verharmlosen«, knurrte Gardner. »Die nehmen unsere Aussagen zu Protokoll, legen eine Akte an und machen sie gleich wieder zu.«

»Ich glaube, bei vier toten Teenagern wird es für jede Polizeibehörde schwer, da etwas zu verharmlosen«, erwiderte Anna.

Gardner warf ihr einen scharfen Seitenblick zu. »Vier? Was habe ich verpasst?«

»Maisie Best ist letztes Jahr im See ertrunken«, antwortete Anna. »Lara Clark, die sich vor drei Jahren erhängt hat. Und Phoebe Page, die vom Dach gefallen ist. Vier Sechzehnjährige, die noch ihr ganzes Leben vor sich hatten. Es ist schlimm.«

Sie hatte sich die Namen gemerkt; was den Mädchen zugestoßen war, ging ihr wirklich nahe. Jemandem wie Anna war ich noch nie begegnet.

In diesem Moment ruckelte der Wagen, als die Räder auf den Grasstreifen am Straßenrand gerieten. Anna gab ein erschrockenes Quietschen von sich. Gardner brummte eine Entschuldigung und steuerte uns wieder auf die Straße zurück.

»Alles okay, Hugh?«, erkundigte ich mich. »Ist Ihnen etwas eingefallen?«

Er schüttelte den Kopf. »Es sind drei«, sagte er und schluckte dann heftig. »Drei ermordete Mädchen.«

»Ich glaube, wir haben gerade das vierte gefunden«, erwiderte Anna. »Dieses arme Mädchen auf den Plakaten muss Emily Collins sein. Constance hatte recht. Ihre Schwester ist ermordet worden.«

46

Fernfahrer waren früh auf, stellte er fest. Lange bevor es hell war, wurde Jago vom Geräusch eines anspringenden Motors frierend aus einem unbehaglichen Schlaf geweckt. Als der fragliche Lastwagen davonfuhr, konnte er leise Stimmen hören und roch Zigarettenrauch.

Er richtete sich auf. Seine Kleider fühlten sich klebrig an, und ihm war so kalt, dass es schmerzte. Er musste dringend pinkeln, ging jedoch lieber die dreihundert Meter bis zu den Toiletten der Raststätte, als sich im Gebüsch zu erleichtern. Um auf eine Mitfahrgelegenheit nach Norden hoffen zu können, musste er sich vorher ein bisschen waschen.

Sein Gang war unbeholfen, die gestrigen Anstrengungen hatten ihren Tribut von seinem Körper gefordert, und heute tat ihm alles noch mehr weh als gestern. Bevor er es versucht hatte, hatte er nicht gewusst, ob er hoch genug springen konnte, um den tief hängenden Ast einer zehn Meter von der Mauer entfernten Buche zu packen. Bevor er es getan hatte, hatte er nicht gewusst, ob er genug Kraft im Oberkörper hatte, um sich daran hochzuziehen, bis er rittlings auf dem Ast saß.

Sich auf den Stamm der Buche zuzuschieben und dann auf einem zweiten Ast entlangzukriechen, einem, der über die Mauer hinausragte, war nervenaufreibend, aber nicht schwer gewesen. Der Sprung vom Ast auf den Boden in fünf Metern Tiefe, der hätte leicht schiefgehen können. Durch die Wucht des Aufpralls war ihm die Luft weggeblieben, und er hatte mehrere Sekunden lang still dagelegen und war sich sicher gewesen, dass da irgendetwas schrecklich kaputtgegangen war. Doch er atmete noch, war noch bei Bewusstsein. Nacheinander hatte er die Glieder bewegt. Nichts gebrochen.

An den Waschbecken auf der Herrentoilette fragte ein hoch gewachsener, hagerer Mann mit walisischem Akzent, ob er okay sei.

»Ich könnte 'ne Mitfahrgelegenheit nach Norden brauchen«, antwortete Jago.

»Nützt dir Glasgow was?«

Jago lächelte. Die Strecke nach Glasgow war genau richtig.

»Dann besorg ich dir mal 'ne Tasse Tee«, brummte der Mann.

47

Wir waren vielleicht nicht verhaftet, doch man legte uns dringend nahe, die nächsten zwei Stunden auf dem Revier zu bleiben. Während wir einzeln befragt wurden, gab es Augenblicke, wo ich überlegte, ob man mit Absicht dafür sorgte, dass wir aus dem Weg waren. Ob im Dorf vielleicht etwas geschah, das wir nicht sehen sollten. Schließlich durften wir in einem Raum – ich glaube, er war als Familienzimmer bekannt – wieder alle zusammenkommen. Ich bezweifele, dass ich je eine Familie haben werde, aber wenn, dann wäre dies kein Ort, wo ich sie unbedingt würde hinbringen wollen.

Ein Karton mit schmuddeligen Spielsachen stand in einer Ecke. Die Stühle machten auf bequem, Sitzflächen und Rückenlehnen waren gepolstert. Doch der Plastikbezug war kalt und klebrig und die hölzernen Armlehnen dank mangelnder Reinigung stumpf. Unter dem kleinen Fenster standen ein Wasserkessel und ein paar Becher auf einem Tisch, aber kein Tee, kein Kaffee und keine Milch, und nicht einmal Anna schien das Bedürfnis zu haben, Getränke anzubieten.

Sie und ich verbrachten die Zeit – insgesamt etwa vierzig Minuten – damit, Gardner zu berichten, was wir wussten. Dazu gehörte auch die Wahrheit hinsichtlich Annas Identität. Er nahm es recht gut auf und erbot sich, ihre Schlösser zu überprüfen, wenn wir nach Hause kämen, so wie ich es gestern Abend getan hatte. Er ging noch weiter als ich und bot ihr an, in sein Gästezimmer zu ziehen, bis Jago wieder gefasst war. Doch er wirkte dabei die ganze Zeit geistesabwesend, als wisse er etwas, wovon wir keine Kenntnis hatten. Ganz anders als seine sonstige überschwängliche Art.

»Ich hoffe ja, dass Connor wieder auftaucht.« Anna lächelte Gardner an, um ihrer Ablehnung die Spitze zu nehmen. »Er braucht das Zimmer dringender als ich. Aber vielen Dank.«

Der Himmel draußen hatte sich zu einem weichen Grau aufgehellt, als die Tür aufgestoßen wurde und ein junger

Constable mit einem Tablett hereinkam. Was darauf stand, roch nach frischem Kaffee. Dicht hinter ihm kam der Superintendent, der den Constable entließ, eigenhändig Kaffeebecher verteilte und sich auf dem letzten freien Lehnstuhl niederließ. Er musterte uns nacheinander eingehend, ehe er das Wort ergriff, als wolle er jeden von uns genau einschätzen. Ich vermute, das war ein Trick, um sein Gegenüber einzuschüchtern. Es war ja nicht so, als wäre er uns allen nicht schon ein paarmal begegnet.

»Der Leichnam auf den Plakaten, die heute Morgen in St. Abel's Chapel gefunden worden sind, ist der einer jungen Weißen aus Sacaton, Arizona«, verkündete er schließlich. »Ich habe unser Technikteam aus dem Bett geholt, und die haben eine sogenannte Rückwärtssuche nach dem Bild durchgeführt. Im Internet war nichts zu finden, wofür wir wohl dankbar sein sollten. Aber sie haben ein paar Suchfunktionen eingesetzt, zu denen nur Strafverfolgungsbehörden Zugang haben, und haben genau dasselbe Bild in einem amerikanischen Handbuch für Mordermittlungen gefunden. In den USA ist das eine Art Bibel für den Umgang mit Mordfällen. Es enthält ziemlich viele drastische Bilder, unter anderem auch das, was heute Morgen verwendet worden ist. Was besonders signifikant ist: Die junge Frau auf dem Bild wurde vor über zehn Jahren umgebracht.«

Gardner atmete geräuschvoll aus.

»Also nicht Emily Collins«, stellte Anna fest.

Der Superintendent stieß einen Seufzer aus, der wohl große Geduld angesichts widriger Umstände andeuten sollte. »Was wir nicht erklären können, Miss Brown, ist, wieso Ihre Telefonnummer auf den Plakaten steht. Sie bleiben weiter dabei, dass Sie sie weder gedruckt noch ausgehängt haben?«

»Ja.« Annas Stimme klang fest, doch ich konnte ihre Hände zittern sehen. »Warum sollte ich denn so etwas Widerwärtiges tun?«

»Sie scheinen ein wenig auf die Kirche fixiert zu sein«, bemerkte der Superintendent. »Was sie dort angesichts der Aufträge, die Sie von Ihnen bekommen haben, sonderbar finden.«

»Haben Sie einen Drucker, Anna?«, fragte ich. Natürlich wusste ich, dass sie einen hatte. Ich hatte ihn gesehen.

Sie funkelte mich zornig an. »Ja, warum?«

»Weil es für das Technikteam der Polizei sehr einfach sein sollte, den Druckverlauf zu überprüfen und zu bestätigen, dass die Plakate nicht von Ihnen hergestellt worden sind.«

Aus ihrem zornigen Blick wurde ein dankbares Lächeln. »Ich dachte, Sie verstehen nichts von Technik.«

»Nur sehr wenig. Aber ich weiß, dass es im Dorf Überwachungskameras gibt. Nicht viele, aber ein paar. Ich könnte mir vorstellen, dass die dabei helfen könnten, den Übeltäter zu identifizieren.«

»Wir haben bereits unsere Fühler nach den Kameras ausgestreckt, von denen wir wissen«, erklärte der Superintendent. »Bis jetzt nichts.«

»Ich schließe aus diesen Plakaten«, sagte Anna, »dass sich außer uns dreien noch jemand wegen der hohen Todesrate bei jungen Mädchen auf diesem alljährlichen Kirchenfestival Gedanken macht.«

Sie wandte sich an den Polizeibeamten. »Mit wie vielen Personen haben Sie dort gesprochen? Da oben in Gathering Hall sind Hunderte Menschen, Dutzende, die etwas wissen müssen. Einer von denen wird einknicken.«

Er schaute kurz auf seine Notizen. »Und diese jungen Mädchen sind Maisie Best, Laura Clark und Phoebe Page?«

Ich hatte bei meiner Befragung keinen der Namen genannt. Doch es überraschte mich nicht, dass Anna sich da nicht zurückgehalten hatte. Inzwischen war Gardner aufgestanden. Er ging zum Fenster und schaute hinaus. Wie ich bereits wusste, war dort draußen nichts Aufregenderes als der Parkplatz des Polizeireviers.

»Keins der toten Mädchen wurde ermordet.« Der Superintendent sah Gardner merkwürdig an. »Zwei Unfälle und ein Selbstmord.«

»Mutmaßlich«, erwiderte Anna schroff.

Gardner lehnte sich an das Fensterbrett und ließ den Kopf in die Hände sinken.

»Alles in Ordnung, Hugh?«, fragte der Superintendent. »Brauchen Sie eine Pause?«

Gardner hob das Kinn ein klein wenig. »Es geht schon.« Das Glas beschlug, als sein Atem es berührte.

»Das ist bestimmt nicht leicht«, bemerkte der Superintendent.

Anna und ich wechselten einen Blick. »Was ist denn los, Hugh?«, fragte sie und erhob sich.

Gardner richtete sich auf und drehte sich zu uns um.

»Meine Tochter ist mit sechzehn gestorben«, sagte er. »Sie war schon lange depressiv, hatte alle möglichen Probleme, und eines Tages, als sie eigentlich in der Schule hätte sein sollen, hat sie zu viele Tabletten geschluckt. Sie hat es geschafft, bis zum See hinaufzukommen. Wir haben keine Ahnung, ob sie sich ertränken wollte oder ob es ein Unfall war.«

»Das tut mir ja so leid.« Annas Augen füllten sich mit Tränen. Sie war wirklich sehr nahe am Wasser gebaut.

»Mir auch«, versicherte ich. »Darf ich fragen, wann das war?«

»Vor fünf Jahren«, antwortete Gardner. »Nicht lange, nachdem ich nach St. Abel's Chapel gezogen bin. Und bevor einer von euch fragt, es ist im Februar passiert. Hatte absolut nichts mit der Kirche zu tun.«

»Ich wünschte, ich hätte das gewusst.« Anna ging zu ihm und legte ihm die Hand auf den Arm. »Ich hätte Sie da nie mit hingezogen, wenn ich gewusst hätte, wie schwer das für Sie sein würde.«

»Ich wünschte auch, ich hätte es gewusst«, ergänzte ich. »Es tut mir leid, Hugh.«

»Ist schon gut.« Er nickte mir zu.

Der Superintendent räusperte sich. »Miss Brown, es gibt da noch etwas, was ich ansprechen muss. Wir haben von den Kollegen in Thames Valley gehört. In Sachen Jago Moore. Man hat uns gebeten, Ihr Haus und Grundstück im Auge zu behalten, bis er sich wieder in Gewahrsam befindet.«

Anna nickte und sagte halblaut etwas, das sich wie »Danke« anhörte.

»Haben Sie auf irgendeine Weise mit diesem Individuum kommuniziert?«, wollte der Superintendent von ihr wissen. »Hat er seit seinem Ausbruch aus der Klinik versucht, Sie zu kontaktieren?«

Sie schüttelte den Kopf.

»Also, sagen Sie uns auf jeden Fall sofort Bescheid, wenn er das tut.«

»Ich frage mich, ob er hinter den Plakaten stecken könnte«, überlegte ich laut. »Zeit genug, hierherzukommen, hatte er auf jeden Fall.«

In diesem Moment meldete sich Gardners Handy. »Sind wir hier fertig, George?«, fragte er den Superintendent, während er das Telefon aus der Tasche zog. »Ich werde gebraucht.«

»Selbstverständlich«, antwortete der Polizist. »Danke für Ihre Hilfe.«

Gardner war schon fast aus dem Zimmer, als ihm einfiel, dass er ja unser Fahrer war.

»Ich sorge dafür, dass Miss Brown und Mr McCabe nach Hause kommen«, versicherte der Superintendent. »Ich muss noch kurz mit den beiden sprechen.«

»Gibt es irgendetwas Neues von Jago?«, wollte Anna wissen, als die Tür sich hinter Gardner schloss und seine Schritte verklangen. »Ist er hier in der Gegend gesehen worden?«

»Meines Wissens nicht«, sagte der Superintendent. »Es dauert bestimmt nicht mehr lange, bis er gefasst wird, aber in der Zwischenzeit würde ich zu vorsichtigem Verhalten raten, Miss Brown. Haben Sie immer ein aufgeladenes Mobiltelefon zur Hand, und halten Sie sich von einsamen Orten fern.« Er sah sie streng an. »Dazu gehören auch der See und das gesamte Gelände von Gathering Hall.«

»Sie werden mich nicht dazu bringen, den Mund zu halten, indem Sie mir Angst machen«, entgegnete Anna. »Ich weiß, dass da oben irgendetwas vorgeht, und wenn Sie mich nicht ernst nehmen, gehe ich mit meiner Geschichte an die Presse. Die werden mir zuhören. Es hat Vorteile, berüchtigt zu sein.«

Da war ich mir nicht so sicher, doch ich bewunderte Annas Kampfgeist.

»Wir nehmen Sie ernst«, beteuerte der Superintendent. »Ihre Aussagen sind zu Protokoll genommen worden, und wir erwägen eine Meldung an die Rechtsmedizin. Ob die dann beschließen, die Ermittlungen zum Tod der jungen Mädchen wieder aufzunehmen, kann ich Ihnen nicht versprechen. Aber ich kann Ihnen im Vertrauen sagen, dass mir die Ereignisse in Gathering Hall schon seit einiger Zeit Sorgen machen.«

Also, das überraschte mich. Ich war davon ausgegangen, dass er und Aaron North dicke Freunde waren.

»Eins möchte ich Sie noch wissen lassen.« Er blickte kurz zur Tür hinüber. »Über Hugh Gardner.«

Endlich.

Anna warf mir einen verdutzten Blick zu.

»Ich weiß nicht recht, ob Sie ihn in diesen Verdacht einweihen sollten, den Sie da hegen«, begann der Superintendent.

»Glücklich hat er eben nicht ausgesehen«, bemerkte ich, als er anscheinend nicht wusste, wie er weitermachen sollte. »Ich kann mir vorstellen, dass wir da ein paar sehr schwierige Erinnerungen wachgerufen haben.«

»Es ist schlimmer, als Ihnen klar ist«, antwortete der

Superintendent. »Hugh nimmt sich regelmäßig wegen psychischer Probleme frei. Er ist ein guter Feuerwehrmann, deswegen behält die Feuerwehr ihn, und natürlich auch aus Mitleid, aber er ist nicht ganz ohne.«

»Inwiefern?«, fragte Anna. »Falls Sie uns das sagen dürfen.«

»Das ist nicht gerade ein streng gehütetes Geheimnis«, antwortet der Polizeibeamte. »Und eigentlich tratsche ich ja nicht gern, aber in diesem Fall …«

Er holte tief Luft. Anna und ich warteten.

»Hugh hat die Wahrheit gesagt, als er Ihnen von seiner Tochter erzählt hat«, begann er schließlich.

»Über so was würde man ja auch kaum lügen«, warf ich ein und handelte mir dafür ein missbilligendes Stirnrunzeln von Anna ein.

»Was er Ihnen nicht gesagt hat, war, dass er früher eine jüngere Schwester hatte«, fuhr der Superintendent fort. »Sie ist mit sechzehn in einem Park ermordet worden. Der Täter wurde nie gefunden.«

»Ach du meine Güte.« Anna machte ein erschrockenes Gesicht, und ich setzte eine Miene auf, von der ich hoffte, dass sie ebenso betroffen wirkte.

»Es gab nur einen einzigen Verdächtigen«, erzählte der Polizist weiter. »Er ist ausführlich verhört worden, aber es gab nie auch nur annähernd genug Beweise für eine Anklage.«

Annas Augen wurden riesengroß, als sie begriff, was der Mann uns zu sagen versuchte. Sie schlug die Hand vor den Mund.

»Hugh war der Verdächtige«, sagte ich, weil ich sehen konnte, dass keiner der beiden anderen es laut aussprechen würde. »Hugh wurde verdächtigt, seine Schwester ermordet zu haben, und dann ist ein paar Jahre später seine Tochter im selben Alter ums Leben gekommen. Das ist sehr beunruhigend.«

Anna sah aus, als sei sie drauf und dran, sich zu übergeben. »Sehr beunruhigend« wurde dem Ganzen bei Weitem nicht gerecht.

48

St. Abel's Chapel. Das letzte Kuhkaff.

Das meiste davon konnte er schon beim Näherkommen sehen, eine zentrale Hauptstraße, von der ein paar kurze Sträßchen abzweigten. Über dem Ganzen ragte eine hässliche Felsenmasse empor, als sei sie im Begriff, den Ort zu verschlucken. Mehr ein Schlackenhaufen als ein Gipfel, wie man ihn in den Alpen zu sehen bekam. Dürftige Vegetation klammerte sich weiter unten an die Hänge, während der obere Teil feucht glänzte, als regne es dort ständig.

Die Gebäude waren aus Stein, manche verputzt und weiß getüncht, alle mit Giebelfenstern im Obergeschoss. Manche grell gestrichen. Keines der wenigen Geschäfte, die er sehen konnte, sah bekannt aus. Er hätte glatt ein paar Jahrzehnte durch die Zeit zurückgereist sein können.

Er hatte keine Ahnung, was Bella geritten hatte, sich hier zu verkriechen, aber sie mussten ja nicht bleiben. Sie hatte Geld. Der Verkauf des Hauses hatte fast zwei Millionen eingebracht, und sein Dad hatte doch eine Lebensversicherung gehabt. Und die Renten- und Investitionsfonds waren ihm praktisch zu den Ohren herausgekommen.

Von Rechts wegen gehörte dieses Geld ihm.

Am Rand des Dorfes blieb Jago stehen. Zum Teil, um wieder zu Atem zu kommen. Er war eine Zeit lang fast gejoggt, nachdem er eine Haltestelle zu früh aus dem Bus gestiegen war, um nicht mitten im Dorf gesehen zu werden. Er musste davon ausgehen, dass die Polizei mittlerweile nach ihm suchte. An den diversen Busbahnhöfen und Tankstellen, durch die er gekommen war, hatte er keine Bilder von sich gesehen, und die eine Hälfte von ihm war enttäuscht darüber. Doch ihm war klar, dass bestimmt alle Polizisten angehalten worden waren, nach ihm Ausschau zu halten.

Er musste wirklich aufpassen, bis er und Bella sich von hier abgesetzt hatten.

Der Scheißbusfahrer hatte ihm nicht gesagt, dass er drei Kilometer zu laufen hatte. Sein Puls raste, und er glaubte nicht, dass das nur von der Anstrengung kam. Ein Jahr, fünf Monate, vier Tage, und das Warten war zu Ende. Heute würde er sie sehen.

Die Sonne stand bereits tief am Horizont. Es war vier Uhr. Ungefähr jetzt würde sie die Bäckerei schließen.

Lieber noch eine Stunde warten, vielleicht auch ein bisschen länger. Sie würde doch Zeit brauchen, um den Laden zuzumachen, um alles wegzuräumen. Bestimmt würde sie es ihm nicht danken, wenn er auftauchte, während sie noch arbeitete und ganz staubig und verschwitzt war. Lieber noch ein bisschen warten.

Er ging die Straße hinauf auf die Mitte des Dorfes zu, die Mütze tief über die Ohren gezogen, für den Fall, dass jemand vorbeifuhr – natürlich Bella, wer denn sonst? Allein an der Silhouette würde sie ihn nicht erkennen. Er hatte ordentlich an Muskeln zugelegt, seit sie sich das letzte Mal gesehen hatten. Sein neuer, knackiger Körper würde ihr gefallen. Auf so was fuhren doch alle Frauen ab.

Auf halbem Weg die Hauptstraße hinauf sah er eine öffentliche Bibliothek. Als er die schwere Tür aufdrückte und eintrat, blickte eine Bibliothekarin von ihrem Platz hinter dem Tresen auf und bedachte ihn mit einem schwachen Lächeln. Er nickte höflich und ging zu dem Tisch hinüber, auf dem die Tageszeitungen lagen. Dort setzte er sich, wobei er hoffte, dass ihr nicht auffallen würde, wie feucht und schmutzig er war, und schlug *The Times* auf. Ihm war klar, dass sie einen besseren Eindruck machen würde als der *Mirror*.

Schon nach ein paar Minuten erschien sie neben ihm. »Kann ich Ihnen einen Kaffee bringen? Oder einen Tee?«

Die Frau war schon älter, mindestens Mitte vierzig, aber sie sah nett aus. Ein bisschen erinnerte sie ihn an manche der Mütter seiner Kumpels. Sie sah seine unsichere Miene und fügte hinzu: »Ist umsonst.«

»Danke«, sage er. »Kaffee, mit Milch und zwei Stück Zucker, bitte.«

Er wünschte, er hätte sich getraut, um drei Stück Zucker zu bitten, doch das war ungewöhnlich genug, um sie misstrauisch zu machen.

»Gehören Sie zur Kirche?«, fragte sie, als sie ihm den dampfenden Becher brachte.

»Woran haben Sie das gemerkt?«, fragte er zurück und war ziemlich stolz darauf, dass er nicht gelogen hatte.

»Das sind die einzigen Besucher, die wir um diese Jahreszeit haben. Wie läuft's denn da oben?«

»Ach, Sie wissen schon, wie immer«, antwortete er. »Ist furchtbar viel los. Um ehrlich zu sein, ich hab mal ein bisschen Ruhe gebraucht.«

Sie nickte, als sei das vollkommen verständlich. »Sie sind nicht der Erste, der mit dieser Begründung hier reinkommt. Bleiben Sie ruhig, solange Sie wollen. Also, bis halb acht. Dann schließen wir.«

Perfekt. »Haben Sie etwas von Thomas Hardy?«, erkundigte er sich. »Das ist mein Lieblingsschriftsteller.«

49

»Mögen Sie?«, fragte Anna an diesem Abend und hielt eine Flasche Weißwein hoch, frisch aus dem Kühlschrank und glitzernd vom Kondenswasser.

Ich lächelte. »Ich mag.« Streng genommen trank ich keinen Alkohol, aber ich wollte, dass Anna nicht so nervös war, und wenn ich trank, war es wahrscheinlicher, dass sie es auch tat. »Vielen Dank.«

Anna hatte sich umgezogen: Statt der cremefarbenen Chinos und dem langärmeligen T-Shirt, die sie im Laden stets anhatte, trug sie jetzt ein enges grünes Wollkleid und Schuhe mit hohen Absätzen. Dieses Outfit war erheblich eleganter als alles, worin ich sie bisher gesehen hatte, und mir kam der Gedanke, dass sie es vielleicht meinetwegen angezogen hatte. Ich roch Fleisch, das im Ofen schmorte, und konnte mir durchaus vorstellen, dass ich zum Essen eingeladen werden würde.

Ich war nervös, das gebe ich gern zu, und zwar nicht nur wegen der Ereignisse der letzten paar Stunden. Meine Beziehung zu Anna hatte eine Wendung genommen, auf die ich nicht vorbereitet war, und ich war mir nicht ganz sicher, in welche Richtung ich sie von hier aus lenken sollte. Falls ich sie denn lenken konnte.

Wir hatten uns nicht mehr gesehen, seit der Constable uns heute Morgen hier abgesetzt hatte. Anna hatte wahnsinnig viel Arbeit nachzuholen gehabt, da sie den größten Teil ihrer Morgenbäckerei versäumt hatte, und ich hatte das Bedürfnis verspürt, eine Zeit lang allein zu sein.

Und jetzt das Kleid, die Weingläser, das Essen im Ofen: Nun, das schien alles in ein und dieselbe Richtung zu deuten.

»Ich habe Constance heute drei SMS geschickt«, sagte sie, als wir uns hingesetzt hatten. »Keine Antwort.«

Ihr Handy lag auf dem Tisch neben ihrer linken Hand, und das allein war schon unüblich. Normalerweise schleppte sie es nicht wie einen Talisman mit sich herum.

»Ihre Eltern haben bestimmt ein sehr wachsames Auge auf sie.« Ich umfasste mein Glas, spürte die Feuchtigkeit daran. »Was von Connor?«

Ihre Züge verspannten sich, während sie den Kopf schüttelte. »Nichts.«

Ich stieß einen schweren Seufzer aus, um zu zeigen, dass auch ich mich um Connor sorgte.

Anna setzte ihr eigenes Glas an und trank um einiges mehr als ein Schlückchen. »Was halten Sie von dem Ganzen?«, fragte sie mich. »Kommen Sie schon, Sie haben ein Gehirn, so groß wie ein Planet, oder jedenfalls sagen das alle. Sie müssen doch irgendeine Theorie haben.«

»Es ist schwer, sich der Schlussfolgerung zu entziehen, dass in der Kirche der Einsammlung nicht alles so ist, wie es sein soll«, meinte ich.

»Das mit Hugh, das finde ich beängstigend.« Anna senkte die Stimme, schaute sogar ganz kurz in die Richtung von Hughs Haus. »Ich meine, Hauptverdächtiger beim Mord an seiner Schwester …«

»Das ist doch lange her«, unterbrach ich sie, als würde das irgendeinen echten Unterschied machen.

»… und dann kommt seine Tochter im selben Alter ums Leben.«

»Wahrscheinlich durch Selbstmord«, betonte ich.

»Ja, na schön, so was kommt hier ziemlich oft vor. Liam, er wohnt direkt neben Ihnen. Er ist unser Freund.«

Nun, so weit würde ich nicht gehen.

»Er hat doch immer einen sehr anständigen Eindruck gemacht«, gab ich zu bedenken. »Ich meine, er hat Connor sofort sein Gästezimmer angeboten, nicht wahr? Das würde nicht jeder tun.«

Annas Miene verdüsterte sich, und ich wusste, gerade war ihr wieder eingefallen, dass Connor zum letzten Mal gesehen worden war, als er auf dem Weg zu Hugh war, um dort zu übernachten. Und wir hatten nur Gardners Wort dafür, dass der Junge irgendwann in den frühen Morgenstunden verschwunden war.

»Ist er zu Hause? Wissen Sie das?« Sie reckte sich auf ihrem Stuhl, als könne sie so auf die Straße hinausblicken. Konnte sie nicht. Sie konnte kaum weiter sehen als bis in ihrem eigenen Hof.

»Nein. Er ist um halb zwei zur Arbeit gefahren, das heißt, wahrscheinlich hat er Dienst von zwei bis zehn. Nach der Arbeit geht er oft in den Pub. Ich nehme also an, er kommt irgendwann nach elf Uhr nach Hause.«

Rasch sah sie auf die Uhr an der Wand. Es war ein paar Minuten vor acht. Wir hatten noch jede Menge Zeit, bis Gardner nach Hause kam.

»Connor fehlt bestimmt nichts«, versicherte ich.

In diesem Moment ertönte ein Signalton ihres Handys. Ich erkannte, dass es ein Hinweis auf eine Online-Nachricht war, doch sie griff hastig nach dem Telefon und schüttelte dann den Kopf. »Ich versuch's noch mal bei Constance«, verkündete sie und begann, auf der Tastatur herumzutippen.

Annas Glas war mittlerweile bereits halb leer. Meins hatte ich kaum angerührt, ich wollte einen klaren Kopf behalten.

Anna schickte ihre SMS ab und fragte dann: »Glauben Sie, der Superintendent verdächtigt ihn?«

Ich holte tief Luft, als nähme ich mir Zeit zum Nachdenken. »Glauben Sie, wenn oben in Gathering Hall etwas nicht in Ordnung ist, ziehen die Leute vorschnell den naheliegenden, aber nicht notwendig korrekten Schluss, dass die Kirche dafür verantwortlich ist?«

Anna blinzelte, als könne sie mir nicht ganz folgen.

»Während die Kirche und ihre ungewöhnlichen Gepflogenheiten in Wirklichkeit nur ein willkommener Deckmantel für den wahren Täter sind?«

Sie starrte mich weiter an. Ganz ehrlich, war ich der einzige Mensch auf der Welt, der zu logischem Denken fähig war?

»Das kann ich nicht glauben«, stieß sie nach ein paar Sekunden hervor. Mit anderen Worten, sie wollte es nicht glauben. Doch sie hatte begriffen: Finstere Umtriebe in Gathering Hall waren möglicherweise nicht das Werk der Kirche.

»Ich auch nicht«, antwortete ich. »Ist wahrscheinlich zu weit hergeholt. Aber Sie verstehen, warum Hugh für die Polizei interessant sein könnte?«

»Sie meinen, wegen alldem, was in seiner Vergangenheit passiert ist?«

»Nun ja, das auch«, sagte ich. »Aber eigentlich habe ich gedacht, er hat jederzeit Zugang zum Gelände da oben. Er braucht sich da nicht reinzuschleichen oder sich irgendwelche Geschichten aus den Fingern zu saugen wie wir anderen. Und bei jemandem in Feuerwehrmontur wird immer die Unschuldsvermutung gelten.«

Sie nickte. »Die Leute vertrauen Feuerwehrmännern.«

»Er ist außergewöhnlich stark«, fügte ich hinzu. »Aber Feuerwehrmänner müssen stark sein, also beweist das wohl nichts.«

Betrübt verzog sie das Gesicht. »Er macht so einen netten Eindruck.«

»Das tun Serienmörder oft«, meinte ich und verließ mich abermals auf Fernsehkrimis. »So kommen sie mit ihren Taten davon.«

»Ich fasse es nicht. Warum unternimmt die Polizei nichts?«

»Ich nehme an, sie würden sagen, dass es da nichts zu untersuchen gibt«, erwiderte ich. »Offiziell sind die drei toten Mädchen durch Unglücksfälle oder Suizid ums Leben gekommen. Und Emily Collins gilt nur als vermisst.«

In diesem Moment glaubte ich, draußen auf der Straße etwas zu hören. Da ich Anna nicht erschrecken wollte, stand ich auf, als wolle ich lediglich meinen Rücken dehnen, und schlenderte zum Fenster hinüber. Auf dem Abtropfbrett stand eine nicht abgewaschene Rührschüssel. Anna hatte einen Kuchen gebacken, der als Red Velvet bekannt war, roter Samt, und beim Anblick der knallroten Lebensmittelfarbe wurde mir ein wenig übel.

»Alles okay?«, erkundigte sich Anna. »Sie kennen Hugh doch länger als ich. Für Sie ist das bestimmt noch schwerer.«

»Das sind schon beunruhigende Aussichten«, gab ich zu.

Im Spiegelbild der Fensterscheibe konnte ich Annas blasses Gesicht sehen, das mich beobachtete. Würde ich zu dergleichen neigen, wäre die Szene genau richtig für eine Verführung gewesen, das wusste ich: eine verängstigte Frau, ein männlicher Beschützer vor Ort sowie eine bereits etablierte sexuelle Anziehung. Sie hatte sich umgezogen, bevor ich gekommen war, trug hohe Absätze. Ich ertappte mich bei dem Wunsch, mehr darüber zu wissen, wie der weibliche Verstand funktionierte.

Inzwischen schien draußen alles ruhig zu sein, und Anna hatte bereits gesagt, dass ihr Gartentor abgeschlossen und verriegelt war.

»Es könnte trotzdem sein, dass wir uns hier hinreißen lassen.« Ich drehte mich zu ihr um. »All die Todesfälle oben in Gathering Hall könnten Zufall sein. Hugh ist vielleicht nicht mehr als ein Pechvogel mit einer schweren Vergangenheit, und sogar bei Constance und Connor könnte es sein, dass ihre Fantasie mit ihnen durchgeht.«

Sie atmete tief durch und schenkte mir ein schwaches Lächeln. »Sie haben natürlich recht«, sagte sie. »Diese Geschichte mit Jago macht mich wohl total schreckhaft.«

»Aber …«

Ich sah, wie ihr Lächeln erlosch. »Aber was?«

»Hier zu sein, erinnert mich an etwas, das ich nicht hätte vergessen dürfen«, fuhr ich fort. »Der Todesfall hier in diesem Haus.«

Anna riss die Augen auf.

»Josie Hinton ist an einer Kohlenmonoxidvergiftung gestorben, die nie ausreichend erklärt worden ist«, erinnerte ich sie. »Ich habe Alarm geschlagen, als sie den Laden nicht aufgemacht hat, aber …«

»Hugh hat ihre Leiche gefunden.« Sie schluckte. »Ein Feuerwehrmann würde doch wissen, wie man jemanden mit Kohlenmonoxid umbringt, oder?«

»Möglicherweise.«

Annas Hände krampften sich um die Tischkante. »Vielleicht hat sie ja etwas gesehen, das sie nicht sehen sollte.«

»Anna, wir sollten uns nicht unnötig verrückt machen. Ich meine, was soll er denn tun? Unsere Türen mit seiner Feuerwehraxt einschlagen?«

Ich lächelte, als hätte ich einen Witz gemacht.

»Das bräuchte er ja gar nicht«, stieß sie hervor, während die Farbe aus ihrem ohnehin schon blassen Gesicht wich. »Jedenfalls nicht in meinem Fall. Er hat doch einen

Schlüssel. Mrs Hinton hat ihm einen Hausschlüssel gegeben.«

»Ich dachte, den hätte er Ihnen zurückgegeben.«

»Hat er auch. Aber er hätte sich doch einen Nachschlüssel machen lassen können.« Sie leerte ihr Glas und lachte kurz und gezwungen auf. »Also, mein Stiefsohn – ein Mörder – ist aus einer geschlossenen psychiatrischen Anstalt ausgebrochen und mit an Sicherheit grenzender Wahrscheinlichkeit auf dem Weg hierher. Und einer meiner neuen Freunde, von dem ich geglaubt hatte, ich kann mich auf ihn verlassen, und der wahrscheinlich einen Schlüssel zu meinem Haus hat, ist ein Serienkiller.«

Ich ging zum Tisch zurück und nahm die Weinflasche an mich, einen Augenblick, bevor sie danach griff. Dann verstaute ich sie im Kühlschrank. Eine betrunkene Anna, hatte ich beschlossen, war eine Komplikation, die ich wirklich nicht gebrauchen konnte.

»Ich bezweifle beides«, erwiderte ich. »Aber es kann nicht schaden, einen klaren Kopf zu behalten.«

»Sie haben recht.« Wieder meldete sich ihr Handy. Eine SMS. »Constance. Endlich.« Sie klickte auf die Nachricht. »Connor hat sich gemeldet«, berichtete sie. »Gott sei Dank, es geht ihnen beiden gut. Sie trifft sich heute Abend mit ihm am See.«

Rasch schaute sie zur Uhr hinauf.

»Um neun, in einer Stunde. Was in aller Welt …?« Stirnrunzelnd blickte sie auf das Handy. »Ah, mal wieder Autokorrektur, nehme ich an. Sieht aus, als hätte er ihr gesagt, sie soll Zeug zum Übernachten mitbringen. Sie möchten mein Angebot annehmen, dass ich sie morgen nach Carlisle fahre.«

»Sie will sich heute Abend absetzen?«, fragte ich. »Das ist nicht klug. Die werden sie doch vermissen.«

Anna scrollte durch die lange Nachricht. »Nein, sie wird sich nach dem Frühstück wegschleichen und herkommen. Connor würde gern in meiner Laube übernachten, wenn ich nichts dagegen habe.« Sie blickte auf. »Das geht doch nicht, nicht bei allem, was hier gerade los ist. Oh, ich bin ja so froh, dass ihm nichts passiert ist.«

»Hughs Gästezimmer kommt wohl auch nicht infrage«, bemerkte ich. »Er kann bei mir schlafen, ich mache ihm das Sofa zurecht.«

Anna zog mitfühlend die Mundwinkel nach unten. »Das finden Sie doch bestimmt furchtbar? Jemand anderes im Haus?«

Anscheinend kannte sie mich besser, als ich gedacht hatte. »Was sein muss, muss sein«, sagte ich. »Hier kann er ja nicht schlafen.«

Sie lächelte mich an. »Gott sei Dank, dass Sie da sind.«

Ich schaute auf meine Armbanduhr, obwohl ich Annas Küchenuhr sehr gut sehen konnte. »Dann werde ich mal gehen«, meinte ich. »Können Sie Constance antworten und ihr sagen, Connor soll bei mir klopfen?«

»Oh, bleiben Sie doch noch«, sagte sie rasch. »Ich habe eine Tajine im Ofen, die ist in zehn Minuten fertig.«

Perfekt.

»Was ist eine Tajine?«, fragte ich.

Wieder lächelte sie. »Wenn Sie nicht bleiben, werden Sie's nie erfahren.«

Nicht gerade logisch, doch darauf wies ich sie nicht hin. Anna hatte eine stärkere Wirkung auf mich, als mir klar gewesen war.

»Dann bleibe ich«, sagte ich. »Vielen Dank.«

»Gut.« Sie sah mir in die Augen. »Darf ich noch ein Glas Wein trinken, wenn mein Aufpasser dabei ist?«

Ich ließ ein kleines Lachen entschlüpfen, während ich die Kühlschranktür öffnete und die Flasche herausholte. Dann ging ich damit zum Tisch, wobei ich fand, dass ich die Rolle des Gastgebers recht gut spielte, und beugte mich über ihre Schulter, um ihr nachzuschenken. Sie bog den Kopf zurück, als wolle sie zu mir aufblicken, und getrieben von einem Impuls, den ich unmöglich erklären kann, tat ich etwas vollkommen Unerhörtes und sehr Unkluges.

Ich küsste sie auf den Scheitel.

Mir war sofort klar, dass das falsch gewesen war. Anna erstarrte. Rasch stellte ich den Wein wieder in den Kühlschrank und trat zurück, sodass ich mit dem Rücken zum Ofen stand. Ich konnte fühlen, wie seine Hitze sich durch meine Kleider brannte, doch so weit weg von Anna wie möglich schien mir der sicherste Ort zu sein. Ich könnte alles ruiniert haben.

Als sie mich ansah, waren ihre Augen voller Tränen. »Ich bin noch nicht so weit«, sagte sie, und ihr Gesicht war ein Bild des Jammers. »Es tut mir leid. Ich mag Sie, aber es ist noch zu früh.«

Ich konnte ihr nicht folgen.

»Ihre Freundschaft bedeutet mir wirklich sehr viel«, beteuerte sie eilig. »Bitte sagen Sie, dass Sie das verstehen.«

»Selbstverständlich verstehe ich das«, versicherte ich, obwohl ich keinen blassen Schimmer hatte. »Es war ganz allein mein Fehler«, fuhr ich dann fort, denn eins weiß ich über Frauen, nämlich dass sie gern recht haben.

Sie bedachte mich mit einem tapferen Lächeln, und in diesem Moment rettete mich der Signalton einer weiteren SMS. Anna schaute auf ihr Handy.

»Wieder Constance«, sagte sie. »Ich hoffe … oh!«

»Was ist denn jetzt?«

»Sie kann nicht weg. Sie möchte, dass ich mich mit Connor treffe und es ihm sage, sonst kommt er sie vielleicht suchen.«

Endlich schien es sicher zu sein, vom Ofen wegzutreten.

»Sie können nicht zum See gehen«, widersprach ich. »Wir haben keine Ahnung, wo Jago ist. Und das noch bevor wir darüber nachdenken, was in dem Haus am Ende der Straße vor sich gehen könnte oder nicht.« Mit dem Kopf deutete ich in die Richtung, in der Gardners Haus lag.

»Wenn Constance nicht auftaucht, geht Connor los und sucht nach ihr.« Sie erhob sich. »Wir dürfen nicht zulassen, dass er noch einmal zusammengeschlagen wird.«

Mir entging nicht, dass sie *wir* sagte.

»Und warum schreibt sie ihm dann keine SMS und erklärt es ihm?«, fragte ich. »Warum schreibt sie Ihnen?«

Einen Moment lang machte Anna ein verdattertes Gesicht. »Vielleicht hat sie das ja getan und die SMS ist nicht durchgegangen«, meinte sie. »Vielleicht ist er ja bereits am See und hat da keinen Empfang.«

»Das könnte sein«, antwortete ich. »Ich benutze keine Mobiltelefone, aber es hört sich an, als wäre das möglich.«

Ich seufzte. »Okay, ich gehe. Sie bleiben hier. Heben Sie mir etwas von der Tajine auf. Ich hoffe, Sie haben genug für drei gemacht. Oder eher für vier, bei Connors Appetit.«

Sie bückte sich, um die Riemchen ihrer hochhackigen Schuhe zu lösen. »Das ist lieb von Ihnen, aber ich komme mit. Wenn wir zusammenbleiben, passiert schon nichts.« Sie rang sich ein mutiges Lächeln ab. »Ich meine, was kann denn schon schiefgehen?«

»Das ist die richtige Einstellung«, bemerkte ich und zog meine Jacke an.

Zwei Minuten später verließen wir das Haus, beide mit vernünftigem Schuhwerk und warmer dunkler Kleidung ausgestattet.

Gardners Truck parkte draußen auf der Straße.

50

Bella hatte sich verändert. Ihr Haar war kürzer, und sie kam ihm dünner vor. Na ja, als er sie das letzte Mal richtig gesehen hatte, war sie ja auch schwanger gewesen, das sollte also nicht weiter überraschend sein. Doch sie sah älter aus, und damit hatte er nicht gerechnet.

Der Stress, vermutete er, alle Zelte abbrechen zu müssen, sich ein neues Leben aufzubauen. Die Last, ihn zu vermissen.

So ein kleines Haus, verglichen mit dem, in dem sie in Dorset alle drei zusammengewohnt hatten. Praktisch ein

Cottage, und ein großer Teil des Inneren ging für das Geschäft drauf, das sie jetzt führte. Er fragte sich, wie sie das aushielt.

Um sechs Uhr war er auf der Straße hinter dem Haus angekommen, vor zwei Stunden. War über die Mauer geklettert und hatte sich in einem ziemlich großen Hinterhof mit Tischen und Stühlen wiedergefunden. Eine kleine Laube hinten in der Ecke war nicht abgeschlossen, und er war hineingeschlüpft. Das wäre ein ganz guter Platz, um zu warten, bis der richtige Zeitpunkt gekommen war, um sich bemerkbar zu machen. Ein Rätsel, das er nicht lösen konnte, war, dass in der einen Ecke eine Isomatte, ein Schlafsack, ein Kissen und ein paar Wasserflaschen aufgestapelt waren.

Er hatte während der letzten zwei Stunden reichlich Zeit gehabt, ihr beim Arbeiten zuzusehen. Zuerst hatte sie wie erwartet noch ihre Arbeitssachen getragen, das Haar straff zurückgebunden, während sie alles Mögliche aus dem Laden hereinholte und in den Kühlschränken verstaute. Dann hatte sie mit den Vorbereitungen für den nächsten Tag angefangen, hatte Zutaten abgewogen und abgemessen und sie in eine Reihe Plastikschüsseln getan, duftende Gewürze geröstet, die Schale von Zitrusfrüchten gerieben und Rosinen eingeweicht. Während die Zeit vergangen war, war er immer ungeduldiger geworden, doch er hatte sich gezwungen, ruhig zu bleiben.

Er musste ihr Zeit geben, um etwas Schmeichelhafteres anzuziehen, zu duschen, Make-up aufzulegen. All das, was sie früher immer gemacht hatte, ehe sein Vater nach Hause gekommen war. Sie mochte es nicht, wenn man sie unvorbereitet überraschte und sie sich nicht von ihrer besten Seite zeigen konnte. Als sie schließlich in dem grünen Wollkleid erschien, an das er sich so gut erinnerte, und mit offenem Haar, da hatte er gewusst, dass das ein Zeichen war.

Dieses Kleid hatte er immer am liebsten gemocht. Er hatte ihr oft gesagt, wie gut es ihm gefiel. Irgendwie wusste sie, dass er da war. Er war schon drauf und dran gewesen, die Laube zu verlassen, und hatte innerlich geprobt, was er sagen wollte, wenn er die Hintertür öffnete … Wäre *Liebling, ich bin wieder da* passend? Sie würde den Witz doch verstehen, oder? Doch dann hatte er das Gartentor des Hauses nebenan gehört und war rasch wieder in den Schatten gehuscht.

Er sah zu, wie der Typ – ein alter Sack, mindestens Ende dreißig – seine Jacke aufknöpfte und sich mit den Fingern durch Haare fuhr, die ganz oben ein weniger schütter wurden, ehe er an Bellas Hintertür klopfte und eingelassen wurde.

Scheiße, wer war das?

Wohl wissend, dass er ein blödsinniges Risiko einging, war Jago aus der Laube geschlüpft und zum Küchenfenster geschlichen. Er sah, wie sie Wein einschenkte, sah, wie die beiden plauderten.

Er sah, wie das Arschloch sie küsste. Da war er kurz davor gewesen, in die Küche zu stürzen, doch Bellas Reaktion hatte ihn beruhigt. Diesen Blick hatte er schon einmal gesehen. Der Kerl war aufs Ganze gegangen, und sie hatte ihm den Marsch geblasen.

Draußen im Dunkeln wies Jago sich an, die Ruhe zu bewahren. Sie zumindest hatte ja nichts Schlimmes getan, nichts wirklich Schlimmes. Sie sollte um diese Zeit keine Kerle zu sich einladen, geschweige denn, ihnen Wein einschenken, aber wenigstens waren ihre Absichten gut gewesen.

Aber der Typ? Der Arsch musste sich echt vorsehen.

Doch jetzt ging da irgendetwas ab. Er konnte eine neue Energie in dem Raum da drinnen spüren, sah zunehmende Erregung bei Bella. Jago sah zu, wie die beiden auf ein Handy starrten, ehe sie sich Jacken anzogen. Geräuschlos schlich er zurück in die Laube und duckte sich. Er hörte, wie das Gartentor zuschlug, und zählte bis zehn, bevor er es riskierte herauszukommen.

Er hörte die beiden draußen auf der Straße reden und wollte gerade an das Gartentor treten, um hören zu können, was sie sagten, als ihm ein Gedanke kam.

Er hatte keinen Schlüssel im Schloss gehört. Hatte sie tatsächlich die Hintertür offen gelassen?

51

»Er ist ja wieder da«, zischte Anna mir ins Ohr. »Sie haben doch gesagt, er arbeitet.«

»Sollte er auch.« Ich kannte Gardners Dienstplan besser als er selbst. Mehr als einmal hatte ich ihn auf dem Kalender seines Handys nachschauen sehen, wann seine nächste Schicht anfing, und jedes Mal hätte er sich die Mühe sparen können, indem er mich fragte. Ich meine, ein System mit regelmäßig wechselnden Acht-Stunden-Schichten, das ist doch nicht kompliziert. »Er könnte krank geworden sein«, meinte ich. »Oder so tun.«

»Und was machen wir jetzt?«

»Warten Sie hier«, sagte ich, bevor ich auf die Klinke von Gardners Gartentor drückte. Fast lautlos ging sie auf. Aus dem Küchenfenster fiel kein Licht.

»Seien Sie vorsichtig«, wies Anna mich an.

Ich machte mir keine übermäßig großen Sorgen. Falls Gardner auf der Bildfläche erschien, würde ich einfach sagen, ich hätte fragen wollen, ob es etwas Neues gäbe. Er würde ja wohl kaum in seinem eigenen Garten auf mich losgehen.

Unsere Gärten, in Gardners Fall nicht mehr als ein Hof, sind nicht groß, und ich war mit weniger als einem Dutzend Schritten an der Hintertür. Wie meine und auch Annas bestand sie größtenteils aus bruchsicherem Glas, und ich konnte in die Küche dahinter hineinschauen. Nicht abgewaschene Teller lagen auf dem Abtropfbrett neben der Spüle, und eine Packung Müsli und eine halb leere Milchflasche standen auf dem Küchentresen gegenüber der Tür.

Ich konnte Licht im Wohnzimmer an der Vorderseite des Hauses sehen und hörte das leise Brabbeln des Fernsehers. Wahrscheinlich Sport, Gardner sah sich selten etwas anderes an. Ich kehrte auf demselben Weg zum Gartentor zurück und trat wieder auf die Straße hinaus.

»Er ist drinnen«, meldete ich. »Sieht fern. Alles gut.«

Anna machte ein beklommenes Gesicht, doch als ich ihr abermals riet, in ihrem Haus zu warten, marschierte sie die Straße hinauf los.

»Er wäre doch zu uns gekommen, meinen Sie nicht?«, fragte sie, nachdem wir ein paar Meter gegangen waren. »Wenn er nichts zu verbergen hätte. Er wäre doch vorbeigekommen, um zu sehen, ob noch irgendetwas anderes passiert ist, oder um es uns zu erzählen, wenn er etwas herausgefunden hätte.«

»Nicht jeder reagiert gleich«, gab ich zu bedenken. »Wir sollten kein vorschnelles Urteil fällen.«

»Sie sind ein besserer Mensch als ich«, sagte Anna.

»Das stimmt nicht«, wehrte ich ab. »Ich habe nur im Moment anscheinend die besseren Nerven. Und in Anbetracht dessen, was Sie durchgemacht haben, ist das durchaus verständlich.«

Sie nahm meinen Arm und drückte die Seite ihres Körpers fest an meinen. Völlig widersprüchliche Signale! Ganz ehrlich, wie kamen gewöhnliche Männer mit diesen Spielchen zurecht?

Ich knipste meine Taschenlampe an, als wir außer Sichtweite der Häuser waren, und Anna tat dasselbe mit der Lampe in ihrem Handy. Beim Reden beschränkten wir uns auf ein Minimum, um lauschen zu können. Eigentlich glaubte ich nicht, dass Gardner uns folgte, doch die unbekannte Größe Jago Moore durfte man nicht außer Acht lassen. Ich wusste, dass ich draußen etwas gehört hatte, als Anna und ich uns in ihrer Küche unterhielten.

Ich glaube, uns wird erst klar, wie viele Laute zu einem ganz gewöhnlichen Herbstabend gehören, wenn wir uns im Zustand höchster Wachsamkeit befinden. Das Huschen kleiner Lebewesen im Unterholz, das normalerweise vollkommen unbemerkt bleiben würde, bekommt ganz neue Bedeutung, wenn man halb damit rechnet, verfolgt zu werden. War das da im Schatten der Bäume ein aufgeschreckter Hase oder ein menschlicher Beobachter? War dieses Augenschimmern dort wirklich nur ein scheuer Fuchs? Und der Wind. Der Wind hat tausend Stimmen, von einer leise gewisperten Drohung bis zu einem zornigen Brüllen. Auf unserem kurzen Gang zum See hinauf bekamen wir an diesem Abend viele von ihnen zu hören.

Ohne Zwischenfall erreichten wir den Wald am Ende der Straße. Von dort war es nicht mehr weit bis zum See, doch wir wussten nicht genau, wo wir Connor treffen sollten, und es schien unsere einzige Option zu sein, in Richtung Gathering Hall am Ufer entlangzugehen.

Als das Anwesen in Sicht kam, konnten wir sehen, dass die Abendvorstellung, wenn man es denn so nennen konnte, bereits in vollem Gange war. Licht umstrahlte das riesige Zelt, und das unentwegte Dröhnen von Bässen hallte übers Wasser, hier und da von menschlichen Schreien punktiert. Der Wind hatte aufgefrischt, trieb ganze Haufen abgefallenen Laubes vor sich her und ließ die Blätter umherwirbeln wie Derwische. Es war eine unheimliche Nacht, auch ohne die Bedrohung eines in der Nähe lauernden Mörders.

Wir gingen weiter, bis wir um das Höllenhaus und die anderen Zelte herum Menschen erkennen konnten.

»Da ist jemand bei dem umgekippten Baum.« Anna schaute zum gegenüberliegenden Ufer hinüber. »Ich habe definitiv ein blasses Gesicht gesehen. Ich wette, das ist er.«

»Es gibt nur eine Möglichkeit, das herauszufinden.« Ich malte mit meiner Taschenlampe drei Kreise in die Luft, und wir wurden durch den Anblick einer menschlichen Gestalt belohnt, die aus den Schatten trat.

Wir warteten und erhaschten hin und wieder einen kurzen Blick auf eine schlanke, dunkel gekleidete Gestalt, die um das Wasser herum auf uns zu kam. Ich schätzte, dass er noch zweihundert Meter zurückzulegen hatte.

»Sie haben sich bestimmt bei dem Baum verabredet«, meinte Anna. »Nicht sehr schlau. Zu nahe am Haus.«

Die näher kommende Gestalt verschwand aus unserem Blickfeld, als sie hinter ein paar Büschen entlangging, die bis dicht ans Wasser reichten. Als er wieder hervorkam, riskierte er es, seine eigene Taschenlampe einzuschalten, und leuchtete damit auf den Boden.

»Kein Empfang.« Anna hatte ihr Handy inspiziert. »Da haben wir richtig gelegen. Constance hätte ihm keine Nachricht schicken können. Sieht aus, als wäre er drauf und dran gewesen, sie suchen zu gehen.«

»Er kommt einen der kleinen Zuflüsse herauf«, stellte ich fest. »Wenn er da drin stolpert, könnten wir es mit einem verstauchten Knöchel zu tun bekommen. Und dann ist da der Strand, wo die Wasservögel nisten. Wenn er die aufscheucht, machen sie einen Heidenlärm, und das Spiel ist aus.«

In diesem Augenblick ertönte ein Höllenlärm aus dem Großzelt, als jubelten sämtliche Dämonen der Hölle über die Ankunft einer frischen Ladung Sünder. Was, wenn man es recht bedachte, wahrscheinlich genau das war, was da drüben gerade geschah.

»Meinen Sie wirklich?«, fragte Anna.

»Vielleicht auch nicht.« Mein Blick war immer noch auf den Taschenlampenschein gerichtet, der langsam auf uns zukam. »Da drüben muss er aufpassen. Das Ufer ist da ganz schön steil.«

»Ich wusste gar nicht, dass Sie sich am See so gut auskennen«, erwiderte sie. »Sagen Sie bloß nicht, Sie sind auch Freiwasserschwimmer.«

»Wofür halten Sie mich?« Ich antwortete, ohne nachzudenken, doch Anna hielt es für einen Witz und lachte leise.

»Sollen wir ihm entgegengehen?«

»Wahrscheinlich. Bevor ihm noch ein Missgeschick passiert.«

»Missgeschick? Jetzt mal im Ernst, von wem haben Sie sprechen gelernt?«

Wir machten uns auf den Weg in Richtung Gathering Hall. Nach nur einer oder zwei Minuten blieb ich stehen. »Anna, ich glaube, das ist gar nicht Connor.«

Mit einem scharfen Atemholen presste sie sich von hinten an mich, während wir zusahen, wie der kleine Lichtstrahl weiter auf uns zukam.

»Was machen wir jetzt?«, stieß sie hervor.

»Seien Sie mal kurz still.«

Der Lichtstrahl kam näher. Connor oder die Gestalt, die wir für Connor gehalten hatten, hatte jetzt den steil ansteigenden Teil des Ufers erreicht. Von dort aus würde er ungefähr fünfzig Meter weit durch den Wald gehen müssen, und wir würden ihn weitgehend aus den Augen verlieren.

»Wie groß ist Jago?«, fragte ich.

»O Gott«, flüsterte sie.

»Reißen Sie sich zusammen, Anna. Wie groß? Wie ist er gebaut?«

»Das kann er nicht sein.«

»Anna«, drängte ich gereizt.

»Ungefähr eins achtzig, vielleicht auch eins zweiundachtzig. So ähnlich wie Connor. Und auch so ähnlich gebaut, aber er hat dunkleres Haar. Ich kann ihn nicht mehr sehen. Sie?«

Ich auch nicht. Es waren zu viele Bäume im Weg. Dann ein ganz kurzer Blick.

»Also, Jago ist das nicht«, stellte ich fest. »Es sei denn, er trägt eine blonde Perücke. Ich glaube, das könnte Constance sein. Sieht aus, als hätte sie doch weggekonnt.«

Anna stieß einen tiefen Seufzer der Erleichterung aus. »Und wo ist dann Connor?«

Das war eine gute Frage. Wenig später bekamen wir die Antwort. Denn Constance begann zu schreien.

Ich rannte auf die Stelle zu, von wo ihre Stimme ertönte, und nahm dabei zur Kenntnis, dass Schreie ihre eigene Sprache hatten. Hätte Constance sich erschreckt, so hätte sie einen kurzen, scharfen Schrei ausgestoßen, viel kürzer als das, was wir jetzt hörten. Das hier waren lang anhaltende Schreie: ein tiefes Atemholen, gefolgt von einem langen, qualvollen Klagelaut. Das hier waren Schreie des Entsetzens.

Ohne überrascht zu sein, sah ich, dass die Leute am anderen Ufer sie ebenfalls gehört hatten. Lampen leuchteten in unsere Richtung, und schwarze Silhouetten machten sich auf den Weg zum Seeufer. Wir würden Constance zuerst erreichen, aber wir würden nicht lange allein mit ihr sein.

Wir befanden uns im dichtesten Teil des Waldes, und ich konnte es mir nicht leisten zu sprinten. Der Boden war knöchelhoch mit totem Laub bedeckt, das alle möglichen Gefahren verbergen könnte. Etwa zwanzig Meter vor mir konnte ich Constance sehen, die, beide Hände vor den Mund gekrampft, auf irgendetwas direkt vor ihr starrte. Auf etwas, das wir noch nicht sehen konnten.

»Wir sind hier, Constance!«, schrie Anna. »Wir kommen.«

Constance fuhr zu uns herum und sah bestimmt unsere Lichter. Sie hörte auf zu schreien und schlang beide Arme um den Körper.

Vom Kirchgelände ertönte Gebrüll. Eine kleine Menschenmenge war unterwegs zu uns. Ich schätzte, dass sie zehn Minuten brauchen würden, sieben oder acht, wenn sie sich beeilten.

Constance starrte noch immer den Stamm einer der größeren Buchen an. Aus dem Winkel, aus dem wir uns näherten, konnten wir nicht genau sehen, was sie vor sich hatte – der Baum verbarg es vor uns –, doch man konnte getrost sagen, dass es etwas war, worüber wir uns nicht freuen würden.

Jäh verspürte ich einen scharfen Schmerz. Ich schnappte nach Luft und presste die Hand auf meine Seite, als Anna zu mir aufschloss.

»Was ist?«

»Seitenstechen«, antwortete ich und hoffte, dass es Seitenstechen war. Innere Verletzungen infolge meiner Operation, das war etwas, worüber ich nicht nachdenken wollte. Als ich mich von Neuem in Bewegung setzte, noch immer unter Schmerzen, folgte Anna mir. Ich erreichte den Baum, den Constance noch immer wie gebannt anstarrte. Sie begann, heftig den Kopf zu schütteln.

»Ich kann nicht …«, stammelte sie. »Nein, das ist nicht … Wie kann …« Ihr Mund öffnete sich weit, als wolle sie wieder losschreien.

Die Leute aus Gathering Hall rannten um den See herum auf uns zu. Als ich Constance erreichte, war Anna mir dicht auf den Fersen. Ich roch ihr Parfüm und spürte die Wärme ihrer Haut, als sie sich an mir vorbeidrängte und die Arme um das Mädchen schlang. Die beiden klammerten sich aneinander, und wir starrten alle den dicken Buchenstamm an.

Oder vielmehr den Leichnam des jungen Mannes, der daran festgebunden war. Als Constance näher gekommen war, hatte es bei dem dürftigen Licht gewiss so ausgesehen, als stünde Connor aufrecht da und warte auf sie. Seine leblosen, starren Augen hatte sie wahrscheinlich erst gesehen, als sie fast bei ihm gewesen war, das geronnene Blut, das ihm aus dem offenen Mund geströmt war, die fahle, wächserne Haut, die schwere Kopfwunde.

Ein Nylonseil, braun wie der Baumstamm, war um Connors Brust, seine Taille und seinen Kopf geschnürt und hielt ihn aufrecht. Es war ein grausamer Scherz, darauf ausgelegt, denjenigen, der ihn zuerst entdeckte, maximal zu treffen.

Kein Wunder, das Constance losgeschrien hatte. Ich holte tief Luft, während Anna, wie vorherzusehen gewesen war, ihrem Beispiel folgte.

52

Nicht weit hinter den dreien, im Unterholz verborgen, sah Jago zu, wie da draußen die Hölle losbrach.

Bella und ihr neuer Freund hatten einen Toten gefunden. Eine echte Leiche. Er kicherte – es war ja nicht so, als würde irgendjemand es hören, bei dem Krach, den sie machten.

Echt jetzt, das war hier ja eine total abgefuckte Szene. Je eher er Bella von hier wegschaffte, desto besser.

53

Wir wurden nach Gathering Hall eskortiert. Als die Männer, die uns als Erste erreichten, ihre Absicht kundtaten, uns zum Haus zu bringen, hatte ich mich gefügt, doch mir war rasch klar geworden, dass Anna Constance nicht allein lassen würde. Ganz abgesehen davon, dass das Mädchen sich an ihr festklammerte, als würde sie sie nie wieder loslassen.

»Fassen Sie ja die Leiche nicht an«, sagte ich, so laut es mir, ohne zu brüllen, möglich war. »Das hier ist ein Tatort, und irgendetwas daran zu verändern, ist eine schwere Straftat. Die Polizei ist unterwegs.«

Wenige Minuten, bevor die Männer eingetroffen waren, hatte ich mich Annas Mobiltelefons bemächtigt und mehrere Fotos von Connors Leichnam gemacht, während dieser noch an den Baum gebunden war. Ich konnte mich nicht darauf verlassen, dass die Kirchenleute sich nicht daran zu schaffen machten, ihn vielleicht sogar losschnitten, um die Justiz irgendwie zu behindern. Nachdem ich festgestellt hatte, dass man näher am Herrenhaus Empfang hatte – wenn auch nur schwach –, hatte ich außerdem zwei von den Bildern an Annas Gmail-Account geschickt. Zu mehr hatte mir die Zeit gefehlt. Selbst wenn die Kirche irrwitzigerweise so weit gehen sollte, Annas Handy zu konfiszieren und es zu zerstören, wären die Beweise sicher. Sekunden, bevor man uns stellte, hatte ich den Notruf gewählt und einen Leichenfund gemeldet.

Das hier würde die Kirche nicht vertuschen.

Genau das sagte Anna mit trauriger Stimme zu mir, die ich durch Constances Schluchzen hindurch kaum verstehen konnte. »Das hier werden sie nicht als natürliche Todesursache abtun.«

Allerdings waren sie immer noch bereit, ihre Muskeln spielen zu lassen. Ein massiger Kerl packte mich am Arm und versuchte, mich mitzuschleifen, bevor ich ihm in eindeutigen Worten zu verstehen gab, dass er mich nicht anrühren solle. Und ja, ich sagte wirklich anrühren: lebenslange Gewohnheit. Zwei weitere griffen sich Anna und Constance. Anna erhob keinen Einspruch. Ihre ganze Aufmerksamkeit galt dem weinenden Mädchen neben ihr, bis dieses Mädchen von seinen Eltern mit Gewalt aus ihren Armen gerissen und weggezerrt wurde.

In der Ferne ertönten Polizeisirenen, als wir in Richtung Gathering Hall den Hügel hinaufstiegen.

54

Erst als er die Sirenen hörte, beschloss Jago, sich vom Acker zu machen. Geduckt und stets im Schatten, stahl er sich davon und rannte den Hügel hinunter zurück zu Annas Haus.

Er ging hinein.

Vorhin hatte er richtig geraten, als er dachte, Bella hätte die Tür nicht abgeschlossen, und war hineingeschlüpft. Nur ganz kurz. Sosehr er sich auch Zeit lassen und Annas neues Zuhause kennenlernen wollte, er fand es wichtiger, zu sehen, wo sie und ihr Freund hinwollten. Und dann hatte er Riesenglück gehabt. Bella bewahrte ihre Ersatzschlüssel noch immer in der Besteckschublade auf, genauso, wie sie es zu Hause gemacht hatte. Er hatte drei gefunden, die alle zur Hintertür passten. Einen hatte er an sich genommen und darauf gebaut, dass sie es in nächster Zeit nicht merken würde.

In der Küche war es inzwischen kühl geworden, doch es roch noch immer nach Bella, und nach Essen. Seine beiden Lieblingsgerüche. Er holte einen Teller mit Würsten und einen mit Schweinepasteten aus dem riesigen zweitürigen Kühlschrank und aß im Stehen, stopfte sich das Essen in den Mund. Dann räumte er die Küche auf.

Als er den Raum verließ, hätte er ein hübsches Sümmchen darauf gewettet, dass nicht einmal Bella merken würde, dass jemand hier drin gewesen war. Er hatte sogar die Hintertür geöffnet und ein paarmal damit hin und her gewedelt, um jeglichen Geruch nach ihm hinauszulassen.

Oben in ihrem winzigen Bad – nicht mal eine richtige Badewanne gab es hier, nur eine Duschkabine – zog er sich aus und stand lange unter dem heißen Strahl. Dann trocknete er sich ab, ersetzte das nasse Handtuch durch eins aus dem Wäscheschrank, das genauso aussah, und wischte dann sämtliche feuchten Flächen trocken.

Er wollte ihr doch nicht die Überraschung verderben, oder?

Dankbar, dass er so viel Übung darin hatte, sich unsichtbar und lautlos in einem Haus zu bewegen – manche Dinge verlernt man eben nicht –, kroch er in Bellas Bett.

Das Geräusch eines Autos, das vor dem Haus hielt, weckte ihn. Hastig krabbelte er aus dem Bett und spähte aus dem Fenster. Irgendetwas krampfte sich fest um sein Herz, als er das Polizeiauto auf der Straße erblickte. Hatte er noch Zeit, sich anzuziehen, die Treppe hinunterzurennen und durch die Hintertür zu türmen? Panik packte ihn an der Kehle und begann, sie zuzudrücken. Er sah, wie Bella – und dieser Scheißtyp – ausstiegen, und dann fuhr der Streifenwagen Gott sei Dank los.

Schweiß brach ihm an den Schläfen und im Nacken aus. Der Typ blieb auf dem Gehsteig stehen und passte auf, während Bella zur Haustür ging. Erst als die Ladentür sich geschlossen hatte, ging er durch seinen Vorgarten und trat in sein eigenes Haus.

Jago stand in dem dunklen Schlafzimmer und hörte, wie Bella die Ladentür abschloss und verriegelte, ehe sie die Treppe heraufkam. Jetzt! Er sprang wieder ins Bett und spürte bereits, wie sein Penis hart wurde.

Er konnte Bewegung im Haus nebenan hören – der Typ stieg drüben bei sich die Treppe hinauf. Hoffentlich würde Bella nicht zu laut jubeln, wenn sie ihn sah. Das Letzte, was er brauchte, war, dass der Scheißer von nebenan einen auf Ritter in strahlender Rüstung machte.

Sie war oben an der Treppe angekommen. Jago glaubte, das Herz würde ihm gleich aus der Brust springen. Inzwischen wusste sie doch bestimmt Bescheid, oder? Sie musste seine Gegenwart doch gespürt haben. Bestimmt zögerte sie deswegen auf dem Treppenabsatz.

Er hörte einen langen, schweren Seufzer – nicht ganz das, was er erwartet hatte –, und dann wurde die Badezimmertür geöffnet. Einige Augenblicke später hörte er die Dusche.

Sollte er hinübergehen und mitduschen?

Gerade wollte er aus dem Bett steigen, um genau das zu tun, als ihm ein Gedanke kam. Bella dürfte erschöpft sein. Es war fast vier Uhr morgens, sie war wahrscheinlich seit fast vierundzwanzig Stunden auf den Beinen und hatte an diesem Abend bereits einen höllischen Schock erlitten. Er wusste bereits, dass sie nicht die Robusteste war. Das hatte ihm nie etwas ausgemacht – niemand war vollkommen –, aber vielleicht war dies nicht der beste Moment für eine Riesenüberraschung. Rasch zog er sich an, dankbar, dass seine Kleider ein wenig getrocknet waren, und zog Bettdecke und Überwurf glatt. Während die Dusche noch lief, schlich er aus dem Haus.

55

Es war fast Mittag am nächsten Tag – am Freitag –, als ich zur Bäckerei hinüberging. Am Morgen hatte es mich überrascht, die vertrauten Geräusche zu hören, mit denen Anna sich auf einen Tag im Laden vorbereitete. Nachdem ich den größten Teil der vergangenen Nacht gezwungen gewesen war, sowohl in Gathering Hall als auch auf dem Polizeirevier etliche Stunden lang Fragen zu beantworten, war ich völlig erschöpft gewesen. Und ich hatte angenommen, dass es ihr genauso ging.

Ein paar Minuten lang stand ich vor dem Laden und beobachtete sie durchs Schaufenster. Ihr Gesicht war noch blasser als sonst und um die Augen herum fleckig vom Weinen. Das dunkle Haar, für gewöhnlich sorgfältig frisiert, war achtlos nach hinten aus dem Gesicht gezerrt und wurde von einem Gummiband zusammengehalten.

Der Laden sah auch nicht gerade gut aus, genau wie seine Besitzerin. Die meisten Regale waren leer – sie hatte keine Zeit zum Backen gehabt –, doch der Duft von frischem Kaffee und von Zimt und Nelken lag in der Luft, und es schien genauso viel Betrieb zu herrschen wie sonst. Sie sah mich und bedachte mich mit einem raschen Lächeln, gefolgt von einem Heben der Brauen. Wusste ich etwas Neues?

Ja. Vor wenigen Minuten hatte mich der Superintendent angerufen. Connor würde heute obduziert werden, hatte er mich wissen lassen, doch die Erstuntersuchung, die der Polizeiarzt am Tatort durchgeführt hatte, deutete darauf hin, dass eine schwere Kopfverletzung die Todesursache war.

Außerdem hatte er mir gesagt, dass Hugh Gardner auf dem Revier verhört wurde. Mir war nichts anderes übrig geblieben, als die Polizei davon in Kenntnis zu setzen, dass Connor gerade Gardner in dessen Haus gefolgt war, um bei ihm zu übernachten, als ich ihn am Dienstagabend zum letzten Mal gesehen hatte.

»Aber vier Tage«, hatte ich zu dem Detective Sergeant gesagt, der mich befragt hatte. »Vier Tage, seit ich Connor das letzte Mal gesehen habe, bis zum Auffinden seiner Leiche. In dieser Zeit hätte er doch überall sein können.«

Der Detective hatte beklommen ausgesehen und war weniger diskret gewesen, als es angezeigt war.

»Der diensthabende Arzt glaubt, dass Connor schon seit ein paar Tagen tot war«, hatte er erwidert. »Nach der Autopsie weiß er mehr, aber es sieht nicht so aus, als wäre der Junge gestern Abend getötet worden.«

»Nun ja, das lässt das Ganze ja wirklich in einem ganz anderen Licht erscheinen«, hatte ich gesagt.

Er hatte mir nicht widersprochen.

Ebenso wenig hatte er mich darüber unterrichtet, dass Aaron North zum Verhör geholt worden war, doch ich hatte das Kirchenoberhaupt gesehen, als ich aus einem der Vernehmungszimmer gekommen war. Anscheinend machte die Polizei in Sachen Gathering Hall endlich doch Ernst.

Während meines Aufenthalts auf dem Revier hatte ich es versäumt, mich nach Constance zu erkundigen, aber als Anna und ich in den frühen Morgenstunden nach Hause gefahren wurden, hatte sie mir erzählt, dass das Mädchen sediert worden sei und sich in der Obhut ihrer Eltern befände. Sie wussten von ihrer Schwangerschaft und unterstützten sie nach besten Kräften.

»Diesmal ist es anders«, bemerkte Anna halblaut, als das Polizeiauto um vier Uhr morgens vor der Bäckerei hielt. »Keinerlei Versuch, das Ganze wie einen Unfall aussehen zu lassen. Als wolle er noch eins draufsetzen.«

Ich stieg zuerst aus und hielt ihr die Tür auf. »Mit er ist der Mörder gemeint?«

»Oder er will jetzt etwas anderes«, fügte sie hinzu. »Und das war eindeutig nicht Connor, der Constance gestern Abend die SMS geschickt hat. Derjenige, der ihn umgebracht hat, hat sein Handy.«

»Lassen Sie uns morgen darüber reden«, sagte ich. »Wir brauchen beide ein bisschen Ruhe. Achten Sie darauf, dass Sie Ihre Türen richtig abschließen.«

Was ich auf dem Polizeirevier noch in Erfahrung gebracht hatte, war, dass von Jago Moore noch immer jede Spur fehlte.

»Vielleicht war das auch gar nicht Constance, die mir die Nachricht geschrieben hat.« Anna hatte sich gegen meine Versuche gesträubt, sie zu ihrem Haus zu lotsen. »Warum sollte sie behaupten, sie könne nicht weg, wenn es ganz offensichtlich doch möglich war? Vielleicht hat mir ja irgendjemand anderes diese Nachricht geschickt. Vielleicht sollten wir alle Connor so sehen, an den Baum gebunden.«

»Anna, ich glaube nicht …«

»Geht das überhaupt? So zu tun, als käme eine SMS von einem anderen Handy? Er könnte auch Constances Telefon gestohlen haben, aber …«

»Morgen, Anna. Es ist viel zu spät für so ein Gespräch. Vergessen Sie nicht abzuschließen.«

Endlich hatte sie nachgegeben und war hineingegangen. Als ich zu meinem eigenen Grundstück zurückgegangen war – dass Jago Moore auftauchen könnte, machte mir nicht im Mindesten Angst, tatsächlich hoffte ich es sogar –, hatte ich im Stillen gedacht, dass Anna um einiges einsichtiger und widerstandsfähiger war, als ich erwartet hatte.

Und so drückte ich am Freitag um kurz vor zwölf die Ladentür auf und nickte den beiden Frauen zu, die dort Kaffee tranken und Annas Karottenkuchen aßen. Ich hatte bereits gelernt, dass dies einer der wenigen Kuchen war, die sich ein paar Tage hielten.

»Hunger?« Anna brachte ein schwaches Lächeln zustande, obwohl sich ihre Augen mit Tränen füllten. Ohne Zweifel dachte sie gerade an den anderen männlichen Gast, den sie vor Kurzem verköstigt hatte und der nie wieder etwas essen würde.

»Ich dachte, Sie brauchen vielleicht ein bisschen Hilfe«, erwiderte ich.

Sie schniefte kaum hörbar. »Könnten Sie ein paar Brötchen schmieren, mit Butter? Erst einmal so ungefähr zwölf Stück. Und die Geschirrspülmaschine muss ausgeräumt werden.«

Es zeigte, wie sehr die jüngsten Ereignisse Anna mitgenommen hatten, dass sie meine Hilfe widerspruchslos annahm, dachte ich bei mir. Sie kam zu mir in die Küche, als ich gerade die letzten Messer aus dem Besteckkorb der Spülmaschine nahm.

»Wo kommt das hier hin?« Ich hielt ihr das Küchenmesser mit der zwanzig Zentimeter langen Klinge hin.

»In meine Handtasche«, gab sie prompt zurück. Wir lächelten beide über den finsteren Scherz, ehe sie auf den magnetischen Messerblock an der Wand über dem Spülbecken zeigte. Ich hängte das Messer neben etlichen ganz ähnlichen an seinen Platz.

»Riecht lecker«, stellte ich fest und meinte damit den großen Suppentopf auf dem Herd. »Es wundert mich ja, dass Sie Zeit dafür hatten.«

»Ich war gar nicht im Bett. Aber das Backen habe ich zum größten Teil nicht mehr geschafft, ich musste gleich heute früh nach Penrith fahren, zum Supermarkt. Bitte sagen Sie's niemandem.«

Im Laden klingelte die Türglocke.

»Meine Lippen sind versiegelt«, versicherte ich, als sie Anstalten machte, die Küche zu verlassen.

»Liam.« Sie drehte sich um. »Was ist, wenn es Jago war? Wenn er schon seit einer ganzen Weile hier war und Connor hier gesehen hat? Wenn er die falschen Schlüsse gezogen hat und …«

Sie konnte den Satz nicht beenden, doch das war auch gar nicht nötig. Was wäre, wenn sie dank ihres Stiefsohns noch einen Toten auf dem Gewissen hatte?

»Selbst wenn Jago hier ist, kann er nicht viel früher hier angekommen sein als Mittwochabend«, antwortete ich. »Und der Pathologe denkt, dass Connor schon seit ein paar Tagen tot war. Ganz ehrlich, ich glaube nicht, dass Connors Tod irgendetwas mit Ihnen zu tun hat.«

Ich sah, wie ihr Blick in die Richtung huschte, in der Gardners Haus lag.

»Ich glaube, wir sollten mal nach Constance sehen, meinen Sie nicht?«, schlug ich vor. »Wie wär's, wenn wir nach Gathering Hall rauffahren, nachdem Sie den Laden zugemacht haben?«

Anna stimmte zu, und so stiegen wir an diesem Nachmittag um kurz nach vier, als es bereits dämmerte, in ihr Auto.

»Wie einfach wäre es, einen Mord wie einen Unfall aussehen zu lassen, oder wie einen Selbstmord?«, fragte sie, als wir losfuhren.

»Ich bin nicht gerade ein Experte auf diesem Gebiet«, entgegnete ich. »Aber mit einem sorgfältigen Plan, hinlänglichen Kenntnissen in Sachen Forensik und einer gewissen Körperkraft wäre es durchaus möglich, würde ich sagen.«

»Jemand Starkes könnte den Kopf eines jungen Mädchens unter Wasser drücken, um sie zu ertränken«, meinte sie.

»Die arme Maisie«, sagte ich. »Vor allem, wenn sie getrunken hatte und mit den Gedanken ganz woanders war, sagen wir, bei der Trennung von einem Freund.«

Anna sah mich fragend an.

»Ich spiele nur ein paar Möglichkeiten durch«, beteuerte ich.

Sie schien das zu akzeptieren. »Erhängen wäre nicht so leicht, aber auch nicht unmöglich.«

»Laura Clark war ziemlich klein und zierlich«, sagte ich. »Bei Weitem kein Kraftpaket.«

In diesem Moment tauchte einer der Lastwagen auf, die das Herrenhaus belieferten, und Anna musste das Auto auf den Grünstreifen lenken, um ihn vorbeizulassen. Als wir wieder losfuhren, schwieg sie und blieb den ganzen Weg bis Gathering Hall stumm. Zu unserer Überraschung wurden wir sofort durch das Tor hindurchgewunken und angewiesen, direkt zum Haus hinaufzufahren. Aaron North wartete in der Eingangshalle auf uns.

»Ich habe mir schon gedacht, dass wir Sie beide heute irgendwann zu sehen bekommen.« Er führte uns in ein kleines Büro. »Schreckliche Geschichte. Es tut mir leid, dass Sie da hineingeraten mussten.«

Weder Anna noch ich sagten etwas, als er die Tür hinter uns schloss und uns bedeutete, Platz zu nehmen. Ich hatte das Gefühl, dass wir hier die Oberhand hatten, und es sah so aus, als sei Anna das auch klar.

»Dieser arme junge Mann«, fuhr North fort. »Ich glaube nicht, dass Constances Familie mit der Beziehung einverstanden war, und er war uns hier auch wirklich lästig, aber das hätte niemand vorhersehen können. Bitte setzen Sie sich doch.«

»Wirklich?« Ich blieb stehen. »Niemand konnte vorhersehen, dass noch ein Jugendlicher auf dem Kirchengelände zu Tode kommt?«

»Wo ist Constance?«, wollte Anna wissen.

»Im Wohnwagen ihrer Eltern«, antwortete North. »Sie ist verständlicherweise sehr aufgewühlt. Und muss ein paar wichtige Entscheidungen hinsichtlich ihrer Zukunft treffen.«

»Können wir sie sprechen?«, fragte Anna.

»Heute wird sie mit niemandem sprechen«, erwiderte North. »Vielleicht kann ich ihre Eltern morgen fragen, ob Sie sie sehen können. Hören Sie, wir sind bestimmt alle entspannter, wenn wir uns hinsetzen. Ich kann uns Tee bringen lassen.«

Wir setzten uns. North tat es uns gleich.

»Constance soll morgen ins Höllenhaus«, sagte Anna. »Werden Sie ihr das wirklich zumuten, nach allem, was passiert ist?«

North sah schockiert aus. »Selbstverständlich nicht. Das Höllenhaus ist rein optional. Es würde mich nicht überraschen, wenn Constances Familie früher abreist, wahrscheinlich gleich morgen früh. Andererseits beschließen sie vielleicht auch, zu bleiben, in der Hoffnung, dass ihre Geburtstagsfeier eine hilfreiche Ablenkung ist. Vielleicht entschließt sie sich sogar dazu, doch den Gang durchs Höllenhaus anzutreten, aber das ist ganz allein ihre Entscheidung.«

»Sie ziehen das tatsächlich durch?«, fragte Anna entgeistert. »Nach dem, was Connor zugestoßen ist?«

»In die Einsammlung und in das Höllenhaus werden zwölf Monate Planung investiert«, entgegnete North. »Von erheblichen Summen gar nicht zu reden. Es wäre ein Desaster, das Ganze jetzt abzublasen, auch wenn es nur noch zwei Abende sind. Ganz zu schweigen davon, dass viele junge Leute sehr enttäuscht wären.«

Ich sah, wie Anna tief Luft holte.

»Trotz allem, was vorgefallen ist, glaube ich, Sie beide haben einen falschen Eindruck vom Höllenhaus«, fuhr North hastig fort. »Ich glaube wirklich, Sie sollten sich selbst ein Bild machen. Wie wäre es mit heute Abend oder mit morgen? Ich sorge dafür, dass Ihre Namen auf der Liste stehen.«

»Sie sind gestern von der Polizei vernommen worden, stimmt's?«, fragte ich ihn, während Anna diese Einladung noch verarbeitete. »Ich habe Sie auf dem Revier gesehen.«

»Natürlich. Der arme junge Mann ist ja auf dem Grundstück der Kirche gefunden worden.«

»Und wen verdächtigen Sie?«, erkundigte ich mich.

»Ich habe Sie aus einem bestimmten Grund in mein Büro gebeten.« Er wich meiner Frage elegant aus. »Gestern Abend habe ich der Polizei reinen Wein eingeschenkt, also kann ich das auch mit Ihnen machen.«

Wir warteten.

North ließ den Blick etliche Sekunden lang durchs Büro schweifen. »Ich glaube schon seit einer ganzen Weile, dass in der Kirchengemeinde irgendetwas nicht stimmt«, sagte er schließlich. »Nichts Konkretes, ich habe keinerlei Beweise zurückgehalten. Ich hatte ganz einfach ein ungutes Gefühl.«

Anna und ich wechselten einen Blick.

»Drei junge Leute sind in den letzten vier Jahren ums Leben gekommen«, fuhr North fort. »Und eine vierte Person wird vermisst. Wir waren natürlich erleichtert, als die

Rechtsmedizin jedes Mal eine natürliche Todesursache attestiert hat, aber wohl war mir dabei nicht. Ganz gleich, wie oft ich all unseren Familien versichert habe, dass kein Anlass zur Sorge besteht, mich selbst konnte ich nicht überzeugen.«

»Sie glauben, die Jugendlichen sind ermordet worden? Dass irgendjemand aus der Kirchengemeinde ein Mörder ist?«

North sah mir starr in die Augen. »Das war etwas, was ich nicht ausschließen konnte.«

»Warum haben Sie die Einsammlung dann nicht abgesagt?«

Sein Mund verzerrte sich, als hätte er Mühe, die richtigen Worte zu finden. »Das ist unsere Haupteinnahmequelle«, gestand er. »Wenn wir die Einsammlung absagen, geht die Kirche bankrott. Sie können es mir nicht zum Vorwurf machen, dass ich versuche, das so lange wie möglich zu vermeiden.«

»Also, ich würde sagen, jetzt ist es so weit«, stellte ich fest. »Was Connor passiert ist, war weder ein Unfall noch ein Suizid.«

»Das stimmt«, gab North zu. »Aber ich habe gehört, jemand aus dem Dorf hilft der Polizei bei den Ermittlungen.«

Er meinte natürlich Gardner.

»Soweit es Sie betrifft, wäre das die ideale Lösung, nicht wahr?«, sagte ich.

Er stand auf, ließ uns wissen, dass die Besprechung zu Ende war. »Ich weiß nicht recht, ob *ideal* das Wort ist, das ich unter den gegebenen Umständen benutzen würde.«

North brachte uns persönlich zur Tür und wiederholte seine Einladung, dass wir heute oder morgen Abend wiederkommen und das Höllenhaus selbst kennenlernen sollten. Hinterher sollten wir mit ihm und den Kirchenältesten zu Abend essen. Wir trennten uns in Frieden und Freundschaft.

»Glauben Sie ihm?«, fragte Anna, als wir uns auf den Weg zu ihrem Wagen machten.

»Es klingt ja ganz plausibel«, antwortete ich ein wenig zögerlich. Ich hatte gerade eine junge Frau erblickt, meine »Aufpasserin« von neulich, die herumlungerte, als würde sie auf uns warten.

Das Mädchen – ich hatte sie nie nach ihrem Namen gefragt – wartete, bis North wieder ins Haus gegangen war, und kam dann auf uns zu.

»Warum tut er das?« Anna hatte sie nicht bemerkt. »Uns einladen, das Höllenhaus in Augenschein zu nehmen? Schon zum zweiten Mal. Was schert es ihn, was wir denken?«

Ich zog am Türgriff, doch Anna hatte den Wagen noch nicht entriegelt, und die Tür rührte sich nicht.

»Ich glaube, wir haben ein bisschen zu viel Wind gemacht«, meinte ich. »Er versucht, uns auf seine Seite zu ziehen.«

»Oder uns zum Schweigen zu bringen. Ich wünschte, wir könnten mit Constance sprechen.«

»Ich möchte Sie etwas fragen.« Die junge Frau hatte uns erreicht und starrte mich mit einem Gesichtsausdruck an, den ich am besten mit »ängstlich, aber trotzig« beschreiben könnte. Ihre Wangen waren gerötet, ihr Kiefer verspannt, doch der Blick ihrer weit aufgerissenen Augen wich nicht von meinem Gesicht.

Wieder zog ich am Griff, aber die Tür war immer noch verriegelt.

»Warum haben Sie gesagt, die Kids sind oft aufs Dach raufgegangen? Zum Trinken und Rauchen? Wer hat Ihnen erzählt, dass wir das getan haben? Woher wussten Sie das?«

»Ich habe keine Ahnung, wovon Sie reden«, erwiderte ich. »Und ich verspreche Ihnen, das Wort *Kids* würde ich niemals verwenden.«

»Am Dienstagabend haben Sie mich praktisch beschuldigt, Phoebe vom Dach geschubst zu haben. Sie haben gesagt, ich und meine Freunde wären ständig da oben gewesen und hätten uns betrunken und bekifft, und Sie haben gesagt, wir hätten die Tür abgeschlossen, sodass sie nicht wieder runterkonnte. Bei der Anhörung hat niemand etwas von einer verschlossenen Tür gesagt. Wer hat Ihnen das alles erzählt?«

»Liam?« Anna sah mich verwirrt an.

»Junge Frau, ich glaube, Sie sind ein bisschen durcheinander. Und wenn Sie uns jetzt entschuldigen würden, wir müssen los. Anna?«

Anna entriegelte die Türen, und ich sprang praktisch in den Wagen.

»Was war denn das eben?« Sie runzelte die Stirn, während sie auf das Tor zufuhr.

»Ich habe am Dienstagabend Fragen gestellt. Sie sind nicht die Einzige, die ein bisschen Detektiv gespielt hat.« Ich zwang mich zu einem Lächeln. »Und die junge Frau irrt sich. Bei der Anhörung sind sämtliche Details zu Phoebe Pages Tod zur Sprache gekommen.«

Anna schwieg. In diesem Moment begann ihr Handy zu klingeln. »Das ist Constance«, stieß sie hervor und hielt das Handy so, dass ich mithören konnte. Ich nahm es ihr aus der Hand; schließlich saß sie am Steuer.

»Hallo, Anna.« Die Stimme des Mädchens klang gedämpft, und ich fragte mich, ob sie noch immer sediert war.

»Constance, wie geht es dir?«, fragte Anna, während wir durch das Tor fuhren.

»Ich bin okay«, antwortete Constance, obwohl sie sich ganz und gar nicht so anhörte. »Ich habe Mum und Dad alles erzählt. Sie helfen mir, alles zu regeln.«

Anna fuhr ziemlich abrupt an den Straßenrand und hielt an. »Liam und ich sind ganz in der Nähe«, sagte sie. »Wir können umdrehen und zu dir kommen.«

Eine Pause von zwei Sekunden, dann: »Nein danke. Mir geht's gut. Mum ist bei mir. Und Granny. Sie kümmern sich um mich.«

Anna warf mir einen raschen Blick zu. Ich zuckte mit den Schultern.

»Constance, du weißt, wo ich bin.« Anna wollte nicht aufgeben. »Ruf mich ruhig jederzeit an.«

Eine neue Stimme war zu vernehmen. »Vielen Dank, Miss Brown, aber ich glaube, Constance ist jetzt bei ihrer Familie am besten aufgehoben. Guten Tag.«

Dann war die Leitung tot.

56

Jago ging gerade mit einigen Leuten aus der Kirchenjugend, die er heute kennengelernt hatte, über die große Rasenfläche in Gathering Hall, als er Bellas Auto sah. Er behauptete, ihm sei gerade irgendeine Familiensache wieder eingefallen, und löste sich aus der Gruppe. Dann suchte er sich ein Stück entfernt eine Bank, wo er sicher war, nicht bemerkt zu werden, und wartete darauf, dass sie auftauchte.

Es war ein interessanter Tag gewesen.

Er hatte sich ein paar Stunden vor dem Morgengrauen auf das Grundstück geschlichen, kurz nachdem die Polizei es verlassen hatte. Selbst um diese Zeit waren dort Leute unterwegs gewesen, einige davon mehr oder weniger in seinem Alter, und niemand hatte ihn beachtet. Da ihm allmählich kalt geworden war, als die Sonne aufging, hatte er an einem Gottesdienst teilgenommen, und dann an einem Gemeinschaftsfrühstück in einem der Großzelte.

Er hatte sogar angefangen, mit ein paar Gleichaltrigen zu plaudern. War mit ihnen zu einem Seminar gegangen und dann zum Mittagessen. Sie hatten seine Behauptung nicht angezweifelt, dass er zum ersten Mal bei der Einsammlung sei, das einzige Kind von Eltern, die erst vor Kurzem in die Kirche eingetreten waren, und dass sie wegen eines Problems bei der Arbeit seines Dads spät dazugekommen waren.

Zuerst hatte er Angst gehabt, dass ihn jemand erkennen könnte. Über seine Flucht aus Broadmeads war bestimmt in den Nachrichten berichtet worden, schließlich war er praktisch eine Berühmtheit. Doch zu seiner Verblüffung, und ein bisschen auch zu seinem Verdruss, erwähnte niemand den Namen Jago Moore auch nur beiläufig. Stattdessen drehte sich das Gespräch zum Teil um etwas, das das Höllenhaus genannt wurde, eine Art Theateraufführung in dem Riesenzelt.

Hauptsächlich jedoch wollten alle über den Mord im Wald reden, den Mord an dem Freund eines der Mädchen vom Campingplatz. Wenn das Gerücht stimmte, war er von jemandem umgebracht worden, der irgendwie mit der Kirche zu tun hatte, und es war auch nicht der erste derartige Mord. Laut den anderen starb jedes Jahr jemand, der sechzehn Jahre alt war. Der Mörder lief in der Uniform eines Feuerwehrmannes auf dem Gelände herum, und die Kirchenältesten wussten davon. Sie wussten sogar, wer der Killer war. Doch sie schützten ihn, weil ihnen klar war, dass die Angst, zu wissen, dass einer von ihnen sterben könnte, dafür sorgte, dass keins der Kids aus der Reihe tanzte.

Ganz ehrlich, das hörte sich alles nach einem Wahnsinnsspaß an, und ein Teil von ihm bedauerte, dass er nicht bleiben konnte. Doch die Uhr tickte, um vier würde Bella die Bäckerei schließen, und sie würde auf ihn warten. Gerade hatte er sich entschuldigen und sich davonstehlen wollen, als er ihr Auto bemerkt hatte.

Er blieb, wo er war, und nach etwa einer halben Stunde

kam sie aus dem Haus, noch immer mit diesem Typen von nebenan. Der konnte echt von Glück sagen, wenn er das Ende dieses Monats mit heiler Haut erlebte. Sie stiegen in ihren Wagen, und sie fuhr davon.

Es wurde Zeit, ins Dorf zurückzukehren.

57

Anna war während der kurzen Heimfahrt wortkarg und reagierte kaum auf meine Versuche, ein Gespräch anzufangen. Als wir das Dorf erreichten, war ich kurz davor, mich zu ärgern. Es war ja nicht so, als hätten wir nichts, worüber wir reden konnten: Constance, Connor, Jago, Gardner. Es spielte keine Rolle, nichts konnte sie aus der Reserve locken. Etwas machte ihr zu schaffen, etwas, das sie nicht mit jemand anderem zu teilen geneigt war. Der Unterschied zu ihrem vertrauensseligen Wesen während der letzten paar Wochen war groß genug, um mich davon zu überzeugen, dass sie zutiefst besorgt war.

Ich machte mir auch Sorgen.

»Sollen wir Norths Einladung annehmen?«, fragte ich, als sie hinter unserer Häuserzeile hielt. »Eine Führung durchs Höllenhaus mit anschließendem Dinner im Herrenhaus? Vielleicht sehen wir Constance.«

Sie starrte mich mit großen Augen an.

»Ist vielleicht keine schlechte Idee, heute Abend nicht zu Hause zu sein«, fuhr ich fort. »Bis wir sicher sind, dass Ihr ehemaliger Stiefsohn gefasst worden ist. Nicht dass es ein Problem ist, wenn Sie lieber zu Hause bleiben möchten. Ich stehe gern wieder Wache.«

Ich versuchte es mit einem halben Lächeln und bekam dafür denselben starren »Kaninchen-im-Scheinwerferlicht«-Blick.

»Ich könnte beim Kiosk Wein holen.«

Endlich blinzelte sie. »Ich glaube nicht. Vielen Dank, aber ich brauche ein bisschen Zeit.«

Und das war's. Ein gerade eben noch höfliches Nicken, und sie war ausgestiegen und zog das Gartentor hinter sich zu, schloss mich aus.

Die Dunkelheit brach rasch herein, und ich machte für die Nacht alle Fenster und Türen dicht, während ich die ganze Zeit lauschte, was Anna nebenan so trieb. Zuerst schien alles normal. Ich hörte ein Messer hacken, das Surren elektrischer Rührgeräte und Mixer, das Piepsen der Öfen und laufende Wasserhähne, Stühlerücken im Laden, den Staubsauger.

Dann verließ sie das Haus. Ich hörte, wie die Hintertür zuschlug und abgeschlossen wurde und war gerade noch rechtzeitig an dem Fenster im Obergeschoss, um die Rücklichter ihres Autos verschwinden zu sehen. Ein paar Sekunden lang gestattete ich mir, darüber nachzugrübeln, wo sie wohl hinwollte. Dann beschloss ich, es herauszufinden.

An meinen Schreibtisch tippte ich auf gut Glück auf die Tastatur, um den Computer aufzuwecken.

Vor fünf Tagen, als Anna Connor zum Krankenhaus gefahren und mich mehrere Stunden lang in ihrem Haus allein gelassen hatte, hatte ich mir Zugang zu ihren sämtlichen elektronischen Geräten verschafft. Das ist eigentlich ganz einfach, wenn man weiß, wie es geht, und die richtige Software hat.

Meine berufliche Tätigkeit als Korrekturleser, einer, der darauf besteht, mit altmodischen Papiermanuskripten zu arbeiten, ist reine Fiktion. Allerdings eine, die sich überraschend leicht aufrechterhalten lässt. Zweimal die Woche bringe ich Päckchen von passender Größe und passendem Gewicht zur Post, um sie dort wiegen zu lassen. Die Adresse ist die eines Postfachs in Penrith. Ein paar Tage später hole ich dieselben Päckchen dort ab und schicke sie im Postamt von Penrith an mich selbst zurück. Jeder im Dorf glaubt, dass ich ständig an neuen Büchern arbeite.

Wenn man sich seinen Lebensunterhalt auf dem Gebiet der Cybersicherheit verdient, so wie ich es in Wirklichkeit tue, dann geht man mit dieser Tatsache einfach nicht hausieren. Schon die Liste meiner Kunden würde mich für zahlreiche ziemlich schlimme Finger rund um den Globus interessant machen.

Neben anderen Dingen, von denen sie die meisten, da war ich mir ziemlich sicher, niemals bemerken würde, hatte ich es riskiert, Annas Handy mit meinem zu verlinken, sodass ich sie mit der Find-My-Friends-App jederzeit tracken konnte. Bisher war das nicht nötig gewesen.

Und so sah ich in Echtzeit zu, wie sie das Dorf verließ und die Straße nach Penrith nahm. Mein Herz begann unangenehm schnell zu pochen, als mir klar wurde, dass sie in Richtung Polizeirevier fuhr, doch sie bog ein gutes

Stück vorher ab und hielt auf dem Parkplatz des Holiday Inn. Ich sah, wie sie das Gebäude betrat und weiterging. Schließlich machte sie halt, wie ich annahm, in ihrem Zimmer.

Anna hatte beschlossen, dass sie heute Nacht nicht im Dorf sein wollte, und sie hatte niemandem, auf jeden Fall nicht mir, ihren Aufenthaltsort anvertraut.

Ich überlegte gerade, ob es klug wäre, sie unter irgendeinem Vorwand anzurufen, um zu sehen, was sie sagen würde – vorausgesetzt, sie ging überhaupt ans Telefon –, als ich hörte, wie ihr Gartentor auf- und wieder zuging. Interessant. Anna konnte unmöglich zu Hause sein, sie war nachweislich in Penrith. War Gardner auf freien Fuß gesetzt worden?

Ich schaffte es rechtzeitig zum Fenster, um einen jungen Mann von etwa achtzehn Jahren auf ihre Hintertür zustreben zu sehen. Er war groß, hatte dunkle Haare und helle Haut und war athletisch gebaut. Ich erkannte Jago Moore sofort. Rasch schaute er sich um und blickte sogar zu mir herauf, doch ich verließ mich darauf, dass ich hinter dem halb geschlossenen Rollo verborgen war. Auf jeden Fall reagierte er nicht so, als hätte er mich gesehen. Stattdessen schloss er die Tür auf und trat ein.

Also, ich muss zugeben, ich war überrascht. Als ich Jago die E-Mail ins Broadmead Hospital geschickt hatte (noch in der Annahme, Anna sei die in Ungnade gefallene Psychiaterin), hatte ich bestenfalls darauf gehofft, dass er glauben würde, sie sei von ihr. Dass sie ihn so wissen lassen wollte, wo sie war, und dass ihn das dazu anspornen würde, sich bei ihr zu melden.

Damit, dass er aus einer geschlossenen Anstalt ausbrechen und hier auftauchen würde, hatte ich nicht gerechnet.

Und obendrein hatte sich der findige junge Mann einen Schlüssel verschafft und wartete jetzt darauf, dass seine ehemalige Stiefmutter nach Hause kam. Ich konnte mir nicht vorstellen, dass seine Absichten auch nur annähernd ehrenhaft waren.

Die Dinge entwickelten sich anscheinend um einiges schneller, als ich erwartet hatte.

58

Sein Wiedersehen mit Bella lief nicht wie geplant.

So hatte Jago sich die neuerliche Zweisamkeit nach einem Jahr Trennung nicht vorgestellt. Er hatte sich lange, dunkle Abende und späte Abendessen ausgemalt. Wie sie Zukunftspläne schmiedeten und Nadeln in Landkarten pikten – Bali? Warum nicht Bali? Das wäre doch ein toller Ort, um ihr neues gemeinsames Leben zu beginnen. Er hatte sich vorgestellt, dass sie sich bis spät in die Nacht lieben würden, dass sie morgens lange schlafen und in einem warmen Gewirr aus Gliedmaßen erwachen würden.

In keinem seiner Tagträume während der letzten fünfzehn Monate war er im Dunkeln herumgeschlichen und hatte im Freien übernachtet. Hatte mit irgendwelchen halbwüchsigen Bibel-Fuzzis abgehangen und in einem leeren Haus gehockt, wo er sich nicht einmal traute, das Licht anzumachen, damit nicht einer ihrer neugierigen Nachbarn nachsehen kam.

Wo war sie, verdammte Scheiße?

Während er von Zimmer zu Zimmer wanderte, fragte er sich, ob sie und der Typ von nebenan vielleicht ausgegangen waren. Er saß in der dunklen Küche und spürte, wie seine Wut wuchs, bis er durch die Wand Bewegung hörte. Wo immer Bella auch sein mochte, mit ihrem Nachbarn war sie nicht unterwegs.

Er hatte Hunger. Im Kühlschrank fand er die Überreste eines Chilis und machte sie in der Mikrowelle warm. Dort war auch Wein, doch er wusste, dass auch eine geringe Menge Alkohol ihn ausbremsen würde, also trank er Wasser. Dann schnitt er sich ein Stück Karottenkuchen ab. Eigentlich war er versucht, das schmutzige Geschirr in der Spüle stehen zu lassen – er war sich nicht sicher, ob sie seine Rücksichtnahme verdient hatte. Doch es war ja stets möglich, dass jemand anderes die Anzeichen für seine Gegenwart sah, und darauf durfte er es nicht ankommen lassen.

Seine Klamotten fühlten sich völlig verdreckt an. Er wünschte, er könnte es riskieren, sie in die Waschmaschine zu stopfen, doch er konnte sich doch nicht ohne etwas zum Anziehen erwischen lassen. Bella sollte ihm das alles nicht zumuten. Er würde seine Gefühle klar und deutlich zum Ausdruck bringen müssen, wenn er sie endlich zu fassen bekam.

In dem Zimmer im Obergeschoss fand er ihren Laptop. Sie hatte sich kein neues Passwort zugelegt – er würde ihr klar machen müssen, dass sie vorsichtiger sein musste –, und so öffnete er Google und gab seinen Namen als Suchbegriff ein. Es besänftigte ihn ein wenig, so viele Artikel über sich zu finden, etliche davon mit einem recht schmeichelhaften Bild, das vor seiner Verhaftung gemacht worden war.

Er war auf der Raststätte an der A 34 gesehen worden, was ihn ganz kurz beunruhigte, doch von dort aus hätte er ja überall hinfahren können. Gerade kam er zum Ende einer der Storys, als ihn das Geräusch eines Motors aufschreckte. Bella? Doch das Auto war vor dem Haus; Bella parkte immer hinten.

Er klappte den Laptop zu, huschte rasch ans Fenster von Bellas Schlafzimmer und spähte hinunter.

Die Polizei.

Draußen auf der Straße stand ein Streifenwagen. Er sah, wie zwei Polizisten ausstiegen und mit diesem schweren, zielstrebigen Gang, den Polizisten so an sich hatten, auf die Tür der Bäckerei zustrebten. Die Fensterscheibe, nur Zentimeter von seinem Gesicht entfernt, vibrierte unter ihrem Klopfen.

»Miss Brown?«, rief einer der beiden. »Sind Sie da? Hier ist die Polizei.«

Im Haus nebenan hörte Jago das Knarren von Schritten.

Ein zweites Klopfen ließ das Haus erbeben. Jago wartete darauf, dass der Arsch von nebenan sein Fenster aufmachte und den Bullen etwas zurief. Der Typ war die Sorte Nervensäge, die immer mitmischen wollte, wenn irgendetwas los war. Merkwürdigerweise tat er es nicht.

Die beiden Polizisten machten kehrt und gingen zurück zum Auto. Anstatt wegzufahren, saßen sie bei laufendem Motor am Straßenrand im Wagen. Jago kämpfte eine Woge der Übelkeit nieder. Die waren nicht wegen des Mordes an dem Jungen oben in Gathering Hall hier. Sondern seinetwegen. Die Polizisten da draußen waren hier, um Bella zu beschützen. Vor ihm.

59

Samstag war ein merkwürdiger Tag. Nebel aus den Bergen zog in den frühen Morgenstunden herein und brachte Regen mit, der den größten Teil des Vormittags andauerte. Pfützen füllten sich bis zum Überlaufen. Vom trüben Morgengrauen bis zum Spätnachmittag wurde der Himmel nicht heller als ein nasser Flusskiesel, und als es wieder dunkel wurde, war das irgendwie eine Erleichterung. Zumindest brauchten wir nicht länger so zu tun, als sei noch Tag.

Anna kam am Morgen um kurz nach sechs nach Hause. Ich hatte nicht tief geschlafen – ich gebe es zu, der Gedanke an Jago Moore auf der anderen Seite der Trennwände machte mich ein bisschen unruhig – und wurde vom Motorengeräusch ihres Wagens geweckt. Ich ging hinunter, als sie ihre Hintertür öffnete.

Ich war gezwungen gewesen, Jago Moore widerwillige Bewunderung zu zollen. Auf jeden Fall hatte er die Fähigkeit bewiesen, sich sehr leise in einem Haus zu bewegen. Wäre das *Ping* der Mikrowelle nicht gewesen, so hätte ich nichts von seiner Anwesenheit gemerkt. Und zudem war er während der dreißig Minuten, die der Polizeiwagen draußen gestanden hatte, entweder geblieben, wo er war – wofür man Nerven aus Stahl gebraucht hätte –, oder er hatte es geschafft, sich still und heimlich zu verdrücken.

So oder so, der junge Mr Moore war kein Gegner, den man unterschätzen sollte.

Ich wartete, während Anna ihren Mantel auszog und sich an die Arbeit machte – Schranktüren öffnete, Öfen einschaltete, die Kaffeemaschine füllte – und fragte mich, wann Jago, so er noch im Haus war, sich bemerkbar machen würde. Und wie ich dann reagieren würde. Ich könnte ja wohl kaum ihren Schreien lauschen, ohne die Polizei zu verständigen. Irgendwann würde ich hinausstürzen, an die Tür hämmern, ihren Namen rufen müssen. Das wäre riskant. Jago Moore war sowohl kompetent als auch skrupellos.

Doch davon mal ganz abgesehen – für mich galt dasselbe.

Nichts geschah. Die Geräusche nebenan waren weiter vollkommen normal, und nach etlichen Stunden konnte ich nur zu dem Schluss kommen, dass Jago das Haus wieder verlassen hatte.

Während des ganzen regennassen Tages war mir bewusst, dass die Zeit knapp wurde. Irgendwann in den nächsten paar Stunden würde die letzte Vorstellung im Höllenhaus stattfinden. Kaum hätten Satan und seine Teufelchen sich über eine frische Schar Sünder gefreut, würde der Abbau des großen Zeltdorfes beginnen. Die jungen Leute würden feiern und die gesamte Kirchengemeinde einen kollektiven Seufzer der Erleichterung ausstoßen. Natürlich würde ihnen das mit Connor Kopfzerbrechen bereiten, aber er war ja nicht direkt einer von ihnen. In ihren Augen war eine Katastrophe abgewendet worden.

Aber Achtung, noch war es nicht vorbei.

Als das Tageslicht schwand, wurde der Wind stärker. Ich machte im ganzen Haus kein Licht und zog mich in mein Büro zurück, meine Kommandozentrale, wie ich es gern bezeichne. Ich habe auf mehreren hohen Bäumen und Wirtschaftsgebäuden rund um Gathering Hall solarbetriebene Kameras angebracht, einschließlich einer am Haupttor, und kann das kirchliche Treiben genau im Auge behalten, ohne jemals mein Haus zu verlassen.

Wegen des heftigen Regens blieben die meisten Mitglieder der Gemeinde drinnen, doch die Show musste weitergehen, wie es so schön heißt, und ich konnte mehrere Regenschirme erkennen, die Taschenlampenstrahlen über das Gelände folgten. Irgendwann innerhalb der nächsten halben Stunde würde sich die Warteschlange vor dem Höllenhaus bilden.

Ich mache mir niemals Sorgen, dass meine Kameras gefunden werden könnten. In dem unwahrscheinlichen Fall, dass jemand, der mit dem Grundstück zu tun hatte, eins meiner Geräte inmitten so vieler ihrer eigenen entdeckte, würde die Kirche nie in der Lage sein, es zu mir zurückzuverfolgen. Was mir allerdings Sorgen bereitete, war das Handy, das ich an diesem Abend tracken musste. Während der letzten sechsunddreißig Stunden oder so war es nicht auffindbar gewesen – wahrscheinlich ausgeschaltet –, doch für das, was ich wollte, musste es sich bald in Bewegung setzen.

Annas Anruf kam wie aufs Stichwort, und ich ließ den Anrufbeantworter anspringen.

»Liam, ich bin's. Sie sind wohl gerade nicht da, oder …« Eine Pause entstand, während Anna versuchte, sich vorzustellen, was ich gerade wohl machte, dass ich nicht ans Telefon ging. Im selben Moment wurde das Handy, dass ich zu orten versuchte, wieder aktiv. Hervorragend. Gardner verließ das Polizeirevier.

»Jedenfalls, ich hoffe, es ist alles okay«, fuhr Anna fort. »Ich habe gerade eine SMS von Constance bekommen. Sie schreibt, sie muss doch ins Höllenhaus, und sie hat echt Angst. Ich fahre jetzt da rauf, ich nehme Norths Einladung an. Wenn ich in dem Zelt bin, kann doch bestimmt nichts passieren. Und wahrscheinlich regt sie sich wegen nichts und wieder nichts auf. Außer wegen der Sache mit Connor. Jedenfalls, wenn Sie das hier abhören … Ich weiß auch nicht, was Sie dann tun sollen. Wahrscheinlich können Sie gar nichts tun. Ich mache jetzt besser Schluss.«

Sie legte auf, und etwa fünf Minuten später wurde ihre Hintertür geöffnet und wieder geschlossen. Ich hörte den Motor ihres Autos anspringen und sah das Licht ihrer Scheinwerfer, als sie auf der Straße wendete. Eine Sekunde lang fiel es in mein dunkles Büro, doch ich glaubte nicht, dass sie mich sehen konnte, wie ich da regungslos ein gutes Stück vom Fenster entfernt stand.

Als ich sicher war, dass sie wirklich weggefahren war, kehrte ich zu meinem Computer zurück.

Gardner war auf dem Heimweg. Ich hatte gewusst, dass er heute irgendwann auf freien Fuß gesetzt werden würde. Die Polizei hatte nicht einmal annähernd genug Beweise für eine Anklage. Noch nicht. Natürlich baute ich darauf, dass er heute Nacht zu Hause bleiben, dass er abtauchen und seine Wunden lecken würde. Das war zwar ein Risiko, doch was ist das Leben schon ohne Risiken?

Wieder erhob ich mich und ging zu dem eingebauten Kleiderschrank hinüber. Natürlich halte ich den verschlossen, genauso wie die Zimmertür. Man kann nicht vorsichtig genug sein.

Die beigefarbene Latzhose und die Jacke in derselben Farbe, die ich über meine eigene Kleidung zog, hatte einmal ein Feuerwehrmann in Hampshire getragen. Ich hatte beides vor einigen Jahren bei eBay gekauft. In einigen Details unterscheiden sie sich von der Uniform der Feuerwehr von Cumbria, doch im Dunkeln würde ich damit durchkommen, das wusste ich. Das hatte schon ein paarmal geklappt, als man mich fälschlicherweise für Gardner gehalten hatte, der oben in Gathering Hall seiner Arbeit nachging.

Die SMS, von der Anna am Telefon gesprochen hatte, kam nicht von Constance. Ich wusste genau, dass Constance und ihre Eltern Gathering Hall heute um drei Uhr nachmittags mit ihrem Wohnwagen im Schlepp verlassen hatten. Dank eines ziemlich simplen Kennzeichenerkennungssystems hatte ich ihre Abreise verfolgt. Die Anzahl der Fahrzeugkennzeichen, nach denen es suchen kann, ist begrenzt, doch ich hatte die Nummer des Familienautos eingespeichert, als Constance mir zum ersten Mal aufgefallen war. Inzwischen dürften sie weit südlich des Lake District sein.

Ich hatte Anna die SMS geschickt.

Zwei Tage, nachdem sie und ich Constance zum ersten Mal begegnet waren, hatte ich das Handy des Mädchens fast vierundzwanzig Stunden lang in meiner Obhut gehabt. Sie hatte es – wahrscheinlich mit Absicht – in Annas Laden liegen gelassen. Unter dem Vorwand, ein Ladekabel zu suchen, hatte ich mehr als genug Zeit gehabt, es zu entsperren, an ihre Daten heranzukommen, einen Tracker zu aktivieren und ihre Nummer zu kopieren. Vor ein paar Stunden hatte ich Constances Zugriff auf ihr eigenes Telefon blockiert, sodass ich Anna in ihrem Namen eine SMS schicken konnte. Später am Abend würde ich das Handy wieder freischalten, und sie würde wahrscheinlich gar nicht merken, dass da irgendetwas nicht gestimmt hatte.

Wann, frage ich mich, haben Sie mitbekommen, dass ich Anna manipuliert hatte? Dass ich ihr wachsendes Interesse an Constance wenn auch vielleicht nicht erzeugt, so doch gefördert hatte? War Ihnen zum Beispiel klar, dass die Phantom-Anrufe in der Bäckerei von mir kamen? Dass ich es gewesen war, und nicht Constance, die Anna jene SMS geschickt hatte?

Tut mir leid wegen heute Morgen. Sie scheinen echt nett zu sein. Ich wünschte, ich hätte jemanden wie Sie zum Reden.

Nach meinen zugegebenermaßen begrenzten Erfahrungen können nur wenige Frauen einem solchen Hilferuf widerstehen.

Ich hatte auch die grob zusammengeschusterte Website erstellt – eine ganz simple Angelegenheit, eine Homepage mit einem Foto und ein paar Textzeilen –, und ich hatte den *SweetSixteen*-X-Account eingerichtet. Beides war in technischer Hinsicht ausgesprochen schlicht – ich hatte wenige Minuten dafür gebraucht –, hatte jedoch seinen Zweck erfüllt, nämlich Anna in das Netz hineinzuziehen, dass ich um Gathering Hall herum gesponnen hatte. Die Plakate mit Emily Collins' Gesicht und dem widerwärtigen Foto von dem anonymen toten Mädchen waren ebenfalls mein Werk gewesen, doch ich hatte keine Angst davor, dass man mir auf die Schliche kam. Seit ich hierhergezogen war, hatte ich darauf geachtet, stets genau zu wissen, wo sich sämtliche Überwachungskameras im Dorf befanden. Ein weiterer Grund für meine abendlichen Spaziergänge. Ich werde niemals irgendwo bemerkt, wo ich nicht bemerkt werden will.

Anna Brown hatte mich von Anfang an fasziniert, seit ihrer allerersten Lüge. Ich hatte sozusagen den schlafenden Löwen angestupst, war an ihre Grenzen gegangen und hatte getestet, wie weit die sich dehnen ließen. Die literarische Figur, die ich am meisten bewundere, ist Iago aus Shakespeares *Othello*, und die Idee, allein zum Spaß Zwietracht und Chaos zu erzeugen, verzückt mich schon lange.

Connors Handy hatte ich nicht annähernd so lange gehabt wie Constances, doch auch er hatte seinen Akku aufladen müssen, als er das erste Mal in Annas Garten aufgetaucht war. Auch seine Daten und seine Cyber-Identität hatte ich auf mein System herunterladen können, genau wie die von Constance.

Und als ich ihn getötet hatte, nachdem ich ihn mit einer gefakten SMS von Constances Handy aus Gardners Haus und zum Seeufer gelockt hatte, hatte ich natürlich sein Handy in meinem Besitz gehabt, sodass weitere Cyber-Täuschungsmanöver unnötig waren.

Gestern hatte Anna mich gefragt, wie einfach es wäre, einen Mord wie einen Unfall oder einen Selbstmord aussehen zu lassen. Ich hatte so getan, als sei ich überrascht, und hatte geantwortet, mit einem guten Plan, genug kriminaltechnischem Wissen und einem gewissen Maß an Körperkraft hielte ich es für möglich. Ich hätte noch »Computerkenntnisse auf nationalem Cybersecurity-Niveau« hinzufügen können.

Ich verließ mein Haus, klappte wegen des Regens den Kragen hoch, holte, was ich brauchte, aus dem Gartenschuppen und machte mich auf den kurzen, dunklen Fußmarsch nach Gathering Hall.

60

»Du lässt mich doch nicht allein, Jakey, oder?« Das Mädchen schmiegte sich noch enger an Jago – eben hätte er das noch für unmöglich gehalten –, und ihre Hand streifte die seine. Die blöde Kuh dachte doch tatsächlich, sie würden Händchen halten. Wenigstens hatte sie einen Regenschirm.

Er war kurz davor, die Beherrschung zu verlieren. Zwei Tage hatte er jetzt in Gathering Hall verbracht und dabei die Hälfte der Zeit Hunger gehabt. In Klamotten, die nicht warm genug waren, und in Gesellschaft unreifer Schwachköpfe, die nicht weiter denken konnten, als wer in wen verknallt war. Und wie sie an Schnaps rankommen konnten, um den im Wald zu kippen, wenn ihre Eltern gerade beschäftigt waren. Die Anstrengung, so zu tun, als sei er wie sie, machte ihn langsam fertig. Außerdem bemerkte er allmählich verstohlene Seitenblicke in seine Richtung, Geflüster knapp außer Hörweite. Diese Typen hatten alle zusammen kaum ein Dutzend Gehirnzellen, aber irgendwie wurde ihnen nach und nach klar, dass er keiner von ihnen war. Früher oder später würde jemand ihn seinen Eltern oder einem der Kirchenbosse gegenüber erwähnen, und dann war seine Zeit abgelaufen.

Die Gruppe, mit der er sich am Vortag angefreundet hatte, war auf vier geschrumpft, zwei Mädchen, ein Junge und er. Instinktiv wusste er, dass dies die uncoolsten Kids auf dem Campingplatz waren. Er war in die Versager-Crew hineingeraten, und das eine Mädchen war inzwischen geradezu lästig anhänglich. Er hatte einen Fehler gemacht, als er ihr erzählt hatte, er müsse zur selben Zeit ins Höllenhaus wie sie – am Samstagabend um sieben. Sie war ihn suchen gekommen und hatte ihn aufgespürt, als er sich gerade wieder ins Dorf hatte schleichen wollen.

Candy – so ein bescheuerter Name! – gehörte nicht zu der Sorte Mädchen, die er unter normalen Umständen eines zweiten Blickes gewürdigt hätte. Zu klein, schmale Schultern und keine nennenswerten Titten, dafür aber reichlich Fleisch an Arsch und Bauch. Ihre Augen waren ganz okay, aber ihre Zähne waren schief, und ihr Kinn schien in ihrem Hals verschwinden zu wollen.

Er atmete absichtlich langsamer. Manchmal half das.

Es war schwer, unter dem Strom aus Schirmen etwas zu erkennen, den die Warteschlange darstellte, doch er glaubte, dass vielleicht noch sechs Leute vor ihm waren, und noch mal zwanzig hinter ihm. Er drehte sich um, trat aus dem Schutz von Candys Regenschirm heraus und sah ein paar Leute, die er gestern kennengelernt hatte. Ein Junge, der groß für sein Alter war, aber das ganze Gesicht voller Akne hatte, bemerkte seinen Blick und starrte zurück. Jago wandte sich ab.

Lampen am Eingang des Zeltes gingen an und beleuchteten das riesige Schild: *Das Höllenhaus*. Ein kollektives Schaudern zog sich durch die Schlange der Wartenden.

Der Einlass fand immer in kleinen Gruppen statt, hatte man ihn gewarnt, weil die Botschaften von Sünde und Vergebung so besser rüberkamen. An manchen Stellen wurde von jedem Eintretenden erwartet, dass er oder sie allein durch die verschiedenen lebenden Bilder schritt.

Jago merkte, dass seine Hände zitterten, ein sicheres Zeichen dafür, dass er kurz davor war auszurasten. Er zermarterte sich das Gehirn nach einer Ausrede, um sich vom Acker zu machen, bevor es klar wurde, dass er nicht auf der heutigen Teilnehmerliste stand.

Sechs Uhr siebenundfünfzig. Noch drei Minuten. Es würde pünktlich losgehen, hatten seine Beinahe-Freunde ihm versichert. Das Höllenhaus öffnete immer auf die Minute genau.

Abgesehen von dem einen oder anderen nervösen Kichern war die Warteschlange verstummt.

Er könnte sagen, er müsse pissen. Sie würden denken, dass er kalte Füße bekommen hatte, aber wen interessierte das schon?

Sechs Uhr achtundfünfzig.

»Es heißt, dieses Jahr ist es noch schlimmer als früher.« Er spürte Candys Atem an seinem Ohr. »Und wenn es nun stimmt, was alle sagen? Dass jemand stirbt?«

Jago wusste, wer dann ganz oben auf seiner Liste stünde.

Sechs Uhr neunundfünfzig.

Die Zeltklappen, die den Eingang verhüllten, wurden zur Seite gezogen wie der Vorhang eines Theaters, um den Blick auf das schwarze Zeltinnere freizugeben. Dann quoll eine Rauchwolke heraus; eindeutig Trockeneis. Zwei Gestalten traten aus dem Großzelt hervor und betrachteten die Wartenden. Hinter Jago quietschte jemand leise auf.

Die beiden Neuankömmlinge – der Größe und dem Körperbau nach Männer – standen regungslos am Eingang des Zeltes. Beide trugen Schwarz und lange rote Umhänge. Masken aus rotem, wulstigem Plastik veränderten und übertrieben die Konturen ihrer Gesichter, machten sie zu höhnischen, verzerrten Dämonenfratzen, und schwarze Widderhörner bogen sich von ihren Schläfen nach hinten. Wahrscheinlich kam es von der Beleuchtung, oder es waren Kontaktlinsen, doch die Augen der beiden Männer schienen so schwarz zu sein wie Kohlen.

Die Schlange setzte sich in Bewegung.

Er trat zur Seite und bückte sich, als wolle er seinen Schnürsenkel binden. »Wir sehen uns drinnen«, sagte er zu Candy. Zum Glück schoben die Leute hinter ihr sie weiter.

»Mark Johnson«, sagte er zu dem Dämon vor ihm, als er sich wieder aufgerichtet hatte. Dann hielt er den Atem an und hoffte, dass dieser Typ den echten Mark nicht kannte: den hoch aufgeschossenen Bengel mit den Pickeln ein Stück weiter hinten. Nach etlichen Sekunden und einem suchenden Blick auf die Liste wurde er mit einem Kopfnicken durchgewunken. Mit einem Seufzer der Erleichterung – bis die Torwächter merkten, dass sie es mit einem Schwindler zu tun hatten, würde er schon durch den Hinterausgang entwischt sein – trat Jago durch den Eingang und hinein in die Finsternis.

Zuerst gar nichts. Die Türen des Festzelts schlossen sich hinter ihm, und er war allein in einem Meer aus Dunkelheit. Er konnte nichts sehen und nichts anderes hören als das Trommeln des Regens auf dem Zeltdach. Dann:

»Hallo?«, rief eine nervöse Stimme.

Ein Kichern.

Ein halblautes »Psst!«.

Sein ganzer Körper fuhr erschrocken zusammen, als Musik losdröhnte. Er kannte den Song, einen House-Track, aber er war so laut, dass es wehtat. Und dann begannen rund um ihn herum Scheinwerfer aufzuleuchten und wieder auszugehen, kaperten seine Aufmerksamkeit, zwangen ihn, sich zu drehen und hierhin und dorthin zu schauen, bis ihm fast schwindlig war. Jedes Aufleuchten zeigte ein neues Grauen: ein Jugendlicher, der bewusstlos in einer Kotzlache lag, ein Junge, der gekokst hatte und dem Blut aus der Nase strömte, ein Mädchen, das auf einem Tisch von einer Gang vergewaltigt wurde, ein Junge, dem eine Gruppe Schläger in die Nieren trat. Die Schauspieler waren richtige Menschen, beängstigend gut und beklemmend nahe.

Laute der Gewalt und des Schreckens drangen durch die ohrenbetäubende Musik.

Jago konnte genug von dem Hintergrund ausmachen, um zu erkennen, dass sie in einem englischen Pub sein sollten. Er erhaschte kurze Blicke auf die lange, verspiegelte Bar mit den Bierpumpen, auf Pub-Mobiliar, auf Schilder, die den Weg zu den Toiletten und den Notaufnahmen wiesen.

Ganz anders als jeder Pub, in dem er jemals gewesen war.

Er konnte fühlen, wie der Bass in seinem Brustkorb vibrierte, und hätte sich am liebsten die Ohren zugehalten, um den allgegenwärtigen Krach zu dämpfen. Die aufblitzenden Lichter verwirrten ihn. Schon hätte er nicht mehr sagen können, wo der Zelteingang war.

Links von ihm hielt ein Typ einem anderen ein Messer an die Kehle. Ein Aufbrüllen hinter ihm ließ ihn herumfahren, und er sah einen Mann, der eine junge Frau am Kragen ihres Shirts gepackt hatte. Er hatte die Faust erhoben, als wolle er gleich zuschlagen.

Dann gingen sämtliche Scheinwerfer aus und die Musik verstummte. Während seine Ohren noch surrten, konnte Jago ganz in der Nähe jemanden keuchen hören. Ihm war gar nicht klar gewesen, dass noch jemand hier war. Er ertappte sich dabei, wie er sich im Kreis drehte, sich mit den Händen über den Nacken fuhr. Dass er Angst hatte, jemand könne sich an ihn heranschleichen. Er konnte überhaupt nichts sehen.

Ein kleines Licht erschien, nahe genug, um erkennen zu können, dass es sich in einer Laterne befand, die ein weiterer als Dämon verkleideter Mann hochhielt.

»Kommt mit«, befahl der Dämon mit einer Stimme, die elektronisch verzerrt und verstärkt war, dann machte er kehrt und ging durch die Dunkelheit voran. Ein Junge, der Jago bekannt vorkam, folgte ihm, und dann ein Mädchen, das glücklicherweise nicht Candy war. Da er keinen anderen Plan hatte, ging Jago mit und bildete die Nachhut der kleinen Schar.

Sie schritten in die Finsternis. Nach ein paar Sekunden wurde Jago klar, dass sie winzigen Lichtpunkten auf dem Boden folgten. Als es allmählich wieder heller wurde, sahen sie zu beiden Seiten schmutzige Backsteinmauern emporragen, und Gestank drang ihnen in die Nase. Pisse, Erbrochenes, seit Langem vor sich hin faulender Müll. Irgendwo über seinem Kopf schrie eine Katze, und dann leuchtete ein Scheinwerfer auf und ließ den Körper eines jungen Mannes sichtbar werden, der zusammengesunken an der Mauer lag. Es musste das geschickt aufgetragene Make-up sein und die Wirkung des gedämpften Lichts, doch Jago hätte schwören können, dass der Junge schon seit mehreren Stunden tot war. Eine Spritze lag in der ausgestreckten Hand des Leichnams, und sein linker Ärmel war hochgekrempelt und zeigte einen bloßen Unterarm voller Einstichnarben.

Der Dämon führte sie um eine scharfe Biegung in noch mehr Dunkelheit hinein. Jago blieb ein Stück zurück. Er hatte eine Tür in der Mauer entdeckt. Ein Weg nach draußen?

»Nicht bummeln!«, befahl ihm der Dämon.

Da ihm nichts anderes übrig blieb, ging Jago weiter, dankbar, den Gestank hinter sich zu lassen. Um ihn herum schien die Dunkelheit langsam zu weichen. Umrisse wurden sichtbar, und stumpfe Farben folgten, als das Licht stärker wurde. Jago sah Bäume und Straßenschilder. Der Dämon trat zurück und ließ die drei jungen Leute auf die Unfallstelle zugehen. Ein Auto – ein echtes – war gegen einen Baum geprallt, der ebenfalls echt aussah. Die linke Seite der Kühlerhaube und der vordere linke Radkasten waren eingedrückt. Als die drei näher kamen, konnte Jago Benzin riechen. Der Scheinwerfer, der das Auto beleuchtete, wurde heller, sodass man eine junge Frau auf dem Beifahrersitz sehen konnte. Sie war für eine Party angezogen, war jedoch wachsbleich und hatte eine schwere Kopfverletzung auf der linken Seite. Ihre Augen waren weit aufgerissen und starr.

»Ich glaube, mir wird schlecht«, verkündete einer von Jagos Gefährten halblaut.

»Nein!«

Sie fuhren alle in Richtung des entsetzen Aufschreis herum. Ein Junge war aufgetaucht, ein an dem lebenden Bild beteiligter Schauspieler. Seine Kleider waren zerrauft und voller Blut.

»Sie haben gesagt, es wäre okay«, beteuerte er, als er näher kam.

Das Mädchen in der Gruppe wich zurück und drückte sich an Jago.

»Sie haben gesagt, ein paar Drinks machen nichts aus. Sie haben gesagt, mit ein paar Bier intus könnte ich locker noch fahren.« Er zeigte auf das Auto. »Ich glaube, sie ist tot.«

Sirenen ertönten.

»O Gott, die Polizei. Ich fasse es nicht, ich habe mein ganzes Leben ruiniert.« Schluchzend beugte sich der Junge über das Autodach und ließ den Kopf auf das Metall sinken. Dunkelheit senkte sich herab.

Ein weiterer Scheinwerfer leuchtete auf, und einer der Dämonen trat in den Lichtkegel.

»Kommt hier entlang«, sagte er.

Jago und seine Begleiter gingen abermals durch Finsternis. Sicher war er sich nicht, aber er hatte das Gefühl, dass sie im Zickzack durch das riesige Zelt schritten. Als es wieder hell wurde, sah man einen Zeugenstand, einen Richterstuhl mitsamt Perücke tragendem Richter und einen rasend schnell tippenden Gerichtsschreiber. Derselbe Junge, der das Auto gefahren hatte, stand vor dem Richter.

»Ich verurteile Sie wegen Fahrens unter Alkoholeinfluss mit Todesfolge zu einer lebenslangen Freiheitsstrafe.« Der Richter ließ seinen Hammer niederknallen, und der junge Mann wurde abgeführt, vorbei an einer Gruppe lüstern grinsender Kerle in Sträflingskleidung, die aus der Dunkelheit getreten waren. Kurz bevor er verschwand, drehte er sich zu Jago und den anderen um.

»Tut's nicht!«, rief er. »Fahrt nicht Auto, wenn ihr getrunken habt!«

»Echt voll subtil«, brummte Jago leise, doch es kam nicht wirklich von Herzen. Das Höllenhaus setzte ihm jetzt schon zu, und sein Weg durch das Zelt hatte gerade erst begonnen. Er musste einen Weg hier raus finden.

Ein Schrei gellte von irgendwo im Zelt herüber, und ihr dämonischer Führer drängte sie von Neuem zum Weitergehen. Diesmal blieb Jago zurück, und als er glaubte, dass niemand auf ihn achtete, setzte er sich von der Gruppe ab, bis die Dunkelheit ihn einhüllte. Er ging immer weiter, bis er gegen eine kalte Plastikplane stieß, eine der Innenwände des Großzelts.

Er sah den Dämon und die beiden anderen Jugendlichen nach links abbiegen und verschwinden. Das war seine Chance. Eine Außenwand zu finden, das war der Schlüssel. Wenn er der folgte, würde er auf einen Ausgang stoßen.

Die Arme vor sich ausgestreckt, ging er los. Nach etwa einer Minute berührten seine Hände eine weitere Innenwand. Wenn er nach rechts ginge, würde er sich wieder in Richtung Eingang bewegen, also folgte er der Wand nach links, bis sie zu Ende war. Er blieb stehen, tastete um sich. Nichts. Vorsichtig machte er einen Schritt nach vorn und fühlte die Wand wieder. Er hatte eine Tür gefunden.

Jago schob sich durch die Öffnung und konnte auf der anderen Seite ein wenig sehen.

Diesmal war er in einem Wald. Einem, der echt roch. Das Licht war gedämpft, und er nahm an, dass dies eine Szene war, die in nächster Zeit nicht zum Einsatz kommen würde. Instinktiv wusste er, dass er geradeaus weitergehen musste.

Dann bemerkte er eine Bewegung. Eine Gestalt tauchte aus der Finsternis auf. Eine Frau. Sie sah nicht aus wie eine von den Schauspielerinnen. Sie war ganz normal angezogen und schien auch kein Teenager zu sein. Und sie hielt ein Mobiltelefon in der Hand, suchte sich mithilfe der Taschenlampe den Weg. Ihre Größe, ihre Figur, wie sie sich bewegte – Jago hielt auf sie zu. Als er noch etliche Schritte von ihr entfernt war, schlang sie die Arme um den Oberkörper, eine Geste, die er sehr gut kannte. Plötzlich raste sein Herz wie wild.

»Bella!« Die ganze Zeit hatte er gedacht, er müsse unbedingt ins Dorf zurück, und sie war gekommen, um ihn zu suchen. »Ich bin hier!«

Er hörte, wie sie nach Luft schnappte, als sie zu ihm herumfuhr. Ihr Gesicht verzerrte sich zu einem Ausdruck, den er glatt für Entsetzen hätte halten können, wenn er es nicht besser gewusst hätte. Er war ein Idiot, er hatte sie erschreckt. Dabei hätte er sich doch denken können, dass eine nervöse Person wie Bella an einem Ort wie diesem total unter Strom stehen würde.

»Bella, ich bin's.« Mit weit geöffnetem Armen schritt er auf sie zu, während sich ein Lächeln auf seinem Gesicht breitmachte.

Sie rannte davon.

61

Das Höllenhaus-Großzelt hatte eine ganze Anzahl Nebeneingänge, die die Kirche großspurig als Bühneneingänge bezeichnete, und ich hatte Sorge getragen, mich mit jedem einzelnen vertraut zu machen. Jedes Jahr schaute ich nach dem Aufbauen nachts einmal vorbei, um mich zu vergewissern, dass im Vergleich zum Vorjahr nichts verändert worden war. Das geschah nur selten, und wenn, so prägte ich es mir sorgfältig ein.

Natürlich war es mir noch nie geglückt, mir im Zelt ein Opfer zu suchen. Während der Vorstellung waren dort zu viele Leute, und ansonsten wurde es gut bewacht. Das Gerücht, dass jedes Jahr ein Teenager im Höllenhaus ums Leben kam, war genau die Sorte hysterische Übertreibung, die man von Jugendlichen erwarten würde. Es kam wirklich einer oder eine von ihnen ums Leben – dafür sorgte ich –, aber ich war nicht bereit, um der Dramatik willen alles aufs Spiel zu setzen, was ich aufgebaut hatte.

Nichtsdestotrotz trieb irgendetwas an den gegenwärtigen Umständen mich an. Wie heißt es doch so schön? Wenn du abtrittst, dann mit einem Knall.

Und nach dem heutigen Abend würde ich weiterziehen müssen.

Das würde mich traurig stimmen, ich hatte die Zeit in St. Abel's Chapel genossen. Mehr als an jedem anderen Ort, wo ich im Laufe der Zeit residiert hatte, und Annas Ankunft hatte einen faszinierenden, verwirrenden Schauer der Erregung ausgelöst. Ich hatte sogar mit dem Gedanken gespielt, dass sie mich zum Aufhören überreden könnte.

Aber Anna, Sie verstehen, war klug genug, um Verdacht zu schöpfen. Noch war sie nicht ganz so weit – dass sie die Nachricht auf meinem Anrufbeantworter hinterlassen hatte, bewies ihre Bereitschaft, mir noch ein bisschen länger zu vertrauen –, doch ihre Fragen und ihre Zweifel würden sich im Laufe der Zeit verselbstständigen und wachsen. Ganz würde sie nicht auf mein sorgsam konstruiertes Narrativ hereinfallen, dass Gardner der Mörder war.

Anna stellte ein zu großes Risiko dar. Schade, ich mochte sie nämlich aufrichtig gern, doch es wurde Zeit, dass unser Umgang miteinander ein Ende nahm. Und das bedeutete unglücklicherweise *ihr* Ende.

Ich nahm einen »Bühneneingang«, der ein ganzes Stück von der Schaltzentrale für die Spezialeffekte entfernt war, wo die meisten von den Technikern herumhängen, und zwar einen auf der zum See gewandten Seite des Zelts (wo man mich am ehesten nicht bemerken würde). Den Rettungsstuhl ließ ich dicht an der Zeltwand liegen. Er war teuer, hatte sich aber schon früher als unbezahlbar erwiesen, um Leichen zu transportieren. Ein Leichnam ist verblüffend schwer. Die Schnüre der Zeltklappen ließ ich offen herabhängen, denn ich wusste, dass ich vielleicht in aller Eile das Weite würde suchen müssen.

Wie erwartet, fand ich mich in der Abtreibungsszene wieder, eine der unerfreulichsten in dem ganzen finsteren Katalog. Ein Krankenhausbett stand in der Mitte der Bühne, das Bettzeug blutgetränkt. Eine Wachspuppe, die einen Fötus darstellen sollte, lag am Fußende in einer Blutlache. Die Schauspieler, die auf das Eintreffen ihres Publikums warteten, standen neben dem Bett. Die junge Frau, die eine soeben verstorbene Tote spielen würde, trug ein blutiges Krankenhausnachthemd, die anderen waren als Krankenschwester und als ihre beiden Eltern verkleidet.

Ich nickte ihnen grüßend zu, als sie alle zu mir herüberblickten, doch sie ließen sich von meinem Auftauchen nicht aus der Ruhe bringen. Einem Feuerwehrmann stellte niemand jemals Fragen. Die Teenager glaubten oft, ich gehöre zur Show, und die Angestellten dachten, ich sei Gardner oder einer seiner Kollegen. Sein Beharren darauf, während des Festivals freien Zugang zu dem gesamten Kirchengrundstück zu haben, hatte mir während der letzten paar Jahre enorm in die Karten gespielt.

Mir war klar, dass Anna einige Zeit vor mir eingetroffen sein und dass sie den Haupteingang genommen und zu einer kleinen Gruppe gehört haben musste, ehe sie durch die lebenden Bilder geführt wurde. Man braucht für das Höllenhaus etwas weniger als eine Stunde. Wenn sie also keinen Eildurchgang vornahm – was, wie ich Anna kannte, nicht völlig unmöglich war –, müsste sie noch im Zelt unterwegs sein.

Ich verließ den Abtreibungsraum und leuchtete mit einer kleinen Taschenlampe, um den Weg zu finden. Kurz darauf stieß ich auf eine scharfe Linksbiegung und befand mich nunmehr in dem Teil des Zeltes, den ich gern »den Korridor des Kinderzimmerhorrors« nannte.

Hätte ich diesen langen, schmalen Flur von der anderen Seite aus betreten, so wäre ich zuerst auf einen netten Jungen von ungefähr fünfzehn Jahren gestoßen, der ein harmloses Computerspiel spielte, *Forge of Empires* oder etwas in der Art. In der nächsten Szene würde ein gesundes junges Mädchen auf ihrem Bett liegen und am Handy mit ihrer Freundin chatten. Im dritten Kinderzimmer sitzt derselbe Junge (wir wissen, dass es derselbe ist, denn er hat genau dasselbe an), aber er spielt jetzt ein brutaleres Spiel. Er hat zugenommen, sein Haar ist lang und ungepflegt, und seine Kleider sind schmutzig. Dann sehen wir das Mädchen wieder und finden sie spärlich bekleidet und viel zu stark geschminkt vor. Sie macht Selfies in lasziven, provokativen Posen.

Als wir den beiden Teenagern ein drittes und letztes Mal begegnen, ist das Zimmer des Jungen mit schmutzigen Tellern, leeren Bierdosen und Pornoheften zugemüllt. Das Mädchen ist gerade drauf und dran, von jemandem, den sie, wie wir vermuten, in einem der Online-Chatrooms kennengelernt hat, vergewaltigt zu werden.

Ich sah eine der Kerzenlaternen, die das Eintreffen eines Dämons und dreier Jugendlicher ankündigten. Da ich nicht öfter gesehen werden wollte als nötig, leuchtete ich mit meiner Taschenlampe an der Wand entlang, bis ich eine Öffnung fand, und trat durch diese hindurch in die Waldszene.

Die nicht etwa leer war, wie ich erwartet hatte. Stattdessen kam Anna auf mich zugerannt. Und Jago Moore war ihr dicht auf den Fersen.

62

Jago hastete hinter Bella her. Irgendwo ganz in der Nähe ertönte krachender Donner, gefolgt von einer dämonischen Stimme, die verlangte, dass die Eintretenden alle Hoffnung fahren ließen.

Den Teufel würde er tun. Nicht wenn er so nahe dran war.

Bella verschwand um eine Biegung, doch allmählich kapierte er, wie dieser Laden hier funktionierte. Die offizielle Route wand sich durch das riesige Großzelt, doch in den Wänden waren viele fast unsichtbare Türen, damit das Personal rasch von einem Raum zum anderen gelangen konnte. Selbst wenn es fast völlig dunkel war, konnte er sich an den Wänden entlangtasten.

Er erreichte die Stelle, wo sie verschwunden war, und blieb stehen, um sich zu orientieren. Wieder dröhnte Donner und übertönte alle anderen Geräusche. Wo zum Teufel war sie?

Er drehte sich im Kreis und sah eine Gestalt an der Mauer stehen, ein ganzes Stück entfernt. Ein Helm mit Visier verbarg das Gesicht des Mannes, und an Jacke und Hose waren Reflektorstreifen. Ein Feuerwehrmann, der hier Dienst hatte. Nur klingelte es da irgendwie bei ihm. Ein Feuerwehrmann? Ein paar von den anderen, mit denen er sich unterhalten hatte, hatten doch etwas von einem Feuerwehrmann gesagt, oder? Oder von jemandem, der sich als Feuerwehrmann ausgab?

Als der Donner verklang, war ein Scheppern zu hören. Jago schaute nach oben und sah Anna fünf Meter über sich eine Treppe hinaufsteigen. Dem Geräusch nach war sie aus Metall, und sie war schwarz angestrichen, sodass sie kaum zu sehen war. Er wandte dem Feuerwehrmann den Rücken zu, rannte ihr nach, zum Fuß der Treppe. Dann stürmte er hinauf, zog sich am Geländer hoch, um schneller voranzukommen.

Er musste sie einholen. Er musste sie aufhalten, bevor sie das Schlafzimmer erreichte. Sie hatte einen Riegel an der Schlafzimmertür angebracht. Den würde sie vorschieben und dann telefonieren, um Hilfe zu rufen. Das musste er verhindern, er musste ihr klarmachen, dass er keine Wahl gehabt hatte, dass er es für sie beide getan hatte.

Auf halbem Weg die Treppe hinauf bekam er kaum noch Luft, und seine Gedanken wirbelten wild in seinem Kopf herum. Eben war er anderswo gewesen, in einer Zeit, die er hinter sich gelassen hatte. Er war nicht zu Hause, sein Dad lag nicht tot unten an der Treppe, und Bella brauchte ihn.

Er hatte das Ende der Treppe erreicht. Völlig außer Atem klammerte er sich an das Geländer. Bella konnte nur durch die Tür direkt vor ihm gegangen sein. Er zog sie auf und sah, dass die Stufen ihn auf eine schmale Empore aus Metall geführt hatten, die sich dicht unter dem Zeltdach um drei Seiten eines Rechtecks zog. In der Mitte war ein riesiger leerer Raum.

Jago nahm sich einen Moment Zeit, um hinunterzublicken.

Er starrte geradewegs in die Hölle hinab.

63

Der Höllenpfuhl ist das große Finale, der Höhepunkt des Höllenhaus-Rundgangs. Es ist die größte Szene im Zelt, und die gruseligste. Eine ohrenbetäubende Kakofonie vom Band liefert den Hintergrund für das Heulen, Schreien und Brüllen mehrerer Dutzend Schauspieler, die entweder die Dämonen der Hölle oder die unglücklichen Seelen spielen, die zu ewigen Qualen verdammt sind. Feuer lodern, natürlich nicht echt, aber sehr realistisch, und die Folterszenen würden jedem den Magen umdrehen.

Ich habe ja meine Momente, aber ehrlich, das hier wird jedes Jahr von Leuten mit *sehr* verschrobener Fantasie ausgetüftelt.

Anders als bei all den anderen lebenden Bildern haben die Zuschauer keinen Kontakt mit den Schauspielern unten in der Hölle. Stattdessen sehen sie sie von oben, stehen auf einem langen Laufgang, der um das Grauen dort unten herumführt. Wenn sich den Mutigeren der Magen umgestülpt hat und die Furchtsameren zu Tode geängstigt sind, werden sie wie Vieh die Treppe wieder hinuntergetrieben und in einen schalldichten Raum namens Fegefeuer-Kammer gebracht. Sind sie einmal dort drin, werden die drei Jugendlichen etliche Minuten lang in völliger Finsternis gehalten, ehe sie gezwungen werden, ein Leben in Sünde oder eines der Erlösung und der Gottgefälligkeit zu wählen.

Natürlich entscheiden sie sich für die Erlösung, ganz gleich, welchen Verlauf ihr Leben in der Realität nehmen könnte. Dort steigt nämlich die Party.

Ich hatte bereits eingeplant, dass ich in der Fegefeuer-Kammer die beste Chance hätte, an Anna heranzukommen: In der Dunkelheit würde sie mich nicht bemerken.

Und jetzt war Jago Moore mir zuvorgekommen.

64

Jagos Beine versagten ihm den Dienst. Das da war die echte Hölle. Er schaute in die richtige Hölle hinab. Es war nicht möglich. Und doch war sie direkt unter ihm.

Es schien eine Stadt zu sein, viel größer, als es in diesem Raum möglich sein sollte. Eine Stadt mit Wolkenkratzern, Türmen und Kirchen, mit Straßen, Brücken und Häusern, aber eine Elendsstadt, von einem Atomkrieg oder einer Seuche fast völlig zerstört. Halb nackte Menschen saßen, krochen und taumelten herum. Mit zombieartiger Unbeholfenheit tappten sie über Schutthaufen und stritten sich um Essbares im Müll. Sie waren verdreckt und leichenblass, ihre Gesichter waren von Wunden und grässlichen Makeln entstellt. Eine Kreatur – unmöglich, zu erkennen, ob sie männlich oder weiblich war – blickte mit einem Gesicht zu Jago hinauf, das mit ihrer Brust zu verschmelzen schien.

Überall waren Folterszenen. Er sah einen Mann auf einer Streckbank liegen, ein anderer war auf einem reich verzierten Stuhl festgeschnallt, und Blut strömte aus Dutzenden kleiner Wunden. Ein dritter hing kopfüber an einem Rad.

Feuer loderten. Selbst in fünf Metern Höhe konnte er die Hitze spüren. Rauch brannte ihm in den Augen, und der Schwefelgestank brachte ihn beinahe zum Würgen. Die Dämonen waren fort, als würde ihre Cartoon-Gruseligkeit den Betrachter von dem Grauen ablenken, das er jetzt vor sich sah. Statt ihrer stand jetzt auf einem Podest genau gegenüber ein schwarzer Engel.

Hatte sein Herz aufgehört zu schlagen? War er in Wirklichkeit tot?

Donner ließ das Großzelt erzittern. Die Empore bebte, und der Himmel rund um ihn herum – wo war der Himmel hergekommen, er war doch in einem Zelt? – färbte sich rot. Rote Blitze tanzten um seinen Kopf.

Die Flügel des Engels, unfassbar riesig, streckten und wölbten sich um seinen Körper, und sein Kopf und sein Gesicht waren von einer schwarzen Kapuze verborgen. Er hielt ein gewaltiges schwarz-silbernes Schwert aufrecht vor sich, die behandschuhten Hände um das Heft gelegt.

Jago wusste, dass er ganz sicher sterben würde, wenn dieser Engel den Kopf heben und ihn erblicken sollte.

65

Jagos erster Blick in den Höllenpfuhl hatte ihn förmlich gelähmt, das sah ich deutlich. Bei manchen Leuten ist das so. Ich weiß, dass ich mich nie lange dort aufhalte. Sobald ich sah, wie er zusammensackte und sich am Geländer festhielt, war mir klar, dass er Anna niemals einholen würde. Sie hatte es klugerweise vermieden, nach unten zu schauen, und rannte den Laufgang entlang. Wenn sie es bis zur Ecke schaffte, und daran zweifelte ich bei ihrem Tempo nicht, würde sie die dritte Seite des Rechtecks hinter sich bringen, durch die schalldichte Tür treten und die Treppe auf der anderen Seite des Raumes hinunterflitzen, ehe ihr Stiefsohn ihr auch nur halbwegs nahe kommen konnte.

Die Ereignisse entwickelten sich zu meinen Gunsten. Alles, was auf dem Laufgang passierte, würde von mehreren Dutzend Personen mitangesehen werden, von dem finsteren Engel ganz zu schweigen. (Den spielt normalerweise ein Maurer aus Peterborough – nach dem, was ich gelegentlich aufgeschnappt hatte, ein netter Kerl und groß genug, um beeindruckend zu wirken. Sein Gesicht jedoch ist das eines richtigen Engels mit einem Dauerlächeln. Deswegen hebt er auch nie den Kopf.)

Und so rannte ich, anstatt zu Jago auf den Laufgang zu treten, hinten um den Höllenpfuhl herum und in die

Fegefeuer-Kammer, und kam dort an, als gerade Annas Schritte auf der Treppe ertönten.

Hinter ihnen schlüpfte ich in die Finsternis.

66

Jago hatte sich so weit zusammengerissen, dass er das Ende der Metallempore erreichen konnte. Er musste nur noch ein kleines bisschen länger durchhalten.

Hinter der Tür, durch die Bella verschwunden war, lagen Stufen, die in einen Raum hinunterführten, in dem es stockfinster war. Jemand – es konnte nur Bella sein – stand dort unten und leuchtete auf der Suche nach einem Ausgang mit einer Handytaschenlampe umher.

»Hilfe!«, schrie sie in die Finsternis. »Lasst mich raus!«

Jago ließ die Tür hinter sich zufallen. Wie durch Zauberei war der Lärm der Höllenszene verschwunden, dieser neue Raum war schalldicht. Und nach Bellas vergeblichen Versuchen zu urteilen, eine Tür zu finden, kam man hier auch nur sehr schwer wieder heraus. Sie drehte sich um und schaute nach oben.

»Bleib ja weg von mir.«

»Bella, wir müssen reden. Ich kann alles erklären.«

»Nein, Jago, ich mein's ernst. Du darfst nicht hier sein.«

Als er die Mitte der Treppe erreichte, machte sie die Taschenlampe ihres Handys aus und tauchte den Raum in völlige Finsternis.

Ein neues Geräusch ließ ihn zusammenfahren. Heulender Wind, hin und wieder mit gackerndem Gelächter vermischt. Na toll. Noch mehr Soundeffekte.

»Es tut mir leid, dass ich dich erschreckt habe.« Er erreichte den Fuß der Treppe. »Ich hätte dich ja wissen lassen, dass ich komme, aber ich dachte, die Polizei hört vielleicht dein Telefon ab.«

Sie antwortete nicht. Wenn doch nur der verdammte Wind nicht so einen Krach machen würde, dann könnte er sie vielleicht atmen hören. Er tastete sich dorthin vor, wo er sie zuletzt gesehen hatte.

»Ich gebe dir doch keine Schuld an dem Ganzen«, sagte er, während er einen vorsichtigen Schritt nach dem anderen machte. »An dem, was wir getan haben. Das habe ich nie getan.«

Hatte er gerade ein Wimmern gehört?

»Ich wollte es doch genauso sehr wie du.«

Er änderte die Richtung.

»Und das mit dem Baby tut mir wahnsinnig leid. Du musst doch wissen, dass ich das nicht vorhatte, nie im Leben. Aber wir können es wieder versuchen. Sobald du willst.«

Seine ausgestreckte Hand berührte die glatte Oberfläche der Wand. »Wir sind wieder zusammen. Das ist das Einzige, was zählt.«

Plötzlich war wieder Licht da. Ihre Handylampe, direkt auf ihn gerichtet. Sie war nur Zentimeter entfernt, und sie machte kein ängstliches Gesicht mehr. Das war doch bestimmt gut. Oder?

»Nein«, sagte sie. »Daraus wird nichts.«

Irgendetwas in seinem Inneren zog sich fest zusammen. »Wovon redest du denn?«

Ihre Züge hätten aus Stein gemeißelt sein können. »Wir werden nie zusammen sein«, verkündete sie ihm. »Du hast deinen Vater umgebracht.«

»Aber …« Seine Hände zitterten. »Du weißt doch …«

Er konnte nicht weitersprechen. Es war, als wäre sämtlicher Sauerstoff aus dem Raum herausgesaugt worden. Was redete sie da?

»Du musst zurück in die Klinik, Jago. Das ist der einzige Ort, wo du jetzt hingehörst.«

Es war ein Test. Ganz bestimmt war es ein Test, denn wenn er nicht mit Bella zusammen sein konnte, gab es im Leben nichts mehr für ihn.

»Das meinst du doch nicht ernst.«

»Doch. Ich rufe jetzt die Polizei.« Sie hob das Handy und wandte den Blick von ihm ab, um auf das Display hinabzuschauen.

Jago nutzte seine Chance und stürzte sich auf sie. Sie trat zurück, aber er bekam ihren Arm zu fassen, und sie kippten gegen die Wand. Ihre Körper kollidierten miteinander. Er verspürte ein Aufwallen der Lust im Schritt, als er ihr wieder ganz nahe war. Sie wehrte sich, doch er war zu stark für sie. Nur eine Sekunde lang quetschte er ihr Handgelenk, vielleicht auch ein wenig länger, bevor sie einen Schmerzenslaut ausstieß und das Telefon fallen ließ. Er legte ihr die Hände um den Hals, nur damit sie still war, nur damit sie zuhörte.

Aber sie wollte nicht zuhören. Sie warf den Kopf zurück und schrie. Also musste er natürlich fester zufassen. Sie wand sich und trat nach ihm und machte komische würgende Geräusche ganz hinten im Hals. Was zum Teufel sollte das werden? War sie verrückt? Er drückte abermals zu.

»Hör auf damit, Bella, hör auf, dich zu wehren. Zwing mich nicht, dir wehzutun.«

Der jähe Schmerz überraschte ihn vollkommen.

Er erstarrte, und der Schmerz brandete wild in ihm empor. Das Heulen des Windes schien lauter zu werden. Wieder hörte er jenes unheimliche Gelächter und starrte in Bellas Augen. Unbeirrt erwiderte sie seinen Blick.

Seine Hände hatten sich von ihrem Hals gelöst. Im schwachen Schein ihrer Handylampe sah er, wie sie sich rücklings gegen die Wand lehnte und sich ein Ausdruck des Entsetzens über ihre Züge legte. Plötzlich war er sich seines Herzens sehr bewusst, es schlug heftig und schnell. Irgendwie riss er den Blick von ihren Augen los, um nach unten zu schauen.

Ein Messergriff ragte aus seinem Bauch. Seine Hände, die ihn umklammerten, waren feucht und klebrig vor Blut. Sein eigenes Blut strömte aus ihm heraus. Mit jedem Schlag seines Herzens floss mehr. Ohne Vorwarnung gaben seine Beine nach und der Boden prallte hart gegen ihn. Bellas Gesicht über ihm erschien verschwommener, weniger real als zuvor.

Das Licht ihrer Handytaschenlampe schwand. Die Finsternis kam, um ihn zu holen. Er dachte an die Höllenszenen, die er eben gesehen hatte. Nun, zumindest würde er es nicht weit haben.

Er sah, wie Bella den Mund öffnete, um etwas zu sagen, doch die letzten Worte, die er auf dieser Welt hörte, galten nicht ihm.

»Sie können jetzt rauskommen, Liam.«

67

»Sie können jetzt rauskommen, Liam.«

Als ich unter der Treppe hervortrat, hob Anna ihr Handy auf und leuchtete mit der Lampe auf ihren sterbenden Stiefsohn hinab. Ich würde einiges zu erklären haben, das wusste ich: Warum ich mich in der Uniform eines Feuerwehrmanns im Höllenhaus aufhielt und warum ich ihr nicht gleich zu Hilfe geeilt war. Doch meiner Meinung nach war das nichts, womit ich nicht zurechtkäme. Anna stand mit an Sicherheit grenzender Wahrscheinlichkeit unter Schock und würde sehr leicht zu beeinflussen sein. Vielleicht erinnerte sie sich auch gar nicht mehr an vieles von dem, was gerade geschehen war.

Aber sie war mit einem Messer hergekommen? Nie hätte ich erwartet, dass sie so … patent wäre.

Als ich zu Jago trat, betete ich stumm, dass er schon tot sein möge. Das würde alles so viel leichter machen. Ich nahm mich in Acht, ihm nicht zu nahe kommen zu müssen. Bestimmt hatte er sehr stark geblutet, und ich denke nicht allzu klar, wenn ich Blut sehe.

Bei meinen eigenen … Experimenten vermeide ich Blut. Es gibt viele fantasiereichere Methoden, das Leben abrupt zu beenden, habe ich festgestellt.

»Müssen Sie sich hinsetzen?«, fragte ich Anna und streckte die Hand nach ihrem Telefon aus. »Lassen Sie mich die Polizei rufen.«

Vielleicht konnte ich ja die Uniform ausziehen, bevor die Behörden eintrafen. Waren die Kleider erst einmal versteckt, stünde mein Wort gegen das ihre.

»Sind Sie sicher?«, fragte sie und sah aus, als wäre sie alles andere als im Schockzustand und leicht zu beeinflussen. »Auf dem Messer sind Ihre Fingerabdrücke, nicht meine.«

Da bemerkte ich, was mir schon vorher hätte auffallen müssen: Anna trug Handschuhe.

Und das Messer, das aus Jago herausragte, sah sehr nach dem Küchenmesser aus, das ich gestern aus ihrer Spülmaschine geholt hatte. Sie hatte sogar gescherzt, es griffbereit haben zu wollen, falls sie eine Waffe bräuchte. Ich blickte auf, schluckte und atmete tief durch. Rund um den Leichnam hatte sich eine *sehr* große Blutlache gebildet.

»Haben Sie einen besseren Plan?«, erkundigte ich mich und merkte, dass meine Stimme nicht ganz gefasst klang.

»Wir schaffen ihn in den See«, antwortete sie. »So machen Sie es doch normalerweise, nicht wahr?«

Darauf fiel mir so schnell keine Antwort ein.

»Es kann nicht mehr lange dauern, bis die nächste Gruppe hier eintrudelt«, fuhr sie fort. »Wie genau stellen wir das an?«

Sie hatte recht, zumindest was das baldige Eintreffen der nächsten Gruppe betraf. Und wenn auf dem Messer meine Fingerabdrücke waren, nun ja, in Kombination mit der Feuerwehruniform würde das nicht gut aussehen. Ganz zu schweigen davon, dass eine forensische Durchsuchung meines Hauses alles Mögliche zutage fördern würde, von dem ich wirklich nicht wollte, dass es ans Licht kam.

Weshalb hatte ich das hier nicht kommen sehen? Ich, der immer alles bis ins letzte Detail durchplant?

Genug. Darüber konnte ich mir Gedanken machen, wenn wir Jago entsorgt hatten. Ich zog meine Taschenlampe hervor und trat von Neuem unter die Treppe, wo sich die Tür fürs Personal befand. Der Korridor dahinter war zum Glück leer.

»Helfen Sie mir, ihn hier rauszuschaffen«, befahl ich.

Anna erhob keine Einwände, und gemeinsam schleiften wir den Leichnam des Jungen über den Boden. Wir würden Blutspuren hinterlassen, doch ich sah keine Möglichkeit, das zu vermeiden. Zum Saubermachen war einfach keine Zeit. Wir verließen die Fegefeuer-Kammer und fanden uns nur wenige Meter von einem der »Bühneneingänge« wieder. Binnen Sekunden hatten wir Jago ins Freie gezerrt. Noch eine Minute länger, und ich hatte den Rettungsstuhl geholt. Als Jago darin festgeschnallt war, atmeten sowohl Anna als auch ich schwer. Wir hatten kein weiteres Wort gewechselt.

Von hier aus brauchte man zu Fuß zehn Minuten bis zum See, und der Regen wirkte sich zu unserem Vorteil aus. Bei gutem Wetter wären rund um das Großzelt unweigerlich Leute unterwegs gewesen, sogar unten am Wasser, und hätten darauf gewartet, dass die Feuer entzündet wurden. Bei strömendem Regen hockten alle, die sich nicht in einem der Zelte oder im Herrenhaus aufhielten, in ihren Wohnwagen.

Anna sah zu, wie ich den Leichnam an der Stelle beschwerte, wo der See am tiefsten war. Um den umgestürzten Baum hatten wir natürlich einen Bogen gemacht. Irgendwann in den kommenden Monaten würde der aus dem Wasser gehoben werden, und es war besser für uns beide, wenn Jagos Leiche nie gefunden wurde.

Ohne Leiche gäbe es keinerlei Beweise dafür, dass er jemals in St. Abel's Chapel gewesen war. Ohne Leiche würde die Fahndung nach ihm schließlich eingestellt werden und die Polizei würde schlussfolgern, dass seine Flucht erfolgreich gewesen war.

Ich leugne es nicht, der Gedanke, dass Anna ihrem Stiefsohn folgen sollte, ging mir beim Arbeiten schon durch den Kopf. Doch sie achtete sorgfältig darauf, ein paar Schritte Abstand von mir zu halten, bereit, bei der leisesten Provokation Fersengeld zu geben. Sie traute mir nicht, und das konnte ich ihr ja auch nicht verdenken.

»Möchten Sie nachsehen, ob er auch wirklich tot ist?«, erkundigte ich mich, bevor ich Jago ins Wasser kippte.

»Spielt das eine Rolle?«, fragte sie zurück.

Natürlich nicht. Lebendig oder tot, Jago würde im See versinken. Ein paar Sekunden später war er verschwunden.

»Wenn er jemals gefunden wird, lassen wir die Polizei zu dem Schluss kommen, dass er sich mit demselben Mörder angelegt hat, der Connor und die anderen auf dem Gewissen hat«, erklärte ich ihr, als wir zusahen, wie die letzten Blasen an die Oberfläche stiegen.

»Und das soll dann wohl Gardner sein?«, fragte sie und überraschte mich von Neuem. »Wie können Sie so sicher sein, dass die sich ihn vornehmen und nicht Sie?«

Ich sah keinerlei Vorteil darin, es ihr zu verschweigen.

»Wenn sie sein Grundstück absuchen, was sie ziemlich sicher tun werden, wenn noch ein Toter gefunden wird, werden sie Emilys Leiche in seinem Garten finden. Zusammen mit ein paar Trophäen von den anderen, die ich aufgehoben hatte.«

Sie riss die Augen weit auf und trat einen Schritt von mir weg. Endlich hatte ich sie aus der Fassung gebracht.

»Wie …?«, brachte sie hervor.

Nicht ohne Mühe, lautete die Antwort. Emily hatte sich als die Schwierigste meiner Sweet Sixteens erwiesen. Sie hatte sich gewehrt wie eine Wilde, als ich sie am See überrumpelt hatte, und es hatte fast zwanzig Minuten gedauert. Als ich endlich sicher war, dass sie tot war, waren ihr Hals und ihre Schultern voller roter Striemen gewesen.

Und obendrein hatten sich über Nacht auch noch die Gewichte gelöst, und sie war an die Oberfläche gestiegen. Ich fand sie ganz früh am nächsten Morgen und zog sie heraus, bevor sich oben im Haus irgendjemand rührte. Wie das Glück es wollte, war Gardner gerade mit seinen Kindern im All-inclusive-Urlaub, und als er zurückkam, hatte eine Unmenge totes Laub sämtliche Anzeichen dafür zugedeckt, dass die Steinplatten in seinem Garten angehoben worden waren.

»Wieso Connor?«, fragte sie. »Der war doch keine Sechzehnjährige.«

»Eine zu gute Gelegenheit.«

Das war die reine Wahrheit. Ich bin durchaus nicht auf sechzehnjährige Mädchen festgelegt. In der Vergangenheit habe ich mir Opfer beiderlei Geschlechts und aller Altersgruppen ausgesucht. Aber Gardners Vorgeschichte mit Mädchen dieses Alters – seine vor Jahren verstorbene Schwester und dann vor noch nicht allzu langer Zeit seine Tochter – hatte eindeutig auf ihn hingewiesen. Sobald ich von den beiden erfahren hatte, war mir klar gewesen, dass er der perfekte Sündenbock für meine Abenteuer im Norden wäre. Ich sorge immer dafür, dass ich jemanden habe, dem man die Schuld zuschieben kann. Mehr als alles andere ist das das Geheimnis, wie ich all die Jahre lang davongekommen bin.

»Und die Lady, die in meinem Haus gewohnt hat?«, fragte Anna.

»Zur falschen Zeit am falschen Ort«, antwortete ich. »Sie hat etwas gesehen, was sie nicht sehen sollte. Betrachten Sie's als Kollateralschaden.«

Sie schwieg einen Moment.

»Es fühlt sich nicht richtig an«, meinte sie dann. »Dass Hugh den Kopf dafür hinhalten soll, was Sie getan haben.«

»Was *wir* getan haben«, korrigierte ich sie. »Aber vielleicht ist das ja auch gar nicht nötig. Abgesehen von Connor gelten alle Todesfälle als Unglücksfälle oder Selbstmord. Und wahrscheinlich ist es nicht möglich, Gardner Connors Tod anzuhängen. In diesem Fall gibt es nur Indizienbeweise gegen ihn.«

»Glauben Sie, er hat seine Schwester umgebracht? Und sogar seine Tochter?«

»Sehr unwahrscheinlich«, entgegnete ich. »Ich meine, wie groß ist denn die Chance, dass zwei Mörder Tür an Tür wohnen?«

Sie antwortete nicht.

»Drei Mörder«, verbesserte ich mich. Mein unverbindliches Lächeln wurde mit einem finsteren Blick quittiert.

In diesem Moment hörten wir Rufe aus der Richtung, in der das Herrenhaus lag.

Eine Gruppe Jugendlicher hatte sich in den Regen hinausgewagt.

»Wir sollten gehen«, sagte ich.

Anna widersprach nicht, also klappte ich den Rettungsstuhl zusammen und wir machten uns auf den Weg durch den Wald.

»Werden Sie hierbleiben?«, erkundigte ich mich, als wir wieder auf der Straße ankamen, die zu unseren Häusern hinunterführte. »Im Dorf?«

Sie ließ sich eine Weile Zeit mit der Antwort. »Ich denke schon. Ich habe ja nichts anderes. Und Sie?«

Nein, ich würde nicht bleiben. Ich würde ein paar Wochen warten, bis sich die ganze Aufregung rund um die Einsammlung gelegt hatte, und dann weiterziehen. Mein Haus gehörte einer der GmbHs, die ich im Laufe der Jahre gegründet hatte und die wiederum alle im Besitz als Aktionäre getarnter Strohmänner sind. Hinter dem Ganzen stehe ich, unbemerkt und unauffindbar, außer durch eine extrem gründliche forensische Untersuchung. Die niemals notwendig sein wird, solange ich auch weiterhin Vorsicht walten lasse. Selbstverständlich ist Liam McCabe nicht mein richtiger Name.

»Ich glaube, ich bin hier fertig«, sagte ich. »Ich höre den Lockruf neuer Jagdgründe.«

Eine Zeit lang gingen wir schweigend weiter.

»Sie könnten mitkommen«, schlug ich zu meiner eigenen Verblüffung vor.

Sie lachte leise. »Oh, ich glaube nicht. Für meinen Geschmack sind Sie ein bisschen zu alt, Liam.«

Es dauerte eine oder zwei Sekunden, bis das, was sie gesagt hatte, ankam. Als das geschah, blieb ich stehen. »Hatten Sie etwa etwas mit dem Jungen?«

Sie antwortete nicht, doch sie war ebenfalls stehen geblieben. Sie schien auf mich zu warten.

»War irgendetwas von dem wahr, was Sie mir erzählt haben?«, fragte ich.

Da drehte sie sich zu mir um. Sie war wunderschön im Dunkeln, für verletzlich jedoch hielt ich sie nicht mehr. Plötzlich war mir sehr deutlich bewusst, dass sie zwischen mir und dem Weg zum Dorf stand. Und eine Frau, die das Haus mit einem Messer verließ, konnte durchaus heimlich ein zweites irgendwo am Körper tragen.

»War Jago Moore der Vater Ihres Babys?«, fragte ich.

Anna lächelte. »Das ist wohl etwas, was wir nie erfahren werden.«

Sie ließ mir einen Moment Zeit, die Bedeutung ihrer Worte zu erfassen. Fast schien es sogar, als wolle sie noch etwas sagen, doch sie überlegte es sich anders und ging weiter die Straße hinunter. Ich folgte ihr.

Und hielt mich dabei in sehr sicherer Entfernung.

Dank

Vielen Dank an das übliche Team: Anne Marie, Rosie und Jessica von der Ampersand und der Buckman Agency, und an Sam, Leodora, Lucy, Ellen, Aoife, Sahil und Paul von der Orion Publishing Group. Ohne euch ginge das alles nicht.

Autorin

Sharon Bolton, geboren im englischen Lancashire, hat eine Schauspielausbildung absolviert und Theaterwissenschaft studiert. Ihr Debütroman »Todesopfer« machte sie über Nacht zum Star unter den britischen Spannungsautor*innen. Seitdem wurde sie mit zahlreichen Preisen ausgezeichnet, unter anderem mit dem *Dagger in the Library* für ihr Gesamtwerk. Sharon Bolton lebt mit ihrer Familie in Oxford.

Sharon Bolton im Goldmann Verlag:
Die Lacey-Flint-Thriller:
Dunkle Gebete (als E-Book und Audio-Download)
Dead End (als E-Book)
Ihr Blut so rein (als E-Book)
Schwarze Strömung (als E-Book)
Das Auge des Flusses (als E-Book)
Das Dunkle in dir (als Taschenbuch und E-Book)

Die Florence-Lovelady-Thriller:
Der Meister des Todes (als E-Book)
Der Schatten des Bösen (als Taschenbuch und E-Book)
Das Gift des Bösen (als E-Book)

Stand-Alone-Thriller:
Bluternte (als E-Book und Audio-Download)
Böse Lügen (als E-Book)
Er liebt sie nicht (als E-Book)
Im Visier des Mörders (als Taschenbuch und E-Book)
Dein kaltes Herz (als Taschenbuch und E-Book)
Beste Freunde (als Taschenbuch und E-Book)
Winternacht (als Taschenbuch und E-Book)
Das Böse nebenan (als Taschenbuch und E-Book)